国家"双一流"拟建设学科"南京大学中国语言文学艺术"资助项目

江苏高校优势学科建设工程"南京大学中国语言文学"资助项目

江苏省 2011 协同创新中心"中国文学与东亚文明"资助项目

张伯伟 编

程千帆
古诗讲录

人民文学出版社

图书在版编目（CIP）数据

程千帆古诗讲录/张伯伟编. —北京：人民文学出版社，2020 (2021.1重印)
ISBN 978-7-02-016280-2

Ⅰ.①程… Ⅱ.①张… Ⅲ.①古典诗歌—诗歌研究—中国 Ⅳ.①I207.22

中国版本图书馆CIP数据核字(2020)第080863号

责任编辑　葛云波
装帧设计　黄云香
责任印制　任　祎

出版发行　人民文学出版社
社　　址　北京市朝内大街166号
邮政编码　100705
网　　址　http://www.rw-cn.com

印　　刷　三河市中晟雅豪印务有限公司
经　　销　全国新华书店等

字　　数　240千字
开　　本　880毫米×1230毫米　1/32
印　　张　14.25　插页2
印　　数　5001—8000
版　　次　2020年6月北京第1版
印　　次　2021年1月第2次印刷

书　　号　978-7-02-016280-2
定　　价　66.00元

如有印装质量问题，请与本社图书销售中心调换。电话:010-65233595

程千帆先生在授课

程千帆先生赴南宁讲学期间,与当年武大老学生座谈
左起:何文白、韦其麟、程千帆、林焕标

费家诗书一炬灰祖龙当日亦觉不堪皇没世龙蹯叟枉费徽辟记定哀 己巳九月为

伯伟大弟书旧作 闲堂

程千帆先生的书法

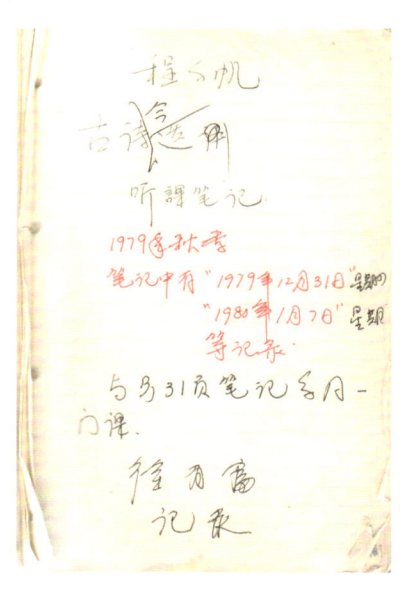

徐有富《古诗今选听课笔记》首页 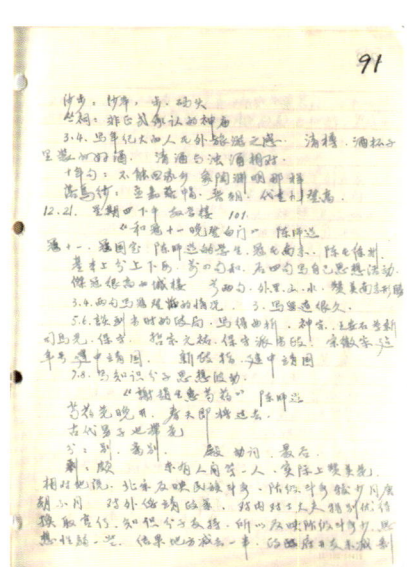　　徐有富《古诗今选听课笔记》91 页

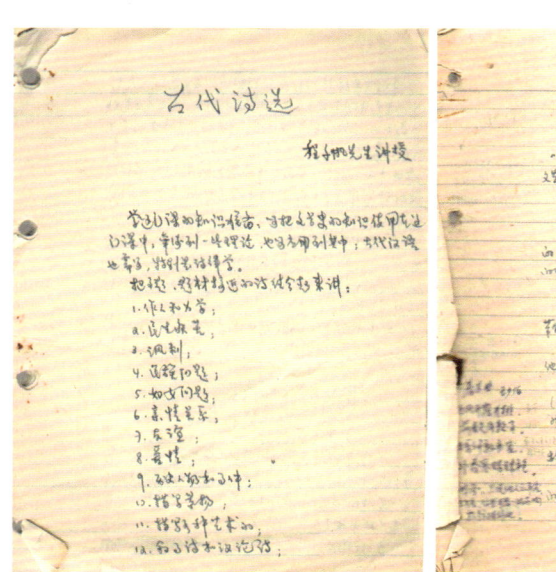

张伯伟《唐诗听课笔记》首页 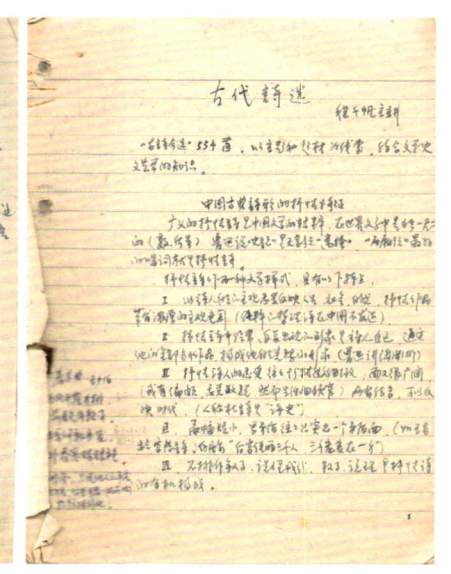　　曹虹《古代诗选听课笔记》首页

编纂说明

一、上世纪七十年代末、八十年代初，程千帆先生在南京大学给本科生、研究生讲授"历代诗选"、"古代诗选"、"杜诗研究"课，本书据当时课堂笔记整理而成。

二、"历代诗选"、"古代诗选"课程以程千帆先生、沈祖棻先生合编之《古诗今选》为教材，初由南京大学中文系印行"征求意见稿"（上下册），后经修订，于1983年由上海古籍出版社出版。"杜诗研究"则另编《杜诗讲义》为教材，有南京大学中文系油印本，未曾公开出版，兹附载于本书《杜诗讲录》之后。

三、本书将当年笔记整理为《历代诗选讲录》、《唐宋诗讲录》、《古诗讲录》、《杜诗讲录》四部分，来源如下：

1.《历代诗选讲录》，授课时间自1979年2月至1980年1月，共两学期。第一学期讲授内容为八代诗，第二学期为唐宋诗，徐有富笔记，其中"八代诗"根据进修生陈治群记录补抄。

2.《唐宋诗讲录》，授课时间自1979年9月至1980年1月，与《历代诗选讲录》的"唐宋诗"相重合，因各有详略，且差别较大，故一并刊布，张伯伟笔记。

3.《古诗讲录》，授课时间自1980年9月至1981年1月，据曹虹、张伯伟笔记合并整理。

4.《杜诗讲录》,授课时间自1981年9月至12月,徐有富笔记。

四、本书根据上述笔记整理编纂,笔记中偶有讹误,辄予以改正。为帮助读者阅读,略有补注,以小字号仿宋体印出,此项工作由责任编辑葛云波完成。

五、程千帆先生早年曾撰写《论今日大学中文系教学之蔽》,晚年又作《南京大学中文系本科学生作品选集、论文选集序》,皆与大学文学教育相关,且二文未见于《程千帆全集》,兹收入本书,权当"代序"、"代跋"。

六、今年是先师逝世二十周年,谨以此书表达白头门生的纪念之情。

目　次

论今日大学中文系教学之蔽(代序) ················ 程千帆　1

历代诗选讲录(1979年2月至1980年1月)
　　·· 徐有富　记录　1
唐宋诗讲录(1979年9月3日至1980年1月7日)
　　·· 张伯伟　记录　121
古诗讲录(1980年9月2日至1981年1月)
　　·· 曹虹　张伯伟　记录　177
杜诗讲录(1981年9月1日至12月25日)
　　·· 徐有富　记录　245
杜诗讲义 ·· 程千帆　303

《南京大学中文系本科学生作品选集1978—1998》
《南京大学中文系本科学生论文选集1978—1998》序
　(代跋) ·· 程千帆　385

我们需要什么样的文学教育？(编后记)
　　·· 张伯伟　389

论今日大学中文系教学之蔽（代序）

程千帆

中学国文之教学，自来论者甚多，至大学中文系之教学问题，则尚未有为之讨论者。此或缘大学乃传授高深学术之所，教学之法，应各具自由，无庸涉及也。惟以现状而言，则多数大学中文系之教学，类皆偏重考据。此自近代学风使然。而其结果，不能无蔽。兹就此点，略陈愚见，苟荷通人赐以商榷，曷胜企幸！

愚此所谓蔽者，析而言之，盖有二端：不知研究与教学之非一事，目的各有所偏，而持研究之方法以事教学，一也。不知考据与词章之非一途，性质各有所重，而持考据之方法以治词章，二也。详此二蔽之所由兴，则实皆缘近代学风之一于考据。案满清学术，一由于明学之反动，二由于建夷之钳制，考据遂独擅胜场。而咸同以来，朝政不纲，人心思动；所谓汉学，亦久王将厌，以有今文家言之发生。公羊学派，又考据之反动也。然此学派，本依附政治而光昌，亦以政局之变更，不旋踵而消灭。及西洋学术输入，新文化运动勃兴。全盘西化之论，格于政治社会之阻碍，未克实行；考据之学乃反得于所谓科学方法一名词下，延续其生命。二十年来，仍承胜朝之余烈，风靡一世者，职是之由。大学中文系之教学既受其影响，故二蔽生焉。

先就其第一点言之：研究与教学，为大学教员所当并重，此人而知之；而二者之间，虽有其同，亦有其异，则多习而不察。夫吾国学术，义理、词章、考据三者，略可尽之。然义理期于力行，词章即是习作，自近人眼光视之，皆不足语于研究之列。则考据一项，自是研究之殊称。考据之学，无非以新材料推翻旧知识，或以旧材料创获新论证，或参合新旧材料以得之。要之，不犹人者近是。故各持一说，纷纭不已。而年寿有尽，耳目难周，好名之徒，急于自见，未为定论，已著篇章。故往往一论方造，踰月自败；甲考既出，乙驳旋来。此虽近代学风，好为异说，实亦考据之学，本质则然。所谓"不惜以今日之我，攻击昨日之我；更不惜以明日之我，攻击今日之我"，则解嘲之名论也。此在个人，或如日月之蚀，无伤其贤。然以未定之谈，离奇之论，施之讲授，则断乎不可。盖学程之授受有定时，学业之始卒有定限。要在于极短之时间内，先与以平正通达之知识，为其基础，则进可自力，退亦有常。若朝言夕改，月异日新，将令承学之士，何所适从？亦徒增其迷罔已。不特此也，既以新异为高，遂耻论不己出。故于自具心得者，则肆力铺陈，以鸣所长；因循旧说者，则略加敷衍，藉讳其短。其所详，固学者之所当知欤？不问也。其所略，固学者之所不当知欤？不问也。其可乎哉！此研究之目的与教学不同，不可以研究之方法施诸教学之一端也。

且考据之文，或立或破，最重客观之论证。说五字之文，至二三万言，昔人所引为异者，今则尤有过之。举事既多，费词尤众。枝分叶布，歧中有歧。盖但求明晰，不惮烦琐，其事则然，或难避免。然以施诸讲授，则实博而寡要，劳而少功。

何则？大学四年，既极仓卒，学者不仅期望教员能与以平正通达之基础知识；尤在能于此极广大之知识中，详所当详，略所当略，提纲挈要，示以完全之系统。非然者，所得于一事或多，于全貌则少，究其终极，皆属零碎之见闻，了无一贯之认识。譬之铁环虽固，而各不相连，终无所施其力。则辨章之业，考镜之功，虑末由矣。重以研究工作，既属教员之自由，故七略四部，无不包括。教者炫博矜奇，往往即以一己研究所得，开设课程。此类课程，范围多甚狭隘，以教时繁征博引，遂亦斐然成章，至于学者之需要，学术之重轻，殆均未尝顾及。据教育部之统计，大学中课程之重复纷乱，以中文系为最，不同之名目，计达一百六十余。此其中必有一部分受教员以研究之偏嗜而任意设课之影响，亦要非教学之本意矣。此研究之目的与教学不同，不可以研究之方法施诸教学之又一端也。

更就其第二点言之：方今大学中文系之课程，经史子集，靡不在内。教学方法，自亦各有不同。然以考据之风特甚，教词章者，遂亦病论文术为空疏，疑习旧体为落伍。师生授受，无非作者之生平，作品之真伪，字句之校笺，时代之背景诸点。涉猎今古，不能自休。不知考据重知，词章重能，其事各异。就词章而论，且能者必知，知者不必能。今但以不能之知而言词章，故于紧要处全无理会。虽大放厥词，亦复何益。昔人谓治词章，眼高手低，最为大病。若在今日，则并此低手亦无之矣。往闻日本人盐谷（温）以治我国文学为时流所称，及阅所著书，诧其荒陋无识。后友人殷石臞东游反，出示盐谷所为台湾纪行诗，差免舛律而已。乃知其不知，正以其不能也。且以吾国现代文体言，所受西洋文学之影响，实远过于前代文学之沾溉。故以历史眼光论之，殆属脱节。此亦由不习旧体，即无法创变新体。盖文学自有其历史上之继续性，初期之词人多工诗，初期之曲家多工词，则其明证。惟如是，乃能蜕旧生新。学术自有源流，抽刀安能断水。现代文学之发皇，初不如提倡者之预计，岂非矫枉过正之咎欤？此考据之性质与词章不同，不可以考据之方法治词章之一端也。

若夫考据重实证，而词章重领悟，此则人亦知之。然其教人悟入处，仍从考据下手，则犹是蔽于时也。盖词章者，作家之心迹，读者要须"不以文害辞，不以辞害志，以意逆志，是为得之"。孟氏之言，实千古不易之论。古今作品，固多即目惟见，羌无故实，不悉主名，而极惊心动魄、荡气回肠之能事者，若仅御之以考据，岂不无所措手足乎！王逢原诗云："满眼落花多少意，若何无个解春愁？"大可借咏于前文神妙处毫无领悟之辈也。以鄙意言之，领悟前文，要当从习作入手。往尝发其义曰："古代文体之习作，每为髦士所鄙弃。岂知虽能斲轮，犹恐不喻疾徐甘苦，况其不能者乎！此之不为，即彼辈所侈言之欣赏批评，亦无由得其道也。"盖能作，则于古人经心用意处能得较分明之了解，亦于历代源流同异能得较了澈之领会。斯其所知，乃近真知。隔靴搔痒，何来真赏？此又非可以口舌争者。此考据之性质与词章不同，不可以考据之方法治词章之又一端也。

约此四端，以明二蔽，则研究与教学非一事者：研究期新异，而教学必须平正通达。以新异之研究而从事教学，则学者势无法获得平正通达之基础知识。研究伤烦碎，而教学必须提纲挈要。以烦碎之研究而从事教学，则学者势无法获得提纲挈要之一贯知识。考据与词章非一途者：考据重知，而词章重能。以重知之考据方法而从事重能之词章教学，则学者势无法受前文之沾溉。考据贵实证，而词章贵领悟。以贵实证之考据方法而从事贵领悟之词章教学，则学者势无法赏前文之神妙。若一专攻中国文学之学生，其所受读，既不能得平正通达之基础知识，及提纲挈要之一贯知识，以资进修；又不能受前文之沾溉，及赏前文之神妙，以资借镜，则其所畜，不问可知。虽欲不谓为教学之失败，胡可得耶？

准斯而谈，则大学中文系教学之道，一于考据，其蔽显然。盖学术多方，各有攸当。研究以教员为主，教学当以承学之士为主，则所施不同。义理者意，所以贵善；考据者知，所以贵真；词章者情，所以贵美，则为用不同。此宁可以一概齐哉？抑尤有进者：《庄子》称战代学者"不幸不见天地之纯，道术将为天下裂"。《汉志》讥当时经师，"碎义逃难，便辞巧说"。今日偏重考据之学风，奚以异此？大学为造就通才之所，中文系尤有发扬民族文化之重任，故其动态与风气，关系国运者至深。而今日师生之所致力及成就者，类皆襞积细微，支离破碎，求如太史公所谓"明天人之际，通古今之变，成一家之言"者，杳不可得。其故若何？深识之士，盍亦反其本矣。

1942年2月写于乐山

（原载《国文月刊》第十六期，1942年10月）

历代诗选讲录

1979年2月至1980年1月
北平1、教学大楼101
星期一下午、星期四下午

徐有富 记录
（其中八代部分据进修生陈治群记录补抄）

八代部分

1979年2月

二十多年没有上课,是由于各种原因,今天要"丑话讲在前面"。

"历代诗选"选讲汉—宋代的五、七言诗。学生毕业好比姑娘出嫁,学校要多陪些东西。我提一个要求,要多读、多背,三年后不背熟三百首,就不能毕业。有些学生说诗词格律不懂,就是因为作品读得太少,就不会有两只知音的耳朵。汉时扬雄说,读了一千篇赋,就学会了写赋(桓谭《新论·道赋》引其语:能读千赋则善赋);三国时的学者董遇把他的读书经验概括成"读《书》百遍,其义自见"八个字(《三国志·魏志·董遇传》裴松之注引:读书百遍,而义自见)。

下面讲三个问题。

一、什么是抒情诗?

抒情诗是通过诗人的主观感受、思想感情和个性来反映人生,而叙事诗是通过塑造客观世界的人物形象来反映人生。不要认为抒情诗反映的范围比较狭小,抒情诗也能反映大的事物。

杜甫《八阵图》:

> 功盖三分国,名成八阵图。江流石不转,遗恨失吞吴。

抒情诗的形象:抒情诗也有形象,抒情诗的形象首先是诗人自己的形象,它是通过自己的感受来塑造。

抒情诗的典型化:抒情诗是用抒情的语言来描绘尖锐的矛盾;阶级性是诗歌的共同特征;抒情诗的阶级性表现在诗人对是非、黑白的热烈爱憎。

抒情诗描写矛盾常常是用一种特殊的方法,就是只写矛盾的一方面,而省掉矛盾的另一面。

李涉《井栏砂宿遇夜客》:

> 暮雨潇潇(一作萧萧)江上村,绿林豪客夜知闻。他时不用相回避(一作藏名姓),世人于今半是君。

"相回避"或作"通名姓"。

杜荀鹤《再经胡城县》:

> 去岁曾经此县城,县民无口不冤声。新来县宰加朱绂,尽是生灵血染成。

抒情诗小结:

1. 抒情诗以抒发诗人的主观感受来反映人生和社会,诗中反映的不纯粹是客观的事物。抒情诗描写对客观事物的具体感受;这种描写是通过主观感情和个性来表现的,这些大都是内在的东西。

2. 抒情诗中反复出现的形象是诗人自己的形象,抒情诗人不是通过一篇诗,而是通过他的全部诗集来表现他自己的形象(像鲁迅评论陶潜)。

3. 抒情诗人对生活很敏感,体会很精微,反映的范围也很广大,因此,不能说抒情诗不能反映重大题材,许多抒情诗人一起可以反映那个时代。

4. 抒情诗因限于篇幅,只反映、描写事物的一方面,事物矛盾的另一方面可以让读者去觉察到、体会到。抒情诗这个特点可以给读者留下广阔的想象和深远的回味余地。

5. 抒情诗不排斥叙事、说理的成分,而是经常把叙事、说理作为自己的有机组成成分。

6. 抒情诗是中国古典诗歌的主流。在中唐以前叙事诗是不发达的。

2月17日

二、抒情诗的特征

广义的诗,包括楚辞、赋、词、散曲(小令、套曲、带过曲)、时调小曲(明清民歌)、讲唱文学(变文、诸宫调、弹词)。

狭义的诗,是四言、五言、七言、杂言诗。

四言诗后来跑到墓、碑、铭、诔的最后,作为文的附属品。

中国古代第一流的大诗人都是写五言、七言诗的,所以历代诗选课以五言、七言为主。

1. 从思想上来看

中国古代大诗人能站在同情人民的立场上,用真实的态度,巧妙的艺术手法给我们留下了不可重复的诗歌,它的价值至少有两个方面:由于真实地反映当时各个阶级的生活,使我们能认识当时的社会;作者表现的正义感、同情感,给我们以很大的教育。

(1)描写阶级斗争的作品,尖锐地揭露了当时的阶级矛盾,痛斥了反动统治的罪恶,激发人民反抗黑暗的东西。

(2)反映妇女问题

清朝诗人袁枚:"但使姚崇还作相,君王妃子共长生。"

(《随园诗话》补遗卷八)

(3)关于民族斗争问题

中国从古以来就是一个多民族的国家,汉族也是由许多小民族融合而成的。中国古代大诗人反对民族侵略,反对民族压迫,反对对外侵略,如杜甫的《兵车行》、白居易的《新丰折臂翁》。

(4)歌颂劳动人民的勤劳、勇敢、智慧的优秀品质,歌颂爱情、友谊、祖国山河、历史上的优秀人物。

2. 从抒情诗的形式上看

健康的感情,这一个与那一个总是相通的,美好与美好是相通的,正如丑恶与丑恶是相通的。古代诗歌反映了人道主义、爱国主义和民族主义及人民对生活的广泛的热爱。

文学的阶级烙印有强有弱,当不触犯到阶级利益时,文学的阶级性并不都是鲜明的,关于文学的阶级性,有以下几点:

(1)与作者的经历有关(如李后主、宋徽宗)。

(2)与作者的注意点有关(宋代的范成大官做得很大,反映人民痛苦却很多,而杨万里官做得小,反映人民疾苦的诗却较少)。

(3)与作者采取的文学样式不同有关,不同的文学样式有不同的工具和材料,文学的材料是语言,绘画的材料是线条、颜色。

(4)与作者的阶级立场有关(晋惠帝听说闹饥荒人民没有饭吃,他说"何不食肉")。

任何一个有真正价值的文学艺术都具有民族性,在艺术形式上就具有民族形式,民族形式是适应这个民族的生活、习惯、传统和美学观念的,是这一民族区别于另一民族的标志。

民族形式既有群众基础,又允许丰富多彩。

民族语言是民族形式赖以存在和发展的手段,民族语言能使民族形式固定下来,固定以后才有生命,才有风格,才有特色。

五言诗、七言诗的起源

《诗经》里的国风(民歌)以四言为主,少数是五言、七言。随着生活、音乐的发展,人民创作了整篇的五言、七言,用文字记载下来,又不能唱,就成了五言诗、七言诗。

汉魏六朝时盛行五言诗,只有鲍照写过七言。原因是那时的音乐更适合于配五言,而不适合于配七言(这只是个假设,不是真理)。

汉语言的特点是丰富、精炼、富于表现力、有音乐感。

汉魏六朝的五言诗被称为古诗或古体诗,除每隔一句押韵外,其余比较自由(句数是双句,但数量不限,汉民族诗歌的音乐感建筑在四声上面)。

在古体诗中,平仄相间相重,就构成行间律。

到齐梁时,发展为律诗,唐代称律诗为今体诗,亦称近体诗。

什么是律诗?

杜甫(《登兖州城楼》):

东郡趋庭日,南楼纵目初。

＋＋－－｜－－｜｜－

　孤嶂秦碑在，荒城鲁殿余。

　＋＋－－｜－－｜｜－

　1. 全篇用双数（不能用单数）的五言句或七言句组成（句子不能有长短）。

　2. 每篇除起头两句和结尾两句外，其余（中间的三、四、五、六句）要用对句（词汇、语法大致相同）。

　3. 用汉语语音声调中的平仄声做基础，建立有规律的韵律，某一字用平声，某一字用仄声，某一字可平可仄，都有一定的要求。

　4. 在整篇诗律上面，每四句构成一个单元，每句体现一次相间相重。如果超过两个单元，称为排律。

　5. 除了第一句（起句）是否押韵看情况决定外，其余句子逢双句才能而且应该押韵。

　6. 律诗押韵的字一般都是平声，中途不能换韵，要一韵到底。

　从古诗变到律诗的过程中的过渡诗（即不完全合乎律诗的规格），叫新变体。古体诗也有规律，但不严格，只是要押韵（或押隔句韵），一句之间不要单用平声或仄声，单句和双句之间的平仄要适当的相间。

　绝句（有五绝、七绝）是由四句构成的小诗。晋朝作诗有联句的风气，如某人联不下去，就叫绝句（亦叫断句）。另一来源是民间有四句诗的歌唱，后统一叫绝句，并把律诗的平仄规律应用到绝句中去，叫作律化。律化后，相当于律诗的一个单元（即一半）平仄相间不相复，唐人又叫绝句为小律诗。

三、抒情诗的创作方法。
见《古诗今选》序。
八代、唐宋诗发展概略,见《古诗今选》序。

怎样阅读古典诗歌?
除弄懂字句外,传统的还有两条:
1. 知人论世。
2. 以意(读者的思想活动)逆(迎接)志(诗人的思想活动)。
艺术作品和读者首先是感情的交流,首先要熟悉它,亲近它,热爱它,大可不必事先存有戒心。

作品分析

两汉名歌

《艳歌行》

罗曼·罗兰说："最高的美是赋予转眼即逝的东西以永恒的意义。"苏东坡诗云："野雁见人时,未起意先改。君从何处看(kān),得此无人态。"(《高邮陈直躬处士画雁二首》其一)宋陈与义诗云："忽有好诗生眼底,安排句法已难寻。"(《春日》)

头两句(翩翩堂前燕,冬藏夏来见):这两句是起兴,叫兴,兴是开头,又是暗喻。有的"兴"与内容无关,如一首民歌的开头四句是："墙上一棵草,风吹两边倒。今天有客来,杀仔什么好?"

《白头吟》

相传这首诗是卓文君所作(传说司马相如要讨一美女,但此事与这首诗内容不符,再者汉武帝时还没有成熟的五言诗)。

"竹竿何袅袅,鱼尾何簁簁"句:古代常用食鱼、钓鱼来比喻男女相爱。《诗·陈风·衡门》："岂其食鱼,必河之鲂?岂其取妻,必齐之姜;岂其食鱼,必河之鲤?岂其取妻,必宋之子?"(见闻一多《说鱼》)

形象思维也有其逻辑过程,抽象思维有助于形象的塑造(如史湘云对贾宝玉的话,三顾茅庐的孔明对天下大势的分析)。议论、抽象思维也可用形象思维来表达(庄子的文章,鲁迅的杂文)。

《怨歌行》

相传是汉成帝妃班婕妤所作,但不可靠。

"凉飚夺炎热"的"夺",称为险字。王令诗:"清风无力屠得热,落日着翅飞上山。"(《暑旱苦热》)

《饮马长城窟行》

饮马长城窟行,原来是一种音乐。行,是歌行,这个题目与下面诗的内容无关。

《楚辞·招隐士》:"王孙游兮不归,春草生兮萋萋。"见春草而思念远方亲人,是个传统。

"他乡各异县,展转不相见"句:唐人诗云:"梦里分明见关塞,不知何路向金微。"(金微:都督府)(张仲素《秋闺思二首》其一)
又:"妾梦不离江水上,人传郎在凤皇山。"(张潮《江南行》)

《陌上桑》

陌:田间小路,这里是郊外。桑:动词,采桑。

"照我秦氏楼"的"我"指我们,大家的,形容罗敷是属于我们大家的,表示我们很喜欢罗敷。开头四句用太阳光来比喻美丽的姑娘。这是属于想象的民族传统,如印度形容美女的丰满的臀部,阿拉伯形容美女用十四夜的月亮。

罗敷:当时女子通行的名字。"青丝为笼系……紫绮为上襦",对罗敷的服饰用具采取实写(描写形象)。

"行者见罗敷"等句,对罗敷的美貌采取虚写(描写风神),给读者留下丰富想象的广阔余地,这使读者也成了创作者。文学作品不能只描写形象,还要描写形象以外的、形象本身不能表达的东西,如宋玉的《登徒子好色赋》:"……天下之佳人,莫若楚国;楚国之丽者,莫若臣里;臣里之美者,莫若臣东家之子。东家之子,增之一分则太长,减之一分则太短;着粉则太白,施朱则太赤;眉如翠羽,肌如白雪,腰如束素,齿如含贝;嫣然一笑,惑阳城,迷下蔡。"

许多好的字、画中间也有许多空白、间隙,给人以想象。古代哲学上也说:"张而不弛……弛而不张……一张一弛,文武之道也。"(《礼记·杂记下》)也是讲的这个道理。再如苏轼诗:"画工欲画无穷意,背立东风初破睡。若教回首却嫣然,阳城下蔡俱风靡。"(《续丽人行》)这是宋代画家周昉画一美女(宫女)打哈欠。

初唐贺知章《咏柳》诗:"碧玉妆成一树高,万条垂下绿丝绦。不知细叶谁裁出,二月春风似剪刀。"还不如刘禹锡的〔杨柳枝〕:

　　美人楼上斗腰支,如今抛掷长街里。

一定要做到形神兼备,描写女子柳眉、杏眼、桃腮,如果写得太多,就成了水果摊子了。什么事都要有个分寸。

黄河很难渡,只有在河套口用牛皮筏渡河,所以,吹牛又说"到黄河边上去吧","拍马"也是西北方言。这里是罗敷心生一计:"……皆言夫婿殊。"写到这儿,作者就不写了,也是给读者留下想象的广阔余地。

罗敷采桑为什么打扮得那么漂亮,这牵涉到生活真实同艺术真实的关系,为了更好地表现生活真实,艺术可以适当地改变某些生活真实。这首诗描写罗敷的美丽,一是为了美感,一是为了情节的需要。

《焦仲卿妻》

《礼记·三年问》:"凡生天地之间者,有血气之属必有知,有知之属莫不知爱其类,今是大鸟兽则失丧其群匹,越月跨时焉,则必返巡,遇其故乡,翔回焉,鸣号焉,蹢躅焉,踟蹰焉,然后乃能去之。"又见《荀子·礼论篇》。

故事情节从何而来?故事情节来自人物之间的性格冲突,人物发生个性冲突,而产生故事情节。

人物性格一方面有阶级的共性,另一方面有不同的个性,性格是千变万化的,不同的阶级也有相同的性格。

红学家(评点派)认为晴雯补充林黛玉,芳官又补充晴雯,袭人补充薛宝钗,麝月又补充袭人。

单纯以情节取胜,缺乏性格描写,是不会感人的,《封神榜》即属于这一类。

应该让人物固有的性格按生活的逻辑去发展,打个比喻,就像"看云渐展"。应该抓住、把握那些已经很尖锐,但还没有解决的那些矛盾,这正是作家的苦心和匠心。

"鸡鸣外欲曙……精妙世无双。"这些描写是加强焦仲卿对刘兰芝的印象,表现他们的深挚爱情,为下文悲剧制造气氛。

"昔作女儿时,生小出野里。本自无教训,兼愧贵家子。"可能是阿母讲的话。"受母钱帛多,不堪母驱使。今日还家去,念母劳家里。"可能是兰芝讲的话。见俞樾《古书疑义举例》中"两人之词而省曰字例"。

"小姑始扶床……小姑如我长。"

高尔基小说《阿尔塔莫诺夫的一家四口的事业》写一姑

娘因疲劳倒在床上,不脱衣,不脱鞋,第二天早上,来不及穿衣穿鞋下地迎接母亲。王维的《袁安卧雪图》在雪中画一大芭蕉。《红楼梦》中的贾宝玉拿一红梅花给妙玉。西方一画家画月光透过五彩玻璃,各种颜色照在一个姑娘身上。所以文学中常有"好而不通"和"通而不好"的例子。

"摧藏马悲哀"把马写成有人的感情,叫"移情作用",如李白《劳劳亭》:

> 天下伤心处,劳劳送客亭。春风知别苦,不遣柳条青。

又如戎昱《移家别湖上亭》:

> 好是春风湖上亭,柳条藤蔓系离情。黄莺久住浑相识,欲别频啼四五声。

又如杜牧《赠别》:

> 蜡烛有心还惜别,替人垂泪到天明。

送别的诗如李商隐的《离亭赋得折杨柳二首》:

> 暂凭尊酒送无憀,莫损愁眉与细腰。人世死前唯有别,春风争拟惜长条。

> 含烟惹雾每依依,万绪千条拂落辉。为报行人休尽折,半留相送半迎归。

古汉语中三、九表示多数,见清代学者汪中《述学》中的《释三九》篇。

失望同民歌是绝缘的,《焦仲卿妻》最后的传说,体现了人民的愿望、感情。"多谢后世人,戒之慎勿忘",这是议论,文学不排斥抽象思维,议论是作者作诗之旨。

焦母是个很凶的女人,但很爱她的儿子,没有排除母爱。焦母、刘母都是性格比较复杂的。

《上山采蘼芜》

这是一首弃妇词,特点有:

1. 反映劳动是否好是爱情的一个因素。
2. 写故夫怀念前妻。

《十五从军征》(全诗详184页)

暗示,是这首诗的特色。

《红楼梦》中王熙凤登场,即第一次暗示。一美国电影中,负心的丈夫说他送给他妻子的耳环很丑,妻子就明白了一切,这也是暗示。

《上山采蘼芜》、《十五从军征》是徒歌(不用乐来伴奏,相当于现在的清唱),来自民间(中间可能经过文人加工)。

以上是两汉时代的民歌。

文人创作

下面讲文人创作,先讲无名氏的《古诗十九首》(选三首)。

《冉冉孤生竹》(全诗详210页)

相传为傅毅作,但东汉时还不见得有如此成熟的诗。这首诗写一个女子埋怨晚婚。

"思君令人老",这在古诗中称为情语。情语直接讲出来,即用赋的方法比较多;情语同景语相对,如果是借景抒情,则多用比兴法。

"……贱妾亦何为?"这句话没有讲完,可用"……",意即亦何为(不执高节)。

这首诗特点是比、赋交替使用,开头两句是比,第三句是赋,第四句是比,这就使诗产生跳跃、间隔,使虚实相间。

《迢迢牵牛星》(全诗详222页)

"迢迢牵牛星,皎皎河汉女。"这是一对比喻,但后面只写织女,不写牵牛,这叫朝一边生发开去的手法。

解放后,对牛郎织女的主题有过争论,是爱情主题,还是劳动主题(解放初,演牛郎织女,把真牛牵上台,结果戏演不下去,这说明艺术真实和生活真实是有距离的)。鲁迅说:如果艺术真实等于生活真实,那么就如画地图,地图至少和地球一样大。"而没有和地球一样大小的纸张,地球便无法绘画。"(见《连环图画琐谈》,载《鲁迅全集》第六卷28页)

《孟冬寒气至》(全诗详222页)

"愁多知夜长"是一句很浑朴、直率的情语,但到唐代,这方面的诗就写得有"着色",如:

王昌龄:"熏笼玉枕无颜色,卧听南宫清漏长。"(《长信秋词五首》其一)

李益:"似将海水添宫漏,共滴长门一夜长。"(《宫怨》)

又戴望舒:"明天会有太淡的烟和太淡的酒／和磨不损的太坚固的时间。"(《前夜》)

"上言长相思,下言久离别",是互文见义,即整个信都写相思。

"客从远方来……惧君不识察"这八句,写了过去、现在、将来,很经济。经济的手法很丰满,而不是干瘪。

《结发为夫妻》

《结发为夫妻》和《烛烛晨明月》旧题苏武作。这一首又作"苏武留别妻"。

"去去从此辞","去从此辞"四个字就够了,但为足句(凑成五个字),于是把"去"就重叠了一下。还有字多就省掉:如"君亮执高节,贱妾亦何为"。

[一笑话:把酒登高楼,江天一色秋。

凭栏一色秋,两个渔翁揪(打)。（本该作"揪打",但省去了"打"）]

"生当复来归,死当长相思",这牵涉诗的拙同巧的关系,如:

存为久离别,没为长不归。（颜延之）《秋胡诗》

把人所共知的事情或道理朴实地写出来,很有分量,既能欣赏华美工巧的,也会欣赏质朴、笨拙的,这叫会欣赏异量之美。

美人迈兮音尘阙,隔千里兮共明月。临风叹兮将焉歇,川路长兮不可越。（谢庄《月赋》）

驰遥思于千里,愿接手而同归。（谢惠连《雪赋》）

《良时不再至》（旧题苏武作）（全诗详231页）

"仰视浮云驰。"浮云,一比喻小人,一形容多变化。

天上浮云似白衣,斯须变化如苍狗。（杜甫）《可叹》

总谓浮云能蔽日,长安不见使人愁。（李白）《登金陵凤凰台》

浮云终日行,游子久不至。（杜甫）《梦李白二首》其二

丹青不知老将至,富贵于我如浮云。(李白)《《丹青引赠曹将军霸》》

《携手上河梁》(全诗详231页)

这首诗最为人称道,"河梁送别"成为一个典故。古诗中,"河"特指黄河。河梁,黄河上一座桥,而李陵与苏武在匈奴,不可能在黄河边上送别。这可作为此诗不是李陵作的旁证。

"携手上河梁,游子暮何之?"这是明知故问。又如:"浊醪谁造汝?一酌散千愁。"(杜甫)(《落日》)

"努力崇明德,皓首以为期。"杜甫是继承了这种高尚的传统的,如送严武诗的最后两句:"公若登台辅,临危莫爱身。"(《奉送严公入朝十韵》)又,岑参送一朋友到南海做官的诗最后也说:"此乡多宝玉,慎莫嫌清贫。"(《送杨瑗尉南海》)

中国五言诗到建安七子时代,作品可以和作者联系起来,有鲜明的个性。在此之前,作者都是无名氏,这就妨碍了对作品的探究。

建安时代文学的特点是有一个文坛,有坛主(有曹氏三宗:魏武帝、魏文帝、魏明帝),另外一个特点是同题共作,如阮瑀死后,其妻很苦,好多人一起作《寡妇赋》,这就互相学习,互相促进。建安时代,权利再分配,而曹家占优势,曹操、曹植的人道主义精神很充沛,面对现实,同情人民,称"建安风骨",风是文意,骨是文辞,建安风骨就是通过有文采的诗来表达改变现实、同情人民的理想。《文心雕龙·时序篇》说:"世积乱离,风衰俗怨,并志深而笔长,故梗概而多气也。"

曹操《苦寒行》

这首诗作于建安十一年(公元206年),曹操出征袁绍的余党高幹,袁绍当时代表世家大族,很腐朽,曹操出身低微。

陈琳《饮马长城窟行》

陈琳以书檄见长,原属袁绍,骂过曹操。后袁绍败,陈琳归附曹操,曹操问他为什么骂他祖宗三代,陈琳说:"箭在弦上,不得不发。"

"生男慎莫举,生女哺用脯。"又,《长恨歌》:"遂使天下父母心,不重生男重生女。"又民谣:"男不封侯女作妃,看女却为门上楣。"(陈鸿《长恨歌传》引)

古诗写战争都写到白骨,如:"白骨不知谁,纵横莫覆盖。"(蔡琰《悲愤诗》)"出门无所见,白骨蔽平原。"(王粲《七哀诗》)唐人写白骨又进一步,写出人民的悲苦:"誓扫匈奴不顾身,五千貂锦丧胡尘。可怜无定河边骨,犹是春闺梦里人。"(陈陶《陇西行》)

曹丕《燕歌行》

《汉书·东方朔传》提到过东方朔曾做过七言、八言(相当于民间的七字唱、八字唱)。对七言诗的起源、发展,解释得很清楚的是吴承仕、余冠英。这首诗是曹丕的一首完整的每句都押韵的七言诗。

"牵牛织女遥相望,尔独何辜限河梁。"这是同情牵牛织女,实质是同情自己,在思想上,是同情的伸展,在艺术上叫透过一层想,通过自己想到天上。这样两者结合,可以由此及彼,由物及人。由现在、过去及将来,充分发挥联想的作用。

禁门宫树月痕过,媚眼惟看宿燕窠。斜拔玉钗灯影畔,剔开红焰救飞蛾。(张祜《咏内人》)

五柳先生本在山,偶然为客落人间。秋来望月多归思,自起开笼放白鹇。(雍陶《和孙明府怀旧山》,思 sì)

上面两首写行动,还有写想象的。

今夜鄜州月,闺中只独看。遥怜小儿女,未解忆长安。(杜甫《月夜》)

想佳人妆楼颙望,误几回天际识归舟。(柳永〔八声甘州〕)

行人归意速,最先念流潦妨车毂。(周邦彦〔大酺〕)

啼痕欲泻脸边霞,无言强忍,怕染路旁花。(谭献〔临江仙〕)

这些联想,不局限、不停留在眼前事物上,不局限、不停留在自己个人感受上,而是扩大想象,使内容更丰满、深刻。

曹植《美女篇》

古诗中常用男女间的爱情、婚姻关系来比喻君臣、朋友、师生之间的关系,这已是一种传统。曹植在这首诗中,通过一个美女寻找一个理想的配偶而不得,来比喻自己政治上不得志。之所以用男女关系来比喻其他社会关系,是因为男女关系是延续人类的基础,是产生其他社会关系(君臣、师生……)的枢纽。到唐宋人诗词,这方面的表现手法,更曲折、更深刻,表现范围也更扩大,如张籍《节妇吟》。

安史之乱后,军阀割据,肯不肯依附藩镇,对当时知识分子是个考验,这首诗是平卢淄青节度使李师道用重金聘请张籍,张籍写了这首诗婉转拒绝以明己志。

朱庆余《闺意献张水部》。唐代进士科是热门,明经科比较容易考,当时有"三十老明经,五十少进士"说法。当时有个风气,报考人可把自己的作品送给有名望的人,请他们向主考大人推荐自己,当时称"行卷"。

  越女新妆出镜心,自知明艳更沉吟。齐纨未足时人贵,一曲菱歌敌万金。(张籍《答朱庆余》)

  主家十二楼,一身当三千。古来妾薄命,事主不尽年。起舞为主寿,相送南阳阡。忍著主衣裳,为人作春妍。有声当彻天,有泪当彻泉。死者恐无知,妾身长自怜。(陈师道《妾薄命》,为曾南丰作)

近代诗人陈衍评论这首诗,写得沉痛,但比拟不伦了。

《白马篇》

东汉后期,匈奴由北向南进犯,曹植这首诗表达了要打击匈奴、捐身赴难的爱国感情,是唐代边塞诗的一个源头。但由于诗人生活所限,没有涉及边塞的风光和生活。

繁钦《定情诗》

谈诗歌的描写动作,动作能体现人的个性,人的内心世界:

1. 能展示人物的内心世界,又能展示人物的个性。
2. 还能表示人物与人物,人物与环境之间的关系。
3. 从而体现作品的思想内容,显示浓厚的生活气息。

动作在每种文艺样式中的比重和意义是不同的,舞蹈是一连串的动作组成,而其它雕塑、绘画,只截取一刹那的有典型意义的动作。罗曼·罗兰说:最高的美是赋于那即刻就要消逝的东西以永恒的意义。而戏剧、文学介于这两者之间(即介于舞蹈和绘画、雕塑之间),由动作和语言组成。动作写得好,要具备以下三个条件:

1. 是不可重复的(不重复别人,不重复自己)。
2. 是不可代替的。
3. 是不可混淆的。

看唐诗怎样写动作:

开帘见新月,便即下阶拜。细语人不闻,北风吹裙带。(李端《拜新月》)

鸣筝金粟柱,素手玉房前。欲得周郎顾,时时误拂弦。(李端《听筝》)

昔年意气结群英,几度朝回一字行。海北江南零落尽,两人相见洛阳城。(刘禹锡《洛中送韩七中丞之吴兴口号五首》其一)

新妆宜面下朱楼,深锁春光一院愁。行到中庭数花朵,蜻蜓飞上玉搔头。(刘禹锡《春词》)

阮籍《咏怀诗》

阮籍是正始时代的代表诗人,鲁迅称之为"奴隶的语言",后人批评他"志在刺讥,而文多隐避。百代之下,难以情测"(《文选》阮籍《咏怀诗》颜延之注)。

左思《咏史诗》第四首(全诗详235页)

咏史诗的几种情况:

1. 历史上的悲壮的、激动人心的事情使作者写下诗来。
2. 作者描写的生活画面和作者所处的时代相似。
3. 作者描写的事情、人物同自己身世、遭遇相似或有共同之处。

傅玄《豫章行苦相篇》(全诗详211页)

《豫章行》是乐曲名,"苦相(苦命)篇"是诗题名,这相当于宋词中的词牌名和题目,如〔念奴娇〕《赤壁怀古》。

王建诗:"三日入厨下,洗手作羹汤。未谙姑食性,先遣小姑尝。"(《新嫁娘》)

陆机《猛虎行》

这首诗是陆机在"八王之乱"中被卷进政治漩涡中的一种惶恐心情。

张协《杂诗》

一与多的统一,在诗里表现很多,其中一种是用多种比喻来比喻一个事物,如汉民歌《上邪》、唐无名氏词《菩萨蛮》;再一种是用几层不连贯的意思来说明一个道理,如张协的《杂诗》之二、郭璞的《游仙诗》。

东汉到唐,道教头子称道士,佛教头子称道人,在古汉语中,仙、真、灵这几个字通用。

张协的《杂诗》结尾(感物多所怀,沉忧结心曲)明白说出结论,而郭璞的《游仙诗》主题隐藏在诗中。这本没有绝对的规律,要看具体情况。再看苏轼《百步洪》。

郭璞《游仙诗》

钟嵘的《诗品》评价郭璞的《游仙诗》:"词多慷慨,乖远玄宗……乃是坎壈咏怀,非列仙之趣也……"

郭璞学问渊博,释过《尔雅》,注过《山海经》,而且装神弄鬼,打卦算命。在晋元帝时,与庾亮、温峤"有布衣之好"(《晋书》本传),但后来庾亮、温峤官位越来越高,而郭璞不得志,后来被要谋逆的王敦所杀。

刘琨《扶风歌》

元好问《论诗绝句》(三十首其二):

曹刘坐啸虎生风,四海无人角两雄。可怜并州刘越石,不教横槊建安中。

《扶风歌》是刘琨从京城出发到太原做刺史时作。

陶渊明《桃花源诗并记》

王维《桃源行》

韩愈《桃源图》

王安石《桃源行》

谢灵运《登江中孤屿》

谢灵运的山水诗在当时很受推重,《文心雕龙·明诗篇》说:"庄老告退,山水方滋。"并不是山水诗击退玄言诗,实际情况是在玄言诗里有少量的山水诗,在山水诗里也并没有完全抛弃玄言诗。东晋偏安于建康,贵族多失败主义情绪,他们大都在朝廷挂名做官,大部分用来经营产业、手工业(水确)。六朝贵族有别墅(既是游玩享乐场所,又是生产、剥削的基地),于是玄言诗同山水诗结合起来。当时,地理志很多,著名的是郦道元的《水经注》。另外,《世说新语》中也反映当时的士大夫喜欢在口头上谈风景。所有这些,对山水诗的兴盛起了很大影响。

谢灵运对山水诗的贡献是能细微、真实地刻画自然景物,达到"模山范水",这是他之前人所没有的。谢灵运的山水诗有一套公式:先叙事,接着写景,最后谈玄,他说:"天下才共一石,子建独得八斗,我得一斗。"(《南史》本传)

谢灵运《登池上楼》

《文心雕龙·章句篇》说:"章之明靡,句无玷也;句之菁英,字不妄也。"

"园柳变鸣禽"这个"变"是换的意思,即从冬到春,柳树上换了许多鸟叫。

鲍照《拟行路难》(诗选详354页)

建安时代已有完整的七言诗出现,大抵分三种形式:一是曹丕的《燕歌行》,通篇都是七言,每句押韵(音韵急促,故不发达);一种是通篇七言,但隔句押韵,又或通篇一韵到底,中途不换韵,如韩愈或四句八句转韵(音节容易掌握,音节的变化同内在内容好配合),如《春江花月夜》、《连昌宫词》等;再一种是杂言,以七言为主,如陈琳《饮马长城窟行》,形式上是五、五、七、七(平声),又五、五、七、七(转入仄声)。

"春燕参差(一作差池)风散梅",这"散"字用得奇特巧妙。再如贺知章的"不知细叶谁裁出,二月春风似剪刀"(《咏柳》)。

晏几道〔浣溪沙〕："日日双眉斗画长,行云飞絮共轻狂,不将心嫁冶游郎。 溅酒滴残歌扇字,弄花熏得舞衣香,一春弹泪说凄凉。"

罗烨《醉翁谈录》中记瓦舍歌唱中一首小诗："春浓花艳佳人胆,月黑风寒壮士心。讲论只凭三寸舌,秤评天下浅和深。"(《小说引子》)

鲍照在内容上回到了建安时代的慷慨激昂,在一定意义上可称为复古,而谢朓是谢灵运的发展,但清新活泼。

谢朓《玉阶怨》(全诗详224—225页)

这首诗来自汉代的民谣,但在那时还不发达,还没有绝句这个名词。在建安时,曹氏三父子提倡"同题共作",不但写诗,也写赋,如王粲、曹植都有《七哀诗》。阮瑀死后,有人同情他妻子的遭遇,写了《寡妇赋》,接着又有其他的人也写了《寡妇赋》。于是产生了联句,《红楼梦》里写联句,一是第五十回,一是第七十六回。这是几个人集体创作;如果没有人来联,作者一个人只写了四句,又叫断句。宋明帝批评吴迈远:只会写联句、绝句,其它什么本领也没有。

"夕殿下珠帘,流萤飞复息。"点明这个贵族女子居住的环境。这两句对后人影响很大,如《长恨歌》中有"夕殿萤飞思悄然,孤灯挑尽未成眠",但这句被后人批评为没有宫廷生活的体验(宋张邦基《墨庄漫录》引王楙:兴庆官中夜不点烛,明皇自挑灯耶?观此更可发一笑)。

李白也写了一首《玉阶怨》:

  玉阶生白露,夜久侵罗袜。却下水精帘,玲珑望秋月。

侵:孔子的"春秋笔法"认为,乘对方不防备而袭来叫

"侵"。秋月：用月亮的圆缺，代表人的爱情的圆缺。

沈约《别范安成》

范岫，做过安成内史（在齐永明后期，安成在今河南汝阳东南）。这首诗是新变体。

庾信《寄王琳》

小诗能不能反映大的事件，请看《寄王琳》（玉关道路远，金陵信使疏。独下千行泪，开君万里书）。庾信身羁北朝，思念祖国，写下这首小诗，反映重大事件，寄托自己的思想感情。

范云《别诗》

洛阳城东西，长作经时别。昔去雪如花，今来花似雪。（二首其一）

此诗又见何逊《范广州宅联句》。

薛道衡《昔昔盐》（全诗详227页）

"垂柳复金堤"：金堤，形容坚固。古诗中金、玉、银……等字，称为"颜色字"，仅仅表示颜色美。

无名氏《西洲曲》（全诗详228页）

一、诗人怎样向民歌学习，又怎样变为自己的东西。

北朝民歌称为北曲；南朝民歌有二：一为吴歌（南京地区），一为西曲。北歌描写战争边塞，风格豪放；吴歌、西曲多写爱情，风格缠绵，还夹些宗教崇拜。

这首《西洲曲》是南方民歌长篇中的最高成就，写得很细腻,写女子怀念出门的情人。

"忆梅下西洲":"下"有两种解释,一为梅花落地,一为"去"、"到"。第二种解释为宜,西洲是他们首次游玩过的地方,是他们活动的场地,好比戏剧中的"暗场"、"后台"。

"风吹乌臼树"。吴歌《读曲歌》:"打杀长鸣鸡,弹去乌臼鸟。愿得连暝不复曙,一年都一晓。"

张若虚《春江花月夜》(全诗详229页)

闻一多先生在《宫体诗的自赎》中谈到初唐诗人把黄色的宫体诗变为健康的爱情描写,出现一种新的境界(但对象是普通人民;其深沉的内容在宫体诗中找不到痕迹)。

《春江花月夜》实际上是对《西洲曲》的继承、发展。

王闿运有一对:

> 上联:民犹是也,国犹是也,民国何须南北;
>
> 下联:总而言之,统而言之,总统不是东西。

他评论《春江花月夜》"孤篇横绝,竟为大家"(《论唐诗诸家源流》)。

这首诗的内容:大自然的美,人生哲理,纯洁的爱情,强烈的同情心交织在一起。

诗开头点明春、江、花、月、夜,然后用月亮把五种景物连贯起来,第一到八句写自然美。

人生哲理:写短暂的人生和无限的宇宙、人类的有情和自然界的无情的矛盾,但诗人从惊奇、迷惘中悟出人生哲理,而不悲观。

"江天一色无纤尘"写明净的世界。温庭筠〔菩萨蛮〕:"水晶帘里玻璃枕。"刘禹锡《西塞山怀古》:"人世几回伤往

事,山形依旧枕寒流。"李商隐:"水晶如意玉连环。"(《赠歌妓二首》其一)

"谁家"、"何处"(谁家今夜扁舟子,何处相思明月楼)不确指,写出普天下的离愁别绪,寄托了诗人广泛、深沉的同情。

(以上据进修生陈治群记录抄,以下为徐有富记录)

1979年9月20日

唐　诗

复词偏义:词是重复的,而意思只有一个。

光不度:南朝谢庄《月赋》"隔千里兮共明月"(彼此的情谊可以通过月光相通)。张若虚:月光不能到对方那里去(可怜楼上月徘徊,应照离人妆镜台。玉户帘中卷不去,捣衣砧上拂还来。此时相望不相闻,愿逐月华流照君),表现妻子对丈夫的怀念能到达远方。杜甫"今夜鄜州月,闺中只独看"(《月夜》),由此受到启发。

双鲤鱼:鱼刻在板子的两面,指藏书信的函,以木板两块,刻成鲤鱼形,将书信夹在里面。(鸿雁长飞光不度,鱼龙潜跃水成文)

"可怜春半不还家":描写妇女随自然春天的消失而对自己青春消逝的惋惜。诗扣住春、江、花、月、夜,以月光为主。

这首诗内容:涉及自然景物、人生哲理、爱情。

艺术:非常活跃的想象、非常奔放的热情。给我们的艺术感受:内容节奏欢快,同时包含了深蕴,但是表现出一种淡淡的离愁别绪。儒家节制而谓"乐而不淫,哀而不伤"(《论语·八佾》)(淫当过分讲)。这首诗就到了这种地步。"孤篇横绝,竟为大家。"(王闿运)

上述两点达到了巧妙的平衡。《牡丹亭》中杜丽娘游园，汤显祖笔下自然之美与杜丽娘的内心活动取得了巧妙的平衡。

张若虚怎样使内心感情与诗韵合拍？这首诗是转韵的七古，平仄平仄平，收尾仄，比民歌《西洲曲》跨进了一步，对唐七言古诗发展起了先驱的作用。

今天再学几首五言律诗。

南齐张融："文岂有常体，但以有体为常。"（《南齐书》本传引其《门律自序》）四声、平仄，是汉语发音最显著的声调方面的标志，声偶文学在中国文学中占很大范围，不论古今，书面、口头语皆如此。有条有理，无法无天（"条"指金条，"法"指法币）。衣冠楚楚，仪表堂堂。"你走你的阳关道，我走我的独木桥。""三忠于，四无限。""早请示，晚汇报。"律诗可以充分地体现声偶文学的特点，到现在还有生命力。律诗一方面束缚思想，另一方面又规范了人的思想。画有尺寸，调有长短。中国有人做过九言诗，但群众不批准；杜甫做过七言排律，但无人选。

王勃《送杜少府之任蜀州》

少府：县尉的名称。蜀州：现四川崇庆县（今为市）。

写作地点：长安。

首联用对叫对起，这首诗用对起（城阙辅三秦，风烟望五津）。尾联用对叫对结。

相送的意思暂按一下，先写近来的近处，将来的远处。"城阙辅三秦"是倒装句，本意是"三秦辅城阙"，有颂圣的意思在里面。"风烟"(风烟望五津)与"云霞"通用。

五津指四川。

然后转出正意:"与君离别意,同是宦游人",点明客中送客。

由这首诗得到的启发:任何一个文学家都是根据自己对生活的体验来表现人生。每个文学家应当是思想家,别人都感到分别是可悲伤的,而他却大踏步地沿着人生的道路往前闯。

翻案基于对生活有独特的认识。

刘禹锡《秋词》:"自古逢秋悲寂寥,我言秋日胜春朝。晴空一鹤排云上,便引诗情到碧霄。"

苏轼〔浣溪沙〕(游蕲水清泉寺,寺临兰溪,溪水西流):"山下兰芽短浸溪,松间沙路净无泥。萧萧暮雨子规啼。谁道人生无再少?门前流水尚能西,休将白发唱黄鸡。"

"自古逢秋悲寂寥":讲宋玉,宋玉《九辩》:"悲哉,秋之为气也……"

"晴空一鹤排云上":《诗经》:"鹤鸣于九皋"(《小雅·鹤鸣》)。

苏轼〔浣溪沙〕抓住地理上的特点,表现自己对人生的看法。

"休将白发唱黄鸡":翻白居易的案,白居易做一首诗给商玲珑(《醉歌·示伎人商玲珑》:听唱黄鸡与白日。黄鸡催晓丑时鸣,白日催年酉前没)。表现苏轼政治上受到挫折而不颓废。

杜审言《和晋陵陆丞早春游望》

和:是音乐术语用到文学上来,古代一人唱歌为唱,其他人跟着唱为和。丞:县丞、县官。晋陵:为现在常州市。

杜审言是个非常狂妄的人,临死前,人家来看他,他只写八个字:"不见替人,久压公等。"(《新唐书》本传:吾在,久压公等,今且死,固大慰,但恨不见替人)杜甫:"吾祖诗冠古。"(《赠蜀僧闾丘师兄》)

　　把许多律诗联在一起,歌咏一个题目,起于杜审言,杜甫学习了他的这一点,如《秋兴八首》。这种形式之所以重要,是以联章补偿诗歌短小的缺陷。

　　"独有宦游人,偏惊物候新":一开头就扣住了"和"字。

　　诗眼:诗中最重要,内容最集中的字眼。这首诗"偏惊"二字堪称诗眼(如有诗眼的话)。

　　"云霞出海曙":写太阳照云霞而发光,写色彩。"梅柳渡江春":切早春。

　　淑气(淑气催黄鸟):和气,美好的气候。

9月26日,星期二

宋之问《题大庾岭北驿》

　　宋之问得罪朝廷被放逐途中写的,表现了"逐臣"(弃妇)的感情,地点具有典型环境。相传大雁南飞到大庾岭,因天气温暖,不再往南飞了。庾岭即现江西大庾(今改作大余)县,是中原地区的人向南走的必经之地。岭的两边气候有较大的变化。北方的花正开着,南边的花已经谢掉了。1. 大雁不再南飞了,而自己还要往前走。2. 南方是古代放逐的地方。诗明白如话,不事雕琢。

　　阳月(阳月南飞雁):十月。传闻(传闻至此回):逐臣,不是土生土长。

　　"我行殊未已":我在不断地朝前走。"何日复归来":意思与前相对,人不如鸟,对自己的前途有深刻的惊惧。1. 平淡而深刻 2. 双句单意(使动荡的感情得到更充分地表现),实际作用是比。

江静(江静潮初落):是因为潮初落,耳朵可以听见的。

"林昏瘴不开":眼睛可见,点出南方的特殊环境。瘴就是雾,沼泽与蚊子多,导致生病,生活与感情相联系。

七八句(明朝望乡处,应见陇头梅),设想昨天的情况"南枝已落,北枝尚开",体现了"北驿"二字。用"陇头",避复字,因为题目已有"岭"字。

做律诗比做古诗讲究,避复字,避重韵。

如苏轼《送江公著知吉州》:"忽忆钓台归洗耳","亦念人生行乐耳"。自注:"二耳义不同,故得重用。"苏东坡是一个豪迈不羁的作家,但对艺术很讲究。王祈《咏竹诗》:"叶垂千口剑,干耸万条枪。"请苏改,苏轼不满意。(东坡有言:"世间事忍笑为易,惟读王祈大夫诗,不笑为难。"祈尝语东坡曰:"有竹诗两句最得意。"……坡曰:"好则极好,则是十条竹竿,一个叶儿也。"见《王直方诗话》引高愈语,载《苕溪渔隐丛话》前五十五、《诗话总龟》前三十九)

沈佺期《杂诗》(其三)

杂诗也是古意,表现丈夫出征,妻子在家怀念之情。

一、二句(闻道黄龙戍,频年不解兵),从丈夫处境写起,表现思妇之情。闻到:听说。黄龙:在现辽宁省开原县(今为市),双句单意。

三、四句(可怜闺里月,长在汉家营),形象丰满,女子正看到的月亮,难道不是征夫正看到的月亮吗?特点:用诗人口气写,既非男方,又非女方。

五、六句(少妇今春意,良人昨夜情),互文见义:每年春天,每个晚上,双方都互相怀念。

七、八句(谁能将旗鼓,一为取龙城),转出本意,谁能统率军队。龙城:是匈奴民族祭天的地方。因为国家不能抵御侵略,人民的正常生活受到干扰。

王昌龄《出塞》

典型地反映了边将无能,人民受苦。

一、二句(秦时明月汉时关,万里长征人未还),互文见义:第一句概括了历史情况,第二句展示现在。

三、四句(但使龙城飞将在,不教胡马渡阴山),是"谁能将旗鼓,一为取龙城"的另外一个写法,李广是将军中一个悲剧的典型。龙城是卢城的错字,卢龙——右北平。李广为右北平太守。

校勘学是专门校勘古书上的错字,清朝的一个学者阎若璩研究这个问题,提出龙城是卢城(《潜丘劄记》卷二)。王安石《唐百家诗选》本子上是"卢城"。

沈佺期《独不见》

上一首从对方写起的,这一首从女方写起。

"卢家少妇郁金堂",郁金:是一种香草,可以泡酒,"兰陵美酒郁金香"(李白《客中作》)。卢家:梁武帝萧衍《河中之水歌》简单介绍了卢家少妇。她是一个贫女子,原有情人王昌,但后嫁给卢家。梁武帝语:"人生富贵何所望,恨不早嫁东家王。"(《莫愁歌》)暗示单栖。

第二句"海燕双栖玳瑁梁",因为自己单栖。

第三、四句(九月寒砧催木叶,十年征戍忆辽阳),男女柔情写得有气势。顾恺之《捣练图》,因生丝不柔软,所以要捣过。捣衣的声音催落了木叶,虽无科学上的道理,但作者把感情和环境结合在一起。

第五、六句(白狼河北音书断,丹凤城南秋夜长),是三、四两句的延长和进一步发挥,白狼河(今辽宁省境内的大凌河,发源于白狼山)北已经很远了,而且还音书断。丹凤城是长安。相传有凤凰降落过,少妇所在地,不能睡觉。"更甚"后,应点断。此诗五句与三句相应,六句与四句相应,斜过来相应。

第七、八句(谁谓含愁独不见,更教明月照流黄),"谁谓(一作为)"是"谓谁"的倒文,"谓谁含愁"是问,"独不见"是答。"更教"的"教",念平声,流黄是杂色的绢照在织布机上。流黄是织布机上的绢,表现了心绪万端。

我举这一首诗,说明七言律诗在初唐已经成熟了,虽然某些平仄不合。

陈子昂《感遇》

陈子昂《与东方虬修竹篇序》:"文章道弊,五百年矣!汉魏风骨,晋宋莫传……仆尝暇时观齐、梁间诗,彩丽竞繁,而兴寄都绝,每以咏叹。思古人,常恐逶迤颓靡,风雅不作,以耿耿也。"(下略)

文艺理论往往产生于作家对文学的认识,他是七世纪人,二世纪指建安时期。

风:风格;格:格律。高级的成熟的内容和形式的统一。

比兴历代有不同的解释,为什么?很少触及"兴寄",通过兴的方法表现一种内容。杜甫也是这样,"不意复见此比兴体制"(《同元使君〈春陵行〉》序),而元结并未用比兴手法,而是采用赋体。唐朝的"比兴观"是指强烈反映社会内容、有崇高的思想感情的叫比兴。

"国朝盛文章,子昂始高蹈。"(韩愈)(《荐士》)高蹈:大步走。元遗山《论诗绝句》:"合著黄金铸子昂。"(三十首其八)杜甫:"终古立忠义,《感遇》有遗篇。"(《陈拾遗故宅》)

9月29日

昨天我听了诗歌朗诵会,同学们是勇敢的。虽然不成熟,但有蓬勃的热情,坚定的意志,冷静的思考,坚强的信心。

我们正在摆脱传统的因袭的重担,大踏步地向前进。我们不仅是思考的一代,而且是行动的一代。

上次讲陈子昂,他的主张一要有风骨,二要有兴寄。

陈子昂代表作品《感遇》三十八首,现称组诗,古代称联章诗。汉民族诗歌一般形式短小,为了表达丰富的生活图景,诗人想出了一个方法,写许多同样题目的诗。这种形式开始于《文选》。《古诗十九首》,其内容是复杂的,多数人做的,但由一个人选的。到建安时期曹植、王粲时有杂诗,由一个人做,而内容比较广泛。和后来比,规模较小。

阮籍的《咏怀》诗八十二首,文人化,用八十多首诗写他所感受的生活。他在中国诗歌发展中起了重要的作用。陈子昂、张九龄、李白等继承了他,李白写了《古风》五十九首,内容杂而且不写于一个时期。

杜甫将律诗和绝句更广泛地采用联章诗的方法,如《秦川杂诗二十首》、《秋兴八首》、《咏怀古迹五首》、《诸将五首》。结构是有机的,《诸将》是杜诗最好的诗篇之一,对当时的时局作了充分的概括的描写,就不容易。

陈子昂是很不幸的,死于冤狱。

"翡翠巢南海"(其二十三首),写多才为累。翡翠:是一种鸟,出自南方。珠树:三珠树,传说古代的一种宝树。烂锦衾:摆在床上做装饰。虞罗:管天子狩猎的官吏。信:实实在在。以上写鸟,比喻自己的境遇。

"朔风吹海树"(其三十四首),写侠客树功而不被重视。对侠客要一分为二,鲁提辖拳打镇关西是正义的。而武松醉打蒋门神就很难说谁是正义的。海:是指内陆的湖泊,如:青海、北海、中南海。"海"意不太清楚了,又叫青海湖,字也如此。采—彩—採,益—溢。亭:边境上的望楼。结发:男子二十而冠,女子十五而结。赤丸:摸丸子杀官吏报仇。海上:内陆湖边。被役:服役。"何知七十战,白首未封侯":用李广典故,李广,立功不赏的典型。

1. "子昂始高蹈"(韩愈《荐士》):恢复到建安时代,复古以变新。宋之问、沈佺期,虽有成就,但"风流初不废齐梁"(元好问句)(《论诗绝句三十首》其八)。

2. 陈子昂同建安时并不相近,而和鲍照勉强相近,为李白的出现奠定了基础。

文学史上有两种人物:一种是留下许多珍贵的艺术品,另一种是枢纽式的人物。像宋朝的欧阳脩,诗文做不赢他的学生苏轼,但他在文学史上起了很大作用。

陈子昂《登幽州台歌》

幽州台:在大兴县(今北京大兴区)。

"前不见古人":历史上作过贡献的人已经过去了,他抗拒寂寞地哭了,他就是一个低沉的诗人。这首诗是通过深刻的思考,通过议论的形式表现出来的。当时武则天统治是个可怕的局势。是喷出来的,不是流出来的,不用多,只有四句,对人生哲理的探索,对现实生活的关怀。有的人说诗不能有议论。为了便于说明,才有形象思维、抽象思维的概念,在实际创作和交谈中不能分开。From Mao to Mao 都有议论,这四句议论就塑造了诗人自己的形象。抒情诗的人物 = n + 1,总得把自己放进去。

用议论塑造人物形象是非常有力量的,如刘备三请诸葛亮,出山前的形象化描写以及他的一段议论。再如《红楼梦》中的议论,贾宝玉对宝钗、黛玉的议论,贾母对贾琏和林黛玉的议论之对比;巴尔扎克的中篇小说《纽沁根银行》,文艺性的结论。

议论塑造形象:议论用形象来表达,如《庄子》、《战国策》用形象比喻来发表议论,非常生动活泼,"运斤成风"说明配合默契。我们反对把形象思维和抽象思维截然分割以及写诗充分排斥议论。

王之涣《登鹳雀楼》

楼在山西永济市蒲州。

陈子昂登幽州台是一种心情,王之涣登鹳雀楼又是一种心情。我们举一些诗人通过对生活的体察而表现哲理:

杜甫:会当凌绝顶,一览众山小。(《望岳》)——登泰山而小鲁。

新松恨不高千尺,恶竹应须斩万竿。(《将赴成都草堂途中有作,先寄严郑公五首》其四)

刘禹锡:沉舟侧畔千帆过,病树前头万木春。(《酬乐天扬州初逢席上见赠》)

苏轼:不识庐山真面目,只缘身在此山中。(《题西林壁》)

苏轼在给滕达道的一封信中谈到他对新法的新认识(《东坡续集》卷四《与滕达道书》:吾侪新法之初,辄守偏见,至有异同之论。虽此心耿耿,归于忧国,而所言差谬,少有中理。今圣德日新,众化大成,回视向之所执,益觉疏矣)。

陆游:山重水复疑无路,柳暗花明又一村。(《游山西村》)

通过他们本人所咏的事物来体现一般的生活道理,这些诗句慢慢变成了谚语:"站得高看得远"。

这些道理具有人生意味的哲理,经过体验、归纳、抽象,这种生活哲理是伴随着对生活强烈的爱和憎,情理相通,情中见理,寓理于情,无情则无感。狗对食物有感,对牡丹花无感。

10月4日,星期四下午,北平1

上次举了一些例子,说明从个别的情境反映一般的生活哲理。

王之涣《凉州词》

通过这首诗想说明生活的真实与艺术的真实问题。凉州:在今甘肃河西走廊。许多音乐以地名标题:凉州大曲、伊州大曲、甘州大曲、石州大曲、渭州大曲。凉州词用凉州曲调。

一、二句(黄河远上白云间,一片孤城万仞山),写苍茫开阔的景象,黄河越爬越高直到云间,想象奇特。用"黄河之水天上来"(李白《将进酒》)很好解释,一是由下而上,一是由上向下。写天地相接。王勃:"秋水共长天一色。"(《滕王阁序》)

万仞山中有一片孤城,写边塞的孤寒,可以说写绝了,

"千嶂里,寒烟落日孤城闭"(范仲淹〔渔家傲〕),千嶂就是万仞山,不过更具体更形象。

前两句所见,后两句(羌笛何须怨杨柳,春风不度玉门关)所感。折柳赠别是风俗,音乐家谱成曲调。羯鼓、羌笛、胡琴。羌笛吹杨柳,表现"怨"字。"何须怨",凉州还有杨柳,玉门关更加荒寒,没有杨柳,深邃地写出了征夫的幽思。

黄河同玉门关不在一起,诗人把它写在一起,生活上不可能。有的本子上写"黄沙直上"。这个问题有争论,我在520学术报告会上谈到了这个问题,登在《南京大学学报》第三期上(《论唐人边塞诗中地名的方位、距离及其类似问题》,《南京大学学报》哲学社会科学版1979年第3期)。

生活真实是艺术真实的基础,允许艺术的夸张,允许对事实做某些改变,为了表现塞外荒寒的图景,允许这样写。现代文艺作品也有这种写法,如《攻克柏林》(由知名苏联导演米哈依尔·切阿乌列里导演的反映二战战争的电影,1949年上映),有几百门大炮,表现了红军的无坚不摧,这在实际打仗中是不现实的。出土文物:马踏飞燕(东汉青铜器,1969年10月出土于甘肃省武威市雷台汉墓,现藏于甘肃省博物馆)。现实主义不是说任何一点小小的地方都同生活一模一样。

618年唐建国到755年安史之乱,属于上升期,开元年间一片繁荣景象,"远行不劳吉日出","忆昔开元全盛日,小邑犹藏万家室"(《忆昔二首》其二)。然而,唐玄宗开元之治与天宝之乱正好形成鲜明的对比,宰相好坏是一个重要的原因。

唐太宗表现了民族团结,用蕃将,少数民族尊唐太宗为"天可汗"(念"克寒",kè hán),到玄宗时重兵转入蕃将手中。

安史之乱:带有民族斗争的性质的地方武装叛乱。在安史之乱前,矛盾就有所表现和反映。

仕和隐的矛盾：入世和出世的问题。
兼善天下与独善其身的问题。
比较富贵与比较贫贱的问题。
儒家与道家、佛家思想问题。
反映在文学上：边塞诗—田园山水诗。
除李、杜外，许多诗人往往以写某一方面诗见长；两者兼而有之者王维，解放后他的身价有起有落。

孟浩然《夏日南亭怀辛大》

一、二两句(山光忽西落,池月渐东上)，忽：太阳下山迅速；渐：月亮升上来慢。都是眼睛光觉(视觉)。

三、四两句(散发乘夕凉,开轩卧闲敞)，散发、闲居，做官的要束发带冠。

五、六两句(荷风送香气,竹露滴清响)，荷风是嗅觉，滴清响是听觉。

七、八两句(欲取鸣琴弹,恨无知音赏)，钟子期与伯牙的故事，摆掉典故理解也可。使事(用典)而使人不觉：当你不知道那个典故时，诗句构成的形象，也让人能懂。

九、十两句(感此怀故人,中宵劳梦想)，前六句实写夏夜，后四句虚写内心思维活动。结构紧而有穿插。

孟浩然《望洞庭湖赠张丞相》

张丞相：张九龄。当张九龄做荆州刺史时，孟浩然作过他的幕僚。

这首诗体现了他入世与出世的矛盾。甘于当隐士的，只能看到很小的景象，对雄浑壮丽的东西不感兴趣。如贾岛"行蛇入古桐"(《题长江》)。隐士而有用世之心，不甘寂寞，孟浩然也会写开阔的景象。

水平(八月湖水平):水长。太清:天的代名词。涵虚:水。混太清:水天一色。(涵虚混太清)

三、四句(气蒸云梦泽,波撼岳阳城),形容唐朝八世纪中叶洞庭湖的景象,云梦是两个很大的泽,湖北东南的沼泽地带,从岳阳到云梦。"波撼岳阳城",非常之雄壮。"星垂平野阔,月涌大江流。"(杜甫)(《旅夜书怀》)

五、六句(欲济无舟楫,端居耻圣明),由眼前景物想到自己,做出来的诗句。端居:安安闲闲地坐着。五句是比,六句是赋。由写景到写情。

七、八句(坐观垂钓者,徒有羡鱼情),临渊观鱼,不如退而结网。希望张九龄对自己有所推荐。

他家乡的刺史要推荐他,因喝酒而误事。又,孟浩然在王维家,唐玄宗来看他,他朗诵"不才明主弃,多病故人疏"(《岁暮归南山》),卒不用。(均见《新唐书》本传)这条材料不可靠,引用时要注意。这些材料怎样理解:一方面是"物语",编造出来的故事;另一方面很有用,编造的故事可以用来说明作者的思想感情的一个方面。

孟浩然《与诸子登岘山》

岘山,在襄阳。写法与上一首不同。上首诗景物阔大,通过第五句过渡到抒情。这首诗以咏叹为主,咏叹,议论之一种,形象性的议论。

一、二两句(人事有代谢,往来成古今),同《登幽州台歌》差不多。

三、四两句(江山留胜迹,我辈复登临),同宋之问的两句诗差不多。

五、六两句(水落鱼梁浅,天寒梦泽深),略微点境,不很突出。五句近处,眼前可见;六句想象中的远处,登高想象中的远处。

七、八两句(羊公碑字在,读罢泪沾襟),登岘山正意所在,羊祜是晋朝大将,镇守襄阳,为老百姓做了不少好事,老百姓为他树碑,该碑人们见了往往下泪,所以又叫"堕泪碑",孟浩然于现实生活没有完全忘情。

孟浩然、王维、常建,他们写山水是从谢灵运来的,去掉谢的板重,而表现出生动活泼的景象,通过形象来讲道理。李、杜的雄奇为他们所无。

崔颢《长干曲》
长干、横塘:南京地名。
这两首诗写南京,九江这里用来偏指南京附近广阔的水面。
一首:女子有两个心理状态:寂寞,男子有吸引她的地方。
二首:男子很高兴,表现相见恨晚,惶恐又高兴。

李颀《古从军行》
现在研究边塞诗有一个困难,难以确定哪边是正义的或非正义的,另外战争也有发展。这首诗很难判断,作者的事迹流传很少。
写从军,不着重写战争本身,而是写战争气氛和战争的后果。前半写战场气氛。
烽火(白日登山望烽火):烽烟,古代远距离警报装置,三十里一座,早晚报平安火,晚有火光,白天有烟。回乐烽是指烽火台,写成"峰"是错的。遇到问题,临时点烽火。**交河**(黄昏饮马傍交河):新疆维吾尔自治区吐鲁番县(今为市)。

三、四句(行人刁斗风沙暗,公主琵琶幽怨多),行人刁斗,用来报更的铜器,白天不须,用来形容"风沙暗"。公主琵琶:石崇《王明君辞并序》上来的:汉江都王女儿细君公主到乌孙"和亲",中外关系友好,派一贵族女子去结婚。远嫁很痛苦,汉王组织马上乐队为之解除痛苦。西汉末年嫁王昭君也如此(序:昔公主嫁乌孙,令琵琶马上作乐,以慰其远道之思。其送明君,亦必尔也。其造新曲,多哀怨之声),以后凡提到"和亲",都用"琵琶"这个形象,弹琵琶以表示幽怨,表现塞外风光。

五、六、七、八四句(野云万里无城郭,雨雪纷纷连大漠。胡雁哀鸣夜夜飞,胡儿眼泪双双落),连习惯于此地生活的"胡雁"、"胡儿"都哀鸣,更衬托了寒冷。

九、十、十一、十二四句(闻道玉门犹被遮,应将性命逐轻车。年年战骨埋荒外,空见蒲桃入汉家),用典故发表议论,说明打仗不值得。九、十句汉武帝时故事:贰师将军李广利,轻车将军李蔡。李广利长期在外作战不得休整,打报告要求到玉门关内休整,汉武帝很生气,派人守玉门关,谁进来杀头。

10月8日,北平1

小结:对同学们的考查
优点:
1. 独立思考,体现独立工作能力;
2. 文风"Fair play 应当快行"态度好,文风好。样式也比较活泼。

缺点：

1. 怎样把基本功更提高一步，我所指的不仅是分析的能力，而且是指把字写得端正，有的卷子我看了五遍，主要是因为字不认识，这体现了群众观点的问题。汉字的简化、规范化的统一的问题。

2. （1）可使用的材料没有经过认真的考核：有的同学引用江统《徙戎论》。西晋时的作家说这是他的少作，没有根据。（2）判断不科学："友谊到唐朝有很大的发展。"（3）用词不准确：升华，思想升华为行动。

3. 有的同学不肯勤奋，引用《史记》不得空着，引用材料要通过脑筋重新组织一遍。

4. 不要写过头的话，不要把对毛主席诗词的注释纯粹变成党史。

5. 宁可少些，但要好些，把装饰性的内容和语言去掉，对自己的精神产品经过检验，要把多余的东西开除，把不要的东西都砍掉。

继续讲李颀的《古从军行》，最后两句（年年战骨埋荒外，空见蒲桃入汉家）写得不偿失，口气很冷。空：白白地。表现了人民对战争的厌恶。

李颀《听董大弹胡笳弄兼寄语房给事》

董大：董庭兰，有名的琴师。房给事：房琯。给事：官名。弄：乐曲。胡笳：管乐。弹胡笳弄：把管乐变成弦乐。

一、二句（蔡女昔造胡笳声，一弹一十有八拍），管乐传统是蔡文姬做的，有曲文，究竟是谁做的，有争论，十八个乐章。

三、四句（胡人落泪沾边草，汉使断肠对归客），弹琵琶所受感动的情况，曹操派人接蔡琰的情况。边草＝塞草；归客＝蔡文姬,事实上写董庭兰的琴曲。

五、六句(古戍苍苍烽火寒,大荒沉沉飞雪白),补充描写当时的环境。

七、八句(先拂商弦后角羽,四郊秋叶惊摵摵),直接描写弹琴的情况。秋叶与他弹的情调是相符合的。

九、十句(董夫子,通神明,深松窃听来妖精),因为艺术高妙,连妖精也受到感动,连妖精都窃听。到李贺《箜篌引》"吴质不眠倚桂树,露脚斜飞湿寒兔",发展得更为奇幻,连月中神仙也为音乐声所陶醉而不眠。露脚、日脚、雨脚。

十一、十二句(言迟更速皆应手,将往复旋如有情),描写而有赞叹,使结构有变化。

十三、十四句(空山百鸟散还合,万里浮云阴且晴),鸟的变化,云的变化,似乎都能从音乐中表现出来。

十五、十六句(嘶酸雏雁失群夜,断绝胡儿恋母声),形容琴调凄苦,与蔡琰本事相联系。

十七、十八句(川为静其波,鸟亦罢其鸣),写琴声的间歇。

十九、二十句(乌孙部落家乡远,逻娑沙尘哀怨生),用汉唐公主远嫁来衬托主题。汉江都王细君公主嫁乌孙王,唐文成公主嫁吐蕃,金城公主嫁吐蕃。"哀怨生"、"恋母声",互文见义。

二十一、二十二句(幽音变调忽飘洒,长风吹林雨堕瓦),写风雨很猛。

二十三、二十四句(迸泉飒飒飞木末,野鹿呦呦走堂下),木末,树顶。四句写音乐间歇后高亢起来,同白居易《琵琶行》(冰泉冷涩弦凝绝,凝绝不通声暂歇。别有幽愁暗恨生,此时无声胜有声。银瓶乍破水浆迸,铁骑突出刀枪鸣)。

二十五到二十八句(长安城连东掖垣,凤凰池对青琐门。高才脱略名与利,日夕望君抱琴至),写兼寄房给事。东掖：皇帝宫殿东边的房屋。凤凰池：对中央官署的代称。二者是名与利的关系。而房琯脱略名利场,同时又赞扬了董大的琴弹得很好。不直致,一石两鸟,构思比较细致。

王维《洛阳女儿行》

相传王维做这首诗只有十六岁或十八岁,显示了才华,对社会生活有独特的看法。这首诗写一个姑娘嫁给一个有钱人,生活得很好……写当时出身很重要。有才能而无好出身受到压抑。

三、四句(良人玉勒乘骢马,侍女金盘鲙鲤鱼),写婆家生活的住处、情况。玉勒:玉装饰的缰绳。骢马:青白色的马。鲙:一般字典解释为鱼肉细致。唐朝吃生鱼称鲙,用纸隔下面的灰,还吸水分。

五、六句(画阁朱楼尽相望,红桃绿柳垂檐向),尽相望:写出建筑群。

七、八句(罗帷送上七香车,宝扇迎归九华帐),补叙出嫁情况。罗帷:步障,写妇女尊贵而未到清道的程度,设步障不让人看到。宝扇:仪仗队的羽扇。

九至十二句(狂夫富贵在青春,意气骄奢剧季伦。自怜碧玉亲教舞,不惜珊瑚持与人),写丈夫。剧:胜过石崇。碧玉:南朝时,汝南王妾。点名洛阳女儿是妾。

十三、十四句(春窗曙灭九微火,九微片片飞花琐),写通宵作乐,但写得含蓄。九微:精致的灯。飞花琐:有不同的解释,文学把飞当动词,琐指窗格。我觉得花琐是连接的花纹。

十五、十六句(戏罢曾无理曲时,妆成祇是熏香坐),写洛阳女儿的奢侈生活。理曲:练习曲子。

十七、十八句(城中相识尽繁华,日夜经过赵李家),赵李家:汉成帝的宠妃赵飞燕、李平的家。

十九、二十句(谁怜越女颜如玉,贫贱江头自浣纱),转出本意。

10月11日

对现实采取批评的态度。

安史之乱后,王维渐渐脱离现实生活,晚年大都用五言律诗的形式写的。孟浩然也如此,同样采用融合的生活态度。王孟并称,这些诗写得精美,给我们一种美学享受。除阶级斗争、自然斗争外,文艺还有什么作用呢?解放后有争论。我个人认为,为了丰富人们的精神生活,这些文艺作品还是需要的。山水、花鸟、音乐,描写风景的诗歌。《大众电影》:灰姑娘的照片。文学研究所的同志到贵州去讲学,被说是去放毒。我的意见是《"歌德"与"缺德"》(《河北文艺》1979年第六期,当时引起争论)的作者不必忙于检讨,而要充分进行讨论。

王维《山居秋暝》

暝:太阳落山称暝。辋川,蓝田县,终南山。

写眼极目可见的境界。

一、二句(空山新雨后,天气晚来秋),环境、季节、气候。空山:除自己外没有其他人。晚来秋:体现夏末秋初。

三、四句(明月松间照,清泉石上流),白描动人:"虽不识字人,亦知是天生好言语。"(晁补之评秦观〔满庭芳〕三句语,见《能改斋漫录》卷十六)"斜阳外,寒鸦万点,流水绕孤村。"(秦少游词)(〔满庭芳〕)。赋体:白描,是最基本的。这两句既非比也非兴。

五、六句"竹喧归浣女,莲动下渔舟"和上两句扣得很紧,姑娘是多的,渔舟是孤舟,下字准确。句子结构:生活熟悉,想当然耳。想当然是诗人想象中的活动,使人有想象的余地,闻竹喧知浣女归,见莲动知渔舟下。

柳宗元《永州八记》:"隔篁竹,闻水声,如鸣佩环,心乐之,伐竹取道下。"

李商隐:"月姊曾逢下彩蟾,倾城消息隔重帘。已闻佩响知腰细,更辨弦声觉指纤。"

后羿偷吃仙药飞月变成癞蛤蟆,后人觉此形象不美,把仙女和蛤蟆分开。

实际生活中,弹弦的手指是不纤细的,这也是想象出来的。

附:苏轼《续丽人行》(全诗详329页)

我是说,想当然不仅局部可用,而且整首可用。周昉:著名画家,善画健壮的美女,体现当时的审美观点,元明清以后不同。这幅画画一个宫女伸懒腰,不见人面。

《续丽人行》:杜甫有《丽人行》(详155页)。

从不同角度揭发以皇帝为首的多妻制度,精神生活、物质生活矛盾。

一、二句(深宫无人春日长,沉香亭北百花香),环境非常好。

三、四句(美人睡起薄梳洗,燕舞莺啼空断肠),薄,淡与浓相对。薄梳洗:淡妆。浓妆:严妆、盛妆。燕、莺无知。空断肠:人之感情。

五、六句(画工欲画无穷意,前立东风初破睡),无穷意,丰富的内心活动。背立东风,宫女内心与东风不协调。王少堂讲张飞大喝,只张嘴不发声,听众想象声音多大就有多大。

七、八句(若教回首却嫣然,阳城下蔡俱风靡),回眸一笑百媚生,六宫粉黛无颜色。这里用《登徒子好色赋》的典故。

一至四句,苏东坡所想的。五至八句,周昉的画。

九句(杜陵饥客眼长寒),写杜甫作为陪衬。跳跃性大。如果有天才,苏轼是一个。杨国忠姐妹是得意的,陪衬周昉失意人,作对比。这需要很大的腕力和很丰富的想象。眼长寒:饿眼,未看过贵妇人的生活。

十一句(隔花临水时一见),时一见:偶然瞄到一点。十二句"只许腰肢背后看",也只看到背面。

十三、十四句(心醉归来茅屋底,方信人间有西子),把杜甫写得很寒酸,嘲笑也是一种鞭笞。

十五、十六句(君不见孟光举案与眉齐,何曾背面伤春啼),坦率地说一夫一妻制好。《后汉书·逸民传》:看到皇帝奢侈,民不聊生,写《五噫歌》。孟光丑,能举石臼。诗有议论是允许的,是诗的有机组成部分。我是说,背面内人(宫人),从前台写到后台,与王维两句(《山居秋暝》:随意春芳歇,王孙自可留)写法是一回事。《楚辞·招隐士》:"王孙兮归来,山中兮不可以久留。"王维最后两句反用"招隐士"(《招隐士》,淮南小山作,究竟谁作不知),是以上六句的收束,赞美风景之好。

王维《终南山》

一山一水,可以放在一起读,都体现雄浑风格。

《终南山》一、二句(太乙近天都,连山接海隅),地域,终南山所在地。太乙:终南山别名。连山:山脉。接海隅:不好讲,终南山在陕西,距海很远。一种说是诗的夸大之词。另一种说法:《史记·张仪传》称关中平原为"陆海",韩愈诗中也用过。

三至六句,写山的高大。三、四句(白云回望合,青霭入看无),写云的变动,仰望所见,写天。五、六句(分野中峰变,阴晴众壑殊),写地。分野:中国古代哲学,天人统一,日食、月食,地震就会给人带来灾难。天人交感,或者是天人感应。天、地相对应。"分野中峰变",天上的分野由终南山而改变。

七、八句(欲投人处宿,隔水问樵夫),点名游终南山,人迹稀少。

王维《汉江临泛》

泛,一本做眺。坐小船在水中玩,从诗意看"眺"更恰当些。汉水,襄阳流到汉口或长江。西汉水,即嘉陵江。

一、二句(楚塞三湘接,荆门九派通),写汉江可涉及的地方之远。襄阳:战国时,楚秦接壤的地方。楚塞——指襄阳。三湘接,接到湖南,形容由北到南非常广阔。"荆门九派通",也写水势大,由西向东设想;"楚塞三湘接",由北向南设想。毛主席:"云横九派浮黄鹤,浪下三吴起白烟。"(《登庐山》)可参考。

三、四句(江流天地外,山色有无中),江不知流到哪儿去,山色有无中。

五、六句(郡邑浮前浦,波澜动远空),浦,小水流入大水。郡邑好像浮在水面上。写水的浩渺、奔腾。

七、八句(襄阳好风日,留醉与山翁),应酬话,客气话,不占主要位置。晋朝,襄阳有个官叫山简。写山写水都非常有特征地写出雄浑的一面。

10月15日,星期一,北平1

王昌龄的七言绝句

五言律诗之流行是考试制度决定的。再次就是七言绝句。小,做起来方便;入乐。湖北东部山歌,七言的句子是基本形式。

王昌龄《从军行》

原有七首,这里选三首,构成一个有连续性的图画。中国文学批评有独特的民族形式:佳句则圈,警句则点。坏句子则打杠。如《纪批苏诗》。纪昀,用符号代表自己的意见,然后在旁边加上批语。另一种形式是选。"选本"是文学批评的一种形式,选与不选代表一种决策。作者的风格可以通过选本,表现得更鲜明。如《昭明文选》之《古诗十九首》,风格相近。

中国的文学批评绝大多数是诗话的形式。谈诗的随感录,篇幅短小,省略了过程。中国古代批评家习惯于用语录体。写结论,不写过程,《论语》《道德经》皆如此。影响到文学批评的发展,如今天的"断想"、"思想的火花"之类。

三幅图画:第一,征人怀念家乡;第二,生活艰苦,下决心完成祖国的任务;第三,战胜立功、完成任务。

第一首(其一:烽火城西百尺楼,黄昏独坐海风秋。更吹羌笛关山月,无那金闺万里愁),烽火台离城有点距离:由军人思乡想到家人怀念征人。

第二首(青海长云暗雪山,孤城遥望玉门关。黄沙百战穿金甲,不破楼兰终不还),1.青海原即湖名,现又加"湖"。2. 暗:长云压得较低。地名和实际情况不相符合:楼兰在新疆、青海;玉门关在甘肃。放在一起表现广袤的情景,让你想起历史上这些地方作战的情景。

第三首(大漠风尘日色昏,红旗半卷出辕门。前军夜战洮河北,已报生擒吐谷浑),写作战。

三幅连续性的图画,所写实际与"四人帮"所说是相反的,既有英雄行为,又写了人之常情,怀念家乡、苦。英雄不是不痛,而是不怕痛;英雄不是不死,而是不怕死。写普通将士的高贵感情。

王昌龄《长信秋词》(其三)

长信:汉宫名,太后住的地方。有一个博士(汉宣帝时,披香博士淖方成,宫廷女官)看到赵飞燕,说她是祸水,汉朝是火德,"灭火必矣"(《飞燕外传》、《资治通鉴》引及)。班婕妤自请和太后住在一起,和宫怨诗不同。坏人当权,好人受气。表现班婕妤一个秋天的思想活动。

一句(奉帚平明金殿开),句子颠倒;二句(且将团扇暂裴回),诗有跳跃,未写扫地,"奉帚"二字就过去了。她的行动在徘徊,她的内心也在徘徊,与《怨歌行》(班婕妤:新裂齐纨素,鲜洁如霜雪。裁为合欢扇,团团似明月。出入君怀袖,动摇微风发。常恐秋节至,凉飙夺炎热。弃捐箧笥中,恩情中道绝)连在一起读。一、二两句写人。

三句(玉颜不及寒鸦色),鸦色,有时表现漂亮。李贺:"纤手却盘老鸦色,翠滑宝钗簪不得。"(《美人梳头歌》)《西洲曲》:"单衫杏子红,双鬓鸦雏色。"翠眉,黑得发绿。色调也有民族特色。四句(犹带昭阳日影来),日影:皇帝的恩泽。

为什么过去这首诗评价高?文学批评史上强调温柔敦厚,怨而不怒,怨未到抗争的地步。这首诗一点反抗性没有,但在艺术上写得非常成功。

王昌龄《芙蓉楼送辛渐》

第一句(寒雨连江夜入吴),写自己回到吴。
第二句(平明送客楚山孤),送客辛渐。吴头楚尾,吴楚交界地。

第三、四句(洛阳亲友如相问,一片冰心在玉壶),我是清白的,我是无罪的。

高适《燕歌行》

中国有个特点,国力雄厚时皇帝好大喜功,侈心开边。唐高祖对突厥称过臣,太宗持守势。玄宗产生侈心。

"天子"句(天子非常赐颜色):皇帝尝赏赐张守珪一首诗。

"战士军前半死生,美人帐下犹歌舞":下很大力量兜转过来对句,对比强烈,把人民作为整体来写,说明作者还是有思想认识的。古典作品中很少的人把生活在底层的人当作主角来写。

常轻敌:战略上藐视敌人。未解围:作战结果。(身当恩遇常轻敌,力尽关山未解围)

玉箸(玉箸应啼别离后):女子眼泪的美称。

三时:早中晚。阵云:战尘。(杀气三时作阵云)

寒声(寒声一夜传刁斗):耳朵的听觉用皮肤的触觉来描写。"通感",感官互相交通,"寒心","心冷"。

君不见(君不见沙场征战苦):转本意。"至今犹忆李将军":中国人民对历史上做过事的人都很怀念。

谈谈对偶。《文心雕龙·丽辞篇》讲到四种对子。

1. 言对:诗人用自己的语言写出来的。派生出言与事相对。

2. 事对:用典故对典故。

3. 正对:两句意思不存在矛盾,偏到一边。

4. 反对:两句从两方面说明一个问题,这两方面一正一反。比如"横眉冷对千夫指,俯首甘为孺子牛"(鲁迅《自嘲》);"新松恨不高千尺,恶竹应须斩万竿"(杜甫《将赴成都草堂途中有作,先寄严郑公五首》其四);"身无彩凤双飞翼,心有灵犀一点通"(李商隐《无题》)。宋朝对对子又发展变化了。古人论对子的书很多,最详细的是遍照金刚《文镜秘府论》。他是唐朝一个日本留学和尚,中国称他空海法师。上面讲了二十九种对,分析过于繁琐。

高适《人日寄杜二拾遗》

表面上寄给杜甫,实际上是发自己的牢骚,"遥怜古人思故乡"。

柳条、梅花(柳条弄色不忍见,梅花满枝空断肠):想象杜甫思念家乡的感受,不能安慰怀乡病。

身在(身在远藩无所预):开始写自己。

10月18日,星期四,北平1

古代诗人赠答,用音乐名词叫"唱和",还有一种"追和",多长时间以后才和的。今天讲一讲杜甫相隔十年后答高适《人日寄杜二拾遗》一诗。

杜甫《追酬故高蜀州人日见寄(并序)**》**

开文书帙中,检所遗忘,因得故高常侍适(往居住在成都时,高任蜀州刺史)《人日相忆见寄》诗。泪洒行间,读终篇末!自枉诗已十余年,莫记存殁,又六七年矣。老病怀旧,生意可知。今海内忘形故人,独汉中王瑀与昭州敬使君超先在,爱而不见,情见乎辞。大历五年正月廿一日,却追酬高公此作,因寄王及敬弟。

古诗题目简单。《诗经》无题,摘首句二字为之,诗题不能说明内容,汉代学者加以说明,称为"小序"。此传统为后人所继承。如果题目能说明白,不加小序;不能说明内容,加小序。如《焦仲卿妻》,再如高适《燕歌行》,前者是后人加的,后者是自己加的。献酬——饮酒。杜甫又进了一步,杜甫的这首诗题能反映内容,但不够,故又写了一篇较长的小序,因为他还要送给其他人。发展到南宋,姜白石更在题目上下功夫,把序组成长题目。

"枉":谦词,不记高适寄诗。"生意可知":生活意趣,可想而知了。"忘形":不拘礼节。昭州:在今广西平乐县。爱而不见:矅。

自蒙蜀州人日作,不意清诗久零落。今晨散帙眼忽开,迸泪幽吟事如昨。呜呼壮士多慷慨,合沓高名动寥廓。叹我栖栖(一作凄凄)求友篇,感君郁郁匡时略。锦里春光空烂熳,瑶墀侍臣已冥寞。潇湘水国傍鼋鼍,鄂杜秋天失雕鹗。(九至十二句,两句讲高适,两句讲自己)东西南北更谁论?白首扁舟病独存!(一句三层意思,较多的意思用较少的语言来表达,称炼句,就东西南北生发)遥拱北辰缠寇盗,(局势)欲倾东海洗乾坤。(东是海,此处讲个人希望)边塞西蕃最充斥,衣冠南渡多崩奔。(很多人到江南避难)鼓瑟至今悲帝子,曳裾何处觅王门?(无地可生活)文章曹植波澜阔,服食刘安德业尊。(比汉中王)长笛邻家(一作谁能)乱愁思,(向秀《思旧赋》)昭州词翰与招魂!(宋玉写过《招魂》)

着重看一看杜诗与高诗是怎样对应的。高适诗着眼点在失意,杜甫很多篇幅赞美高适。诗歌开始平起。

零落:草曰零,木曰落。慷慨:内在品质上的正直。合沓:重重叠叠。郁郁:指盛大,而不指忧郁。

岑参《白雪歌送武判官归京》
在边塞诗人中,他有生活经验,逼真。总的来说乐观一些,在音节的使用上有创造性。
折(北风卷地白草折):只有在植物干涸时,很脆,才能吹折。用得很有特色。
卢纶《塞下曲》"雁飞"(月黑雁飞高)与大雪是否矛盾呢?请看《白雪歌》(胡天八月即飞雪)。
"忽如"二句(忽如一夜春风来,千树万树梨花开),没有生活经验写不出,同时也体现了作者的乐观主义精神。两句仄声,转为两句平声,两句一转,两句一转。
《白雪歌》、《轮台歌》、《燕歌行》地名不实。1. 比拟系统,用汉比唐。2. 现实的系统。

岑参《轮台歌奉送封大夫出师西征》
"誓将报主静边尘":逻辑上颠倒。
川(《走马川行奉送封大夫出师西征》):不指河床。米粮川,走平原。

10月21日,星期一

边塞、田园诗都反映了时代面貌,反映了社会矛盾,这是755年以前的情况。反映动乱的代表作家是杜甫。现稍微详细讲一点,李白与杜甫。我不准备重复文学史上讲过的东西。

李　白

主要讲三个词：1. 思想基础，2. 创作方法，3. 题材。

1. 思想基础

李白是否混有少数民族血统，学术界有争论。他的气质与中原文化有差别，但比重不大。他还是受中国传统文化影响较大。

他受游侠影响大，很有一些纵横家的议论（苏秦由北向南，张衡主张由东向西），但绝不能排斥他所受儒家思想影响的很大比重。如《古风》五十九首，第一首最后两句"希圣如有立，绝笔于获麟"，就来源于《春秋》。孔子看了麒麟以后，就不做《春秋》了。李白也要像孔子写春秋一样，利用文字来表示对政治社会的态度。"四人帮"赠李白法家的徽号。嘲俗儒，"凤歌笑孔丘"（《庐山谣寄卢侍御虚舟》）；其实韩愈也提到"丘、轲"。利用只言片语，这本身就是非马克思主义的。

李白对道教是很接近的，他受过"箓"。箓是一种符，受箓相当于佛家的受戒，李白还把他的夫人也带去受过箓。但是就没有法家的影响在他的诗歌中有什么反映。儒家采取入世，即干预生活；道教、佛教口头上，采取出世的态度。李白两方面都有，所以他思想上有出世与入世的矛盾。

我所要补充的是在下面：纵横家、游侠对封建秩序是妨碍的，而儒家思想在传统上是维护封建次序的。儒、道、佛都要强调和平，有一致性。我们不仅要估计入世与出世的矛盾，而且也要了解它们的一致性。复杂，不至于导致简单的划分，如像"四人帮"那样把他归为"法家"。

2. 创作方法

五十年代就托尔斯泰、巴尔扎克的作品，围绕着世界观与创作方法的问题展开了讨论。胡风提出这个词,目的在于使文艺创作摆脱党的领导,取消文艺工作者的思想改造,理所当然地受到了批判。今天看这个问题,我个人认为世界观不是铁板一块,好就是绝对的好,坏就是绝对的坏。世界观是复杂的,世界观当然也指导创作。

李白的浪漫主义有积极的,也有消极的。向往积极的理想生活是积极浪漫主义,向往消极的理想生活是消极浪漫主义。现实主义、浪漫主义都植根于生活,都是对现实里黑暗东西的一种否定。杜甫如此,陶渊明也如此。

李白希望功名富贵同理想政治统一起来。就他个人个性来说:坚持正义、渴望自由。在扬州散金。然而他所活动的政治时期要想成功,必须牺牲正义、放弃自由。他一辈子热衷于政治运动,但都没有成功,他很缺乏政治经验。另一方面,他非常希望成仙。各式各样的矿生在一个矿床里面。不要简单把他评价为积极浪漫主义。

3. 李白诗的题材

既反对题材决定论,又反对题材无差别论。鲁迅说:"从水管里流出来的是水,从血管里流出来的是血。"

我想回答这么一个问题:为什么李白写反映人民疾苦的诗很少,而他的诗却流传下来,普遍受到欢迎。直接描写人民痛苦,把自己的痛苦和人民放在一起,反映疾苦的诗也有,如"白骨成丘山,苍生竟何罪"(《经乱离后天恩流夜郎忆旧游书怀赠江夏韦太守良宰》),但少。

古人说他是诗仙,也就是脱离现实,其实对他了解不深入。李白歌颂好的,也就是批评了坏的。例如歌颂历史上的英雄人物、祖国山川、一花一木、纯粹的友谊、忠贞的爱情。

他对专一的爱情的描写,难道不是对一男多女制的批判吗?他写了人类的美,鼓励人们去爱好美,在最广泛的方面写人们向往的美。只找个别的例子下结论是不对的。

为什么李白不能完全转到现实主义方面来?文天祥宋末状元、宰相、诗人,早年诗不高明,看相也写诗。但"孔曰成仁,孟曰取义。惟其义尽,所以仁至。读圣贤书,所学何事?而今而后,庶几无愧!"通过大变乱,改变了诗风。

李白基本上脱离了当时的斗争生活。天宝十四年(755),在宣城游山玩水。756年,在溧阳、浙江、庐山。李璘_(六月被玄宗任为四道节度使、江陵郡大都督,至江陵,招兵设官。十二月擅自东巡,与长江下游诸郡冲突;次年遭讨伐而亡。见新旧《唐书》本传)。757年,九江狱中。758年,至洞庭,大作风景诗。759年,武昌。760年,60岁。761年,南京。762年,当涂采石矶。这些诗很难看到时代的烙印。而杜甫则不同,说明生活决定创作(工部员外郎,编外人员)。

《李谪仙醉草吓蛮书》(《警世通言》第九卷),人民群众喜欢李白看不起权势人物,把他写得形象很优美。市民文学。

李白《经下邳圯桥怀张子房》

黄石公(公对老年人的尊称)、碧流水(唯见碧流水,曾无黄石公),借对——结构不完全一样,字面大体相对。欧阳修词:"白发戴花君莫笑,绿幺催拍盏频传。人生何处似尊前?"(〔浣溪沙〕)绿幺是一个曲调名,是"六幺",为了借对写成"绿幺"。白居易"初为霓裳后六幺"(《长恨歌》)可为佐证。

李白以张良自比,说自己没有遇到黄石公这样的人物,在客观的描述中表现主观愿望。这首诗也如此。

有的怀古诗不是如此。附:《经漂母墓》(刘长卿)。帮助别人,不希望报答;受到别人的帮助,一定要报答的品德。"已千秋"(兹事已千秋)、"樵人识"(古墓樵人识),表现人民对这件事的怀念。这首诗作者自己没有介入进去。

10月25日,北平1

下周改教学楼101室。

咏史就是咏怀,一般咏个人情怀,但也有超出个人以外的政治感情。如《远别离》。

中国相传有尧(唐),舜(虞),禹(夏),儒家经典记载他们之间禅让。另外有些书《竹书纪年》说舜夺权,某地尚有"围尧城",舜到湖南宁远县九嶷山而死。可能他们之间有斗争更符合实际一些。

《远别离》实际上是写唐朝的政治。杂言诗,伸缩变化较大。采用这种形式比较善于表现感情的激荡。

浦(潇湘之浦):小水流入大水。

鬼(猩猩啼烟兮鬼啸雨):古人"鬼"的概念,"山鬼"和我们现在人死了变鬼不完全一样。星天不能洞察我之忠诚(皇穹窃恐不照余之忠诚)。当之(尧舜当之亦禅禹):当着那种情况。《秋兴八首》(其二):"听猿实下三声泪,奉使虚随八月槎。"人们评论"实"字用得笨拙。的确"叫了三声"。龙颜、龙庭、龙袍,龙(君失臣兮龙为鱼),君象。

舜崩于苍梧之野。苍梧(恸哭兮远望,见苍梧之深山):湖南、广西交界处宁远县一带。

这首诗表面上歌颂了一个传统,这个传统是经过儒家粉饰过的历史。李白、杜甫这些诗人对唐玄宗抱有复杂的感情,早年励精图治,晚年任用李林甫、杨国忠。唐玄宗大权旁落,李白的预见性,不幸而言中。真正的大作家都有预见性。

以上两篇诗,代表李白诗一个方面,属于过去的,又是现实的。

李白《梦游天姥吟留别》

留别不重要,主要写梦游天姥。开头用传统中的瀛洲(海客谈瀛洲,烟涛微茫信难求)引出所要去的山。各两句对起。

下写天姥山之高,用其他山来比,又分两层,一用远处的山比,一用近处的山比。横(天姥连天向天横):横行霸道的横。"我欲因之梦吴越,一夜飞度镜湖月"两句是过渡。镜湖,就是鉴湖。"脚着谢公屐,身登青云梯",真幻相间。《洛神赋》:"凌波微步,罗袜生尘。"真与幻的高度统一。宋词人张先:"昨日乱山昏,来时衣上云。"(〔醉垂鞭〕)李白这样写是为写梦境服务的。没有幻想就没有文学,但幻想、想象必须植根于生活之中。

"半壁见海日,空中闻天鸡。"写山高,对第一段补充。以上景色明朗,下面景色起了变化。"慄"、"惊"(慄深林兮惊层巅),不是说人。"洞天石扉,訇然中开。"又是过渡,以下写神仙居住的地方。

"日月照耀",不能同时照耀,也是偏义复词。这首诗的特点是真幻交替。

"虎鼓瑟兮鸾回车",仙人有乐队。鹿要白,与青对(且放白鹿青崖间),"仙人骑白鹿"(汉乐府民歌《长歌行》)。

李白《蜀道难》

"危乎高哉",正襟危坐,危也是高。

战国以前就有蜀文化。蜀与巴不一致,巴在重庆、成都一带。

"可以横绝峨眉巅",省掉"鸟"这个主词,意思是只有鸟才能横绝峨眉巅。

这个神话反映了蜀秦文化交流的愿望。

怎样理解"鸟道"与"黄鹤之飞尚不得过"之间的矛盾。诗人主要是为了调动一切手段来描写。

李白写蜀道:"山从人面起,云傍马头生。"(《送友人入蜀》)范成大:"侧足三分垂坏磴,举头一握到孤云。"(《判命坡》)

李白为何做这首诗争论很大。担心唐明皇,要他早回,合理而不可靠。但也确实表现了。

10月29日,星期一,教学楼101

今天讲几首写爱情与友谊的诗,杜甫不会写爱情诗,这是他的欠缺。"今夜鄜州月,闺中只独看"(《月夜》)写家庭生活,直接写爱情的很少。李白特点乐观,写离别之感也乐观,积极浪漫主义无所不在,豪迈。

李白《长干行》(全诗详219页)

读这类诗,注意他非常自然,很少雕琢,行云流水,不很费气力,其他的一些雕琢作品,人为的成分多些。

这首诗受《西洲曲》的影响很清楚。这首诗基本上是抒情诗,但叙事成分较多,两者结合交错使用。真正的诗往往吸收口语成分:"青梅竹马,两小无猜"。

"常存抱柱信":写得美满,为下面写离别张本。王建《望

夫石》:"望夫处,江悠悠。化为石,不回头。山头日日风复雨。行人归来石应语。"(人变石,石变人,用意深刻)

"五月不可触,猿声天上哀":女子所想像中的丈夫危险处境。

迟(门前迟行迹,一一生绿苔):等待。她丈夫出去,她也懒得出去了。底下写景。五到八句,时间不长而感情很深。

坐(坐愁红颜老):遽、就、即、顿时。后四句(早晚下三巴,预将书报家。相迎不道远,直至长风沙),写女子说给她丈夫的话。

这首诗写第一次离别之情。

李白《春思》

古汉语中,思往往偏于爱情,"室思"、"思妇"。

一、三两句,讲男怀归,二、四两句,讲女怀念。(燕草如碧丝,秦桑低绿枝。当君怀归日,是妾断肠时)季节有差异,但怀念是相同的。后两句(春风不相识,何事入罗帏),写女子纯洁的爱情,自然界的春天,代替不了爱情的春天。

李白《长相思》

前三句(长相思,在长安。络纬秋啼金井阑,微霜凄凄簟色寒),点明季节。孤灯(孤灯不明思欲绝):室内,时间。美人(美人如花隔云端):不分男女。

这首诗写得很开阔。

李白《送友人》(下面送别友人诗)

李白很洒脱,不缠绵。

首两句(青山横北郭,白水绕东城),的对。"玉楼巢翡翠,金殿锁鸳鸯。"(李白《官中行乐词》)唐多用,宋人少用,因为看到上句,就使人想到下句。

宋陈与义:"客子光阴诗卷里,杏花消息雨声中。"(《怀天经智老因访之》)

"此地"两句(此地一为别,孤蓬万里征),是流水对,双句单意,后人难以企及。表面看不对。

后两句(挥手自兹去,萧萧班马鸣),联系《孔雀东南飞》识马声(新妇识马声,蹑履相逢迎。怅然遥相望,知是故人来。举手拍马鞍,嗟叹使心伤)。由人到马,仿佛马也受到感染。

李白《劳劳亭》

通过写杨柳写亭,这是早春诗,这是从贺知章"二月春风似剪刀"那首诗来的。请看王维《送沈子福之江东》一诗。

杜　甫

1. 诗圣:集大成;2. 诗史;3. 沉郁顿挫。

1. 诗圣:集大成

元稹《杜甫墓志》:"尽得古今之体势,而兼人人之所独专。"(《唐故工部员外郎杜君墓志铭并序》)这是元稹研究了杜甫以后所作的结论。两个来源:1. 杜诗,2. 杜甫对诗的评论。

把杜与李比较:杜观点更高于历史主义眼光。

李白《古风》:"自从建安来,绮丽不足珍。"对此一分为二,就恢复传统而言是对的,一笔抹煞是不对的。杜称李白:"清新庾开府,俊逸鲍参军"(《春日忆李白》);"李侯有佳句,往往似阴铿"(《与李十二白同寻范十隐居》)。

杜对"王杨卢骆"的评价:"当时体"(《戏为六绝句》其二),赶时髦。

"集大成"是孟子赞美孔子的话,与诗圣相联系。无所不包是因为他无所不学。谦虚是他的伟大之点,他善于吸收任何有营养的东西,他的思想方法、工作方法不仅造就自己,而且造就了历代诗人。他使用的手法比别人多,再加上他生活颠沛流离。

杜甫《偶题》(全诗详318页)

一段谈诗,一段谈生活。前半段对理解杜甫有帮助:这首是排律。

文章得失只有自己才知道。清赵翼《论诗绝句》:"只眼须凭自主张,纷纷艺苑漫雌黄。矮人看戏何曾见,都是随人说短长。"(五首其三)雌黄:一种矿物。一说雌黄,相当于现在的橡皮,写错了可用雌黄涂掉。文学欣赏应当有自己的观点。

儒家就内容说:"温柔敦厚。"(《礼记·经解》)艺术:"情欲信,辞欲巧。"(《礼记·表记》)"辞达"(《论语·卫灵公》)。达与巧不矛盾。"达"就是充分表达。

"语不惊人死不休",我写不出最好的句子,死不瞑目。

"集大成"应从这个角度去考虑,对我们学习也是这样。

2. 怎样理解诗史

他文字上反映了广阔的生活,反映了政治,好像一部史书。

杜甫开始写新乐府,或新题乐府,汉乐府就带有叙事性质。入乐,古代记谱能力差,亡佚。李白做乐府,古题乐府,题目古,内容涉及当代,但模仿古题。

杜甫《兵车行》、《丽人行》都是新乐府。用叙事兼抒情的体裁反映现实生活。他作为新乐府的先驱,而被称为诗史。在一千四百多首诗中,叙事的新乐府占少数。必须从抒情诗的角度来看他的"诗史",他的抒情诗,哪怕是咏物的,都和时事联系起来。他写出了一个爱国的知识分子对事物的看法。《登岳阳楼》:"昔闻洞庭水,今上岳阳楼。吴楚东南坼,乾坤日夜浮。亲朋无一字,老病有孤舟。戎马关山北,凭轩涕泗流。"《秋兴八首》,甚至看公孙大娘跳舞(《观公孙大娘弟子舞剑器行并序》),都把时事加以联系对比。

元稹《酬孝甫见赠》:"杜甫天材颇绝伦,每寻诗卷似情亲。怜渠直道当时语,不著心源傍古人。"后句"傍古人",指抄袭前人所描写的生活。

11月1日,星期四,教学楼101

3. 沉郁顿挫

杜甫《进雕赋表》上说他的文章是"沉郁顿挫"。现在理解"沉郁顿挫"是他的风格。沉:不浮。郁:郁闷,郁结。有一种思想感情压在心里,不那么容易表达出来。"无可奈何之境,万不得已之情",因为事实不容易做到,他恨,恨得很厉害,不能不恨;他爱,爱得很厉害,不能不爱。诗歌是发愤之作,"《诗》三百篇,大抵圣贤发愤之所为作也。"(司马迁《报任少卿书》)恩格斯说:"愤怒出诗人。"(《反杜林论》)两者非常接近。过去着重点在揭露,现在有歌颂的一面。

沉郁:内容积蓄了,感情不得已而发出来。

顿挫:挫折,现在的语言指节奏感,感情上的节奏,表现为语言上的节奏。写毛笔字会体会到节奏感。文学形式上的任何节奏感,都是内心节奏感的反应。

沉郁的心情，一定要靠强有力的顿挫才能表达出来，长诗能表达，短诗也能表达。杜甫的风格是多种多样的。把会做诗的人与诗人区分。愤怒，代表人民与时代。

杜甫《自京赴奉先县咏怀五百字》
和《北征》一起是他的代表作。

他的性格和他所追求的理想互相矛盾，正直在当时不可能实现自己的理想，当时处于富有爆炸性的局势，这首诗体现了他的预见性。伟大的诗人，时代的先驱者，历史的见证人，李白的《蜀道难》亦如此。

题目"咏怀"，实际上也记事，也写景，也抒情。

杜甫做应酬诗，也只能算是会做的人。

穷年(穷年忧黎元)：一年到头。肠内热(叹息肠内热)：肚子里一团火。

"非无江海志"：不是没有。

现在的白酒是元朝以后才会做的，元朝以前的白酒相当于浮滓酒。考察，写一个书评就是考察。主要是请大家指出《古诗今选》的缺点错误。11月底以前交。

骊山(凌晨过骊山)：绿叶碧栏相应映，这是一个特权的地方，杜甫重点就进行了对比。

王母(瑶池气郁律)，唐代很多诗把杨贵妃比王母。

殷(乐动殷胶葛)："盛大"，引申为"充塞"。

聚敛(聚敛贡城阙)：读过《论语》，就会觉得这句诗分量重，没读过就不会觉得分量重。《论语·先进篇》："季氏富于周公，而求也为之聚敛而附益之。子曰：'非吾徒也！小子鸣鼓而攻之可也。'""与其有聚敛之臣，宁有盗臣。"(《礼记·大学》)

多士(多士盈朝廷)："济济多士,文王以宁。"(《诗经·小雅·文王》)
"多士",褒词,现在仍用"人才济济"之语。这里用作贬义词,下一个词不是随便下的。

注意各时代的语言用法,唐代"圣人"(圣人筐篚恩)专指皇帝,"神仙"(中堂舞神仙),"仙子","仙人"特别指妖艳的女子,唐《霍小玉传》有一仙人谪在下界。

"暖"客之"暖"(暖客貂鼠裘),当动词用,使客人暖。

悲管(悲管逐清瑟):中国音乐以悲为美:"哀鸿","悲管"。

老妻(老妻寄异县):转折得好,千难万险,充满希望,但是到了家却使他心变得冰冷。这四句(老妻寄异县,十口隔风雪。谁能久不顾,庶往共饥渴),是他文学上的匠心。

"所愧为人父,无食致夭折。"至情至理。

"岂知秋禾登":见沉郁顿挫。

11月5日,星期一,教学楼101

组诗,联章诗,"三吏三别"六首,因时间关系不能全讲。在统一的主题下有多首,补救我国诗歌短小的缺点,特别是律诗,受到形式的限制。

左思《咏史》八首可以当一首来看。鲍照《行路难》十八首杂言诗亦如此。可见从晋以来,古诗就有联章。

五言律诗联章,最早是杜审言。七言律诗联章,杜甫的作品很重要。《秋兴》八首,《咏怀古迹》五首,《诸将》五首,这都是在他死前一两年,在四川奉节县写的。杜甫尝试用这种体裁也有一个发展过程,到晚年才逐渐成熟。

七言绝句,王昌龄的《从军行》三首可见。

《三吏》、《三别》在思想上,艺术上的特点。《新安吏》写不到征兵年龄而被捕去当兵。《潼关吏》守官骄傲自大,麻痹大意,告诫当时前线将官。《石壕吏》征兵老头,老太婆。

《三别》用第一人称写的。《新婚别》、《垂老别》、《无家别》,很像汉乐府"十五从军征,八十始得归"。

说明诗人在表现生活之前都有一个认识生活的过程。既同情人民,又鼓励人民作某些牺牲。他选了他最感兴趣的东西。

杜甫《丽人行》(全诗详328页)

古人论诗往往提出"诗胆",要勇敢,"诗胆大于天"(刘叉《自问》)。在当时,杨贵妃、杨国忠红得发紫,他就敢于把矛头指向他们。

泛泛咏题。集中写。

"紫驼"两句(紫驼之峰出翠釜,塞刀屡切空纷纶),交叉对。

鞍马(后来鞍马何逡巡):指人,鞍马已构成一词。

"杨花"两句(杨花雪落覆白蘋,青鸟飞去衔红巾),象征写法。

杨贵妃死时三十八岁。杜甫写这首诗时,杨贵妃三十五岁,她的三个姐姐都比她大。

杜甫《茅屋为秋风所破歌》

郭沫若用以批判杜甫的重要材料:1. 三重茅 2. 盗贼 3. 寒士。

杜甫:"一洗苍生忧。"(《凤凰台》)

李白:"白骨成丘山,苍生竟何罪。"(《经乱离后天恩流夜郎忆旧游书怀赠江夏韦太守良宰》)

杜甫《寄柏学士林居》:"几时高议排金门,各使苍生有环堵。"

杜甫《观公孙大娘弟子舞剑器行》(全诗详370页)

言在此而意在彼,他是写了舞蹈艺术,但他真正的意义却在感怀半个世纪以来国家的重大变化。

桂馥《札朴》研究剑器浑脱舞,说类似现在的红绸舞(卷六云:"以丈余彩帛结两头,双手持之而舞")。学文学,兴趣要广泛,各种文艺互相通的。张旭不仅看公孙大娘舞剑,草书进步,他看担夫争道,草书也得到进步。

题目突出公孙大娘,而不写李十二娘,可见其布局。

"天地为之久低昂":可联系坐头车,整个空间在晃动。

"爟如羿射九日落,矫如群帝骖龙翔":五方上帝,两句写动。

"来如雷霆收震怒,罢如江海凝清光":写舞蹈间的停顿——舞蹈中间创造出的境界。

绛唇珠袖(绛唇珠袖两寂寞):写人和物都已成为过去。晚有弟子(晚有弟子传芬芳):一句兜转。

王室(风尘澒洞昏王室):指国家,天子以四海为家。

女乐余姿(女乐余姿映寒日):指李十二娘。

杜甫《江南逢李龟年》

绝句同李白、王昌龄不同。

讲这一首诗,目的在于说明大题材可以写入小诗。

李龟年弟兄三人都是音乐家。

闻(崔九堂前几度闻):点明李龟年是歌唱家。

毛主席:"三十一年还旧国,落花时节读华章。"(《和柳亚子先生》)主席诗好像原是"暮春时节",主席由哀而乐,杜甫由乐而哀。

11月8日,星期四,教学大楼101

杜甫《春望》

安禄山占领长安,因为杜甫政治上无地位,所以未被捉走。写法:用环境来烘托自己的心情,首先写整个长安的环境。怎样写一个宏伟的首都受到糟践,从自然和人事的对比下手,自然变化很小,人事变化很大。

国:指政权。深:表现人无心修草木,人烟稀少。(国破山河在,城春草木深)刘禹锡:"朱雀桥边野草花,乌衣巷口夕阳斜。"(《金陵五题·乌衣巷》)"王与马,共天下。"(《太平御览》卷四百九十五)花:动词,野草开花了,这句类似"城春草木深"。

三、四句(感时花溅泪,恨别鸟惊心),人,自然界的感情交流;泪:花上的露水。

五、六句(烽火连三月,家书抵万金),直接写人事。三月:多月,并不指三月份。

七、八句(白头搔更短,浑欲不胜簪),写自己的处境,着急抓头。
由外而内,由客观而主观。

杜甫《天末怀李白》(全诗详339页)

作者在甘肃天水,李白充军的消息,很快传到杜甫那儿。从李白处境写起。

天末(凉风起天末):天边,双方看对方都是"天末"。

杜甫在《梦李白》写道:"江湖多风波,舟楫恐失坠。"可以用来解释"江湖江水多"。

过(魑魅喜人过):念平声(锅)。"文章憎命达":杜甫认识到的一条封建社会的真理,文章憎恨命运的亨通,人民掌握政权以前这种现象是普遍存在的。魑魅:双关,害人虫。

屈原这个形象,是一个有才而被诬陷的形象。汉朝有个贾谊,《吊屈原赋》。

附:刘长卿《长沙过贾谊宅》

追悼贾谊,哀悼自己。

三年(三年谪宦此栖迟):实指栖迟居住。楚客(万古惟留楚客悲):贾谊。

下两句(秋草独寻人去后,寒林空见日斜时),所选的景,刚好与他的感情一致,情景交融。

五、六句(汉文有道恩犹薄,湘水无情吊岂知),议论,有道之君尚且如此,无道之君又怎样呢?

第七句(寂寂江山摇落处),应寒林秋草。怜悯贾谊也是怜悯自己。

杜甫《奉送严公入朝十韵》

杜工部是尊称。

这首诗重点讲最后两句:"公若登台辅,临危莫爱身。"应酬诗没有这种写法。岑参《送杨瑗尉南海》:"此乡多宝玉,慎勿厌清贫。"交有道,诗人才是真正的诗人。

杜甫《送韩十四江东觐省》(全诗详232页)

"觐省":觐见父母。"出必告,反必面。"(《弟子规》)由于战争不能使儿女在父母身边行孝。动乱中家庭生活的非正常现象。

下面两句(黄牛峡静滩声转,白马江寒树影稀),想象中韩十四所要走的地方,以及实指送别的地方。

杜甫《蜀相》

用问答起头(丞相祠堂何处寻),这种形式《诗经》就有(详158页)。

自春色:本春色。"自","空",景物依旧,人事全非(映阶碧草自春色,隔叶黄鹂空好音)。

开:开创基业;济:继续下去(两朝开济老臣心)。六出祁山,占领长安,路线很像汉高祖。

宋代坚决抵抗女真贵族入侵的民族英雄宗泽,在临死的时候,就曾朗诵着"出师未捷身先死,长使英雄泪满巾"的诗句。

顺便讲一讲魏蜀吴三国谁是正统的问题。

  西晋陈寿《三国志》:魏是正统。

  少数民族占领中原。东晋习凿齿《汉晋春秋》:蜀是正统。

  北宋,司马光《资治通鉴》:魏是正统。

  南宋,朱熹《通鉴纲目》:蜀是正统。

说明史书和政治扣得很紧。

杜甫《咏怀古迹》(其三)

共五首,分咏五个人物,在曹禺创作以前,王昭君的形象是比较一致的:一个牺牲者的形象,一个很有品德的人的形象。不开后门,自请到外国去,老单于死,打报告要求回国,不许,又嫁给小单于,抑郁而死。

一句(群山万壑赴荆门),写地理形势。二句:"生长明妃尚有村。"

三句(一去紫台连朔漠),紫台:汉朝宫殿的代称。四句(独留青冢向黄昏),概括了王昭君在匈奴几十年的酸辛,"伪造"里面反映人民的思想感情。

五句(画图省识春风面),春风面:美丽的脸,满面春风。

七句(千载琵琶作胡语),昭君死了,昭君的悲剧在人们心中活着。

石崇《王明君辞并序》,明君就是昭君,避讳。马上乐队送她,从此琵琶与王昭君的形象相连。

附:王安石《明妃曲》(两首)(全诗详240页)

精辟的议论;形象性的史论。

一句(明妃初出汉宫时),即杜甫"一去紫台连朔漠"。二句(泪湿春风鬓脚垂),春风,即"春风面"之春风。

三句(低徊顾影无颜色),顾影:写孤独。写出了昭君的美貌,写环境,写精神。

八句(当时枉杀毛延寿),为毛延寿翻案,来推崇王昭君,写她的意态之美。

十句"可怜著尽汉宫衣":表示对祖国的怀念。苏武。

十五、十六句(君不见咫尺长门闭阿娇,人生失意无南北),完了说明王安石不同意这种说法。宋朝王安石的政敌以此诋毁王安石有奶便是娘。

11月1日,星期一下午,教学大楼101

两首诗相连接,有层次,上篇写嫁,下篇写在胡。

百两(毡车百两皆胡姬)："之子于归,百两将之。"(《诗经·召南·鹊巢》)

皆:精确。"皆"非泛下也,与"独"(含情欲语独无处)对应,诗人不怕自己的诗句中出现矛盾,"汉宫侍女暗垂泪",目的在于表现王昭君。当作家为了表现主题时,保留违反某种生活秩序的权利,孟子提出:"不以辞害意。"(《孟子·万章上》:说诗者不以文害辞,不以辞害志)

因为无人说,所以通过琵琶来表现(含情欲语独无处,传与琵琶心自知),由此可见,上文是为写琵琶服务的。

春风手(黄金杆拨春风手)与春风面(杜甫:画图省识春风面)。劝胡酒(弹看飞鸿劝胡酒):嵇康:"目送归鸿,手挥五弦。"(《赠秀才入军》)王安石用这两句诗,形容王昭君心不在焉,飞鸿是候鸟,暗示她怀念祖国。

暗(汉宫侍女暗垂泪):表示当时政治环境。王昭君的处境。

"汉恩"两句(汉恩自浅胡恩深,人生乐在相知心),是沙上行人的话,劝解。王昭君也未回答,同上首一样。"千载琵琶作胡语……"杜甫的诗;王昭君回答用两句诗。

王昭君对祖国一往情深,但是也有形象思维,主要通过形象感人,与唐诗是一致的。

又,白居易《王昭君二首》(其二)

汉使却回凭寄语:"黄金何日赎娥眉?君王若问妾颜色,莫道不如宫里时。

既不同于杜甫,又不同于王安石,某种看法同《长恨歌》是一致的。蔡文姬是曹操用钱赎回的。突出汉元帝好色,鞭笞统治阶级的好色。后人很多对曹操用钱把她赎回加以赞美。

大历时期(766—799),唐代宗年号。代表诗人大历十才子。怎样理解他们的不大出色呢,主要因为他们前后有李、杜、白、韩等狠人。

钱起《归雁》

《湘灵鼓瑟》,鲁迅《题未定草》肯定过。

结构:头两句(潇湘何事等闲回,水碧沙明两岸苔)诗人问雁子,古人相信大雁靠吃青苔过日子。

底下两句(二十五弦弹夜月,不胜清怨却飞来),是大雁回答的话。

《湘灵鼓瑟》,一往情深,使我受不了。

张继《阊门即事》

即事:看到什么事就把它写下来。

楼船(耕夫召募逐楼船):将军名字,汉武帝有楼船将军杨仆。二句(春草青青万顷田),写荒芜,不写荒芜写荒草青青,形象思维。

郡郭(试上吴门窥郡郭):郊外。"寒食"的来历:春秋战国时期,晋国,介子推。古代,钻木燧火,皇帝赐火。老百姓自己生活。新烟:新升起的炊烟(老百姓都逃走了)。(清明几处有新烟)

韩翃《寒食》

和上面一首正好形成对比。

御(寒食东风御柳斜):表示对皇帝的尊称。

"日暮汉宫传蜡烛",皇帝赐火。轻烟(轻烟散入五侯家):古代蜡烛有烟。五侯,皇帝的恩惠也只到五侯家而已。

韦应物《寄李儋元锡》

李儋、元锡是两个人,李儋是唐宗室,元锡是韦应物早年的朋友，做过刺史的官，"自惭居处崇，未睹斯民康。"（韦应物《郡斋雨中与诸文士燕集》）这个人还是比较有良心的。

"世事茫茫"两句（世事茫茫难自料，春愁黯黯独成眠），可能是个人情绪，也可能有深厚的社会基础，结果产生感情上孤独的情绪。

"西楼望月几回圆"，写他想有朋友谈心的迫切感情，话说得浅，而感情深。

李约《观祈雨》（全诗详193页）

老百姓晒龙王爷。（桑条无叶土生烟，箫管迎龙水庙前。朱门几处看歌舞，犹恐春阴咽管弦）

对自然现象，不同的阶级，有不同的感情，不同的感受。

1. 老百姓养不成蚕，种不成庄稼。
2. 天一阴，乐器就潮湿，声音就不好。庾信更爱笙簧。
3. 《笑林广记》：三个富人：大雪纷纷落地，都是皇家瑞气。再下三天何妨。叫花子：放你娘的狗屁。

贞元、元和时代：唐德宗、唐宪宗。

杜甫播下的种子在贞元，元和时代显示出来。中世纪式的文学运动。白居易派，作风有大体相似，平易近人，流畅。韩派，下面的人，每个都不一样，各按各的，追求艺术的独创性。韩愈埋下的种子到北宋，花才开得比较茂盛。韩派也不意味着不同情人民疾苦；白派诗也有表现个人生活的。文学史对韩派肯定得还不够。

李贺的诗，"四人帮"揣摩毛主席对李贺的爱好，对李贺评价过高。李贺诗很独特，很有价值，他是一颗彗星，不是北极星，是不可重复的。他的优点和缺点十分明显。优点：对生活十分敏感,想象不但丰富,而且奇特,他的触觉、感觉、嗅觉非常敏锐,通感也非常敏锐。不可克服的缺点:风格单纯,没有变化(韩愈、杜甫是多面手),这副面孔是可爱,很吸引人的,他的反映面比较窄,死得太早,看得太少。过于敏锐的想象,常常超出一般人理解的程度,对李贺的诗注解多,而差别大。

李贺《金铜仙人辞汉歌》

汉武帝铸仙人,结果并没有搬到洛阳。

茂陵:汉武帝葬茂陵。刘郎:指汉武帝,很大胆。(茂陵刘郎秋风客)"夜闻"句(夜闻马嘶晓无迹),写汉武帝鬼魂夜游。

悬秋香(画栏桂树悬秋香):就是通感,应悬秋花,他说悬秋香。

东关(东关酸风射眸子):长安东门,写拆时很寒冷。风酸:是通感,用味觉代触觉。

汉月(空将汉月出宫门):铜盘代词。"忆君清泪如铅水","铅"通感。

主要是兴亡的感慨。

11月14日,星期四下午,教学大楼101

念诗和作诗,是一个问题的两个方面。非诗和非词的诗词泛滥。

我要讲怎样对待生活,选择生活,表现生活。

内在思想活动曰志。徐迟在重庆,请毛主席题手册,毛主席题"诗言志"。志是对物的反映,你怎样认识大千世界,决定于世界观。有阶级性。

1. 反映什么,取舍有不同。

2. 判断生活也不一样，志也就有很大的不同。上次讲的那个笑话，有钱人与乞丐对下雪的反应不一样。一个人的心情开朗，喜欢壮丽。一个人狭窄，喜欢幽暗的东西。这倒与阶级性不完全一样。

恩格斯说："愤怒出诗人。"在旧社会，进步诗人不愤怒是奇怪的。而宫廷诗人，桂冠诗人则不同。

另外要有诗胆，"忠爱出诗胆"，忠于祖国、人民，热爱祖国、人民。愤怒与胆量有一个前提，善于观察、反映生活。一个真正伟大的作家，能看出好的、坏的苗头。现在在开文代会，围绕许多问题在争论。既不能搞题材无差别论，也不能搞题材单一论。但是你要避免一般性的东西，要有特色，不可重复，不可移动。张三的鞋子，李四不能穿。世界上每一片树叶都不同。我讲一讲我是怎样构思的。

《寄刘生》

  白头师弟正相望，新岁驰书到武昌。老去辛勤赴沟洫，少来诗笔压钱郎。三年赤脚生重茧，万亩春风动绿芒。蜀道山川行踏遍，羡君忧乐系农桑。

刘生是我在1942—1943年金陵大学的学生，在水利局喷灌办公室工作。后跟主管水利的中央领导跑遍四川，给我写了一封信。几年前，我被迫退休，接信后感情复杂。一惋惜他不能搞文学，二是自己还能工作。当时形势不如现在明朗。

沟洫：《汉书·沟洫志》，水利工程。钱郎：钱起、郎士元。
羡君：我却不能工作。

特定的环境，特定的感情。古代画家描写牡丹，人家一看就知道是正午。会作诗的人同一般诗人不一样。

李贺《老夫采玉歌》

这是描写手工业工人的诗,这种诗少,这是一首。征伐,强迫劳动。李贺独选采玉。

水碧:是一种玉的名字。步摇:头饰,有穗,一走路就动。徒:空。表现感情的最小单位是一个字,一字褒贬。(采玉采玉须水碧,琢作步摇徒好色)

"蓝溪水气无清白":气指水面上的云雾,不仅水是浑浊的,气也是迷茫的。望气术,地下有宝贝,地上有云气。刘邦躲在芒砀上有云气。"蓝田日暖玉生烟"(李商隐《无题》)。

夜雨(夜雨冈头食蓁子):由饥寒而来。

"蓝溪之水厌生人",水恨人。"身死千年恨溪水",人恨水,为无玉,就不来采了。想法独特。

悬肠草(古台石磴悬肠草):草名,别名思子蔓,暗指想念小孩,家庭受到连累。

不选天晴,选天阴(斜山柏风雨如啸,泉脚挂绳青袅袅),更能打动读者。

韩 愈

关于韩愈:北宋两派争论,一派认为他"以文为诗",不是诗。另一派认为诗就应该这样做。

1. 什么叫以文为诗?(1)以散文的字、句、结构入诗;(2)以议论入诗。限度,只是在古诗中,韩愈的律绝并不如此。这不是韩愈的创造,而他发展了这种手法。杜甫完全以散文入诗,议论如《丹青引赠曹霸将军》"丹青不知老将至,富贵于我如浮云",《论语》(《述而》:不义而富且贵,于我如浮云)。至于议论更早,《诗经》、《楚辞》均有。

2. 怎样评价以文为诗？要是以文为诗没有违反形象思维的规律,那是许可的甚至是好的,如干巴巴地发议论,那是不好的,甚至不是文学。

1. 有形象性的描写,有议论,如《丹青引赠曹霸将军》。
2. 议论是采取形象化的语言表达出来的。
3. 通过作者的口气所发议论。本身是人物形象化的议论,如白居易《琵琶行》后一部分。韩愈是运用得比较成功的,他的描写力非常强。

韩愈《汴泗交流赠张仆射》
仆射:军政长官。徐州张建封。
汴泗:古代交流于徐州。郡城:指徐州。(汴泗交流郡城角)
马球,波罗球。短垣(短垣三面缭逶迤):小墙。
结束(公早结束来何为):穿戴。
分曹:分两队。攒蹄:马跑快时,四蹄蹲在一起。(分曹决胜约前定,百马攒蹄近相映)
韩愈《雉带箭》,写打猎。

11月17日,星期一

韩愈《听颖师弹琴》(全诗详245页)
颖师:和尚,当时著名音乐家。

这首诗的特点:1. 通感明确;2. 开口韵,合口韵同。他所表现的内容,注意声乐音响,传达生活中的音响。

诗开头(昵昵儿女语,恩怨相尔汝),低调开始:好像一对少男少女在谈心。尔汝:亲密,否则要用敬称。恩怨:感情起伏。这两句写声音之细,用合口韵。

三、四两句(划然变轩昂,勇士赴敌场),声音用开口韵。姓易,十七会吹箫;姓伍,十五会打鼓。两个演员前者牙齿长得好,后者牙齿长得不好。

"勇士赴敌场。浮云柳絮无根蒂"等,用人所能见到的形象来形容视觉。"红杏枝头春意闹"(宋祁〔玉楼春〕),用听觉写视觉。韩愈这首诗比较完整地写了通感。

嗟余(嗟余有两耳):底下从侧面烘托。

"起坐在一旁":是"在一旁起坐"的倒文,写激动。

冰炭(无以冰炭置我肠):一团火、一块冰,起伏大。

1. 难懂;2. 并不因为难懂,就不好。

元稹《连昌宫词》

连昌宫:故址在现在河南省宜阳县,皇帝一个行宫,表现行宫里发生的一些事。元和十二年,公元818年,作者在通州,据陈寅恪研究,元稹一辈子未到过宜阳县。内容写的不是自己生活的直接经验,但不排斥这首诗写得非常成功,生活实践也可以间接取得。他写假设中的安禄山叛乱的头一年,唐明皇、杨贵妃去过,非常热闹。安禄山叛乱后,连昌宫很荒凉,通过一个老人……

开始(连昌宫中满宫竹,岁久无人森似束。又有墙头千叶桃,风动落花红蔌蔌),写连昌宫荒废,宫殿荒芜,但植物茂盛。

小年:少年。进食:表示农民对皇帝爱戴的礼节。(小年进食曾因入)

上皇(上皇正在望仙楼):写得很突兀,该省略的地方全省略了。下写一个农民所见到的场面,客观上展开了不同的阶级生活的悬殊。

贺老:贺怀智。定场屋:压场,压轴子。(贺老琵琶定场屋)

根据事实,岐、薛二王当时已死,一般指贵族。

上写盛世,下写衰世。盛衰做强烈对比(结构),这首诗对比是匀称的。不匀称也可能很好,形式上不匀称,并不等于内容不匀称、感染力不匀称。例:李白《越中览古》:"越王勾践破吴归,战士还家尽锦衣。宫女如花满春殿,只今唯有鹧鸪飞。"前三句盛之又盛,最后一句写衰,同样是强烈的对比,三比一。

"明年十月东都破",一句话兜转,大起大合,艺术描写就要这样才吸引人。

井(庄园烧尽有枯井):代表居民点。

玄武楼(玄武楼成花萼废):是德宗时造的,花萼楼荒废了,楼的兴废代王朝的兴废。花萼楼,玄宗所造。刘禹锡《杨柳枝》:"花萼楼前初种时,美人楼上斗腰肢。如今抛掷长街里,露叶如啼欲向谁?"欲向谁?包含几十年的变迁的感慨。进食(驱令供顿不敢藏)、砍竹(去年敕使因斫竹),情节设计,累积了许多细节来写宫的荒凉,反映国力下降。

"我闻此语心骨悲":作诗本意。

庙:太庙。现工人文化宫。谟:谋略、政策。(庙谟颠倒四海摇)

吴:李锜;蜀:刘辟。(诏书才下吴蜀平)

淮西:吴元济。"官军又取淮西贼":确定写作年代。

这首诗不算叙事诗,而是政治抒情诗。

元稹《行宫》

要求削减形象,增加意境。以非常简省的笔墨来增加意境的丰富,深远的艺术效果。要读者想象,要读者合作。该繁则繁,该简则简。

《行宫》与《连昌宫词》题目相同。

11月21日,星期四

执简驭多,以少胜多,相反相成:他只写一点,但他们所得到的不只一点。汉民族的诗歌基本上是短小的,直到12、13世纪董解元《西厢记》诸宫调——长篇叙事诗,后出现弹词,数量多而质量不高,所以中国抒情诗有一个普遍的特点:以削减笔墨来丰富意境。

杜牧《将赴吴兴登乐游原一绝》

乐游原:是长安的风景区。

"清时",反话;"无能"(清时有味是无能),"不才明主弃"(孟浩然《岁暮归南山》),也是反话,说得平淡,把感情抑压住。

"欲把一麾江海去",麾:旌节,表示身份的。

昭陵(乐游原上望昭陵):唐太宗李世民的陵墓。表现了他的一腔心思,善于以少胜多。

白居易《长恨歌》

这首诗给我们的启发:作家只能真实地反映生活。这首诗由谴责到同情,他为什么不能控制住自己。五十年代初曾讨论过统治阶级能不能写他们的爱情,玄宗、开元、天宝。晚年被儿、媳、李辅国牵制住了,生活过得很凄凉,又博得了人民的同情。

结构分前后两部分:实景:1.盛,2.衰。一上来从谴责开始。德、色:"吾未见好德如好色者。"(《论语·子罕》)

陈鸿《长恨歌传》、白行简《李娃传》、元稹《李娃行》、元稹《莺莺传》、李绅《莺莺歌》、清陆次云《圆圆传》、吴伟业《圆圆曲》。

儒家传统观点:为尊者讳,为亲者讳。杨贵妃原是唐玄宗的儿媳妇,李商隐写到这件事。

"三千宠爱在一身",是"六宫粉黛无颜色"的补充。

列土:指封国夫人这件事。可怜:可爱。(姊妹弟兄皆列土,可怜光彩生门户)"男不封侯女作妃,看女却为门上楣。"(陈鸿《长恨歌传》引当时民谣)"楣"有等级。

霓裳羽衣曲(惊破霓裳羽衣曲):少数民族传入,杨贵妃长于表演。唐朝舞蹈分成两种:一种是健舞,一种是慢舞。"缓歌慢舞凝丝竹",李贺《李凭箜篌引》:"空山凝云颓不流。"

评白居易诗:自然。

"渔阳鼙鼓动地来",既同上段联系,用声音衔接声音,同时又转折。

六军(六军不发无奈何):虚数。实际上四支军队。

花钿、翠翘(花钿委地无人收,翠翘金雀玉搔头):倒文。

峨眉(峨眉山下少人行):地理上属川南,这里仅指沿途之山,事实他们未到过峨眉山。元稹诗"身骑骢马峨眉下,面带霜威卓氏前"(《使东川·好时节》),元稹也未到过峨眉。

"行宫见月伤心色,夜雨闻铃肠断声。"二句一虚一实。《雨霖铃》曲。

前面在成都略写,后面回长安详写。

空死(不见玉颜空死处):平白地死去。

"芙蓉如面柳如眉"四句,情景结合,什么都一样,就是差了一个人。

西宫、南内:唐明皇住的地方。(西宫南内多秋草)

梨园弟子(梨园弟子白发新):他自己选拔有苗头的年轻艺术家,唐明皇自己管,只限于唐明皇时代。

"孤灯挑尽未成眠",有人责怪白居易不熟悉宫殿生活,其实不然。

迟迟、耿耿(迟迟钟鼓初长夜,耿耿星河欲曙天):是未成眠的补充。

"梦"过渡到虚拟的幻境。

鸿都客(临邛道士鸿都客):赞美道士博学。

疑似之词(中有一人字太真,雪肤花貌参差是),增加幻觉。

"转教小玉报双成":丫头,唐代叫小玉,如《霍小玉传》。元稹诗:"小玉上床铺夜衾。"(《暮秋》)双成:董双成,古代仙女名。

写动作,主要表示心情(心理活动)。起徘徊(揽衣推枕起徘徊):表现她未割断俗缘,拿不定主意。非人间性的感情被人间性的感情所战胜。方士眼前的杨贵妃形象。

含情凝睇:深情地凝思。以词相告曰谢。(含情凝睇谢君王)

白居易想写爱战胜死,但未写透,汤显祖《牡丹亭》完成了这个任务。当然不是指生命学上的"死",而是指"精神上"的。

最后两句(天长地久有时尽,此恨绵绵无绝期)的妙处,在于由幻境回到现实。

11月25日,星期一下午

"七月七日长生殿",是诗人设想:1. 长生殿是斋宫,不是寝宫。2. 长生殿在骊山，皇帝一般冬天去，七月七日是不会去的。

杜牧《赤壁》(全诗详238页)

赤壁：在湖北嘉鱼县，苏东坡所游并非决战之地。

自：是拾戟者，还是作者，未交代。前两句(折戟沉沙铁未销，自将磨洗认前朝)，以微物起兴，后两句用形象性语言说明作战的结果。"铜雀春深锁二乔"，东吴乔公有二女。宋朝有个诗话家说杜牧什么都未想到，只想写两个女人，后来有人认为杜牧善于从最小的地方写大的事物。李后主词："最是仓皇辞庙日，教坊犹奏别离歌。垂泪对宫娥。"〔破阵子〕有的词话家也批评李后主什么不想，只想到宫娥，有一词话家替李后主辩解。

1. 并不是任何客观事物都能入诗。2. 能入诗，怎样组织。

李商隐《安定城楼》

安定：甘肃泾川县。当时他当王茂元幕府，王茂元是李商隐的长官、岳父。应进士举未取。

首两句(迢递高城百尺楼,绿杨枝外尽汀洲)，景。

颔联(贾生年少虚垂涕,王粲春来更远游)，情。虚垂涕者，垂涕而无效，表现爱国爱民。王粲，建安七子，诗人，依刘表。王粲丑，刘表看不起他。表现自己环境不好。

五、六(永忆江湖归白发,欲回天地入扁舟)，句式独特。长期怀念隐居生活，应扭转乾坤，然后功成身退。两句交织在一起，别的诗人写得很少。"欲回天地"，杜甫《奉寄章十侍御》："指麾能事回天地，训练强兵动鬼神。"

尾联(不知腐鼠成滋味,猜意鹓雏竟未休),写抑郁的感情。

李商隐《哭刘蕡》(全诗详234页)

刘蕡:对策揭露宦官,试官不敢录取他。

皇帝侍卫官,九门提督。(上帝深宫闭九阍)

巫咸(巫咸不下问衔冤):神巫名,巫,天界、人间的交通员。

黄陵:湘阴县。见过雨。溆浦:九江市。听到死讯。(黄陵别后春涛隔,溆浦书来秋雨翻)

安仁:潘岳,很会写悼词。前叙,后诗。招魂:宋玉写给屈原的,古代的一种宗教仪式。(只有安仁能作诔,何曾宋玉解招魂)

哭寝门(平生风义兼师友,不敢同君哭寝门):老师死了,哭之寝,把刘蕡当作老师看。

李商隐《隋宫》

咏史,事实讽刺当时政治局面。

紫泉:水名,原作紫渊,高祖名渊,改紫泉。锁烟霞:关闭无人住,皇帝下江南了。芜城:扬州别名,鲍照做过《芜城赋》。(紫泉宫殿锁烟霞,欲取芜城作帝家)

日角(玉玺不缘归日角):李渊,迷信说法:李渊日角宽广。

"地下若逢陈后主",小说写隋炀帝梦见过陈后主。

特点:工整,写得深。读多了,味道比较深厚。

宋　诗

宋诗者,宋朝诗人所做诗也。实质是指两种不同风格的问题。宋诗不幸又很幸,题材许多领域已被唐诗占领,幸的是他又开辟了许多新天地。

宋诗引起了争论,而金以下未引起争论。主要在于风格上的不同。

钱锺书《谈艺录》:

>唐诗多以丰神情韵擅长,宋诗多以筋骨思理见胜。严仪卿首倡断代言诗,《沧浪诗话》即谓"本朝人尚理,唐人尚意兴"云云。曰唐曰宋,特举大概而言,为称谓之便,非曰唐诗必出唐人,宋诗必出宋人也。

>夫人禀性,各有偏至,发为声诗,高明者近唐,沉潜者近宋,有不期而然者,故自宋以来,历元明清,才人辈出,而所作不能出唐宋之范围,皆可分唐宋之畛域。叶横山《原诗》内篇卷二云:"譬之地之生木,宋诗则能开花,而木之能事方毕,自宋以后之诗,不过花开而谢,谢而复开。"

缪钺《论宋诗》:

>唐宋诗之异点,先粗略论之,唐诗以韵胜,故浑雅而贵蕴藉空灵,宋诗以意胜,故精能而贵深析透辟;唐诗之美在情辞,故丰腴,宋诗之美在气骨,故瘦劲……唐诗之弊为肤廓平滑,宋诗之弊为生涩枯淡。虽唐诗之中,亦有下开宋派者,宋诗之中,亦有酷肖唐人者,然论其大较,固如此矣。

"唐诗主情,宋诗主意",最概括的两句。

唐诗变化从杜甫始,韩愈大为发展。两种不同的风格,而且都能站得住脚。

诗歌创作规律问题:唐人规律不存在,唐人规律不同于形象思维的规律,只能说,唐诗符合形象思维规律,宋诗也有符合形象思维的规律。宋人发展：通过形象发议论，议论中有形象。

11月29日

文学不以朝代之变换作根本变化，唐诗之风格自建安到武后方始，散文则更晚。宋初王禹偁学乐天，西昆派学义山，皆学唐人也。真宗、仁宗朝，欧阳修、梅、苏诸子出，宋诗方呈新貌，故以朝代来划分文学史阶段，只为行文方便。

欧阳修

一、突出了文学须改变之趋势，又以实践改变了当时之文坛。主张诗学太白，文学昌黎，力矫当代风格卑弱之弊。其诗文流逸俊畅，得韩之散文化特点而弃其险怪。

二、官至副相，门下又有荆公、南丰、二苏诸子，推行其主张。梅、苏赞助欧阳修矫晚唐之弊，而三子又各具自己之风格，故蔚为大观。

《水谷夜行寄子美、圣俞》

诗话至欧阳公始，后方为普通名词，宋人所谓"话"，即故事之意。以诗论诗，唐人已有之，然皆简单且抽象，至欧公方臻具体、形象。

素节（素节今已届）：秋天。
"高河泻长空"，学太白。
"畏爱"（二子可畏爱）之畏，即"畏友"之畏。
"已发不可杀"，杀者，停止也。

"初如食橄榄",实道出宋诗之一般特点。

"梅穷"(梅穷独我知),与"诗穷而后工"(欧阳修《梅圣俞诗集序》)之"穷"同,即"吾道穷"之穷,非贫也。

《**春日西湖寄谢法曹歌**》,写迁谪之感而不至蹙额愁眉。

梅尧臣《**田家语**》。庚辰,宋仁宗康定元年(1040)。

12月8日

梅尧臣诗,体现了朴素而又细致的风格,浑厚、古朴,下字精确。"野凫眠岸有闲意,老树着花无丑枝"(《东溪》),这代表观察事物细致的特点。"闲鸥"不闲,觅食,而这里野鸭子吃饱了有闲意。以丑为美,这是美学上的一个课题。

苏舜钦《中秋夜吴江亭上对月,怀前宰张子野及寄君谟蔡大》

梅尧臣平淡,苏舜钦豪迈激昂。用一种风格统一一个诗派,这种诗派不易昌盛,以一人为主,其他诗人走自己的路,这样才能兴旺发达。

张子野:词人张先。

结构平常,杰出的是对月光的描绘。

可怜(可怜节物会人意)与惜(不惜人间惜此月),都是爱,可爱的意思。

写法散文化,追溯到杜甫"富贵于我如浮云"(《丹青引》),使诗歌生动活泼。

璧(上下清激双璧浮):**古代礼器**。筋脉(自视直欲见筋脉):**脉,血管**。槎(只恐槎去触斗牛):**独木舟,神话**。

苏舜钦《和淮上遇便风》

"浩荡清淮天共流","秋水共长天一色。"(王勃《滕王阁序》)

卑喧地(应愁晚泊卑喧地):船码头。(一作喧卑)

"吹入沧溟始自由",寄托了诗人要求精神解放,表现了他豪迈的特点。

欧阳修《画眉鸟》:"百啭千声随意移,山花红紫树高低。始知锁向金笼听,不及林间自在啼。"朱庆余《宫中词》:"寂寂花时闭院门,美人相并立琼轩。含情欲说宫中事,鹦鹉前头不敢言。"借物喻志,言在此而意在彼。宋诗大声疾呼,坦然发表自己的意见。柳永《煮海歌》,婉约派诗人,这首诗表现了盐业工人的痛苦,由此可见诗人的另一面。

王安石

很自然地接受了杜甫、韩愈的影响。他的古诗接近韩愈;律诗精丽,很像李商隐。看他写什么体裁,这在宋诗中有明显的差别。这与词是歌曲有关,词在内容上无所不包是发展了,但它与音乐的关系就分离了。有的诗人古诗、近体诗做法不一样。王有阳刚之美,而近体诗却婉转多情,他还有一个特点,完全不写爱情。刘海粟的油画、国画画法不一样。

王安石《纯甫出释惠崇画,要余作诗》

画史(画史纷纷何足数):画家。林莽(旱云六月涨林莽):草木。西江(沙平水滟西江浦):长江西部。

首两句(画史纷纷何足数,惠崇晚出吾最许),以扫为生,先否定再肯定。看了这幅画,犹如身临其境,说明画逼真。

黄庭坚诗:"惠崇烟雨归雁,坐我潇湘洞庭。欲唤扁舟归去,故人言是丹青。"(《题郑防画夹五首》其一)读者进入画面,逼真。逼真如画,秦观诗:"渺渺孤城白水环,舳舻人语夕霏间。林梢一抹青如画,应是淮流转处山。"(《泗州东城晚望》)泗州城已沉没到洪泽湖里去了。"舳舻人语夕霏间",船与船之间两人讲话。逼真、如画,实际上是一个意思,典型环境。

道人(颇疑道人三昧力):是和尚,道士是道教徒。

方诸(方诸承水调幻药):古代器具。

金坡(金坡巨然山数堵):金銮坡,宋朝翰林院。

裘马穿羸(裘马穿羸久羁旅):裘穿马羸。

《杜甫画像》(全诗详237页)

王安石写的杜甫评论,诗评。

元气(为与元气侔):构成宇宙的物质实体。

九地:很深的地。不可求:找不着,指壮颜毅色。一般是画不出来的,作者借题发挥。(力能排天斡九地,壮颜毅色不可求)

八极(浩荡八极中):八方。

第一段:借图画来评价杜诗。

"生民之祸患,词章之幸福。"(清·蒋鹿潭)写悲惨,不如写悲惨时的喜悦。《北征》。屯(伤屯悼屈止一身):易经卦名,对面泰(泰也是卦名,与屯的意思相反),运气不好。"嗟时之人我所羞":啊,时人,我是为之感到羞愧。

附:黄庭坚《老杜浣花溪图引》

黄庭坚,句子结构新、意思深、跳跃,但并不是让人们懂不到。首先发现黄庭坚学习李商隐的是曾国藩。这首诗重点写杜甫的生活,也不是写图本身。

引:原是乐府调名。

锦:成都出锦,设官收税,故名之锦官城。青:用阮籍的故事。眼为青:表示有好感。(抬遗流落锦官城,故人作尹眼为青)

濯冠缨(百花潭水濯冠缨):洗帽带子,表示休息。

蟠(空蟠胸中书万卷):龙打个卷。

杜陵韦曲(杜陵韦曲无鸡犬):长安高级住宅区。

交错写作,跳跃、衔接,较自然,同唐诗比起来有不同。

王安石《思王逢原》(三首其二)(全诗详234页)

朋友之墓有宿草不哭焉。首两句(蓬蒿今日想纷披,冢上秋风又一吹)言,虽已长出宿草仍想念。

平世:颂圣,与乱世相对。微言:精微奥妙的道理。(妙质不为平世得,微言惟有故人知)

人的生活同自然环境,通过"当书案","入酒卮"(庐山南堕当书案,溢水东来入酒卮),结合得很紧。

"一水护田将绿绕,两山排闼送青来"(王安石《书湖阴先生壁二首》其一)。拟人手法,"排闼",鸿门宴,山水活了。苏东坡:"大瓢贮月归春瓮,小杓分江入夜瓶。"(《汲江煎茶》)东坡:"我携此石归,袖中有东海。"(《文登石诗》)指东海中的一部分,唐诗不这样写。

附:王令《梦蝗》(全诗详195—196页)

寓言诗,过去选家没有注意到这首诗,写穷富对比。

"堕泪注两目",泪注两目堕。

"子何诗我盍陈之","诗"当动词用。

巨灵手(方将诉天公,借我巨灵手):最有力量的手。

12月10日

1. 整个诗的气氛很好。蝗虫由受到谴责到谴责的对立面。双方调换了位置，诗人由大声到无声，蝗虫由嗫嚅到人言。

2. 出场的人物有两个，"天"没有出现，作者的锋芒是指向最高统治者的。《日出》中主宰黑暗势力的金八爷没少出场。有的作家把一个观念当作贯串整个作品，果戈里谈他的钦差大臣，有一个没少出场的人物——"笑"，无所不在。

附：王令《暑旱苦热》

末两句(不能手提天下往，何忍身去游其间)，类似杜甫"安得广厦千万间……"。《文艺应当回答人民所提出的问题》。1935年，黄侃为我们上课时，抄过他写的一首诗，后两句"神方不救群生厄，独佩茱囊未是豪"(末句一本作独臂萸囊空自劳)。

王安石《示长安君》(全诗详345页)

长安君：文淑，张奎的妻子，王安石的妹妹。

这首诗作于1060年，王出使辽国。这首诗感情深厚，而表现平淡，更耐人寻味。

"乍见翻疑梦，相悲各问年。"(唐司空曙)(《云阳馆与韩绅宿别》)

宋诗写法不一样。1. 一般人年轻轻别。2. 而我们离别意非轻，就深了一层。一般兄妹相见喜，而他却感到悲。三、四两句(草草杯盘供笑语，昏昏灯火话平生)，典型的加长。

写每人生活所有，平易近人。

王安石《金陵即事》

他虽晚年写景不像王、孟那么闲静，常常流露出不能施展才能的悲愤。

王安石《北陂杏花》

这个思想（一陂春水绕花身,花影妖娆各占春。纵被春风吹作雪,绝胜南陌碾成尘）,启发曹雪芹通过林黛玉葬花词（未若锦囊收艳骨,一抔净土掩风流;质本洁来还洁去,强于污淖陷渠沟）体现。

苏　轼

苏轼《寒食雨》（二首其二）

苏东坡基本上是个文人,观察生活很敏锐,不是能拿出一整套政治主张的政治家,一辈子在政治波动中度过。

此诗作于宋神宗元丰五年,即1082年。反对新法,因作诗而得罪。寒食,节气,上坟。（那知是寒食,但见乌衔纸）

（也拟哭途穷,死灰吹不起）暗用《史记·韩长孺传》,他对狱吏说:"死灰安得不复燃乎?"狱吏说,如复燃,我撒泡尿,把它浇熄掉……（狱吏田甲辱安国。安国曰:"死灰独不复然乎?"田甲曰:"然即溺之。"）

苏轼《庐山二胜》

风景描写是古代诗人特别注意的,而这恰恰是当代诗歌的薄弱环节。

苏轼游庐山,因前写过,写前考虑作与不作,考虑结果不作,结果还是忍不住作了两首。

选材,他注意到了题材的重复,自己给自己为难。漱玉亭瀑布两股,三峡桥一股。

《开先漱玉亭》

仙人琴高骑驴出去游玩（《列仙传》）（愿随琴高生,脚踏赤鲩公）。

《栖贤三峡桥》

《文选》枚乘《上吴王书》:"太山之溜穿石"(《汉书·枚乘传》)。(吾闻太山石,积日穿线溜)

左、右:南方尚左,中原尚右。(深行九地底,险出三峡右)

"草木尽坚瘦",准确地写出了多石山上的植物特征。

苏轼《凤翔八观》(选诗详243—244页)

八观:八景。《王维吴道子画》,精确并表达了他的艺术观念。

对客挥毫者是长期锻炼的结果。"与可画竹时,胸中有成竹。"(晁补之《赠文潜甥杨克一学文与可画竹求诗》)

苏东坡形容陶渊明"似枯实腴"(《与苏辙书》:其诗质而实绮,癯而实腴),形容一个和尚是:"雄豪而妙苦而腴,只有琴聪与蜜殊。"(《赠诗僧道通》)他把美学上不同的概念放在一起。

祇园(祇园弟子尽鹤骨):祇树给孤独园,佛经中的地名。

形似—神似—形神皆备—遗貌取神。苏东坡:"论画以形似,见与儿童邻。赋诗必此诗,定知非诗人。"(《书鄢陵王主簿所画折枝二首》其一)不能停滞在表面。

12月11日,星期四下午,教学楼101

怎样看待以宗教为题材的艺术品:一方面它是宗教宣传品,麻醉人民的思想,是精神的鸦片,同时也是艺术家通过艺术手段表现生活的结果。通过自己对生活的观察来对题材进行解释,他在一定程度上反映了时代精神。这首诗(《王维吴道子画》)写了老和尚的麻醉状态("中有至人谈寂灭"数句),也写了生气勃勃的竹子("门前两丛竹")。

苏东坡的五言律诗不太突出。

苏东坡《和子由渑池怀旧》

弟兄两人进京应考路经渑池县,马死了,骑驴子走了一段路。多少年后子由写了一首诗怀念这件事,首唱,苏东坡和了一首诗。

苏轼在思想精神上学李白,语言流畅方面学白居易。成语"雪泥鸿爪",来源于这首诗。有的批评家说他作诗太不下力了。他对权势人物采取卑视态度。这首诗能够代表东坡风格。

白居易《览卢子蒙侍御旧诗,多与微之唱和。感今伤昔,因赠子蒙题于卷后》:"早闻元九咏君诗,恨与卢君相识迟。今日逢君开旧卷,卷中多道赠微之。相看掩泪情难说,别有伤心事岂知。闻道咸阳坟上树,已抽三丈白杨枝。"东坡前四句(人生到处知何似,应似飞鸿踏雪泥;泥上偶然留指爪,鸿飞那复计东西),一气贯串而下,同白居易这首诗前四句一气贯串一样。白居易大历时,语言流转轻快,不沉重。

苏轼《过永乐,文长老已卒》

和尚退休叫退院,作者三次见这位同乡和尚:一次相见,二次生病,三次死去。

"三过门间老病死,一弹指顷去来今",对对子。《木兰词》。"池塘生春草,园柳变鸣禽。"(谢灵运《登池上楼》)唐朝对得自然。辽国馆伴:"三光日月星。"苏轼:"四德元亨利(贞)。"避皇帝祯讳。"郑虔三绝诗书画,陶令一官归去来。"

苏轼《八月七日初入赣,过惶恐滩》

宋哲宗绍圣元年1094年。惶恐滩:又叫黄公滩,此诗用"惶恐"是为了与"喜欢"相对(山忆喜欢劳远梦,地名惶恐泣孤臣)。

"古来篙眼如蜂窠"(《百步洪二首》其一),我在四川乐山见到实地,才理解这首诗。

苏轼《六月二十日夜渡海》(元符三年,1100年)

"云散月明谁点缀",《世说新语》:如有微云点缀就好了(《言语篇》:谢景重在坐,答曰:意谓乃不如微云点缀)。"乃复强欲滓秽太清耶"(司马道子语)。这句话暗示有人陷害他。

"空余鲁叟乘桴意",孔子:"道不行,乘桴浮于海。"(《论语·公冶长》)

黄庭坚

黄庭坚《送范德孺知庆州》

庆州:现甘肃省庆阳县(今为市),当时是与西夏羌族作战前线。范仲淹内调,他的儿子纯仁镇守,后纯仁卒,再后范德孺镇守。

宋诗转折多。"始如处女,敌人开户;后如脱兔,敌不及拒。"(《孙子兵法》)(九地篇)

九京(百不一试薶九京):九泉。

十年骐驎(十年骐驎地上行):指其阿兄成长起来了。

《孙子兵法》:"善战者之胜也,无智名,无勇功。"(形篇)

12月17日,星期一下午

讲宋诗,苏黄是有代表性的。苏轼:我一辈子不如意,只有做文章写诗如意。清代王鹏运谈到苏词"清雄"(《半塘遗稿》),把两个对立的东西统一了起来。缺点,有人说他使事太多,他说孟郊很会做酒但没有药,人家说他的药太多了。

黄庭坚亦如此,他的特点:1. 造句(字句)非常用意,意匠惨淡经营中,每一句都经过认真地推敲,看出宋人在同唐人竞争。2. 结构:这首诗很容易使人联想起杜甫《公孙大娘弟子舞剑器行》,每一笔介绍老师,都是在介绍李十二娘。黄山谷显然受到这首诗影响。但不愿重复。诗十八句。他平均分配给范仲淹、范纯仁、范德孺三人,每人六句。在衬托方面,他出自前人而有变化。3. 音节,一般是声情相应。

故意打破声情相应的规定。为什么现在写古诗很难成功:文学语言变了。

黄庭坚《寄黄几复》

元丰八年,1085年。黄庭坚在山东德平,黄几复在广东四会。

首先从所在地写起(我居北海君南海)。北海:北方海域,称沧海。南海:南方海域,又称涨海。北海、南海,源于《左传》用词(《左传·僖公四年》:君处北海,寡人处南海,惟是风马牛不相及也)。

第二句(寄雁传书谢不能),消息隔绝,难于通信。

三、四句(桃李春风一杯酒,江湖夜雨十年灯),写相会时的快乐,写离别时的凄苦,很有名。没有动词,把这些词汇放在一起构成一个完整的意境。陆游："楼船夜雪瓜洲渡,铁马秋风大散关。"(《书愤五首》其一)陈与义："孤臣霜发三千丈,每岁烟花一万重。"(《伤春》)两个词构成一个词,"白发三千丈"(《秋浦歌十七首》其十五)是李白的句子,"烟花一万重"(《伤春五首》其一)是杜甫的句子。李白对杜甫,把许多物象融合在一起,构成一个新的意境。

五、六句(持家但有四立壁,治国不蕲三折肱),赞美黄几复。《史记·司马相如列传》："长卿家徒四立壁。"家徒四壁,贫无立锥,室如悬磬,像半个屋的样子。第五句讲他的清廉,第六句讲他干练。

七、八句(想得读书头已白,隔溪猿哭瘴烟藤),感叹不遇,赞叹其安贫乐道,政简刑清。

黄庭坚《登快阁》

快阁,在江西泰和县。

痴儿(痴儿了却公家事):自谓。晋人放诞,说办事者是呆子、痴儿。

三、四句(落木千山天远大,澄江一道月分明),既点了时间,又点了空间:在快阁山呆了很久。

五、六句(朱弦已为佳人绝,青眼聊因美酒横),由写景到抒怀,用钟子期、伯牙故事,阮籍青白眼故事。

结构:前四句叙事写景。三联抒怀,四联融情入景。

黄庭坚《次元明韵寄子由》

元明:黄庭坚哥哥。次韵:照样用韵。背景:写新旧党争,两对兄弟之间的友谊。

黄庭坚最好的诗句并不在用典(春风春雨花经眼,江北江南水拍天)。

铜章：低级的官印。金印、银印、铜印。石友：好友金石交。石交，交情很巩固的朋友。（欲解铜章行问道，定知石友许忘年）

脊令（脊令各有思归恨）：鹡鸰，鸟名，比喻兄弟，兄弟的代称。

黄庭坚《郭明甫作西斋于颍尾，请余赋诗》

黄山谷起句奇特，难以捉摸。这首诗起头（食贫自以官为业，闻说西斋意凛然），不写求诗者，而写自己。

整个这首诗，情实而景虚，他没有去过。

陈师道

陈师道《怀远》

陈师道，苦吟诗人，才华不高，但很真诚，一辈子不得已，最后冻死了。

怀远：想念远方的朋友，为苏东坡而作。

三、四句（生前只为累，身后更须名），质朴类似汉魏六朝诗，以复古为革新，对苏东坡名高而遭忌的悲感。

这类诗是陈师道最显著的特色。

陈师道《九日寄秦觏》

沙步：沙岸，步，码头。丛祠：非正式承认的神庙。（沙步丛祠欲暮鸦）

三、四句（九日清尊欺白发，十年为客负黄花），写年纪大的人在外旅游之感。清尊，酒杯子里装的好酒，清酒与浊酒相对。"十年"句，不能回家乡，像陶渊明那样。

落乌纱（可能无地落乌纱）：孟嘉落帽。晋朝，代重九登高（因为孟嘉落帽是重九的典故，所以可以代登高）。

12月21日,星期四下午

陈师道《和寇十一晚登白门》

寇十一:寇国宝,陈师道的学生。寇在南京,陈在徐州。

基本上分上下段。前四句和,后四句写自己的思想活动。

杰观:很高的城楼。首两句(重楼杰观屹相望,表里河山自一方),外、里、山、水,赞美南京形象。

三、四句(小市张灯归意动,轻衫当户晚风长),写寇登临的情况,第三句写流连很久。

五、六句(孤臣白首逢新政,游子青春见故乡),谈到当时的政局,写得曲折。神宗、王安石革新,司马光保守。哲宗元祐,保守党当政。宋徽宗建年号建中靖国,新政指建中靖国。

七、八句(富贵本非吾辈事,江湖安得便相应),写知识分子思想波动。

陈师道《谢赵生惠芍药》

芍药花晚开,春天即将过去。古代男子也戴花。

分(九十风光次第分):别,离别。殿(天怜独得殿残春):动词,最后。

剩(一枝剩欲簪双髻):颇。"未有人间第一人",实际上赞美花。

相对地说,北宋反映民族斗争、阶级斗争较少,同唐朝不同。对外绥靖政策,对内对士大夫特别优待,换取官位,知识分子支持。所以反映阶级斗争少,思想性弱一些。结果地方减去一半,政府开支未减,剥削加重。

江西派一祖三宗:杜甫——黄庭坚、陈师道、陈与义。黄庭坚、陈师道继续了杜甫的艺术性。陈与义在内容上继承了杜甫。

陈与义

陈与义《雨》

北宋宣和七年(1125)作,当时陈与义在河南陈留县,监酒税。

陈与义有五首写雨的诗,每首不一样,《简斋集》重复的只是题材,不同的是对生活的感受。

三、四句(一时花带泪,万里客凭栏),用杜甫"感时花溅泪"(《春望》)的意象。

五、六句(日晚蔷薇重,楼高燕子寒),刻画残春、雨后、晚晴的景色。

陈与义《怀天经、智老,因访之》

天经:叶蔚先。智老:和尚,名洪智。

诗人住桐乡青镇。乌镇,浙江乌程,天经、智老住。

三、四句(客子光阴诗卷里,杏花消息雨声中),皇帝赵构(宋高宗)非常欣赏。"客子光阴诗卷里",写寂寞。

西庵:洪智和尚住的地方。北栅:叶天经住的地方。儒先:"先生"连在一起,后分化。儒先,很有学问的懂儒学的先生,后分开。张生:年轻的书生。(西庵禅伯还多病,北栅儒先只固穷)

第一、二句(今年二月冻初融,睡起苕溪绿向东)与第八句(纶巾鹤氅试春风)首尾相应。"绿"是一个颜色字。《西洲曲》:"海水摇空绿。"杜甫:"绿垂风折笋,红绽雨肥梅。"(《陪郑广文游何将军山林》)下面三字解释上面两字。王安石:"柳叶鸣蜩绿暗,荷花落日红酣。"(《题西太一宫壁二首》其一)"春风又绿江南岸"(《泊船瓜洲》)。

《寄吴氏女子》:"荒烟凉雨助人悲,泪染衣襟不自持。除却春风沙际绿,一如看汝过江时。"(王安石《送和甫至龙安微雨》)吴氏女子是王安石的女儿,嫁给吴安持。(客观)心缘境感——境由心生(主观)不自持:不能控制。

"春风沙际绿"比"春风又绿江南岸"又进了一步,春风变成绿颜色,通感。"绿"向东,新奇,他不感觉固体水、气体风,首先感到的是绿颜色。

陈与义《巴丘书事》

巴丘:岳阳。

"三分书":陈寿的《三国志》。三分书,平平平;《三国志》,平仄仄。宋人喜欢称"老",这也说明精神向下。(三分书里识巴丘,临老避胡初一游)

侵游子(四年风露侵游子):既侵蚀了身体,也侵蚀了精神。

作品应永远处于读者追逐的地位,而不要让读者走在前面。

陈与义《伤春》(全诗详201页)

从议论入手,平戎击退侵略者。(庙堂无计可平戎)

汉文帝时匈奴入侵,烽火至长安附近甘泉宫。(坐使甘泉照夕烽)

上都:首都;下都:陪都或藩国的政治中心。(初怪上都闻战马)

飞龙:代表皇帝。《易经》:"飞龙在天。"宋高宗:南京—杭州—明州—温州。穷海:海边。(岂知穷海看飞龙)

怎样使南宋政权安定,站住脚,是人民。(稍喜长沙向延阁,疲兵敢犯犬羊锋)

杨万里的诗,最接近口语,用意有时出人意外,对他的诗争论很大,他是通俗诗人发展起来的。政治上从来不阿谀权贵,韩侂胄建了南园,要他写文章赞颂,他不干。叫陆游写了,没有恭维话。杨万里却喜欢写山水、友谊,表现民生疾苦较少。

杨万里《池口移舟入江,再泊十里头潘家湾,阻风不至》
判(如今判却十程住):与拼、拌相通。

杨万里《初入淮河》
"刘岳张韩宣国威,赵张二将(一作相)筑皇基":刘光世、岳飞、张俊、韩世忠;赵鼎、张浚。

12月24日,星期一下午

陆 游

陆游是在兵荒马乱中度过的,经历了南宋政权八十年,怕金国吃掉就抵抗,否则就求和:南宋不想恢复。他的特点:一定要恢复,反侵略战争一定胜利。他的诗歌中没有泄气的话,他是老百姓的代表者。南宋诗歌从一开始就打上了反侵略战争的烙印,但信心不足,陈与义、杨万里皆如此。陆游的这一特点,一直影响到南宋灭亡后的遗民诗人。1.可以胜利;2.民族压迫痛苦,压迫得抬不起头。陆游诗的思想性在当时是不可及的。梁启超:"诗界千年靡靡风,兵魂销尽国魂空。集中十九从军乐,亘古男儿一放翁。"(《读陆放翁集》)讲陆游始终有一种奋发之势,不泄气。

东晋与南宋情况很相像,但我们很难找到有诗人像南宋这样反映民族斗争,刘琨略算一个。民族意识未得到锻炼。

陆游《五月十一日夜且半,梦从大驾亲征,尽复汉唐故地。见城邑人物繁丽,云:西凉府也。喜甚,马上作长句,未终篇而觉,乃足成之》

1180年,陆游在江西做抽盐税的小官。西凉府:现甘肃武威县。长句:指七言诗。非常强烈地反映他收复失地的愿望。

北庭:新疆—吉木萨尔县,北疆;安西:吐鲁番县,南疆,唐代两都护府,在边远地区的军。(北庭安西无汉营)

熊罴(熊罴百万从銮驾):古代战士的代称。罴:马熊,亦称人熊。

构思一个要求:使读者感到意外,赶不上作者。(凉州女儿满高楼,梳头已学京都样)

春无所不在,苏轼注意鸭(《惠崇春江晚景》:春江水暖鸭先知),齐白石注意蝌蚪(见《蛙声十里出山泉》画)。

陆游《九月一日夜读诗稿有感,走笔作歌》

高宗绍兴三年,陆游住在家乡,他从小有诗名,被称小太白。

对过去作品的否定,是创作的一个美德。(我昔学诗未有得,残余未免从人乞。力孱气馁心自知,妄取虚名有惭色)

三昧(诗家三昧忽见前):佛家名词,秘诀。

对这段有不同的理解,这段写的是享乐生活,我理解,各种艺术互相贯通,互相影响。张旭见"公主担夫"争道,替公主挑担子的担夫争道,见公孙大娘舞剑器,书法大进。(唐李肇《唐国史补》引张旭言:始吾见公主担夫争路,而得笔法之意;后见公孙氏舞剑器,得其神。一说,公主与担夫争道)

"天机云锦皆在我":"天机云锦"指题材。

"剪裁妙处非刀尺":形神皆备——遗貌取神,指神比貌更重要,而不是不要貌。徐悲鸿画马。裁缝替一个当官的剪裁衣服,问他的经历,前摆后摆长短问题。

陆游《黄州》

局促:不开展。楚囚:被晋国俘虏的楚国人。齐优:齐国的演员。(局促常悲类楚囚,迁流还叹学齐优)

三、四句(江声不尽英雄恨,天意无私草木秋),人事多变,自然没有什么变化。"江流石不转,遗恨失吞吴"(杜甫《八阵图》),这里英雄指曹操。

五、六句(万里羁愁添白发,一帆寒日过黄州),有多少寒日?好像可以用一帆来量一样。

陆游《登赏心亭》

蜀栈:栈道。秦关:指四川陕西一带。逎:迫近。(蜀栈秦关岁月逎)

陆游《夜登千峰榭》

公元1186年,浙江建德,严州。

以上三首诗的起法都不一样。上首行役,这首咏史。

王衍,字夷甫。清谈,前身是东汉末年的清议,月旦评。曹操、司马氏压下去,变成清谈,讲空话。(夷甫诸人骨作尘)

皇帝视察工作叫巡狩。(至今黄屋尚东巡)

大岘在山东(大岘关,在今山东沂山),慕容超(十六国时期南燕最后一位皇帝)的辖地。刘裕(围攻广固城,捉住慕容超,押送建康并斩首)。

新亭(收泣新亭要有人)：也在南京。哭(见《世说新语·言语》)：王导不主张哭,而主张抗战。

垒块(薄酿不浇胸垒块)：心中不平之气。

陆游《沈园》

宋人把诗看得很崇高,不写爱情,这两首诗写家庭悲剧。荀慧生《钗头凤》(京剧)。唐婉后嫁赵士程,宋远房宗室。陆游游沈氏园,遇唐婉夫妇,赵士程还送给陆游酒食。陆游写了一首《钗头凤》。

惊鸿(曾是惊鸿照影来)：源于《洛神赋》,代表唐婉。

梦：指爱情梦。香消：指女子死亡。(梦断香消四十年)

12月27日,星期四下午

陆游《送范舍人还朝》

　　平生嗜酒不为味,聊欲醉中遗万事。酒醒客散独凄然,枕上屡挥忧国泪。君如高光那可负,东都儿童作胡语。常时念此气生瘿,况送公归觐明主。皇天震怒贼得长,三年胡星失光芒。旄头下扫在旦莫,嗟此大议知谁当？公归上前勉书策,先取关中次河北。尧舜尚不有百蛮,此贼何能穴中国？黄扉甘泉多故人,定知不作白头新。因公并寄千万意,早为神州清虏尘。

《题醉中所作草书卷后》

　　胸中磊落藏五兵,欲试无路空峥嵘。酒为旗鼓笔刀槊,势从天落银河倾。端溪石池浓作墨,烛光相射飞纵横。须臾收卷复把酒,如见万里烟尘清。丈夫身在要有立,逆房运尽行当平。何时夜出五原塞,不闻人语闻鞭声。

《草书歌》

想通过陆游的《草书歌》说明一些问题:1. 以诗证诗。2. 诗人反映感情的渠道。3. 艺术表现阶级性的限制性。陆游草书写得很好,这首诗是描写他自己的草书。

南宋前一石＝一斛＝十斗。南宋后一石＝五斛。

闲愁(倾家酿酒三千石,闲愁万斛酒不敌):中国古代修辞习惯"正言若反",元曲男称女可憎娘,女称男可憎才。

烂岩电(今朝醉眼烂岩电,提笔四顾天地窄):《世说新语》:王戎"烂烂若岩下电"。

"神龙战野昏雾腥",《易》:"龙战于野,其血玄黄。""白摧朽骨龙虎死,黑入太阴雷雨垂。"(杜甫)(《戏韦偃为双松图歌》)

床(槌床大叫狂堕帻):是坐具,等于椅子之类。

"吾无暇,不及草书"(《晋书》卷三六《卫恒传》载《四体书势》谓东汉张芝:"号匆匆不暇草书。"《东坡题跋·评草书》:草书虽是积学乃成,然要是出于欲速。古人云,匆匆不及草书,此语非是)。苏东坡:1. "当其下手风雨快,笔所未到气已吞。"(《王维吴道子画》)2. "与可画竹时,胸中有成竹。"(晁补之《赠文潜甥杨克一学文与可竹求诗》)矛盾统一。

这学期讲诗的方法,基本上是以诗论诗,最好是本人的诗证本人的诗。杜甫《同诸公登慈恩寺塔》:"自非旷士怀,登兹翻百忧。"他忧什么呢?《自京赴奉先县咏怀五百字》:"穷年忧黎元,叹息肠内热。"用后"忧"解前"忧"最准确。陆游"闲愁万斛酒不敌"。《送范舍人还朝》:"平生嗜酒不为味,聊欲醉中遗万事。"可见他闲愁什么。

闲愁—酒—草书—诗,艺术家通过特殊的渠道表现自己的思维活动,每种艺术所使用的手段都不一样。书,浓墨。渴笔,飞白。

有些艺术很难表现阶级性,如书法家,阶级性的表现受到艺术形式的限制。

范成大《后催租行》(全诗详328页)

从涝灾(老父田荒秋雨里,旧时高岸今江水)写起;"黄纸放尽白纸催",黄纸是皇帝的诏书,白纸为县官的催租令。层层深入。

这一首诗也是正言若反。

宋孝宗乾道六年(1170),范成大出使金国,写了《揽辔录》笔记,此外做了七十二首纪行诗。全是七言绝句,不停顿在表面的现象描绘上。

《宜春苑》

宜春苑,在汴京东二里。

第二句(行人犹作御园呼),反映老百姓对民族政权的怀念。

第三句(连昌尚有花临砌),见元稹《连昌宫词》,苏州王废基。

第一句(狐冢獾蹊满路隅)也受《连昌宫词》"蛇出燕巢盘斗拱"的启发。

《翠楼》

翠楼,在河南安阳,当时叫相州、旗亭。

不可能是真实出现的情况,而是希望有的情况。"遗黎

往往垂涕嗟啧,曰:此中华佛国人也。"(《揽辔录》)

衽(连衽成帷迓汉官):《战国策》(齐策一):"连衽成帷","挥汗成雨"。这种情况是不可能出现的,但都是范成大和遗民都希望出现的。这叫艺术的真实高于生活的真实。

《州桥》

州桥南北是天街,父老年年等驾回。忍泪失声询使者,"几时真有六军来?"

陆游《夜读范至能〈揽辔录〉,言中原父老见使者多挥涕,感其事,作绝句》:"公卿有党排宗泽,帷幄无人用岳飞。遗老不应知此恨,亦逢汉节解沾衣。"

州桥,汴河上的桥,正对着皇宫。

注意"真"字,很有分量。

宗泽:徽、钦二宗被俘,东京留守。

《新唐书》卷二百一十一列传第一百三十六:藩镇镇冀,李宝臣(统领恒、定、赵、易、深、冀六州)。

《新唐书》卷二百一十二列传第一百三十七:藩镇卢龙,李怀仙。

12月31日,星期一

爱因斯坦的公式 $A = x + y + z$(A = 成功;x = 努力学习;y = 善于休息;z = 少说废话)

朱熹《鹅湖寺和陆子寿》(全诗详182页)

宋孝宗淳熙二年(1175),朱熹、陆九龄、陆九渊、吕祖谦在鹅湖。朱和陆氏兄弟是两个不同学派：朱是客观唯心主义者，陆氏是主观唯心主义，吕祖谦想把双方调和起来，在江西铅山鹅湖开了一个讨论会。陆九龄即陆子寿，作了一首诗《鹅湖示同志》，其弟陆九渊（子静）也作了一首诗。朱熹当时未作诗，过了三年朱熹出去做官，经过鹅湖，而陆子寿当时住在江西临川，专程去拜访，朱熹作了这首和诗。文学上往往出现一些有趣的事：东坡赞吴道子的画、王维的画，内容要人出家是消极的，但表现手法却很有生气。生活的威力是强大的。朱熹、陆子寿论证激烈，但态度很好，彼此尊重。

寒谷：朱熹原住处在武夷山脚下，武夷精舍在福建崇安，知南康军，"军"是行政单位。篮舆：轿子。（偶扶藜杖出寒谷，又柱篮舆度远岑）

五、六句（旧学商量加邃密，新知培养转深沉），是座右铭。

无言处（却愁说到无言处，不信人间有古今）：没法说，没法形容，只能心领神会。

任何一种学问，他的研究方法往往有唯物主义成分。

刘克庄《国殇行》

从此进入宋末诗人，汪元量（水云）写出了亡国的画面，这里未选，我觉得他还不如林景熙、谢翱。宋末有两派，一派是哀伤，汪元量即如此，哀伤以后怎么办，没有办法。另一派是愤怒，对民族前途没有丧失信心，就这一点来说，更值得重视，是陆游传统的继续，刘克庄即是。

国殇：为国家牺牲了的烈士。诗人只要有正义感，他能够注意到生活中别人没有注意到的事情。

穹（乌摩诸将官日穹）：当"高"讲。

刘克庄《军中乐》

对比高高在上的军官们在搞的什么,受高适《燕歌行》"战士阵前半生死,美人帐下犹歌舞"的启发,写得详细。

行(射麋捕鹿来行酒):斟。

金疮(无钱得合金疮药):战伤,金属武器打伤的。

刘克庄《赠江防卒》

江防:淮水。

颇牧(其五:明时颇牧居深禁):廉颇、李牧。

"谢郎棋畔走苻秦"(其六):说淝水之战。

文天祥《过零丁洋》(全诗详205页)

早年生活富裕,考中状元,迷信,在民族危亡中,把这些都抛弃了。德祐元年(1275年)起兵,被俘逃走再起兵,又被俘。都元帅张弘范要他投降,他不干,在海船上写了《过零丁洋》。人说慷慨成仁易,从容就义难,死后,人家在他的衣带中搜出一首四言诗。人称《衣带赞》:"孔曰成仁,孟曰取义。惟其义尽,所以仁至。读圣贤书,所学何事?而今而后,庶几无愧。"

马克思主义有两条:一条是一分为二,一条是实事求是。一分为二是辩论法,实事求是是唯物主义。海上奇石(在新会南厓门),张弘范在上刻了"张弘范灭宋于此"(屈大均《广东新语》卷二《地语》)。人家在上面多刻了一个宋字,对他进行了批判。"勒功奇石张弘范,不是胡儿是汉儿。"(陈白沙《崖山》)

起一经(辛苦遭逢起一经):通过一经考试。

四周星(干戈寥落四周星):四年。周星,1. 指木星十二年绕天球一圈。2. 指地球十二个月绕日一圈。庾信《哀江南赋》:"天道周星,物极不反。"指十二年。

零丁洋(零丁洋里叹零丁):珠江口,现写成伶仃洋。

汗青(留取丹心照汗青):册。经书、皇帝诏令,用二尺四寸的经过火烤的竹简叫汗青。

谢翱《效孟郊体》(全诗详207—208页)

体:一指体裁,二指文格。这里指风格。这三首诗写亡国后内心的寂寞和追求。

其一

闲庭:空庭。荇藻:实际上不是荇藻而是月照柏树的影子。(闲庭生柏影,荇藻交行路)

风吹树的声音像波涛。(野风吹空巢,波涛在孤树)空巢:谢翱《过杭州故宫》:"复道垂杨草欲交,武林无树著凌霄。野猿引子移来住,覆尽花枝翡翠巢。"凌霄,是一种花,武林,即杭州。猿、元,谐音。

其二

"天涯风雨心,杂佩光陆离":是诗人对自己形象的形容。《离骚》:"佩缤纷其繁饰兮,芳菲菲其弥章。"(芳菲菲:香喷喷。)杂佩,以各种不同玉石制成之佩。"天涯风雨心",渴望有与自己同心同德的人。

毕宇宙(感此毕宇宙,涕零无所之):一直到死。郑思肖画无根兰,人们问为什么不画根,他说没有土。

不推翻侵略者,要良药也没有用。(不染根与发,良药空尔为)

1980年1月3日,星期四,教学大楼101

其三

第三首写一个闺中妇女,见到一些自然现象,表现对爱人的怀念,即对祖国的怀念。

日月(闺中玻璃盆,贮水看落月。看月复看日,日月从此出。爱此日与月,倾写入妾怀):象征皇帝、皇后,表示国家政权。

镇南塔,冬青树。(清方濬师《蕉轩随录》卷七:杨琏真伽发宋诸陵,以遗骨建镇南塔;会稽唐玉潜珏、永嘉林景熙德阳、郑宗仁朴翁与皋羽咸主王监簿家,协谋收掩陵骨。故唐玉潜作《冬青树引》以纪其事,而景熙答皋羽诗亦有"夜梦绕勾越,落日冬青枝",岂非诸公共事之明证乎?明周清原《西湖二集》第二十六卷《会稽道中义士》演绎其故事)

既反对侵略者,又反对侵略别人。既爱和平,又爱正义。

谢翱《西台哭所思》

西台,在浙江桐庐县富春江,相传是汉光武帝同学严子陵钓鱼的地方。客星犯帝星甚急(《后汉书·逸民列传》:帝复引光入,论道旧故,相对累日……因共偃卧,光以足加帝腹上。明日,太史奏客星犯御坐甚急。帝笑曰:朕故人严子陵共卧耳)。

文天祥被杀,消息传到浙江,谢翱同一些同志到西台开了一个追悼会,各人作诗,谢还写了一篇文章《西台恸哭记》。诗言语质朴,不事雕琢,感悟深沉。

知己(残年哭知己):进士科考试,开卷可以见到人名,公开开前门把卷子文章给知名人士看,以求知己,了解自己的人叫知己。

碧:在这里当"血",即碧血。后土:"后土皇天"的"后土",是仄声字。(故衣犹染碧,后土不怜才)

八哀:杜甫一组五言古诗。未老山中客:隐士,不同元统

治者合作。(未老山中客,惟应赋八哀)

谢翱《书文山卷后》(全诗详208页)

"生如无此生",活着等于没有活着。

"无处堪挥泪",连流眼泪的地方都没有。

变姓名(吾今变姓名):在古代是不容易的。

林景熙《酬谢皋父见寄》

林景熙是收皇帝骨头的组织者。清吴之振《宋诗钞》说谢翱奇崛,林景熙幽婉。谢翱:号皋父(甫)。

薇:归隐。芝:求仙。(入山采芝薇)金元好问野史亭(在今忻州市忻府区)。

瑶音(瑶音寄青羽):玉音。

屦满户(学子屦满户):席地而坐,进屋要把鞋子脱在门外(像现在日本、朝鲜一样)。

句越(夜梦绕句越):即越,吴可以称为句吴。

林景熙《题陆放翁诗卷后》

四川,杜鹃,杜宇,子规。古国王名杜宇。

杜鹃再拜(杜鹃再拜泪如水):再拜杜鹃。

龟堂(龟堂一老旗鼓雄):陆游的别号。

盟鸥沙(归来镜曲盟鸥沙):为了押韵把"沙鸥"颠倒。

"青山一发愁蒙蒙",苏东坡:"杳杳天低鹘没处,青山一发是中原。"(《澄迈驿通潮阁二首》其一)

诗尾提出一个问题(来孙却见九州同,家祭如何告乃翁),是一个号召。

林景熙《山窗新糊有故朝封事稿阅之有感》（全诗详209页）

封事：封了口的保密报告。

北风（却与山窗障北风）：女真、蒙古族的代称。

二十二年没有上过课了，我喜欢上课。

1980年1月7日，最后一课，星期一

翻到过去的读书笔记。美国爱默生：有三种方法帮助人：1. 金钱；2. 知识和学问；3. 启发人思想，让人内心觉悟起来。

首先，感谢同志们、同学们。教育者，首先是受教育者。你们用形象教育我。劳动不被尊重是痛苦的，

第二，我感到自己教学工作做得很不够。二十多年不上课，生疏了；岁数大了，记忆力差了；更重要的是，我还未尽到最大的努力。

底下讲做人、做学问的几个想法。

做一个真实的人，不是圆滑的。能明辨是非，民族处于交叉路口，反封建传统，破除迷信，现代迷信，对社会主义丧失信心是可怕的。我是反对"歌德"派的，并不是反对他们歌颂党、人民，而是反对他们不正视现实，一味地瞒和骗。立足本职，把自己的本职工作做好，要"四个坚持"。

我们过去毕业担心失业，谁把生命投进去，就能使社会更完善。

讲一点做学问的方法。

首先,要热爱专业。

一辈子要谦逊一点,在任何情况下,骄傲都不能成为自己的资本。谦虚就会实事求是,真正的科学研究是调查的末尾。

怎样研究一个问题:

1. 写什么:反映什么生活,什么题材,作者关心什么,关心少数人还是多数人。

2. 怎样写:艺术,技巧,语言,文字,如果是论文,要看逻辑性强不强。

3. 为什么要写,为什么这样写而不那样写。

自己要写作,你也可以用这三条去衡量。

学古代的、外国的,都不要忘记现代的中国,否则,你就是一个古人或者洋人,心目中要有一个现代的中国。

最后,我希望你们在工作中继续学习。"graduate"是毕业,也是开始。

唐宋诗讲录

1979 年 9 月 3 日至 1980 年 1 月 7 日

张伯伟　记录

唐　诗

陶、鲍以后,李、杜之前,没有出现什么很伟大的诗人,出现了一些杰出的诗人,是一个过渡时期。

这一时期,五、七言诗的形式已经基本完成,出现了律诗,有比较成熟的五言律诗,和处于准备阶段的七言律诗,另有律化的五言、七言绝句。总结了诗歌从汉以来的发展趋势,抛弃了一些不好的东西,如"玄言诗"、"宫体诗",在内容上也给高峰的出现铺平了道路。

唐诗注重描写了边塞、自然,由台阁宫廷走向江山朔漠,由描写下层人民的生活发展到关心人民痛苦生活的社会问题,由宫廷诗发展到描写纯洁的爱情。唐前萌芽,唐人进一步发展。

薛道衡的《昔昔盐》(全诗详227页),隋炀帝的有些诗,表现了边塞。以前批评隋炀帝诗有两句话:隋炀帝虽志在骄淫,而词无浮荡。相反,历史上的大皇帝唐太宗倒喜欢作宫廷诗,有些不健康的情调。

(二十世纪)五十年代关于世界观和创作方法的问题的争论,问题的关键在于人的世界观不是铁板一块。

宋徽宗的字、画至今评价很高。

总之,初唐诗作描写纯洁爱情,是对宫体诗的反动。

陈子昂的复古运动,要恢复到建安风骨,这是个需要注意的问题。

七言古诗,卢照邻、骆宾王和张若虚是初唐成熟的代表。

王勃、杨炯、沈佺期、杜审言等人是五律成熟的标志。五言古诗要算陈子昂。

卢照邻《长安古意》

写上层几种人物的骄奢淫逸的生活和穷居著书的文士相对照。除了正面描写外,有许多穿插,可以和八代长篇叙事诗比(与《陌上桑》、《孔雀东南飞》等比较),不是平铺直叙。还写了被玩弄的女子的感情(结尾),但不甚着重提出。

诗歌是有装饰性的语言,并不一定是"青牛"、"白马"、"七香车"(青牛白马七香车)。"主第"和"侯家"(玉辇纵横过主第,金鞭络绎向侯家)是互文见义。

"龙衔宝盖承朝日,凤吐流苏带晚霞。"这两句写景很值得注意,描写的是人为的物品。前一句写车蓬,写得很细致,同时又点明了时令,带有讽刺意味。既有具体物象的描写,又掺和了自己的感情。

接下去写景物。"争"表现虫多(百尺游丝争绕树)。

张衡《两京赋》写到"千门万户"(《长安古意》:游蜂戏蝶千门侧,碧树银台万种色)。

"交窗"(复道交窗作合欢)是花纹,是合欢花图案,"交疏结绮窗"(《古诗十九首·西北有高楼》)。

"楼前相望不相知……"忽插进楼上有一女子,楼下有一男子。接下一句是设想中的设想(陌上相逢讵相识)。下面八句是他们的思维活动。前四句是男子,后四句是女子。

接下又写贵族生活,女子伴随着贵族玩。

六朝和唐朝女子打扮在额上涂上月形的嫩黄色(片片行云着蝉鬓,纤纤初月上鸦黄)。

这一段是描写贵族生活的。当中这一段是如何插进去的。要解决这一问题。杜牧有一首诗《南陵道中》(南陵水面漫悠悠,风紧云轻欲变秋。正是客心孤回处,谁家红袖凭江楼)可用来类比。苏轼《蝶恋花》(下阕):"墙里秋千墙外道,墙外行人,墙里佳人笑。笑渐不闻声渐消,多情却被无情恼。"诗人根据自己的心情,如何去看忽然出现在自己前面的人或物。只是提供一个画面,答案自己去想,这里也是同样的。

下面一段主要是描写游侠生活。

技(舞)→伎(人表演)→妓(女子表演)
唱　→倡　　　→娼　(娼妇盘龙金屈膝、共宿娼家桃李蹊、娼家日暮紫罗裙)

接着又插入,(唐)孙棨写过《北里记》。

"汉代金吾千骑来,翡翠屠苏鹦鹉杯。"含有讽刺意味。杜甫有一首诗《陪李金吾花下饮》,中有"醉归应犯夜,可怕李金吾"。犯法的和执法的人一起玩,对当时的繁胜作了补充描写。

下一段描写政治上得势的将相。

"青虬紫燕坐春风",孟郊有"春风得意马蹄疾"(《登科后》)。

《西洲曲》和《春江花月夜》(全诗详228—229页)

诗人如何对民歌进行加工,如何吸收营养进行创作?

闻一多先生对张若虚诗有一论点,不能同意(见下)。

这两首诗是抒情诗中的优秀篇什。

南北朝有许多短篇民歌,北朝称北歌,南朝的有两种,产生于长江下游的叫"吴歌",产生于武汉一带的叫"西曲",因南朝的都城在南京,而湖北襄阳等地处南京西北。北朝和南朝的民歌,题材、风格有很大不同。北歌描写战争,也描写爱情,同样很豪迈。"吴歌"、"西曲"多数是写爱情,非常地缠绵悱恻。此外还有一些对宗教的低级崇拜。

北歌以《木兰诗》、《敕勒歌》为代表,南方的"吴歌"、"西曲"也是由短篇发展为长篇的,而《西洲曲》可谓发展的高峰。

《西洲曲》风格很精细,把人物内心世界揭示得很精细。《西洲曲》和《春江花月夜》同样是描写自然美,但后者的艺术美更高。

"忆梅下西洲",一说"下"作"花下"讲,另一作"去"讲,后一解释更自然一些。

在"折梅寄江北"前加上一句(折梅寄江北),有很大的艺术魅力,等于加上一个"后台",把他们过去常在一起过着愉快的生活概括出来。

接下去写女子之美,会写的人写风神、服饰,而不写肉体。

问答(西洲在何处?两桨桥头渡),乃民歌写法。

为什么是"乌臼树"而非他树?吴歌《读曲歌》:"打杀长鸣鸡,弹去乌臼鸟。愿得连暝不复曙,一年都一晓。"

文学艺术形象有传统性。

"开门郎不至,出门采红莲"与"折梅寄江北"联系起来。

接下去又写人,又写花。

"莲心彻底红","莲"乃"怜",古代民歌及仿民歌体常用谐音字,再如"丝"与"思","晴"与"情"。"红"象征着热烈。

唐以后把"青楼"称"妓女"住处,以前皆是比较高贵的人住的(望郎上青楼)。

宋朝话本中写女子追求男子的标准是"志诚种子"。

"垂手明如玉"与前面"单衫杏子红……"联系起来。

把天和日交错起来(卷帘天自高、尽日栏杆头)，和季节交错起来写。

闻一多《宫体诗的自赎》(见《唐诗杂论》，后者是他在四十年代写的一组论唐诗的短文章)，主要论点是：到了唐朝，卢照邻、骆宾王、刘希夷、张若虚的诗主要是七言古诗，他认为是从宫体诗发展出来的，因为宫体诗是写宫廷生活，也写男女间的情欲。闻先生认为到了初唐发展为健康的男女爱情的描写。但现在我认为不是这样，从两方面看：

诗中所写的人有阶级的差别，宫体诗中写贵族同贵族所豢养的歌童男女的关系，而初唐的诗人所写的是普通人民。特别像张若虚《春江花月夜》的来源，在宫体诗中找不出痕迹，倒是在六朝(特别是南方)的民歌中能够看出它的渊源。与其说是宫体诗的自赎，不如说是《西洲曲》的高度发展。

清末诗人王闿运评张若虚的《春江花月夜》为八个字："孤篇横绝(横者，奇也)，竟为大家。"

把自然美提炼为艺术美，《春江花月夜》比《西洲曲》更高，它是将自然美、人生哲理、纯洁的爱情、诗人强烈的同情心交织在一起。

从一个非常广阔的景象开始写，将"春江花月夜"皆写完，这叫"入手擒题"。

从开始到"看不见"，写自然之美。接下去写哲理。宇宙和人生，有限和无限之间的矛盾，有情和无情之间的矛盾。诗人感到惊奇和迷惘，最后承认这一客观事实，因此不哀伤，很独特。

诗人写明净(明清)的境界，"江天一色无纤尘"是一写法。温飞卿："水晶帘里玻璃枕。"(〔菩萨蛮〕)李商隐："水晶如意玉连环。"(《赠歌妓》)

刘禹锡:"人世几回伤往事,山形依旧枕寒流。"(《西塞山怀古》)而张若虚没有哀伤,但不是对于人生的淡漠和冷酷,同样热爱世界上美好的事物。

"谁家今夜扁舟子"两句,不知、谁家、何处,诗人对普天下的离情别绪全写到了。

月光虽美,却照在离人的妆镜台上。

"鱼龙潜跃水成文",思念之情波荡漾,"文"永远不会消失。

"昨夜闲潭梦落花"两句,写自然的青春和女子青春的消逝。

最后四句,写自己在江边消遣,思绪如海雾茫茫,最后两句,由别人归到自己身上。

作者有非常活跃的想象、奔放的热情,具有非常通情达理的人生哲学。诗人把自然的"永恒"与人生短促的对比的诗是常见的,但这首诗有独特的风格和思想,他把宇宙的永恒和人生的离愁别绪分开来了,给我们以欢乐的内容、轻快的节奏,深蕴的表面上是平淡的思情别绪。中国古代文学批评讲求"乐而不淫,哀而不伤",就是说,不到极点。此诗达到了这一步,取得了几方面非常巧妙的平衡:深远的离情别绪,淡淡的自然景色。张若虚的后代,不在诗歌里,而是汤显祖的《牡丹亭》"游园"一节,可与此诗对比。张若虚使诗歌的韵律和内心感情的旋律相符合。中间多转韵,从"人生代代无穷已"十六句,四平声韵,是为了表达深沉的感情。到了最后四句,又用了仄声韵。

五言律诗

任何文学作品,都是内容和形式的结合。(南齐)张融曾说:"文无常体",而以"有体为常"(《门律自序》)。肯定了形式的存在,又肯定了形式的多变。

杜审言的《和晋陵陆丞早春游望》与王勃的《送杜少府之任蜀州》结合起来看。

杜一开始就将人与景结合起来写(独有宦游人,偏惊物候新),与王开头(城阙辅三秦,风烟望五津)不同。

宋之问《题大庾岭北驿》

放逐途中所作,表现一个逐臣的感情,在古典诗歌中弃妇的感情也是常见的。地点是有典型性的:

1. 相传鸿雁飞至大庾岭就不南飞了。

2. 由于大庾岭是过去由中原到两广去的必经之路,山很高,两边气候不一,南面梅花谢,北方才开放,有较显著的气候差别,而因为是交通要道,故为人注意。

因此逐臣更容易引起特殊的感情。雁停了,人还要往前走;南面花落了,自己的前程愈来愈荒凉。

这首诗,明白如画,含意深沉。初唐的诗较自然,到唐末宋初的时候就比较曲折。

"我行殊未已,何日复归来。"人不如鸟,对前途有很深的恐惧,写得很平淡,但内容很深沉。双句单意,意思联贯。句子是对仗的,在艺术上顾及诗律,而感情上的波动得到更充分地表现。

关于避重韵:苏轼《送江公著》:"忽忆钓台归洗耳","亦念人生行乐耳"。自注："二耳意不同,故得重用。"

沈佺期《杂诗》(其三)
与《古意呈补阙乔知之》,两首诗实际上都是古意。
"可怜闺里月,长在汉家营。"亦双句单意。
本篇特色乃诗人口气,第三者也。
最后两句转出本意(谁能将旗鼓,一为取龙城)。
王昌龄的《出塞》(但使龙城飞将在,不教胡马度阴山)比沈的意思更明。
有本领的作家能够对同一主题写出许多诗,但又是篇篇不重复。沈的《古意呈补阙乔知之》就是大体不重复。

沈佺期《独不见》(又名《古意呈补阙乔知之》)
上一首从对方写起,这一首从女方写起。
律诗要求有气势,柔情中有气势,有风骨,第二联即有气势(九月寒砧催木叶,十年征戍忆辽阳)。第三联(白狼河北音书断,丹凤城南秋夜长)是第二联的继续和扩展。
"谁为含愁?独不见。"前一问,后一答。
从这首诗中可以看出,初唐的七言律诗已经比较成熟了。

陈子昂在文学史和文学批评史上的地位都很高。文学主张集中于《与东方虬修竹篇序》中,"兴寄"。"兴"的目的是"变"。
杜甫论元结的两首诗曰"不意复见比兴体制"(《同元使君春陵行并序》),元诗是用赋体作的,但杜甫说他是"比兴体制"。可见唐人对"比兴"有独特的看法,是指有很高思想内容的文学作品。陈子昂与杜甫是一致的。

杜甫赞陈子昂"终古立忠义,《感遇》有遗篇"(《陈拾遗故宅》),这同韩愈"国朝盛文章,子昂始高蹈"(《荐士》),元遗山"合著黄金铸子昂"(《论诗绝句》)都不同,前者着重内容,后者着重艺术。

陈子昂的诗歌主张,一是要有"风骨",二是要有"兴寄"。陈子昂的代表作品是《感遇》三十八首,感遇诗是组诗、联章诗。中国古典诗比较短,要表现一个巨大的内容,就在同一题目下用好几首诗联起来,像屏风。这种方法从何时开始?开始于《昭明文选》中的《古诗十九首》。古诗在梁朝不止十九首,萧统作《文选》,把风格较相近的摆在一起,多数人作,一个人选。建安时代曹植、王粲有所谓《杂诗》,也是内容比较广泛,统一在《杂诗》的题目下,是由一个人作而内容比较广泛。但相对于后来,规模比较小,几首而已。把大量的诗排在一起,最多的是阮籍,使诗歌文人化,写了八十多首诗。唐朝人有几个重要继承者,首先是陈子昂《感遇诗三十八首》,后来张九龄也作了十多首《感遇》,到了李白写了《古风五十九首》,而且不是一个时期写的。杜甫更大的贡献是将律诗和绝句也采用联章的方法。杜的《秦州杂诗三十首》,在夔州的《秋兴八首》、《诸将》、《咏怀古迹》等都是联章律诗,结构是有机性的。《诸将》可谓最好的诗,对当时的局势及看法都作了叙述。

陈子昂《感遇》

(其二十三)"珠树林"乃比南方茂盛的树林(翡翠巢南海,雄雌珠树林)。

"岂不在遐远",难道不是在很远的地方吗?即原来是不易被捕到的。此以鸟比人。下以侠客为比,在武则天时代是普遍现象。

(其三十四)"朔风吹海树"中的"海",是指内陆的湖泊。

幽燕:河北辽宁一带。

结发:男子二十,女子十五,表成年。

韩愈诗:"国朝盛文章,子昂始高蹈。"(《荐士》)高蹈者,起点高也,即内容恢复到慷慨激昂的时代。无论是中国还是外国,常常是以复古而革新。建安以来,只有鲍照的某些诗可与之相近。有了陈子昂,才有李、杜的出现,他是一个枢纽性的人物,所以在文学史上的地位很高,开了风气。

《登幽州台歌》在中国诗歌史上是很了不起的诗,只有四句,又很易懂。幽州在北京大兴。

通过很深刻的思考,用议论的方法写出的这首诗,是喷出来的诗句。一方面对人生哲理有体会,一方面对现实有关怀。(外国人选诗"From Mao to Mao",《诗经》是《毛诗》,毛主席的诗也是毛诗。)

这首诗是陈子昂的自画像,塑造了自己的形象。用议论塑造形象是非常有力的。还有一种是议论用形象来表达,在中国古代的《庄子》、《战国策》里有许多是用形象譬喻来发议论。

王之涣《登鹳雀楼》

陈子昂登幽州台诗是一心情,王之涣登鹳雀楼又是一心情。

最后两句寓意很深,体现了一种哲理。古典诗歌中很

多,如……(诗例详38页)

通过对自然环境的观察,而表现出一种哲理,是古典诗歌中常用的方法之一。王的《登鹳雀楼》也是如此,通过个别呈现的事物而体现一般的道理。

杜甫年轻的诗很谨严、稳扎,不像李贺等。

诗人当时的感触虽然是当时的,但所概括的道理却是在平时思考范围内的。理和情是相通的,情中见理,寓理于情。无情则无感,无理则无思。形象思维和逻辑思维是不能分割的。

王之涣《凉州词》

《凉州》曲是西域地方音乐的标志,是《伊州》、《凉州》、《甘州》、《石州》、《渭州》合起来的大曲(乃歌舞曲)。

写越走越远的远行人的感情,第一句(黄河远上白云间)想象奇特,李白诗"黄河之水天上来"(《将进酒》),王勃"秋水共长天一色"(《滕王阁序》)。第二句(一片孤城万仞山)写荒寒中的要塞,真可谓写绝。范仲淹的"千嶂里,长烟落日孤城闭"(〔渔家傲〕)可与之对照。

前两句是所见,后两句(羌笛何须怨杨柳,春风不度玉门关)是所感,折杨柳在唐朝诗歌中被广泛地描写,是送别的风俗。唐对胡乐有相当的吸收,羯鼓、羌笛、胡琴。羌笛吹杨柳调,有怨气。前面的情况还不如现在,因为到那儿连春风都吹不到。

把黄河与孤城写在一个画面里,在生活中是不存在的,因此有人说乃"黄沙直上",但有人不同意。这个问题涉及生活真实和艺术真实问题,前者是基础,另一方面,艺术允许夸张。

公元631年,唐建国,到755年,安禄山叛乱,中间一百多年是比较安定的,处于上升时期,边疆比较稳定。到开元年间,一片繁荣景象,但矛盾也在滋长,统治阶级和劳动阶级的矛盾,汉将和蕃将的矛盾(把重兵权交给蕃将)。安禄山叛乱是带有民族性质的地方叛乱,反映在读书人身上,就构成了许多矛盾。首先是"仕"和"隐"的矛盾,在某种意义上讲是"入世"和"出世"的问题,在人生观上就有一个"兼善天下"和"独善其身"的问题;从物质享受方面看,就有个"比较富贵"和"比较贫贱"的问题;从思想基础来讲,前者是儒家思想,后者是道、佛家思想。反映在文学上,反映在诗人爱好的主题上,一方面有很多边塞诗,另一方面有田园山水诗(除了李、杜大家的无所不包以外)。

孟浩然想做官,但没有出来做官,诗偏多于田园山水。岑参是到西域去过的,有一些田园诗,但更多的是边塞诗。

王维的诗是两方面都比较好的。

孟浩然《夏日南亭怀辛大》

"散发乘夕凉"中,"散发"表闲居。

"欲取鸣琴弹,恨无知音赏。"可以说是用典,亦可说没用典。前人说,"使事(用典)而使人不觉。"

前六句是实写夏日南亭所见、所听、所嗅;后四句是虚的,写怀念辛大。

《望洞庭湖赠张丞相》,正可说明"仕"和"隐"的矛盾,表现在诗的后半段,前半段是写景。

隐士大多写眼前狭小的生活,而对壮阔的图景不去正视。如贾岛有些诗就是这样,"行蛇入古桐"(《题长江》),可见对景物的选择和内心世界是合拍的。

"涵虚混太清"是水天一色。

水气蒸腾可连到云梦泽(气蒸云梦泽),此联非常雄壮。"星垂平野阔,月涌大江流。"乃杜甫之句(《旅夜书怀》)。

"欲济无舟楫,端居耻圣明",前是比,后是赋。

《与诸子登岘山》,与前首不同:前首写得阔大,用第五句(欲济无舟楫)过渡到抒情;这首以咏叹为主(是一种议论的形式),咏叹是有褒贬的,通过有形象性的手段作出判断。

孟浩然、王维、常建写田园山水诗很多地方是从谢灵运来的,但却抛弃了谢诗中板硬的地方,比谢诗富有生活气息,割掉了讲玄理的尾巴。

崔颢《长干曲》

写船上商人青年男女的爱情,第一首中女子有两种心理状态,一是女子心里很寂寞,二是男子有吸引他的地方。

第二首写男子惶恐而高兴,有点相见恨晚之意。

李颀《古从军行》

此诗着重点不是写战争本身,而是写战场气氛和战争所导致的后果。"烽火"又称"烽烟",是远处报警所用,晚上是火,白天是烟。三、四(行人刁斗风沙暗,公主琵琶幽怨多)是统写边塞的荒漠。石崇《昭君辞引》中所述琵琶公主,成固定形象,公主出塞和亲,说明凄惨景象。最后四句(闻道玉门犹被遮,应将性命逐轻车。年年战

_{骨埋荒外,空见蒲桃入汉家)}是用典议论,贰师将军李广利,轻车将军李蔡,都是同匈奴作战的。

《听董大弹胡笳弄兼寄语房给事》

"弄"是乐曲,"胡笳"是管乐,用琴(弦乐)弹管乐曲。

从胡笳写起_(蔡女昔造胡笳声,一弹一十有八拍)。

"胡人落泪沾边草",更多是用"塞草"一词。

前四句也是写了董的情趣,能表现这样的感情。

"先拂商弦后角羽,四郊秋叶惊摵(sè)摵",树叶被琴声惊落,实在是指两者情调是符合的。

前六句写文姬归汉时的情景,由胡笳联想。

"深山窃听来妖精",到李贺《箜篌引》中的"吴质不眠倚桂树,露脚斜飞湿寒兔",就表现得更加奇幻。李颀把妖精写得很简单,而李贺则是具体地描写。任何一样东西可以垂直下来的,古人称"脚",如"日脚"、"雨脚"等。继承,发展。

"言迟更速",说时迟、那时快之意。"董夫子"到"如有情",是听到音乐后的赞叹,插在两段描写之中,结构富于变化。接下去写联想。

"乌孙"两句_(乌孙部落家乡远,逻娑沙尘哀怨生)用汉、唐公主去胡中生活的故事,来衬托主题。

最后四句是题目下半部分"兼寄语房给事",最后两句一方面写房琯的不重名利,一方面又写出董的琴艺高超和房对艺术的热爱,不直致,一石二鸟。

王维《洛阳女儿行》

相传王维作此诗才十六岁,又说十八岁,总之是少年之作,可以看出他的才华和对社会生活比较独特的看法。

此事写出当时社会对出身府第很重视,有才能的人,如果出身贫贱,亦得不到重视。

此诗较跳跃,一、二(洛阳女儿对门居,才可颜容十五余)写洛阳女儿,三、四(良人玉勒乘骢马,侍女金盘脍鲤鱼)写所嫁的人家生活的富贵。唐宋人诗中常写"脍(鲙)",唐人吃鱼"脍"是指去骨、蘸作料吃生鱼。七、八两句(罗帏送上七香车,宝扇迎归九华帐)写嫁的情景。"罗帏"是步障。

"自怜碧玉亲教舞","碧玉"作洛阳女儿的代称,点明身份乃妾。"九微片片飞花璅",乃是写灯的华美,"璅"(suǒ)是花纹连结。

最后两句(谁怜越女颜如玉,贫贱江头自浣纱)转出本意,有贤才而不见用。

安史之乱后,王维因被安禄山抓去,后由他弟弟保出,所以晚年的诗就与现实斗争比较脱离了,写了许多田园山水诗,多数是五言律诗。王维和孟浩然有许多相似之处,故王孟并称。在今天看来,这些诗还能提供给我们美学的享受。

王维的五言律诗《山居秋暝》

王维有一别墅叫辋川,在终南山底下,陕西省蓝田县。

一、二两句(空山新雨后,天气晚来秋)点明气候、环境、季节。"空山"乃指除自己外没有其他人,另"空谷"亦如此。是初秋,故下了雨后,到晚上感到秋意。

白描动人。"虽不识字人,亦知是天生好言语"(晁补之语)是评说秦少游的词"斜阳外,寒鸦万点,流水绕孤村",亦可用来评此诗三、四两句(明月松间照,清泉石上流)。可见赋体的作用,赋是最基本的方法。

浣女是成群归来,故是"喧";渔舟是一叶,故用"下"(竹喧归浣女,莲动下渔舟)。诗人并没有看到浣女、渔舟,乃想当然也。这种写法往往使得要表现的东西更有表现力,更能引人遐想。如柳宗元《永州八记》中写道:"隔篁竹,闻水声,如鸣佩环,心乐之,伐竹取道。"李商隐:"月姊曾逢下彩蟾,倾城消息隔重帘。已闻佩响知腰细,更辨弦声觉指纤……"(《楚宫二首》其二)

可以整首诗都用这样的方法。苏轼的《续丽人行》,他的朋友藏了一幅周昉的画(周昉尤善画女子),当时审美标准是丰满高大,从敦煌壁画等看,到晚清乃追求病态美。周昉这幅画是画宫女伸懒腰,提供给苏轼想象的天地。杜甫有《丽人行》,故苏轼《续丽人行》。

写宫怨诗是古诗很重要的主题,从不同的角度揭露封建贵族的多妻制度。《续丽人行》云云(全诗详329页),苏东坡所理解的丽人的环境和内心世界,从"画工欲画"开始,写画,到"俱风靡"。因为是《续丽人行》,就把杜甫拉来陪衬。跳到题外,想象杜甫在曲江旁边的情景,补充了周昉的画。用杜甫所写的得意女子和周昉笔下失意女子相对照,这是唐人所不具有的写法。最后用议论,此乃宋诗的特点。东汉梁鸿、孟光(见《后汉书·逸民传》)是很关心民间疾苦的,梁鸿因作《五噫诗》,同夫人孟光结婚,光很丑,力气很大。此处议论一夫一妻制,是诗的有机组成部分。

继续《山居秋暝》,最后两句(随意春芳歇,王孙自可留)是反用《楚辞·招隐士》之意。淮南小山写《招隐士》是在春天。

《终南山》和《汉江临泛》

写自然风景,体现了非常宏伟壮丽的景象。一山、一水,为何在不同题材的描写中,体现同一的风格?

《终南山》第二句"连山接海隅"不好讲,一种说是诗人夸大之词,另一讲法是《史记·张仪传》中提到秦国关中一带物产丰富,称之为"陆海",王维在这里即指此。

底下四句(白云回望合,青霭入看无。分野中峰变,阴晴众壑殊),句句切中山的高、大,下字写景都围绕此概念。最后两句(欲投人处宿,隔水问樵夫)点明是"游"终南山。

《汉江临泛》,"泛"一作"眺",仔细读此诗,作"眺"比较好。古人讲汉水,有东汉、西汉两条水,东汉水是陕西省发源,西汉水是指四川的嘉陵江。

起法(楚塞三湘接)与前首相近,写汉江所涉及的地方之远。楚塞在襄阳,三湘乃湖南,其实并不接,只是写连接之广,水势之大,由北往南。第二句(荆门九派通)形容水势之大,由西向东。

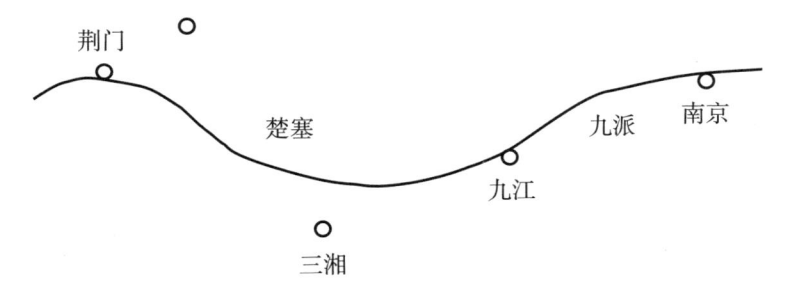

"郡邑浮前浦,波澜动远空",可与孟浩然"气蒸云梦泽,波撼岳阳城"(《望洞庭湖赠张丞相》)比美。

最后两句(襄阳好风日,留醉与山翁)是应酬话。

这两首诗同孟的《夏日南亭怀辛大》和王的《山居秋暝》风格不同。

王昌龄

他的七言绝句是唐代诗人中最杰出的,有独特的成就。七言绝句是唐人中最流行的(除五言律诗乃考试规定的,所以流行外),唐人入乐的多半也是七言绝句。

《从军行》三首

中国古代的文学批评带有很独特的地方,比如对诗歌圈点,圈是佳句,警句是点。"佳句则圈,警句则点。"坏句子则是打杠子,如《纪(昀)批苏(轼)诗》,这也是批评方法,用符号代表自己的意见,再加上批语。

另一种形式是选,选本也是文学批评的方法,选入的诗是好的或者比较好的,选与不选反映了选者的观点,如《昭明文选》将《古诗十九首》选出,因为风格比较接近。

中国文学批评大多是以诗话形式表现出来的,一般来说,都省略了一个过程,即如何得出结论来的思路、考证。这也是一个传统。

《从军行》三首是三幅图画,一是征人怀念家乡,二是写生活艰苦,三是写胜利。

第一首,"烽火城西百尺楼,黄昏独上海风秋。更吹羌笛《关山月》,无那金闺万里愁。""海"乃指内陆湖泊。

第二首,"楼兰"、"青海"、"玉门关"(青海长云暗雪山,孤城遥望玉门关。黄沙百战穿金甲,不破楼兰终不还!)三者并不符合,组织在一起,其目的是表现塞外广漠的景象，并能引人联想，想起历史上过去作战的情景。

第三首，前二句(大漠风尘日色昏，红旗半卷出辕门)，是写增援部队准备出兵支援，后两句(前军夜战洮河北，已报生擒吐谷浑)是写捷报传来。

诗人的写法，不是"四人帮"的东西，真实地写出了战士的心理活动。

《长信秋词》(其三)

奉帚平明金殿开，且将团扇共徘徊。玉颜不及寒鸦色，犹带昭阳日影来。

"长信宫"包含着坏人当权、好人受苦的情景。

"奉"就是"捧"，"平明"就是早晨，句子结构原来应是"平明金殿开奉帚"。第二句是跳跃性描写，"共"不仅是人和扇，而且是人在徘徊，内心亦在徘徊。这两句是写人外在的形象，下两句写内心徘徊的实质。"昭阳"也是一个"殿"，即赵飞燕住的地方。有时把乌鸦羽毛比作很漂亮，如李贺："纤手却盘老鸦色，翠滑宝钗簪不得。"(《美人梳头歌》)《西洲曲》："单衫杏子红，双鬓鸦雏色。"古代诗人很喜欢用鸦毛比作头毛的颜色。但这里，是把鸦当作丑的形象，玉颜反不及寒鸦。"日影"乃是指皇帝的恩泽。这首诗被评价高，就是因为符合"温柔敦厚"、"怨而不怒"的标准。但这首诗确实表现得很好。

《芙蓉楼送辛渐》

第一句(寒雨连江夜入吴)是写自己，九江是"吴头楚尾"，第二句(平明送客楚山孤)是写辛渐。

高适《燕歌行》

中国古代统治阶级,在国力比较雄厚的时候,容易引起皇帝好大喜功的心思,史书说"侈心",在杜甫的《兵车行》中也有描写"开边"的心思。

"身当恩遇常轻敌,力尽关山未解围。"轻敌是藐视敌人,但力尽却没有解围,为什么?让读者思考。

"寒声一夜传刁斗",是以触觉写听觉,这是一种通感。

"君不见"是乐府中常用来开头或结尾的(君不见沙场征战苦,至今犹忆李将军)。

对偶。唐人对偶比八代诗更富于变化,不仅在律诗中,而且在古诗中。《文心雕龙·丽辞篇》讲到四种对子:①言对,②事对,③正对,④反对。所谓言对即是用诗人自己的语言,叙事、议论、抒情写出来。所谓事对即是用典故对典故。由以上派生出来的"言"与"事"相对,如"龙衔宝盖承朝日"四句(卢照邻《长安古意》)乃是言对。事对如接下的"梁家画阁中天起,汉帝金茎云外直"、"意气由来排灌夫,专权判不容萧相",派生出来的"事"与"言",如"自言歌舞长千载,自谓骄奢凌五公"。

从内容上看有以上两种,从用意来看有以下两种:

正对是从两个相同的方面描写一个风景或说明一个问题,如王维"明月松间照,清泉石上流……"四句,孟浩然的"气蒸云梦泽,波撼岳阳城"。

反对是从一正一反两方面来说明问题的,如鲁迅"横眉冷对千夫指,俯身甘为孺子牛",杜甫"新松恨不高千尺,恶竹应须斩万竿"，李商隐"身无彩凤双飞翼，心有灵犀一点通"。

到宋朝对偶就更丰富，既不能说正，又不能说反。

关于论对子的书，最详细的是遍照金刚《文镜秘府论》，他是唐朝一个日本到中国来留学的和尚，很有学问，中国人叫他作"空海法师"，其中讲了二十九种对，分析过于繁琐。

《人日寄杜二拾遗》

表面是寄给杜甫，应该多写对方，可是这首诗是发牢骚，讲自己，是一种抒怀。

"遥怜"下带五字"故人思故乡"，杜甫很怀念家乡。"柳条"两句（柳条弄色不忍见,梅花满枝空断肠）是高适想象中杜甫想念家乡的心情。"梅占百花魁"，树是柳先发，花是梅先开。

古代诗人之间的友谊，常用诗歌来表达，这叫做"赠答"或"唱和"。古人后来有一种变体，即"追和"。这些诗都是有所为而作的，"和"要针对"唱"的意思。

杜甫在高适的诗作了十年后写了一首诗。一、看古人是怎样赠答的；二、看他是怎样针锋相对的。

杜甫《追酬故高蜀州人日见寄》（全诗详55—56页）

高适的赠诗很大篇幅写自己的失意，最后两句还写出自己对杜甫感到惭愧。杜甫的对应是花了很大篇幅怀念高适的能力，前半段写与高的交往，后半段写自己对生活的感受。

"零落"后来乃指死亡、消失之意。平起叙述。不用流泪而用"迸"字。"感时花溅泪"用"溅"，用心苦。五、六两句写高的人格，"慷慨"乃指内在非常刚正的品格在风格上的表现。"栖栖"可写成"凄凄"，这一句针对"愧尔东西南北人"、

"今年人日"两句。下一句针对高诗中所表现的抱负。"郁郁"指盛大,满腹经纶。

下面两句写自己活着,非常孤寞,而高适死了,非常惋惜。"白首扁舟病独存",炼字炼句,以少胜多,表达三个意思。底下就"东西南北"来深发。

最后四句是寄王及敬弟,前两句用贵族曹植、刘安比汉中王;后两句用向秀《思归赋》的典故,希望敬弟写一篇《招魂》,使高适复回来。

岑参《白雪歌送武判官归京》

岑参在边塞时间较久,地点较远,因此写得很逼真。他的情绪比较乐观,在音节使用方面有创新,有特殊的处理方法。

"白草折"(北风卷地白草折)的"折"字,只有草已干枯了,才会折,写出了边塞特点。卢纶:"月黑雁飞高,单于夜遁逃。欲将轻骑逐,大雪满弓刀。"(《塞下曲》)"胡天八月即飞雪",所以"雁飞高"时可以"大雪满弓刀"。

写了非常壮丽的冬天景色,虽送别,却不哀伤。音节急促。

《轮台歌奉送封大夫出师西征》、《走马川行奉送封大夫出师西征》及高适的《燕歌行》用汉比唐,地名多用汉时,写汉代战争,而作战(同契丹单于)是实指唐代的战争。前者是比拟的系统,后者是现实的系统。

《轮台歌奉送封大夫出师西征》

第一、二句(轮台城头夜吹角,轮台城北旄头落)是写战争兆头,且有准备。

"金山"(单于已在金山西)即阿尔泰山。用汉朝与匈奴作战来比。"戍楼"(戍楼西望烟尘黑)是瞭望楼。

"阴山"(三军大呼阴山动)在内蒙古,这里是形容气势浩大。是古战场,故"白骨缠草根",写出了这块两军争夺之地。前面写战争艰苦,最后四句歌颂封常清忠于国家。

"誓将"一句(誓将报主静边尘)乃是"誓将静边尘报主"。

《走马川行》

"君不见走马川"的"川"乃是"平原"的意思,唐人用"川"多指平原。"一川碎石大如斗"的"一川"亦同。

李 白

1. 李白的哲学思想;2. 创作方法;3. 诗歌题材。

1. 思想基础问题。李白的民族归属问题有争论,究竟是汉族,还是混有其它民族的血统,有争论。他的气质和那些土生土长的人有所区别,但这对于李白的思想的影响比重不很大。李白的思想很复杂,受过游侠的影响;有一些纵横家的言论,在政治上联系一部分人打击另一部分人;也决不能排斥李白思想中儒家的比重。《古风》第一首中末句"希圣如有立,绝笔于获麟"。《春秋》含褒贬,李白要用诗歌来对政治、社会评论是非。同时唐朝宗教盛行,李白对佛、道(特别是道)是很接近的。他曾受过箓(符也),即如同佛教的和尚受戒,表示忠诚的道教徒。纵横家、儒家乃是取"入世"的态度,而佛家、道家却是"出世"的态度。李白两方面都接受,就有矛盾。纵横家、游侠思想是要破坏封建的统一秩序的。儒家一贯赞成统一,所以李白思想中"入世"里也有矛盾。而佛、道、儒在对封建秩序的维护上,都是一致的。了解这个复杂性,不致于对李白思想作一简单的划分。

2. 创作方法问题。世界观和创作方法问题,在五十年代展开很激烈的讨论。人的世界观很复杂,决不是铁板一块,写出好作品,可能是进步一面起作用,反之,则是落后一面起作用。

李白的创作方法是比较复杂的,既有浪漫主义(有积极亦有消极),又有现实主义,这是同他的世界观的复杂性有关的。浪漫主义(积极与消极)总是表现为一种对理想生活的向往和追求。现实主义同浪漫主义都植根于现实生活,具体地对封建社会来说,它们都是对封建社会大量存在的问题的否定。

李白一方面想从事政治活动,并非仅是功名富贵,要把功名同理想社会联系起来。从个性来讲,他坚持正义,追求自由,路见不平,拔刀而助,但当时(天宝年间)政治上活动的成功一定要以牺牲正义、放弃自由为前提,当然不是理想政治,而是吹牛拍马,搞关系学。李白面临非常严峻的选择,他选的是自由。

我们不可简单地把李白说成是一个积极的浪漫主义者。

3. 李白作品中反映的生活。李白诗的题材问题,我们既反对题材决定论,又反对题材无差别论。文学的价值,一方面看写的是什么生活,另一方面看是怎样写。这就是为什么李白诗歌反映民生疾苦、国家重大事件的诗歌很少而仍然有很高价值的原因。

杜甫写过《北征》,李白在江夏也写过"白骨成丘山,苍生竟何罪",但这种诗毕竟是不多的。李白诗大多数是指出哪些东西是生活中美的,是值得人爱好、追求、向往的,那也就是批判那些不值得追求的东西。这就是为什么李白不写人民的痛苦生活,而人民同样热爱他的诗的原因。这是积极浪漫主义的力量,在最广泛的范围内指出生活的美。

李白为什么不能从浪漫主义转到现实主义呢?文天祥的诗,起初很差,后来很好。通过一个大变动,诗风改变。李白在安史之乱后,基本上脱离了斗争漩涡,基本上在游山玩水,而杜甫在安史之乱后,一直在痛苦的生活中,所以能够与人民同呼吸、共命运。这就是生活问题。李白后期的诗,不能明确地看出社会的烙印。

李白《经下邳圯桥怀张子房》

虎啸:英雄得意。前四句是叙事(子房未虎啸,破产不为家。沧海得壮士,椎秦博浪沙);后议论。

"碧流水"、"黄石公"(唯见碧流水,曾无黄石公)。"黄石公"的结构同"沧海君"一样,"黄石"是一词,而"碧流水"中"流水"是一词,这叫"借对"。欧阳修词:"白发戴花君莫笑,绿幺催拍盏频传。人生何处似尊前?"(〔浣溪沙〕)"白"与"绿"相对,而"绿"本是"六"字,"六幺"乃是曲名,也是借对。

最后六句,李白着重是以张良自比,而不能遇到黄石公,感到惋惜,反映自己的抱负、愿望。写历史人物,介入自己,在客观描写中,有主观愿望。有些怀古诗不是这样。

刘长卿《经漂母墓》:"昔贤怀一饭,兹事已千秋。古墓樵人识,前朝楚水流。渚蘋行客荐,山木杜鹃愁。春草茫茫绿,王孙旧此游。"这首诗是怀韩信的。"漂母"是漂洗棉絮的妇人。刘长卿经过这里,写出了古人的品德,韩知恩图报,漂母援人不求报。"兹事"除表漂母、韩信外,还有人民群众,流传这件事,是值得肯定的。不用动物是荐,用动物是祭。这个写法就同李白的不同,自己不介入,纯粹咏叹。怀咏历史人物基本上就是这两种。

李白《远别离》

写舜同他的妃子不能一路走,离别之情,实际上是写唐朝当时的政治。这是一首杂言诗,句子很不整齐,能比较方便地表现那种两妃离别及诗人感情上的激荡。

"猩猩啼烟兮鬼啸雨"中的"鬼",不同于今人,乃某种动物也。

"我纵言之将何补",上应"谁人不言此离苦"。

以上两首诗代表李白对于历史人物的咏叹,是过去的,又是现实的。

李白《梦游天姥吟留别》

《梦游天姥吟留别》主要是梦游天姥(mǔ)。

一开始用仙山同自己要去游的山对比。前者作后者的陪衬,突出描写天姥山之高。用其它山比,用两层,一层用人所共知的山"五岳",另用邻近的山"赤城"、"天台(tāi)"来比。"吴越"(我欲因之梦吴越)是偏义词,"吴"不起作用。介绍天姥山之高,并没有直接描写。

接下来通过梦境来写山。"脚著谢公屐,身登青云梯",真和幻交替。曹植的《洛神赋》也有此种描写:"凌波微步,罗袜生尘。"前者是写"超人"、"神",后者是写"女",妙在"生尘",有真实感。宋朝词人张先写一女子穿罗衣,有两句:"昨日乱山昏,来时衣上云。"([醉垂鞭])可同曹植比美。真与幻是为梦境服务的。

"半壁见海日,空中闻天鸡"两句,补充描写山高,不须登顶峰,便可见海日。"天鸡"在高处一叫,四野都闻。

"青冥浩荡不见底",要注意"不见底",这就意味着"金银台"是飘在空中的,是仙境也。楼台是真,不见底是幻。

"且放白鹿青崖间","白"同"青"相对,另汉乐府诗中讲到"仙人骑白鹿"(《长歌行》)。

这首诗描写了对于功名富贵的批判。

《蜀道难》

描写了四川风景,着重写四川西北同陕西交界之处的天险。先写蜀道的来历。"四万八千岁"同"四万八千丈"同,都是夸大之词。古人讲方位除特别点明以外,大都是以京城为中心来讲东西南北的。"西当太白有鸟道"是长安以西。"上有六龙回日之高标,下有冲波逆折之回川"两句是对,上一句有典,下一句无典。"黄鹤之飞尚不得过"与前有矛盾:"西当太白有鸟道"如何理解?诗人为了描写其难走,所以是一致的。

如果把这种题材用律诗表达,也是可以的,如李白:"山从人面起,云傍马头生。"(《送友人入蜀》)宋人范成大:"侧足三(一作二)分垂坏磴,举头一握到孤云。"(《判命坡》)

诗人盼望安全,对地方变乱表示忧虑。

从上两篇是李白诗中描写祖国河山的代表作。写法不同,寄托用意不同。

李白写爱情和友谊的诗,是很突出的。我们常将李、杜比较,杜甫题材方面的欠缺是不会写爱情诗,只有一首《月夜》,其他几乎没有了。杜甫对友谊很看重,但直接描写爱情生活的诗是很少的,和其他诗人不一样。李白写这种诗很有特点,很乐观,从这里看出他积极的浪漫精神,古人说是"豪迈"。

《长干行》(全诗详219页)

读李白这一类的诗要注意,他是写得很自然的,而李贺、李商隐则是注意每一个字。李白乃如行云流水,脱手而出。后者人为的成分更多一些。

把《长干行》和《西洲曲》对照一下,前者所受的影响是很显然的。

《长干行》的结构,基本是抒情,有较多的叙事成分,将两者交织在一起,以事实写起,最后以事实结束。

将"青梅竹马,两小无猜"等口语入诗。"两小无嫌猜"是指彼此不避嫌疑。

前面把生活写得很美满、酣畅,是为了反衬后面。

古人写望夫石很多,最有名的是王建的《望夫石》:"望夫处,江悠悠。化为石,不回头。山头日日风复雨,行人归来石应语。"既然思念丈夫由人可变成石,那么丈夫回来也可以由石变成人。

"五月不可触,猿声天上哀"是妇人心里想,前句想丈夫行程危险,后句想象丈夫心境的悲凉。

"一一生绿苔"是指丈夫出外后,女子不出去,只在门口,《诗经》、《昔昔盐》均有类似句子。

下四句(苔深不能扫,落叶秋风早。八月胡蝶来,双飞西园草)是写景。

"坐愁红颜老"中的"坐",是唐人俗语,意思是"就、即、遽、顿时"之意。

最后四句(早晚下三巴,预将书报家。相迎不道远,直至长风沙)是女子要捎给对方的话。

这首诗的特点是写一个年轻人第一次分别。

《春思》

古典诗歌中用到"思",多写思妇之情。一、三(燕草如碧丝、当君怀归日)写男子怀归,二、四(秦桑低绿枝、是妾断肠时)写女子的怀念,最后两句(春风不相识,何事入罗帏)暗示女子爱情的纯洁。

《长相思》

第二句(络纬秋啼金井阑)点明季节。"孤灯不明思欲绝,卷帏望月空长叹",由室内的灯不明亮,开帏望月却只是长叹。

这首诗写得很开阔,有些诗评家认为不是写爱情,而是以这为题材写追求某种理想而未遂的感情。

《送友人》

这种诗可以看出,李白很重感情,同时又很洒脱。

"青山横北郭,白水绕东城"两句是"的对",再如"玉楼巢翡翠,金殿锁鸳鸯"(李白《宫中行乐词八首》其二)。宋人不用此种对法,因为看了上一句,便可想到下一句,不易曲折变化。如宋朝陈与义:"客子光阴诗卷里,杏花消息雨声中。"(《怀天经智老因访之》)

颔联(此地一为别,孤蓬万里征)是双句单意,流水对。"蓬",又称

"转蓬"。

"萧萧班马鸣",《孔雀东南飞》中亦有此种写法,结尾由人到马。

《劳劳亭》

写诗在劳劳亭上。亭在南京,写亭边的杨柳,折柳相送。是早春的诗,柳条没有发青。最后两句(春风知别苦,不遣柳条青)是从贺知章《咏柳》中引申而来。前面是结论,后面是理由。

王维《送沈子福归江东》:"杨柳渡头行客稀,罟师荡桨向临圻。惟有相思似春色,江南江北送君归。"也是留别,以杨柳来写的。(临圻,洪迈《万首唐人绝句》作"临沂",为东晋侨置的县名,在今江苏南京市东北,与诗题"归江东"契合。)"侨置"在《晋书》中常用到,原来这个县是在北方,由于五胡乱华,晋中央政府搬到南京,地方沦陷了,地方官如何安置?于是就划一个小地方,叫作"侨置县"。

杜　甫

1. 前人称杜甫的诗集大成,是诗圣。
2. 诗乃是诗史。
3. 沉郁顿挫,是他的风格,如何理解。

1. 元稹《杜甫墓志》中提出这样一个问题,把杜甫诗详细研究过以后,有这样一个结论:"尽得古今之体势,而兼人人之所独专。"这个结论有两个来源:(1)是他的作品,诗体现了这种情况;(2)杜甫对古代和当代作家的评论,他的诗吸取了这些人的长处。

把杜甫和李白对诗歌的观点并列来看,杜比李更有历史主义。李白在《古风》中写道:"自从建安来,绮丽不足珍。"杜甫赞美李白"清新庾开府,俊逸鲍参军","李侯有佳句,往往似阴铿"。杜甫批评那些否定"初唐四杰"历史作用的人,《论诗六绝句》中有"尔曹身与名俱灭,不废江河万古流"。所以说杜是集大成,是诗圣,他无所不包是因为无所不学,他谦虚,所以他伟大。他的思想方法不仅造就了他自己,而且造就了他以后的诗人。杜甫的《偶题》前半写诗,后半写生活,对理解杜甫很有用。"文章千古事,得失寸心知",这个意思,到清赵翼《论诗绝句》中更加以发挥:"只眼须凭自主张,纷纷艺苑说雌黄。矮人看戏何曾见,都是随人说短长。"这首诗的结构是前一后三。

儒家"温柔敦厚","情欲信,辞欲巧","辞达",这些都是杜甫所奉行的。

2. 如何理解"诗史":反映了很广阔的生活画面和政治社会情况。杜甫写新乐府,汉代乐府是叙事的,是入乐的。杜甫不写古题乐府,用新题,《兵车行》《丽人行》等,后来白居易的新乐府运动才有了历史根源。作为新乐府运动的先驱,他是诗史。杜诗一千四百多首,新乐府是少数,大多数是抒情诗,要讲诗史还要从抒情诗的角度来看,才能理解得完整。杜甫的抒情诗(哪怕是咏物的诗)都联系了当时的时事,很少把自己的感受同当时的局势分割开,尽可能把个人同大局联系起来,在这样的意义上,他是诗史。他写出了一个爱国、爱人民的知识分子对当时政局的几乎是无所不在的看法。元稹《酬孝甫见赠》:"杜甫天材颇绝伦,每寻诗卷似情亲。怜渠直道当时语,不著心源傍古人。"(十首其二)

3. 沉郁顿挫的风格。沉着,飘之反也。郁者,古人称之为"无可奈何之境,万不得已之情"。司马迁说"《诗》三百篇,大抵圣贤发愤之所为作也"。恩格斯说:"愤怒出诗人。"积压的感情不是轻易的流露,而是深沉的抒发。顿挫者,忽高忽低,具有节奏感,是内心感情的抒发,不是一泻无遗,而是曲折多变。沉郁的心境靠强有力的顿挫表达出来。

古代有把自己的文章送到朝廷,以求起用。同时,要写一个"表",相当于现在的"报告",说明自己的文章风格、特色、才气。杜甫在《进雕赋表》中,提出了此四字。文艺形式上的节奏感都是内心感情的反映。杜甫这里的意思,就是把自己"沉郁"的胸襟,有节奏地表现出来,不是一气到底,无行止之分。"沉郁"的心情,只有靠强烈的"顿挫"表现出来。

现在我们称为组诗的,古人称之为联章诗(如杜甫"三吏"、"三别"),是古人用来补救中国古典诗歌形式短小的不足。这个形式的运用,在五言诗中很早运用,如左思《咏史》八首可以当作一首来看。鲍照《行路难》是杂言诗,是十八首,也可当作一首来看。第一个把五言律诗联章的是杜审言,杜甫受了启发,七言律诗联章,在其他诗人是很少的。如《秋兴》、《咏怀古迹》、《诸将》,这些诗都是在夔州作的。每一首都是杰作,合起来也是杰作。这有一个过程,在成都写给严武的五首诗写得不是很出色。七言绝句中如王昌龄的《从军行》也是联章诗。

杜甫"**三吏**"、"**三别**",联章诗。

这六首诗是公元759年杜甫由洛阳到华州的沿途写的,安史之乱近五年,叛军力量还很强,写这几首诗时正是唐军吃大败仗之际,中央政府处于更危急的时候,要征兵。但已经打了五年,人民生活很痛苦,而人民对国家还是很尽力。

杜甫心里很矛盾，一方面觉得要鼓动人民作战，另一方面要斥责贪官污吏。

"三吏"是用客观的第三人称写的，"三别"是用第一人称写的。《无家别》很像古诗中"十五从军征，八十始得归"。这些说明了诗人在选择这样一些生活来表现以前，首先有个认识生活问题，一方面谴责这个政府，但又不能不去支持政府；同情人民，又不得不去支持人民去做这个牺牲。这反映了杜甫对当时生活的认识。杜甫对哪些东西感兴趣要写，也反映了艺术个性问题，把艰难岁月和矛盾心理都写了出来。

《丽人行》(全诗详328页)

从前人论诗，常谈"诗胆"，"诗胆大如天"(刘叉《自问》)可以用来比《丽人行》。

第一段(开头至"赐名大国虢与秦")，是"泛泛咏起"。

第二段，着重写宴会，又集中在如何珍奇的食物。

第三段(自"后来鞍马何逡巡"起)，写到杨国忠，"鞍马"在唐朝是一个词，包括人，"杨花"两句(杨花雪落覆白蘋，青鸟飞去衔红巾)是讽刺杨国忠与其妹的不正常关系(暗射)。

《茅屋为秋风所破歌》

郭沫若在《李白与杜甫》中着重批杜，一是说杜甫生活富裕，二是说他没有阶级感情，最重要是"大庇天下寒士俱欢颜"，心目中就是没有老百姓，只有"寒士"。

杜甫"一洗苍生忧"(《凤凰台》)，李白"白骨成丘山，苍生竟何罪"(《经乱离后天恩流夜郎忆旧游书怀赠江夏韦太守良宰》)，杜甫在《寄柏学士林居》中有"几时高议排金门，各使苍生有环堵"。

《观公孙大娘弟子舞剑器行》（全诗详370页）

这是一首描写舞蹈艺术的诗,更重要的远不是对舞蹈艺术的描写所取得的成功,而是在这里体现出"言在此而意在彼",写了舞蹈艺术是"言在此",用意是通过看到的各艺人的艺术传统,感怀半个世纪以来国家的重大变化。杜甫抒情咏物总是同当时国家的命运联系在一起,所以是"诗史"。

清朝桂馥作《札朴》（卷六云:"以丈余彩帛结两头,双手持之而舞"）说,这首诗描写的大约是今天的"红绸舞"。

中国原始宗教是多神教,故称"群帝"（矫如群帝骖龙翔）。

《江南逢李龟年》

杜甫作七言绝句同一般人不同,用拗体作。但这首诗同王昌龄、李白的写法一样,大题材可以放入小形式里,小形式里也表现了杜甫的沉郁顿挫的风格,"几度闻"的"闻"字,点明李龟年是一个歌唱家,这是由乐而哀。毛主席给柳亚子的诗是由哀而乐（三十一年还旧国,落花时节读华章。牢骚太盛防肠断,风物长宜放眼量）。

《春望》

写在安禄山叛乱之后,没有离开长安之前。

这首诗的构思是由自己的处境写起,由周围的环境写起,用环境来衬托自己的心境,然后再归结到自己。

如果是古诗,可以用铺叙的方法,但这是五言律诗,只有四十个字,这就要求有概括力,把客观的自然和人事来对比。

"国破"主要是指政权被摧毁,一个"深"字,表示了人无暇去采集草木,人烟稀少（国破山河在,城春草木深）。这个境界可用刘

禹锡的诗来说明:"朱雀桥边野草花,乌衣巷口夕阳斜。旧时王谢堂前燕,飞入寻常百姓家。"(《乌衣巷》)

颔联(感时花溅泪,恨别鸟惊心)是写人与事的感情交融,把个人的感情加到自然界身上。

"三月"是虚数,多月也。

《天末怀李白》(全诗详339页)

用现在的话来说,是在天末怀念李白,从李白的处境写起(凉风起天末,君子意如何)。

"憎命达"是憎恨命运的飞黄腾达,好的文学作品总是同个人命运相悖的(文章憎命达)。这是封建社会中的一条真理。

刘长卿《长沙过贾谊宅》"万古惟留楚客悲",过去已留悲,还要留下去。城市已有变迁,但贾谊当时的感情却依然在。

颔联(鸿雁几时到,江湖秋水多)是写景,但景却正好作感情的陪衬。情景交融。

处处双关。

刘长卿诗同杜甫上诗,从不同角度写,却看出屈原、贾谊的优秀品质引起后人的同感。

《送韩十四江东觐省》(全诗详232页)

"父母在,不远游,游必有方。""出必告,反必面。"而如今儿女不在父母前尽孝,所以是"万事非"(兵戈不见老莱衣,叹息人间万事非)。

颔联(我已无家寻弟妹,君今何处访庭闱)写两人不同的处境。

颈联(黄牛峡静滩声转,白马江寒树影稀)写景。

《蜀相》

用问答起头(丞相祠堂何处寻)。《诗经》(《采蘩》：于以采蘩？于沼于沚)、曹操《短歌行》(对酒当歌,人生几何？譬如朝露,去日苦多)、杜甫《丽人行》(头上何所有？翠微𠖫叶垂鬓唇。背后何所见？珠压腰衱稳称身)都用问答。

"自"、"空"(映阶碧草自春色,隔叶黄鹂空好音)写出景物依旧,人事全非。

宗泽临死吟"出师未捷身先死,长使英雄泪满襟"。

历史上有关三国的正统问题有分歧,陈寿《三国志》认为魏(曹操)是正统,东晋习凿齿作《汉晋春秋》认为蜀(刘备)是正统,后来司马光作《资治通鉴》又反过来,南宋朱熹作《通鉴纲目》再反过来。历史学家都为统治阶级服务。

附：王安石《明妃曲》(全诗详240页)

用精辟的议论、形象性的史论,是宋诗的特点。同杜甫《咏怀古迹》(群山万壑赴荆门)参看。

第一首着重写在汉朝,第二首着重写在胡地。

王安石是宋代诗人的代表之一。唐宋两代诗歌虽有区别,但要用形象来感人还是一致的。

白居易也有一首写王昭君的小诗："汉使却回凭寄语：'黄金何日赎蛾眉？'君王若问妾颜色,莫道'不如宫里时'。"(《王昭君二首》其二)又从另一个角度写。某些看法同《长恨歌》是一致的。

安史之乱后一段,叫作大历时期(公元766—779年),文学史上有大历十才子。一般认为比较差,如何理解？因为有点不幸,生在李、杜之后,韩、白之前,相比之下,就说大历诗人不出色了。其实有许多诗都很不错。刘长卿是大历诗人中年龄最长的诗人。另有钱起、韦应物、卢纶的诗。

钱起《归雁》

他应考诗《湘灵鼓瑟》,就考取了进士。

前两句(潇湘何事等闲回,水碧沙明两岸苔)是诗人问雁,后两句(二十五弦弹夜月,不胜清怨却飞来)是雁的回答。构思极巧妙。

张继《阊门即事》

楼船(耕夫召募逐楼船):楼船将军杨仆。泛指。

韩翃《寒食》(春城无处不飞花,寒食东风御柳斜。日暮汉宫传蜡烛,轻烟散入五侯家)

韦应物《寄李儋元锡》

韦应物在大历十才子中,对人民的同情比较多,人称韦苏州。"自惭居处崇,未睹斯民康。"(《郡斋雨中与诸文士燕集》)

"难自料"是指一切不能按照自己的想法去做,因此充满了孤独(颔联:世事茫茫难自料,春愁黯黯独成眠)。

李约《观祈雨》(全诗详193页)

写出了对于同样的自然现象,不同阶级有不同感受。这在诗中反映得比较少。

大历以后,称贞元、元和时代,韩愈、白居易时代,唐德宗、唐宪宗中期。

杜甫的影响在贞元、元和时代开始显示出来。当时诗坛主要有两大派别，一派是以白居易为首，主张反映现实、抨击黑暗，要求语言通俗、流畅，使内容更广泛的流传；另一派是以韩愈为首，发扬杜甫追求艺术的一点。两派有显著不同，前一派作风大体有相似之处，后一派每一个人都不一样。韩愈给他们的启发是要追求独特性，但他的议论入诗要经过北宋欧阳修提倡，才发扬光大起来。

李贺的诗。"四人帮"对李贺吹捧得厉害。评论一个作家除政治外，要看在艺术上有多少地位，起了多少作用。李贺本人很独特，有价值，是一个不可重复的诗人。但就是一颗彗星，一闪也就过了。人们记得那美丽的光芒，但这光芒不会再出现了。跟杜甫、白居易、韩愈不同。

李贺诗的优点是对生活十分敏感，想象非常奇特，非常丰富，诗歌语言对光、颜色、音响反映很强烈，很少有诗人赶得上他。而且通感亦很敏锐，听到的声音用看到的形象来描绘，这在韩愈集中亦有。

缺点是不可克服的，风格很单纯，没变化，不是多面手。诗的内容反映面比较窄，这同他死得太早有关系。艺术上过于敏锐的跳跃，想象常常超过一般人理解的程度。含蓄是为了使人懂得更多，而不是为了使人更不懂；跳跃是为了使人看得更广，而不是跳不过去。所以"公说公有理，婆说婆有理。"这就限制了他诗的作用。

有同学问如何作诗？今天用我自己的诗做一说明。

中国古代的术语，将外在的景色称为"物"，内在的思想感情称为"志"。所以说"诗言志"。"物"是客观存在，"志"

是主观的。"志"是对"物"的反映。

如何去认识世界,牵涉到世界观问题,关系到取舍、判断的不同。"愤怒出诗人",也可以说"忠爱出诗胆"。愤怒和胆量的前提是要善于观察。

《寄刘生》(全诗详80页)

刘生是我1942—1943年在金陵大学的学生,很会做诗,后来不知怎么做了水利干部,在四川水利局喷灌办公室工作。粉碎"四人帮"后,跟着当时抓水利的中央领导同志跑。春节回家给我写信。我在武汉大学被迫退休,收到他的信,看了心情很复杂。我不能为党工作,他还能很好的工作。

第一句写思念之情,第二句写来信。"沟洫"指水利工程,《汉书》有《沟洫志》。第四句说他年轻时写诗很好,胜过钱起、郎士元。这是对他的学非所用有所感。第五句说他工作辛苦,第六句是工作成绩。第七句是说他走遍巴山蜀水,第八句是羡他忧乐和人民联系,而我却没有。

这只是给刘生,而不是给张生的。诗要有特定的环境、特定的感情。

李贺《老夫采玉歌》

"徒"(琢作步摇徒好色),一字褒贬。

"蓝溪水气无清白",何以"水"上要加"气"?"气"是指水面上的云气、雾气。云雾,包含了一种古代的迷信。古代迷信有一种"望气术",如有宝贝在地下,天上要出现云气。或帝王所在地,亦有云气。有玉,故有云气;而水浑,故无清白。

"蓝溪之水厌生人,身死千年恨溪水"两句,是李贺独特的表现方法。英国产业工人捣毁机器,可说与之有相通之处。

"泉脚挂绳青袅袅"是写泉,好似有脚,像一条绳,在飘动。

韩愈

韩愈的诗在中国文学史上引起两种不同的争论。在北宋,一派以为韩以文为诗,何不做文而做诗呢?另一派说诗就应当这样做。

1. 什么叫做以文为诗?以字句、结构入诗(用散文),以议论入诗。但有一个限度,即就是在古诗中。在律诗、绝句中,韩愈没有以文为诗。以文为诗不是韩愈的创造,而是他突出、发展了这样一种手法。杜甫有时完全以散文句法入诗,也大发议论,甚至把经书上的字句搬入诗中,如《丹青引》:"丹青不知老将至,富贵于我如浮云。"取之于《论语》(《述而篇》)。诗中的议论,在《诗经》中即有,《伐檀》:"彼君子兮,不素餐兮。"《离骚》中也有很多议论。

2. 如何评价以文为诗?只要以文为诗没有违反形象思维的规律,那就是好的,至少是许可的。如果完全是干巴巴地发议论、教条,那就丧失了文学的最重要的表现手法,不能算是文学,从三个方面来说:

(1)在一篇完整的作品中,有形象性的描写,也有抽象的议论,很巧妙地结合在一起。

(2)议论是采取形象化的语言来表达的,不限于诗歌,散文中如庄子、孟子的文章。

(3)是通过(特别在小说、戏剧中)作者的口气发议论,而所发的议论是形象的一部分。如白居易《琵琶行》中的议论就体现了白居易自己的形象。

韩愈是比较成功的。他是一个描写力很强的诗人。

《汴泗交流赠张仆射》

题目是采取古诗传统手法,用第一句(汴泗交流郡城角)中字。

唐人盛行马球,又叫波罗球。

用问话(新雨朝凉未见日,公早束来何为?)是为了铺张描写。

"分曹"(分曹决胜约前定)是分两队。

最后的句子(当今忠臣不可得,公马莫走须杀贼!)是议论。

《雉带箭》

"红翎"(红翎白镞随倾斜)是野雉的羽毛。

做诗如何安排,是很有讲究的。

杜牧《赤壁》(全诗详238页)

赤壁在今湖北嘉鱼县。黄州那儿苏东坡写《赤壁赋》的是假的。

宋代有人批评杜牧此诗,只想到两个女子(铜雀春深锁二乔),后有人反驳,这是即小见大。

李后主词:"最是仓皇辞庙日,教坊犹奏别离歌,垂泪对宫娥。"(〔破阵子〕)

李商隐七言律诗写得很好,感情沉郁,学杜甫。

《安定城楼》

抒发自己的感情,用典,是比的手法。

"贾生"句(贾生年少虚垂涕)代表自己的忧国忧民。

"王粲"句(王粲春来更远游)说明自己的不得意,环境也不好。

"永忆"两句(永忆江湖归白发,欲回天地入扁舟)是比较独特的句法,永忆江湖是想归隐,但却要到白发才可归去,下一句是解释,要"欲回天地"即安定国事。

杜甫赠章侍御(《奉寄章十侍御》):"指挥能事回天地,训练强兵动鬼神。"是李诗所出。

《哭刘蕡》(全诗详234页)

刘蕡是李商隐最好的朋友。表面是写朋友的感情,实际上是对刘的人格和政见的推崇。

《隋宫》是咏史诗。

锁烟霞(紫泉宫殿锁烟霞):是锁在云雾中,皇帝离开了。

芜城(欲取芜城作帝家):即今扬州。

李义山七律工整,含意较深,影响了北宋的黄山谷。对宋诗有影响。不易为人接受,接受后很有味。

宋 诗

　　宋诗有两个概念,一般人讲起来宋人所作之诗称宋诗,但更重要的概念在于,唐宋诗的区别实质不是朝代的问题,而是两种不同风格的问题。宋人又幸又不幸,不幸者是许多方面都给唐人"开发"了;幸者是宋朝诗人不甘落后,又开辟了新的天地。新天地开辟后,有人赞成,有人反对,这个争论从宋朝迄今,没有停过。金、元、明、清的诗人不是学唐诗,就是学宋诗,所以唐宋诗区别的意义超越了朝代,是指风格。

　　当代学者谈唐宋诗区别,有些谈得很好。

　　钱锺书《谈艺录》云云(引文详90页)。

　　缪钺《论宋诗》云云(引文详90页)。

　　这些看法都着眼于风格来看,最简单地说:唐诗主情,宋诗主意。杜甫以议论入诗,韩愈发展。

　　作为科学研究,要看到这两种风格之所以能成立,是有道理的。诗歌的创作规律不同朝代相联系,"唐人规律"不存在。规律是长期在客观实践中总结出来,唐诗无规律,唐人写诗有形象,符合诗歌形象思维规律。宋人也并不完全违反形象思维规律,议论也可以补充形象,形象性很复杂。

　　生民之祸患,词章之幸福。

王安石《详定试卷》(其一:帘垂咫尺断经过,把卷空闻笑语多。论众势难专可否,法严人更谨谁何。其二:文章直使看无颣,勋业安能保不磨。疑有高鸿在寥廓,未应回首顾张罗)

王安石《金陵即事》

　　　　水际柴门一半开,小桥分路入青苔。背人照影无穷柳,隔屋吹香并是梅。

王安石写景不同于王、孟。第二句有一个诀窍,小桥人常走,无青苔,而分路入门就有青苔了,因为无人来。"背人照影"是所见,"隔屋吹香"是闻。

王安石《雪干》

雪干云净见遥岑,南陌芳菲复可寻。换得千颦为一笑,春风吹柳万黄金。

"遥岑",远山也。柳叶在冬天是皱着眉,到春天才"千颦为一笑"。

王安石《北陂杏花》

一陂春水绕花身,花影妖娆各占春。纵被春风吹作雪,绝胜南陌碾成尘。

反映了老政治家晚年的精神,即使吹掉了,是到水中,比吹到大路上要干净。这个思想启发了曹雪芹,通过葬花词表现出来。

"胜"读平声。

王安石《思王逢原》(三首其二)(全诗详234页)

古人说:"朋友之墓,有宿草而不哭焉。"此诗第一联(蓬蒿今日想纷披,冢上秋风又一吹)却是讲一年到了,又怀念起你了。"想"者人不在墓前,"又"表一年。

颔联(妙质不为平世得,微言惟有故人知)总结王逢原一生。"故人"者,作者自谓也。

颈联(庐山南堕当书案,湓水东来入酒卮)写共同的学习生活,把自然景色和人的生活结合得很紧。"一水护田将绿绕,两山排闼送青来"（《书湖阴先生壁二首》其一）亦是王安石名句,对色彩很敏感。

把不相干的东西联系在一起写入诗句,是宋人较唐人之一发展。苏东坡:"大瓢贮月归春瓮,小杓分江入夜瓶。"（《汲江煎茶》）"我持（一作携）此石归,袖中有东海。"（《文登蓬莱阁下石壁千丈为海浪所战时有碎裂》）

王令《梦蝗》(全诗详 195—196 页)

这是一首寓言诗。这首诗气氛有变化,最初诗人是义正辞严,发展到后来,蝗虫成了一个谴责者,诗人处在一个被谴责的辩护者的地位。最好的是结尾,声音越来越小的诗人直到无声,而蝗虫声由小到大（此固人食人,尔责反舍诸。我类蝗名目,所食况有余。吴饥可食越,齐饿食鲁邻。吾害尚可逃,尔害死不除。而作疾我诗,子语得无迂）。写了蝗虫的群象,出场人物是两个,更重要的人物没有出场,就是诗人祈求的"天"（群农聚哭天、方将诉天公）,对封建统治者仍有希冀。

王令《暑旱苦热》

结尾（不能手提天下往,何忍身去游其间?）与杜甫"安得广厦千万间,大庇天下寒士俱欢颜"（《茅屋为秋风所破歌》）类似。与之同时的韩琦,作为一位杰出的政治家,在《苦热》诗中,也写道:"尝闻昆阆间,别有神仙宇……吾欲飞而往,于义不独处。安得世上人,同日生毛羽。"虽气势逊于王作,而用意相同。

1935 年,我在此地上学,九九重阳刚过,黄侃先生作一诗（《九日独吟》）,其中有"神方不救群生厄,独佩茱囊未足豪"两句结尾。1935 年正是日本帝国主义对我国进行疯狂侵略的时候。这位曾经献身于辛亥革命的爱国学者的满腔忧愤,希望挽救祖国和人民的心情,跃然纸上,也与王、韩两诗思路一致而更加富于现实意义。

王安石《示长安君》(全诗详345页)

情很深,字很淡,耐人寻味。

宋诗用意深,较唐人发展。如唐人"乍见翻疑梦,相悲各问年"(司空曙《云阳馆与韩绅宿别》);王安石不同,先写少年轻别的一般性,然后写我们之间感情很好,所以"意非轻",见面应感到高兴,可是我们不是喜,而是悲(少年离别意非轻,老去相逢亦怆情)。

苏东坡还是一个文人,不算政治家,对政治兴趣不大,观察生活很敏锐,放言无忌,在文学艺术方面有很大贡献,宋诗到他手上又有了一个新天地。他一辈子就在政治波涛中升浮。

《寒食雨》是第一次被贬所作,第二首比第一首写得好。

(其二:春江欲入户,雨势来不已。小屋如渔舟,濛濛水云里。空庖煮寒菜,破灶烧湿苇。那知是寒食,但见乌衔纸。君门深九重,坟墓在万里。也拟哭途穷,死灰吹不起)

苏轼《开先漱玉亭》(《庐山二胜》之一)

高岩下赤日,深谷来悲风。(未写水,先写日光之惨淡,风之凄厉。)

擘开青玉峡,飞出两白龙。(水如巨灵神,将峡一劈为二,有两条白龙飞出。)

乱沫散霜雪,古潭摇清空。余流滑无声,快泻双石谼。

我来不忍去,月出飞桥东。(月出。)

荡荡白银阙,沉沉水精宫。(月影。)

愿随琴高生,脚踏赤鲩公。(赤鲩公是鲤鱼。)

手持白芙蕖,跳下清泠中。(写水的特色和环境,但不如第二首。)

《庐山二胜》是写景,选了"开先"和"栖贤"二寺,寺前均有水,注意到题材的重复,都是居高临下看湍急的水,这是自己给自己为难,景物相似,如何写?

稍有不同,三峡桥是一条水,漱玉亭是两条水,但并没有多在此着墨。

第二首较第一首更为出色。(《栖贤三峡桥》:吾闻太山石,积日穿线溜。况此百雷霆,万世与石斗。深行九地底,险出三峡右。长输不尽溪,欲满无底窦。跳波翻潜鱼,震响落飞狖。清寒入山骨,草木尽坚瘦。空蒙烟霭间,澒洞金石奏。弯弯飞桥出,潋潋半月彀。玉渊神龙近,雨雹乱晴昼。垂瓶得清甘,可咽不可漱)

"线溜"等于说雨脚、日脚。

"右"者,北方尚左,南方尚右。

"弯弯"两句形容桥。

《凤翔八观》(全诗详243—244页)反映了苏轼的艺术观。

古代壁画多佛画。

"与可画竹时,胸中有成竹。"(晁补之《赠文潜甥杨克一学文与可画竹求诗》)

"清且敦"(《王维吴道子画》),即是他评陶诗之似枯实腴(《与苏辙书》:癯而实腴),"雄豪而妙苦而腴,只有琴聪与蜜殊"(《赠诗僧道通》),"苦"与"腴"两合。这在东坡文论中是值得探讨的,他常常把许多相反的概念用在一起。

讲宋诗主要是讲苏、黄，苏比喻很奇特、新鲜，他说自己一生中只有写文章是如意的，东坡的风格是注意把两种不同风格结合起来，清代王鹏运讲到苏词是"清雄"，这正是一个对立的概念。苏诗的缺点是使事太多，他笑孟郊很会做酒，可惜没料，而有人说苏诗的料太多了。另一方面是太直，缺乏含蓄。黄庭坚的诗亦是如此，"意匠惨淡经营中"（杜甫语《丹青引赠曹将军霸》）。唐人很自然，宋人意深，有时故意打破声情相应的传统习惯。

黄山谷是宋人中杰出诗人，构思很别致，但反映生活面不广。句子构造有时很特殊，用意很深，跳跃性较大，但又不同于李贺。在律诗方面学李义山，间接地受李贺的影响。在中国文学批评史上，首先发现他学李义山的是曾国藩。

古人称渤海为沧海，称南海为涨海，用典故一是指用成语，一指用故事。

陆游："楼船夜雪瓜洲渡，铁马秋风大散关。"（《书愤》）没有动词，前句写水军，后句写骑兵。

陈与义："孤臣霜发三千丈，每岁烟花一万重。"（《伤春》）李白是"白发三千丈"（《秋浦歌》），他改成"霜"是要与"烟"对，都是名词，"烟花一万重"（《伤春》五首其一）是杜甫的句子。也是用许多物象融合成一个句子，没有动词。

古人形容人穷：家徒四壁，贫无立锥，室如悬磬。

陈师道《和寇十一晚登白门》与《九日寄秦觏》不同，后者着重写友情。

前两句（重楼杰观屹相望，表里河山自一方）赞美南京形胜，即寇登之地。三、四两句(小市张灯归意动,轻衫当户晚风长)是写寇登的情况,也许寇十一原诗中提到这些。再接下去(孤臣白首逢新政)说到当时的政局,神宗死,哲宗即位,提出"建中靖国","游子青春见故乡"中的"青春"乃指"春天"也。最后归结到自己(富贵本非吾辈事,江湖安得便相忘)。

相对说来,北宋的诗反映生活和唐人比,有两方面内容较少:一是反映边塞的内容,这与当时的政治是绥靖政策有关,对外战争往往是被动的;二是当时对农民压迫加重,而对士大夫比较优待,对知识分子比较好,使他们同人民比较疏远。因此,北宋文学的思想性都较前为弱。到南宋军事上失利,而在经济上对人民剥削加重,对这方面反映就多起来了。

江西派一祖三宗,一祖是杜甫,三宗是黄庭坚、陈师道、陈与义。陈与义是南北宋之间的,写的诗境界变了,在内容上有许多地方继承了杜甫。

陈与义《雨》

这首诗写自己受了挫折,心情不愉快。他写了五首《雨》,都是五言律诗,可以看一下《简斋集》,都是不同的,重复的是题材,不重复的是感受和表现手法。"万里客凭栏"描写了自己的迁谪之感。后联(日晚蔷薇重,楼高燕子寒)刻划晚春傍晚雨后的情景,"双燕归来细雨中"(欧阳修〔采桑子〕)。

"端"(尽力破忧端)是个语尾词。

陈与义《怀天经、智老因访之》

宋高宗很欣赏前联两句(今年二月冻初融,睡起苔溪绿向东)。前两句是从谢灵运《登池上楼》(初景革绪风,新阳改故阴。池塘生春草,园柳变鸣禽)来的。

三句(客子光阴诗卷里)是写人寂寞,四句(杏花消息雨声中)是写自然界生气勃勃。

古汉语"先生"是尊称,后可分化为"先"或"生"。"儒先"(北栅儒先只固穷)即懂儒学的先生。

"纶巾鹤氅"(纶巾鹤氅试春风)是三国以来有身份的人穿的一种便装,结尾与开首相应。

"睡起苕溪绿向东"的"绿"字用得很好。

"海水摇空绿。"(《西洲曲》)

"绿垂风折笋,红绽雨肥梅。"(杜甫《陪郑广文游何将军山林》)下三字是解释上两字的。

"柳叶鸣蜩绿暗,荷花落日红酣。"(王安石《题西太一宫壁二首》其一)"春风又绿江南岸"(《泊船瓜洲》)并不是王安石最好的"绿"字。王安石寄吴氏女子(《送和甫至龙安微雨因寄吴氏女子》):"荒烟凉雨助人悲,泪染衣襟不自持(一作知)。除却春风沙际绿,一如看汝过江时。"写给他女儿的诗,他女儿嫁给吴安持。这里的"绿"用得更好一些。好在哪儿?"春风又绿江南岸"的"绿"是用如动词,这里的"绿"也是动词,但却是春风变成了绿色,这个想法更新奇一些。艾青诗也有此例,题目就是《绿》。

"绿向东"的"绿"是可以和上面比美的。

陈与义《巴丘书事》

"三分书"(三分书里识巴丘)是指陈寿《三国志》,此因注意平仄而代语。宋人很喜欢用"老"字,有的名字中也用老字。写这首诗时陈与义才四十岁刚出头,却用"老"字,可以看出宋人的精神。

宋人对对子与唐人不同,"一时花带泪"是写景,自然,下一句"万里客凭栏"是用人事对(陈与义《雨》)。此诗的后联也是如此,前一句(四年风露侵游子)是人事,后一句(十月江湖吐乱洲)是自然。

最后(未必上流须鲁萧,腐儒空白九分头)是首尾相应,慨叹自己不见用。

陈与义《伤春》(全诗详201页)

从议论入手,"坐"者,因也,第二句(坐使甘泉照夕峰)是说汴梁被占。

"上都"(初怪上都闻战马)和"下都"相对。"穷海"(岂知穷海看飞龙)是海边,海的尽头,这句指宋高宗从南京逃到杭州,又到明州,又到温州。

杨万里,是由白居易等白话诗人中发展起来的,他用口语。他是一个在政治上很有气节的人,当时宰相韩侂胄起了一个南园,要杨万里给他写文章,他就是不肯。他反映人民疾苦的诗不多,这很奇怪;而范成大,官做得很高,田产很多,写民生疾苦的诗却不少。

最后一课(1980年1月7日)

美国作家爱默生讲过:有三种方法帮助人,最简单的是用物质手段帮助人;其次给人以知识,用学问帮助人;最好的是引导人正确地去思想,启发他内心的觉悟。

首先是感谢同志们,每一分钟都在受同学们的教育,你们的认真学习就是对我的教育。

第二是感到自己教学工作做得不够。

第三是书籍(指南大中文系印本《古诗今选》)错误较多,这对于一个有学术良心的人是不行的。

今天讲一些做人做学问的基本想法。

今天要做的事情是太多了,很重要的一点是要做一个正直、真诚的人,要能够明辨是非。

做学问,第一点是要热爱你的专业;第二点是要谦虚,这是一辈子的事情,需要长期的养成,在任何情况下,骄傲都不能成为资本,只有谦虚才能吸收更多的东西。谦虚就会实事求是,不会先有结论,后去找文章(材料)。

怎样读作品?

1. 首先看它写的是什么,反映的是什么生活,作者对生活关心些什么,关心的是少数人还是多数人。

2. 看它是怎样写的,艺术技巧如何,语言文字是否生动。

3. 他为什么要写,为什么这样写而不那样写,牵涉到作者的思想性,阶级立场、道德、情操是否高尚。

凡是学古代的、外国的东西,绝对不能忘记今天,要考虑到你的读者,心目中有没有一个现代中国,是大不一样的。

希望你们在工作中继续学习。我非常不满意你们目前的程度,我非常钦佩你们的学习精神,我上课看到你们的眼睛中闪出的是饥饿的光芒,我心里很不好受。

古 诗 讲 录

1980 年 9 月 2 日至 1981 年 1 月
西南楼 124、教学楼 121、新教学楼 203
星期二（1、2 两节）

曹　虹、张伯伟　记录

绪　论

学习这门课的知识准备:一、文学史;二、文学理论;三、古代汉语,特别是诗律学。

解放后较少或忽略了对作品本身的研究,偏重于史和论。本课将主题、题材接近的诗结合起来讲:

1. 做人和为学;2. 民生疾苦;3. 讽刺;4. 民族问题;5. 妇女问题;6. 亲情关系;7. 友谊;8. 爱情;9. 历史人物和事件;10. 描写景物;11. 描写各种艺术;12. 叙事诗和议论诗。

中国古典抒情诗歌的主要特征:古典抒情诗是中国古典文学中最精华的部分,在世界上是独一无二的,无论是数量或质量。鲁迅说司马迁《史记》是"无韵之《离骚》",可以看出抒情诗在鲁迅心目中的地位。戏曲中如《西厢记》、《牡丹亭》中的著名段落,均采用抒情诗的语言来写。小说、散文中最动人的成分是抒情诗的成分。作为文学样式来看,有以下特点:

一、抒情诗是以诗人的主观感受来反映人生、社会和自然的。所以抒情诗中所出现的现象不是纯客观的事物,都带有浓厚的主观色彩。这是与叙事诗、哲理诗的很大区别。纯粹的哲理诗在中国不发达。

二、抒情诗中经常的、反复出现的形象是诗人自己,诗人通过他创作的全部诗篇构成他自己的完整的形象。鲁迅论陶渊明,既有"超然物外",也有"金刚怒目"。杜甫,古人说他"每饭不忘君"(《杜工部草堂诗话》引苏轼《诗话》:古今诗人众矣,而子美独为首者,岂非以其流落饥寒,终身不用,而一饭未尝忘君也欤》),写过"朱门酒肉臭,路有冻死骨"(《自京赴奉先咏怀五百字》)。他既骂过杨国忠,又奉承过杨国忠。所以要综合全部作品,不要有所遗漏,还要看出最本质的部分和装饰性的部分。

三、抒情诗人的感受有两个特点:1. 感受很精微、细致;2. 感受面又很广阔。有些诗人生活面并不广阔,感受却很灵敏,如贾岛、陈师道,但他们毕竟比不上两者皆备的诗人,如杜甫,人称"诗史"。抒情诗可以以不太大的篇幅反映整个历史,触及时代广泛而深刻,如《观公孙大娘弟子舞剑器行》。

四、中国的抒情诗篇幅短小,所以写矛盾往往只突出一对矛盾中的某一个矛盾面,不写另一个矛盾面,是无声的语言。如王昌龄的宫怨诗《春宫曲》:"昨夜风开露井桃,未央前殿月轮高。平阳歌舞新承宠,帘外春寒赐锦袍。"沈德潜《说诗晬语》评云:"只说他人之承宠,而己之失宠,悠然可思,此求响于弦指外也。"写宫女欢乐的一面,你要回看到矛盾的另一面。白居易"后宫佳丽三千人,三千宠爱在一身"(《长恨歌》)亦然。

五、抒情诗不排斥叙事和说理的成分,它常常将叙事和议论作为其组成部分之一。

抒情诗是中国古典诗歌的主流。

第一讲　做人和为学

《长歌行》

　　青青园中葵,朝露待日晞。阳春布德泽,万物生光辉。常恐秋节至,焜黄华叶衰。百川东到海,何时复西归。少壮不努力,老大徒伤悲。

这是一首汉乐府民歌。乐府最初有乐曲,然后再配上词。题目与内容有的有关,有的无关,一般可以不管题目。

这首诗两句讲一天的变化,接下去讲一年的变化,以此来衬托人生的由少到老。结句是议论。

"百川"两句初看很普通,问得很奇怪,这是毋须问的。这一问,是使你感到世界的永恒与人生的短暂,可谓惊心动魄。这才感到结句之语重心长。汉武帝有"欢乐极兮哀情多,少壮几时兮奈老何"（《秋风辞》）。作品的思想性就在于作者对生活的正确认识。

李后主《虞美人》:"春花秋月何时了,往事知多少。"第一句与"百川"两句差不多,但是意境不同。俞平伯先生评之为"奇语劈空而下"（《读词偶得》）。

做人要惜时。

刘桢《赠从弟》

　　亭亭山上松,瑟瑟谷中风。风声一何盛,松枝一何劲。冰霜正惨凄,终岁常端正。岂不罹凝寒,松柏有本性。

"从弟"即堂弟。开篇对起,描写了中国传统象征"贞"

的松柏的形象,中国人常讲"疾风知劲草,板荡识忠臣"(李世民《赐萧瑀》)。要在任何环境下,都相信正义的事业并能挺得住。

古诗的语言一般都很浑厚自然。

做人要正直。

朱熹《鹅湖寺和陆子寿》

德义风流夙所钦,别离三载更关心。偶扶藜杖出寒谷,又枉篮舆度远岑。旧学商量加邃密,新知培养转深沉。却愁说到无言处,不信人间有古今。

解放以来对朱熹形成偏见,这是因为许多人认为唯物主义皆进步,唯心主义均反动,这是不对的(可以看《人民日报》1980年6月6日包遵信《历史上的哲学唯心主义的评价问题》和任继愈《中国哲学史》第三册页231—268)。进步的或反动的,这是政治概念,而唯物、唯心是学术概念,两者并不完全衔接。宋朝朱、陆进行辩论,前者是客观唯心主义,后者是主观唯心主义,因而治学方法迥异。陆九龄(子寿)写了一首诗攻击朱熹,其中有"简易工夫终久大,支离事业竟浮沉"。三年后,朱熹本着对陆的尊重作诗回答。

"风流"的原始义是吸引人的魅力风度,从宋以后转为贬义。注意"夙"和"更",代表了两个阶段,感情有起落、发展。

"愁"是反语,元人戏曲中的"可憎娘"。

"无言处"是中国哲学上的一个命题:言尽意与言不尽意。微妙处是难以言及的,只好无言。

治学要谦虚。

朱熹《观书有感》

半亩方塘一鉴开,天光云影共徘徊。问渠那得清如许,为有源头活水来。

昨夜江边春水生,蒙冲巨舰一毛轻。向来枉费推移力,此日中流自在行。

两首诗要结合起来看。反对思想僵化,学习要讲究方法。朱熹讲的是读书方法,用的是诗的语言来表达一个哲学思想。《文章精义》:"晦庵先生诗,则《三百篇》之后,一人而已。"

治学要得法。

第二讲　反映民生疾苦（兼论讽刺）

这次不提阶级斗争，并不意味着阶级斗争不存在，而是更符合当时的实际情况。诗人尖锐地提出了社会问题，但是他又坚定地站在统治阶级一边，为了阶级长远利益而对当时的统治阶级所作所为有所讽刺。为什么能够反映民生疾苦？一是比较懂得历史，治乱兴衰，一个社会的巩固是建立在养鸡生蛋而不是杀鸡取蛋的基础上，所以他要讲；更重要的理由是广大人民用他们痛苦的形象给诗人以直接的教育。这些东西激动、感动了诗人，使他不能不写。若不深入生活，那不能称为诗，乃是粉饰太平的东西。所谓"歌德"和"缺德"，我的个人看法是：人之所以为人，就是要不安于现状，不满足于现实。作家总是代表人民讲话，还要指明出路。《人到中年》塑造了一个马列主义老太太的形象，未塑造一个坏人，而遭到非难。揭露不合理的东西，正是对美好事物的强烈向往和追求。

古诗《十五从军征》

十五从军征，八十始得归。道逢乡里人，家中有阿谁？遥望是君家，松柏冢累累。兔从狗窦入，雉从梁上飞。中庭生旅谷，井上生旅葵。舂谷持作饭，采葵持作羹。羹饭一时熟，不知贻阿谁。出门东向望（一作看），泪落沾我衣。

古诗中用年龄来写出几句的，都是表示事物的进程或人物的成长过程，如《孔雀东南飞》"十三能织素，十四学裁衣。

十五弹箜篌,十六诵诗书……"。她本来应得到幸福生活,却不幸"心中常悲苦"。

头两句中有一个秘密,统治者他们一方面订了兵役法,一方面又破坏,从军应由二十到五十六岁,可是他八十始归。

过去农村人死了葬在屋前屋后,不是葬得很远,君家"冢累累"即是。

"兔从狗窦入,雉从梁上飞。"此联极有味。兔何为而入狗窦?梁上何为而不飞燕?所当居者非适所居,事是人非,更见凄凉。

"不知贻阿谁"是体现了他的一种孤独感。

题材不是绝对的,作家赋予题材的意义是广阔的。同咏一老年人回乡,此诗是如此悲凉,而贺知章《回乡偶书》却写得轻快异常。"衰"音崔。"四人帮"时期提出要写重大题材,也对,但不能绝对化。不准——不敢——不会独立思考。

杜甫《无家别》

寂寞天宝后,园庐但蒿藜。我里百余家,世乱各东西。存者无消息,死者为尘泥。贱子因阵败,归来寻旧蹊。久行见空巷,日瘦气惨凄。但对狐与狸,竖毛怒我啼。四邻何所有?一二老寡妻。宿鸟恋本枝,安辞且穷栖。方春独荷锄,日暮还灌畦。县吏知我至,召令习鼓鞞。虽从本州役,内顾无所携。近行止一身,远去终转迷。家乡既荡尽,远近理亦齐。永痛长病母,五年委沟溪。生我不得力,终身两酸嘶。人生无家别,何以为烝黎。

"三吏"、"三别"组诗,全面反映了安史之乱的社会风貌,讲这篇,意在与上篇比较。

"存者无消息,死者为尘泥",写出寂寞的具体形象。"久行见空巷,日瘦气惨凄",一"瘦"字见出诗人主观色彩重,这是从人的感情看上去,很黯淡,"肥"和"暖和"比较接近。

"四邻何所有,一二老寡妻",似乎与"存者无消息"有矛盾。但诗歌不一定要按照逻辑对应,有一些矛盾是可以的,全看需要怎样写,如李白"黄鹤之飞尚不得过",后又有"西当太白有鸟道,可以横绝峨嵋巅"(《蜀道难》),同样是状山之高。诗歌不能用科学去检验。绘画中,中国画是散点透视。

"虽从本州役,内顾无所携。近行止一身,远去终转迷。家乡既荡尽,远近理亦齐。"一唱三叹,更见其朴质。袁枚说"文似看山喜不平"。杜诗转折多,有波澜,写出了心灵的善良,也写出了负担的沉重。

杜甫这首诗在很大程度上吸收了《十五从军征》的写法。杜甫善于学习前人,这首诗正是抓住了《十五从军征》的精神所在——孤独感来学习,所以同样不朽。

杜甫《三绝句》

前年渝州杀刺史,今年开州杀刺史。群盗相随剧虎狼,食人更肯留妻子?

二十一家同入蜀,惟残一人出骆谷。自说二女啮臂时,回头却向秦云哭。

殿前兵马虽骁雄,纵暴略与羌浑同。闻道杀人汉水上,妇女多在官军中。

诗有五绝、七绝,六朝时南方有联句的习惯,若联不成就叫断句或绝句。最初平仄并不入律,但后来由于五七言律诗的发展,绝句受其影响,也律化,因而保留了两种形式:一是古体绝句,一是律体绝句。杜甫这三首为古体绝句。

组诗的概念在古代称联章诗,即在同一题材、主题之下有秩序地、有计划地创作。如杜甫的"三吏"、"三别"。诗人一生的创作集在某题之下,严格说来,把许多诗合在一起是杂诗,如阮籍的《咏怀》八十二首,并无完整的内在结构。李白《古风》五十九首亦然。

《三绝句》是写安史之乱十年后的所见所闻,写法朴素直爽,保留了古代民歌的风格。手法经济,画面完整。

第一首概括写。群盗指地方军阀。

第二首写得最好,画面最完整。关于啮臂的风俗,自《左传》上即有记载,直到宋词尚存。

汉水有东汉水和西汉水,东汉水在汉口,西汉水在嘉陵江上游。此处的"汉水"乃西汉水。一个"官"字,含有很严厉的谴责,同"宋张弘范灭宋于此"(详115页)的前一"宋"字类同,分量很重。

戴叔伦《女耕田行》

乳燕入巢笋成竹,谁家二女种新谷?无人无牛不及犁,持刀斫地翻作泥。自言家贫母年老,长兄从戎未娶嫂。去年灾役牛囤空,截绢买刀都市中。头巾掩面畏人识,以刀代牛谁与同?姊妹相携心正苦,不见路人唯见土。疏通畦垄防乱苗,整顿沟塍待时雨。日正南冈下饷归,可怜朝雉扰惊飞。东邻西舍花发尽,共惜余芳泪满衣。

直至唐朝,绢帛是可以做货币用的。汉时已有,如《孔雀东南飞》中"受女钱帛多,不堪母驱使"。物物交换,这是把女子不当人的遗迹。

注意文学作品中形象的传统性。这里用了自《诗经》起雉鸟鸣叫是追求爱情的象征。"日正南冈下饷归,可怜朝雉扰惊飞。"尽管灾难深重,但劳动人民没有丧失生活的希望,和对自己应当得到的幸福生活的向往。

杜甫以后出现了两个对立的诗歌流派:一是朴素明朗的白居易;另一是使用比较奇怪的语言,如韩愈。韩、白都是学杜,但却是对立的。卢仝属韩派。

卢仝《走笔谢孟谏议寄新茶》

日高丈五睡正浓,军将打门惊周公。口云谏议送书信,白绢斜封三道印。开缄宛见谏议面,手阅月团三百片。闻道新年入山里,蛰虫惊动春风起。天子须尝阳羡茶,百草不敢先开花。仁风暗结珠琲瓃,先春抽出黄金芽。摘鲜焙芳旋封裹,至精至好且不奢。至尊之余合王公,何事便到山人家?柴门反关无俗客,纱帽笼头自煎吃。碧云引风吹不断,白花浮光凝碗面。一碗喉吻润,两碗破孤闷;三碗搜枯肠,唯有文字五千卷;四碗发轻汗,平生不平事,尽向毛孔散;五碗肌肤清,六碗通仙灵,七碗吃不得也,惟觉两腋习习清风生。蓬莱山,在何处?玉川子,乘此清风欲归去。山上群仙司下土,地位清高隔风雨。安得知百万亿苍生命,堕在巅崖受辛苦。便为谏议问苍生:到头还得苏息否?

这首诗在表现手法上有些开玩笑的性质,也有些讽刺。先写人家送礼物,自己在睡觉,然后就此礼物生发出去。

古典诗歌在语法上最主要的特征是省略主语,特别在律诗中,往往造成诗的多义。

正函是正全的,便函是斜封的。武则天时开后门的情况很多,人称走后门得来的官职为斜封官。

"闻道"句乃是说茶农入山。阳羡在今江苏宜兴,古时是有名的产茶区。

"抽"字形象。

"鲜"、"芳"是代名词,鲜代叶,芳代芳香的茶叶。"至精"句以上写茶的贵重。

"至尊"转写孟谏议送茶。"何事"句写出两人的友情,同时笔力很强,一笔兜转。既写了孟谏议的殷勤,又写了卢仝的感激。用矛盾的双方连缀,转折有力。《红楼梦》(第七十八回)贾宝玉作长篇歌行:"丁香结子芙蓉绦,不系明珠系宝刀。"

古人喝茶是研成粉末,做成小瓶煎茶喝,瓶越小茶越好。在家戴纱帽是比较正规的。

"白花"两句形容此茶之好。古人认为白茶最好,和现在讲绿茶好不同。

"卢仝七碗"已成了一个典故。

"蓬莱山"以下由吃茶发感慨。玉川子是其别号。古典诗词中写仙境比人间好的,往往较平凡;写仙境不如人间的,往往较独特。

"便为"句是倒装句,实际上是"便为苍生问谏议"。

末句虽仅一句,说明老百姓千百年来从未休息过,体现了作者对生活理解的深度。古典诗人的思想进步性从何而来?一是生活较苦,接近了劳动人民,思想有所改变,如杜甫《自京赴奉先县咏怀五百字》;另外一种情况是自己有较好的享受,反省自己的享受感到有些不安,如卢仝的这首诗。

苏轼《荔支叹》

　　十里一置飞尘灰,五里一堠兵火催。颠坑仆谷相枕藉,知是荔支龙眼来。飞车跨山鹘横海,风枝露叶如新采。宫中美人一破颜,惊尘溅血流千载。永元荔支来交州,天宝岁贡取之涪。至今欲食林甫肉,无人举觞酹伯游。我愿天公怜赤子,莫生尤物为疮痏。雨顺风调百谷登,民不饥寒为上瑞。君不见武夷溪边粟粒芽,前丁后蔡相笼加。争新买宠各出意,今年斗品充官茶。吾君所乏岂此物,致养口体何陋耶?洛阳相君忠孝家,可怜亦进姚黄花。

　　苏东坡尝作小诗:"日啖荔枝三百颗,不辞长作岭南人。"(《惠州一绝》)苏东坡在诗中像《荔支叹》这类直接反映民生疾苦的是很少的。苏诗的价值更多在于写友情,写山水风光。现在认识上比较简单化的是,看一位诗人的题材哪方面反映得最多,并以此来评价作者。古典文学史非常复杂,有的人很正直,但却不喜欢在诗中反映这些,如杨万里是同佞臣不两立的人,但他的诗多喜欢表现风景,风格别致,在文学史上的地位就不如陆游,原因是陆游写民生疾苦的多。再如杜甫,他虽然爱写民生疾苦,但在他一千四百多首诗中毕竟还是少数。每个诗人都有选择题材的自由,他通过独特的选材和描写,丰富了文学史。

　　此诗一开始就写进贡,前八句本于杜牧:"长安回望绣成堆,山顶千门次第开。一骑红尘妃子笑,无人知是荔枝来。"(《过华清宫》三首其一)但苏轼把杜牧省略的部分写出来,从另一个侧面来写。因为杜牧是绝句,给人留下宽阔的想象空间。

接下去是历史回溯。东坡写诗想象极活跃,最后一提又为一串。

以上是咏史,是以唐宋为主,以汉事作陪衬。以下发议论,一方面写自己对进贡的看法,又批评当时一班人助长了这种风气。

杜甫《解闷十二首》有好几首是写荔枝的,不仅写法不一样,而且思想亦不同。"先帝贵妃俱(一作今)寂寞,荔枝还复入长安。炎方每续朱樱献,玉座应悲白露团。"(其九)这是对唐明皇的怀念。"俱"与"还复"有时间上的对照,"炎方"指南方,这里指的是四川。"侧生野岸及江蒲,不熟丹宫满玉壶。云壑布衣鲐背死,劳人害马翠眉须。"(其十二)这是对贵妃的谴责。"布衣"是指麻衣,直到元以后才指棉衣。以上两首诗反映了诗人对唐明皇的复杂的感情,开元之治和天宝之乱。第一首没有太多的谴责,第二首则谴责。《长恨歌》同样也是复杂的。

杜甫《丽人行》

三月三日天气新,长安水边多丽人。态浓意远淑且真,肌理细腻骨肉匀。绣罗衣裳照暮春,蹙金孔雀银麒麟。头上何所有?翠微䔰叶垂鬓唇。背后何所见?珠压腰衱稳称身。就中云幕椒房亲,赐名大国虢与秦。紫驼之峰出翠釜,水精之盘行素鳞。犀箸厌饫久未下,鸾刀缕切空纷纶。黄门飞鞚不动尘,御厨络绎送八珍。箫鼓哀吟感鬼神,宾从杂遝实要津。后来鞍马何逡巡,当轩下马入锦茵。杨花雪落覆白蘋,青鸟飞去衔红巾。炙手可热势绝伦,慎莫近前丞相嗔。

"意态"句写风神,"肌理"句写肉体,"绣罗"起写装扮。可参看沈从文《中国服饰史》。上写背景,是就一般丽人而言。

苏轼《续丽人行》:"杜陵饥客眼长寒,蹇驴破帽随金鞍。隔花临水时一见,只许腰肢背后看。"

下专写贵妃姐妹。杨贵妃死时三十八岁,三年前是三十五岁,虢、韩、秦是她的姐姐,至少有四十岁,打扮得很像个妖精。张祜《集灵台》:"虢国夫人承主恩,平明骑马入宫门。却嫌脂粉污颜色,淡扫蛾眉朝至尊。"有人以为这首诗是杜甫写的,但从风格上来看,是张作。集灵台是唐玄宗自己的斋神处。

"箫鼓哀吟"句,古代音乐以悲哀为动听。杜甫《自京赴奉先县咏怀五百字》:"暖客貂鼠裘,悲管逐清瑟。"

以上突出写贵妃姐妹,下写杨国忠。"杨花"两句是隐喻,是暗示杨国忠与虢国夫人的不正当关系。

愤怒出诗人,忠义出诗胆。方东树《昭昧詹言》:"此诗极言姿态服饰之美,饮食音乐宾从之盛,微指椒房,直言丞相。大意本《君子偕老》之诗,而讽刺意较显。"此诗既反映民生疾苦,又用讽刺手法。

韩翃《寒食》

春城无处不飞花,寒食东风御柳斜。日暮汉宫传蜡烛,轻烟散入五侯家。

这首诗提了意见,皇帝接受了,有雅量,也欣赏韩,后委任他为中书舍人。"飞花"乃是柳絮、杨花,前两句确定了时间、地点、季节,写宫墙外。然后由写景转入写人事,而人事却是重点。唐人以及一部分宋人,讲到汉就是指本朝。一对矛盾只写一面,说明皇帝对亲臣关怀备至,像点火这样的小事也想到,暗示皇帝对老百姓不闻不问。

王昌龄《春宫曲》

昨夜风开露井桃,未央前殿月轮高。平阳歌舞新承宠,帘外春寒赐锦袍。

写法同韩诗是一样的,写宫廷中得宠和失宠间的冲突,但只写了得宠的一面。"露井"是井上无亭盖的,周围多种桃树。第一句写季节,第二句写时间,第三句暗用汉武帝的典故,卫子夫先是平阳公主讴者,后被汉武帝看中,立为皇后。

李约《观祈雨》

桑条无叶土生烟,箫管迎龙水庙前。朱门几处看歌舞,犹恐春阴咽管弦。

这首诗说明了一个真理,同是对一个自然现象,如果涉及阶级利益就会有不同的看法。第三句转得很陡。宋末萧立之《偶成》云:"雨妒游人故作难,禁持闲了下湖船。城中岂识农耕好,却恨悭晴放纸鸢。"与此诗同意。

韩愈《华山女》

街东街西讲佛经,撞钟吹螺闹宫庭。广张罪福资诱胁,听众狎恰排浮萍。黄衣道士亦讲说,座下寥落如明星。华山女儿家奉道,欲驱异教归仙灵。洗妆拭面着冠帔,白咽红颊长眉青。遂来升座演真诀,观门不许人开扃。不知何人暗相报,訇然振动如雷霆。扫除众寺人迹绝,骅骝塞路连辎軿。观中人满坐观外,后至无地无由听。抽钗脱钏解环佩,堆金叠玉光青荧。天门贵人传诏召,六宫愿识师颜形。玉皇领首许归去,乘龙驾鹤来青冥。豪家少年岂知道,来绕百匝脚不停。云窗雾阁事恍惚,重重翠幔深金屏。仙梯难攀俗缘重,浪凭青鸟通丁宁。

宗教是复杂的,仅仅用"精神鸦片"是无法概括的。宣传迷信不足道,但佛徒外出取经,带回外国文化,以及那种坚持不懈的精神值得肯定,鲁迅列唐玄奘为"中国的脊梁"之一。宗教与文化、意识等有很直接的联系。汉族不太讲宗教,接受了儒家思想,重人不重天,重视现实,这对抵制宗教有很大影响。"夫子之言性与天道,不可得而闻也。"(《论语·公冶长》)

这首诗对当时的宗教迷信作了揭露。佛教讲经在当时有个专门名词,叫作"俗讲",可以看向达《唐代长安与西域文明·唐代俗讲考》。这首诗写了佛道两教的矛盾,先写彼方之盛,后写此方,其盛更盖过对方,乃衬托法。写信从佛教的门庭若市,由盛而衰。"广张罪福",是大大地宣传信佛教有福,不信则有罪。"诱胁"是又拉又打。"浮萍"是无根的,在水面不断移动,写出了人群的形象,比喻极妙。又他的"齐梁及陈隋,众作等蝉噪"(《荐士》),也善于用譬,蝉噪有三个特点:物小、声大、短暂。很能说明问题。韩愈有这样的本领,用一两个字解决问题。

接下去写道教徒。道教,闻一多言其为快活神仙。李唐王朝尊道,李耳为玄元皇帝,鲤鱼也不能吃,得其所哉。唐朝和尚穿缁衣,道士穿黄衣,缁黄就是道士与和尚。

下面重写华山女的活动。通过当时的社会现象来揭露这个女道士不是好东西。唐朝有些女道士就是娼妓，如鱼玄机，她最有名的诗是"易求无价宝，难得有情郎"（《赠邻女》）。

这首诗可与《原道》互看。一逻辑思维，一形象思维。

这首诗表现的是世俗地主与僧侣地主的斗争——儒、佛、道。

读书重要的是观其会通。

王令《梦蝗》

至和改元之一年，有蝗不知自何来。朝飞蔽天不见日，若以万布筛尘灰。暮行啮地赤千顷，积叠数尺交相埋。树皮竹颠尽剥枯，况又草谷之根荄。一蝗百儿月再孕，渐恐高厚塞九垓。嘉禾美草不敢惜，却恐压地陷入海。万生未死饥饿间，支骸遂转蛟龙醢。群农聚哭天，血滴地烂皮。苍苍冥冥远复远，天闻不闻不可知。我时为之悲，堕泪注两目。发为疾蝗诗，愤扫百笔秃。一吟青天白日昏，两诵九原万鬼哭。私心直冀天耳闻，半夜起立三千读。上天未闻间，忽作遇蝗梦。梦蝗千万来我前，口似嚅嗫色似冤。初时吻角犹唧喋，终遂大论如人间。问我子何愚，乃有疾我诗？我尔各生不相预，子何诗我盍陈之。我时愤且惊，噪舌生条枝。谓此腐秽余，敢来为人讥。尔虽族党多，我谋久已就。方将诉天公，借我巨灵手。尽拔东南竹柏松，屈铁缠缚都为帚。扫尔纳海压以山，使尔万嚎同一朽。尚敢托人言，议我诗可否？群蝗顾我嗟，不谓相望多。我欲为子言，幸子未易咇。我虽身为蝗，心颇通尔人。尔人相召呼，饮啜为主宾。宾饮啜醨百豆爵，主不加诟翻欢欣。此竟果有否？子盍来我陈。予应之曰然，此固人间礼。傧价迎召来，饮食固可喜。蝗曰子言然，予食何愧哉。我岂能自生，人自召我来。啜食借使我过甚，从而加诟尔亦乖。尝闻尔人中，贵贱等第殊。雍雍材能官，雅雅仁义儒。脱剥虎约皮，借假尧舜趋。齿牙隐针锥，腹肠包虫蛆。开口有福威，颐指专赏诛。四海应呼吸，千里随卷舒。割剥赤子身，饮血肥皮肤。噬啖善人党，嚼口不肯吐。连床列笙竽，别屋闲嫔姝。一身万橡家，一口千仓储。儿童袭公卿，奴婢联簪裾。犬豢羡膏粱，马厩余绣涂。其次尔人间，兵倡释老徒（一作兵皂倡优徒）。子不父而父，妻不夫而夫，臣不君尔事，民不家尔居。目不识牛桑，手不亲犁锄。平时不把兵，皮革包矛殳。开口坐待食，万廪倾所须。家世不藏机，绘绣锦衣襦。高堂倾美酒，裔肉脍百鱼，良材琢梓楠，重屋擎空虚。贫者无室庐，父子一席居。贱者饿无食，妻子相对吁。贵贱虽云异，其类同一初。此固人食人，尔责反舍且？我类蝗自名，所食况有余。吴饥可食越，齐饥食鲁邾。吾害尚可逃，尔害死不除。而作疾我诗，子言得无迂？

这是一首寓言诗。构思很别致，想象丰富。王令在艺术技巧上受韩愈影响很大，写得很重，刻划很深，不留余地，仿佛浓墨重彩。先写蝗虫成灾，后写百姓疾苦。句子散文化很强。中国哲学上有天人相感的观念，蝗虫正是利用这一命题与诗人辩论："我岂能自生，人自召我来。"暗示国家不修德，寄寓诗人对时政的批评。"发为疾蝗诗，奋扫百笔秃。"愤怒之切，可以想见。宋朝专制主义加强，对人民加强剥削。这首诗写在宋仁宗时代,尚且如此。

中国的寓言诗不很发达。南宋孙因有《蝗虫辞》。

范成大《后催租行》

　　老父田荒秋雨里,旧时高岸今江水。佣耕犹自抱长饥,的知无力输租米。自从乡官新上来,黄纸放尽白纸催。卖衣得钱都纳却,病骨虽寒聊免缚。去年衣尽卖家口,大女临歧两分首。今年次女已行媒,亦复驱将换升斗。家中更有第三女,明年不怕催租苦。

前作《催租行》,不如此首深刻。同样写生活中的官僚主义,但写法方式多样,差别在于所激动的那一点不同。

形容水势很简略。在许多苦楚中只写了一个场面,如何渡过困苦——卖女。

"黄纸"句是揭露统治者的虚伪。"大女"句写得比较模糊,可用杜甫诗中展示的意境来补充,参看《三绝句》。要记得许多诗,要经常用各种诗的意境、情节、技巧相互比较,你就丰富了。

"驱"字堪称诗眼。用得比较精当,意义比较深刻,往往被称为诗眼。柳宗元《对贺者》:"嬉笑之怒,甚于裂眦;长歌之哀,过于恸哭。"

最后两句诗是老农自我安慰,表现了更深的痛苦。不说"怕",而说"不怕",意味更深。人民以其生活教育了诗人。

第三讲　民族问题

如何看待历史上的民族矛盾问题？这是一个客观事实，政治是经济的集中反映，战争是政治的继续。民族斗争说到底是阶级斗争，双方受害的首先是人民，得利的首先是统治者。古代民族斗争最激烈的特定历史时期，阶级矛盾可暂时退居到次要的地位。民族融合到今天，是经过了一个长期的、复杂的过程。对过去历史上的矛盾斗争，要实事求是。

并非每一首作品都提供了非常明确的历史背景，这样只能就诗论诗。

边塞诗是唐诗中普遍的题材，唐是扩张的，诗人歌颂的战争多为扩张的侵略战争。但唐朝诗人并不像我们今天这样认识到这个战争的性质，而诗篇中的英武之气给人很美的艺术享受。当然也有眼光比较尖锐的，能够看出问题，如李、杜。"士卒涂草莽，将军空尔为。乃知兵者是凶器，圣人不得已而用之。"（李白《战城南》）

王昌龄《从军行》

烽火城西百尺楼，黄昏独上海风秋。更吹羌笛关山月，无那金闺万里愁。（其一）

此诗前两句是形象，后两句写思想过程。"烽火"是古人远距离警报装置器，据说用狼粪裹着火烧烟更浓，故有"狼烟"之称。"海"指内陆湖泊，如苏武牧羊之北海、青海。"秋"原是名词，这里用作动词。引起这个战士唯一的情绪是寂寞。"关山月"是伤离的乐曲。诗中用"金"等字眼称颜色字,着色,好看。

前两句造成寂寞的环境,最后一句从对方着想。诗人从自己写到对方,是同情心的伸展,这在古人的诗词中是很多的。杜甫《月夜》:"今夜鄜州月,闺中只独看。遥怜小儿女,未解忆长安。"柳永《八声甘州》:"想佳人妆楼凝(一作颙)望,误几回天际识归舟。"("天际识归舟"为谢朓《之宣城郡出新林浦向板桥》句)"争知我,倚栏杆处,正恁凝愁!"

> 青海长云暗雪山,孤城遥望玉门关。黄沙百战穿金甲,不破楼兰终不还。(其四)

"长云"是和"流云"相对的,是横亘在天上不动的云彩,这就构成了使雪山"暗"的效果。"孤城"句在六十年代曾引起小小的争论,认为青海和玉门关相距甚远,不可能"遥望"。但实际上是诗人为了典型形象创造的需要,有权力改变生活中的既定事实。这是为了使你的印象突出。所以,讲诗不能"死于句下"。

> 大漠风尘日色昏,红旗半卷出辕门。前军夜战洮河北,已报生擒吐谷浑。(其五)

此诗写战斗胜利,却写得与众不同,写后方。"大漠"句又是一景象,抓住了特征,与上首"青海"句异曲同工。

这一组诗给我们的启示,写感情,不能简单化,要复杂地处理生活的真实。有"总是关山别离(一作旧别)情"(其二),也有"不破楼兰终不还"。

李白《塞下曲》

五月天山雪,无花只有寒。笛中闻折柳,春色未曾看。晓战随金鼓,宵眠抱玉鞍。愿将腰下剑,直为斩楼兰。(其一)

李诗极活泼、流畅,并不凝重。"五月天山雪"的"雪"是动词。击鼓进兵,鸣金收兵。"玉鞍"的"玉"是颜色字,此为对仗故。你看不出他在对对子,大历十子五律中的对仗学到了这一点。

骏马似风飙,鸣鞭出渭桥。弯弓辞汉月,插羽破天骄。阵解星芒尽,营空海雾消。功成画麟阁,独有霍嫖姚。(其三)

着重写战士出征的豪情,最后两句写另一方面,意含讽刺,但较含蓄。此意为社会生活中的普遍现象,通俗小说中屡见之。

温庭筠"侯印不闻封李广,他人丘垅似天山"(《伤温德彝》)就比较直,不及李白含蓄、深隽。

分析一个作家要考虑到各种文体,诗、词、曲、赋,并要了解当时的风气。

李清照《绝句》

生当作人杰,死亦为鬼雄。至今思项羽,不肯过江东。

鲁迅说:"倘有取舍,即非其人;再加抑扬,更离真实。"

(《题未定草》)认识一个作家,要看到当时的风尚。宋代往往用诗来写重大题材,以词咏个人之情。李清照词与诗的感情相通而不相同。

"至今思项羽,不肯过江东。"这是骂宋高宗的。

用典故的妙处。典故反映了文学语言的传统,当然不能过于僻。典故无非两种:成语和历史故事,用典往往取其一点,并非为一史实作鉴定。

《咏史》
　　两汉本继绍,新室如赘旒。所以嵇中散,至死薄殷周。

表现了她爱汉族政权。

郁达夫《过田横岛》:"万斛涛头一岛青,正因死士义田横。而今刘豫称齐帝,唱破家山饰太平。"讽刺三十年代的蒋介石与南宋情形相似,也是用两个不相干的典故构成一个主题,是比较特殊的。跳跃性强。

陈与义《伤春》
　　庙堂无策可平戎,坐使甘泉照夕烽。初怪上都闻战马,岂知穷海看飞龙。孤臣霜发三千丈,每岁烟花一万重。稍喜长沙向延阁,疲兵敢犯犬羊锋。

这首诗写于南宋前期,诗中充满了对局势的忧虑,反映了诗人同民族政权的血肉相连的感情。读这首诗,要注意如何将很大的局面加以集中概括。另外,这首诗善于顿挫,即停顿转折,用现在的话来说就是富于节奏感。

一、二两句言军情紧急,平起。三、四句开合面很大。

"上都"是首都,"怪"字含义深。"但使卢(一作龙)城飞将在,不教胡马度阴山。"(《出塞二首》其一)可用来解释这个"怪"。"穷海",海之尽头。写战局大起大落,上上下下都无思想转变,这是顿挫。下面归结到自己,人很感伤,物却依然。以人之伤痛,物之无知对照。下面笔锋又转,在忧心如焚中又透出一线希望。这又是顿挫。以北宋灭亡,南宋建立,写到自己及将来。

刘子翚《汴京纪事》

内苑珍林蔚绛霄,围城不复禁刍荛。舳舻岁岁衔清汴,才足都人几炬烧。(其一)

二十首绝句,从不同的角度反映汴京沦陷前后之事之感。

主题在怎样认识生活中形成,在怎样表现生活中完善。宋徽宗赵佶建万寿山(艮岳),最高楼是绛霄楼。第一句概写艮岳之形貌。本诗口气很冷峻。

空嗟覆鼎误前朝,骨朽人间骂未销。夜月池台王傅宅,春风杨柳太师桥。(其二)

封建社会为尊(贤)者讳,因此不提皇帝的过错,只讲大臣。结论在前,人在后。不写人,而写人住的地方。不写房子的豪华,只写景物。物存而人安在?后两句是互文见义,斥王黼、蔡京。

辇毂繁华事可伤,师师垂老过湖湘。缕衣檀板无颜色,一曲当时动帝王。(其三)

师师事在一百二十回《水浒》中可见。这首诗从一个小人物的生活变化来表现社会的变化,很明显受到杜甫《江南逢李龟年》的影响,但杜诗更沉郁。"缕衣"颜色是很显眼的,"檀板"是暗红色,与"颜色"有何关?可以作两点解释:一是复词偏义,以"缕衣"为主;另一点牵涉通感问题。"檀板"无响亮之音,故曰"无颜色"。《文选》将宋玉《风赋》归为物色类,李善注:"风虽无正色,然亦有声。"宋祁"红杏枝头春意闹"(〔玉楼春·春景〕)的"闹",姜白石"闹红一舸"(写荷花)(〔念奴娇〕),口语中"手辣心狠"亦是如此。

陆游《五月十一日夜且半梦从大驾亲征……》

这是一首浪漫主义的作品。

诗的起头难,前人评谢朓"工于发端",实际上结尾也很重要。此诗写得很饱满:"凉州女儿满高楼,梳头已学京都样。"同样写发式,刘克庄《北来人》却从另一角度写,写敌占区的人民留恋汉族政权,亦很深刻。最后两句"凄凉旧京女,妆髻尚宣和"(其一)可与陆游诗的结尾参看,事同情异。

杜牧《赤壁》小中见大,与上两首均可比。许彦周评杜牧"措大不识好恶"(社稷存亡都不问,只恐捉了二乔)。

陆游的诗主要有两种形象,一是对国家大事始终不能忘怀,而那个时代又绝对使他不能有所作为,这就构成了一个尖锐的矛盾。另一是当他感到这一点以后,在晚年写出的许多自然风景诗。

《书愤》

早岁那知世事艰,中原北望气如山。楼船夜雪瓜洲渡,铁马秋风大散关。塞上长城空自许,镜中衰鬓已先

斑。出师一表真名世,千载谁堪伯仲间。(其一)

陆游诗俊爽的比较多,沉郁的比较少,"沉郁"感情较深挚,与"浮"、"开"相对。

颔联用两句写出了几十年来与金兵作战的情形,通过自己的感情变化,反映了宋对金由战到和的历史过程。结尾用意较深,诸葛亮成功是有客观条件的,因为深得皇帝的信托,而自己却是"空自许",所表现的是激昂感情所受到的抑压。

《十一月四日风雨大作》

僵卧孤村不自哀,尚思为国戍轮台。夜阑卧听风吹雨,铁马冰河入梦来。

这是退居山阴时作,所谓日有所思,夜有所梦。三、四两句转到写梦。用"夜阑"是点明诗人的失眠,想为国戍轮台。梦中也是为国戍轮台,用"铁马冰河"之具体形象写出。

"马齕枯萁喧午枕,梦成风雨浪翻江。"(黄庭坚《六月十七日昼寝》句)也是由声音联想到形象,和陆游此诗的写法差不多。要有善于搜索的眼睛和善于表达的一双手。

《示儿》

死去元知万事空,但悲不见九州同。王师北定中原日,家祭无忘告乃翁。

一、二两句又衔接又转折,与上首差不多。"僵卧孤村不自哀,尚思为国戍轮台。"(《十一月四日风雨大作》)"死去元知万事空,但悲不见九州同。"

"北定中原"是诸葛亮《出师表》中的话,是暗用典。

陆游的号召力是很强的,但历史没有按陆游的意愿发展。在另外一种历史条件下，诗人可以有另一种形式的号召，如林景熙："来孙却见九州同，家祭如何告乃翁。"(《书陆放翁诗卷后》)诗人总是从各自的生活中提出问题，解决的方式不同，但用的都是精神力量、心灵力量来表现，这种力量是有其光彩的。

文天祥《过零丁洋》

　　辛苦遭逢起一经，干戈落落四周星。山河破碎风抛絮，身世飘零雨打萍。惶恐滩头说惶恐，零丁洋里叹零丁。人生自古谁无死，留取丹心照汗青。

他的《正气歌》思想性很强，将其心目中所崇敬的古人一一排列出来，但表现手法单一，缺少变化，在艺术上有些缺失。这种手法，别人也用过，如江淹《别赋》、《恨赋》，辛幼安《贺新郎》。文天祥的《衣带赞》皆四字句："孔曰成仁，孟曰成义……读圣贤书，所学何为？而今而后，孰令无愧。"表示他宁死不屈的骨气。

以前科举时都要选一经，文天祥究竟所选何经尚未查到。

"山河"句写国，"身世"句写家。身世之感，家国之恨，这就是说个人的命运总不能不同国家人民的命运联系在一起的。

"惶恐"此处当作惭愧讲。端宗景炎二年(1277)文天祥在家乡江西省吉水县附近的空阬被蒙古侵略者打败，妻妾等多人被俘北去，只有母亲和长子随他经赣江惶恐滩一带退往汀州(今福建长汀)。苏轼《八月七日初入赣过惶恐滩》："地名惶恐泣孤臣。"他以五十九岁的高年，被政敌迫害，经赣江到惠州。"惶恐"与"喜欢"相对(山忆喜欢劳远梦,地名惶恐泣孤臣),有悲愤、难过的意思。

"汗青",在纸没有发明以前,古人写字多半用竹简,将竹简放在火上,烤去其水份(汗),可以防蛀,称为汗青。这里用来指历史,照耀史册。每个人都在用自己的行动写历史,有"留取丹心照汗青"的人,也有"骨朽人间骂未销"(刘子翚《汴京纪事》)之辈。

为什么要百花齐放呢?因为生活本身是复杂的,要有不可重复、不可代替的艺术品。

家铉翁《寄江南故人》

> 曾向钱塘住,闻鹃忆蜀乡。不知今夕梦,到蜀到钱塘?

古人"江南"的概念,包括整个南方。第一句暗含民族政权的故地。蜀川是故乡,而见杜鹃又暗含帝王寥落。后两句说明他经常做梦,不是到杭州就是到四川,所以不知今夕如何。"不知"得好,因为不管梦到哪里,都是梦想恢复祖国。短短二十字,语淡而深刻。这首诗写得很淡,又很深刻,不仔细体会,一滑就过去了。

《孟子·万章下》:"诵其书,读其书,不知其人可乎?是以论其世也,是尚友也。"家氏是四川人,南宋时在杭州做过官。但是作家生平、时代背景本身,不能代替对作品的理解。最典型的例子是毛主席诗词的研究,"弹洞前村壁"〔菩萨蛮·大柏地〕),前村的墙壁上有一个大窟窿。

谢翱《效孟郊体》

闲庭生柏影，荇藻交行路。忽忽如有人，起视不见处。牵牛秋正中，海白夜疑曙。野风吹空巢，波涛在孤树。（其一）

所谓"体"，从刘勰《文心雕龙·体性》以来，一是指样式，一是指风格。这里是后一种意思。题为《效孟郊体》，实际上是无题。他是以丧失了祖国的奴隶的语言，寄托对祖国政权的怀念。三首诗都是写诗人在秋天的一种空虚、迷惘而又在追求的感情，这是宋诗中的精品，选家往往很少注意。

其一第一句写景，第二句具体化，使形象更鲜明。苏轼《记承天寺夜游》："庭下如积水空明，水中藻荇交横，盖竹柏影也。何夜无月，何处无竹柏，但少闲人如吾两人者耳。"诗文状景手法相同。第三、四两句极写"忽忽如有所失"的精神状态。一种巨大的灾难过去了，随着时间的流逝而淡薄了印象，但怎能忘却呢？这种写法在古典诗歌中是很多的。如苏轼："十年生死两茫茫，不思量，自难忘"（〔江城子·乙卯正月二十日夜记梦〕）。五、六两句与第一、二句衔接，七、八句与三、四句相接。"野风"指蒙古族，"空巢"指灭亡的民族政权。"波涛"句写局势不平静。这首诗表现了他空虚、迷惘追求的复杂心理，细致入微地表达了亡国之恨。

《重过杭州故宫》："复道垂阴草欲交，武林无树着凌霄。野猿引子移来住，覆尽花枝翡翠巢。"这是谢翱的另一首诗，也是用鸟巢来比喻政权。诗人用的形象以及习惯的表达方式，弄懂了就可理解。

落叶昔日雨,地上仅可数。今雨叶落处,可数还在树。不愁绕树飞,愁有空枝垂。天涯风雨心,杂佩光陆离。感此毕宇宙,涕零无所之。寒花飘夕晖,美人啼秋衣。不染根与发,良药空尔为。(其二)

"落叶昔日雨"即"昔日雨落叶"。五、六句化用曹操《短歌行》"月明星稀,乌鹊南飞。绕树三匝,无树可依"。此诗造语极巧,写了自己的形象以及对当时局面的看法。沉痛的亡国之恨,国家不存在,甚至流连之地也难。

　　闺中玻璃盆,贮水看落月。看月复看日,日月从此出。爱此日与月,倾泻入妾怀。疑此一掬水,中涵济与淮。泪落水中影,见妾头上钗。(其三)

这是借思妇的幻觉写出爱国的真情。古代诗歌中,思妇、孤臣、孽子是相通的,这里就是写出了一个孤臣的形象。"济淮"代表北方领土。这诗有许多幻觉,以幻景写真情,幻与真的统一。

《书文山卷后》

　　魂飞万里程,天地隔幽明。死不从公死,生如无此生。丹心浑未化,碧血已先成。无处堪挥泪,吾今变姓名。

前一组诗含蓄精微,这一首诗很直率,感情直泻而出,如泼墨画。同样感人至深,所以不能绝对化。

更改姓名在古人是一件大事,这里作隐姓埋名讲,不与侵略者合作的意思。

林景熙《山窗新糊有故朝封事阅之有感》

　　　　偶伴孤云宿岭东,四山欲雪地炉红。何人一纸防秋疏,却与山窗障北风。

题目好。"何人一纸防秋疏,却与山窗障北风。"可见,即使是一张纸,也还在抵挡着北风。警告侵略者,有着爱国主义传统的中国人民,连着一草一木都会仇恨他们,与之血战到底。毛泽东说过:"中国人民有着同自己的敌人血战到底的气概。"司马光写淝水之战:"秦王坚与阳平公融登寿阳城望之,见晋兵部阵严整,又望八公山上草木,皆以为晋兵。"(《资治通鉴》)

郎士元《送杨中丞和蕃》

　　　　锦车登陇日,边草正萋萋。旧好寻(一作随)君长,新愁听鼓鼙。河源飞鸟外,雪岭大荒西。汉垒今犹在,遥知路不迷。

古代民族关系矛盾时多,融洽时少,但对于短暂的和好局面,诗人们从人民希望安定的愿望里感到欣喜,讴之于诗。郎氏之作即此类。一、二句写时间地点,三、四写心情。"寻"是古汉语中特别用来恢复过去关系的词,写国家大事和个人感情。五、六两句只讲了一半,土蕃还在飞鸟外、雪岭西,极写其远,空间的跨度很大。七、八两句写出对和平的向往,以前的堡垒成了现在的路标。作品的思想性不是外加的,是诗人对生活的认识和评价的具体化。旧日两军对垒的战堡成了今日双方来往的路牌,诗人的欣悦之情可以想见。

第四讲 妇女问题

从汉代开始就有对古代妇女的七弃（出、去），犯其一就可被光明正大地赶走：1. 不生孩子；2. 淫逸；3. 不侍舅姑；4. 口舌；5. 盗窃；6. 妒忌；7. 恶疾（皮肤病）。

资产阶级比封建社会进步的地方是尊重人。高尔基的长诗《少女与死神》，斯大林题为"爱战胜死"。

《西厢记》的主题之一是爱情战胜功名，《牡丹亭》的主题就有爱战胜死。王实甫、汤显祖不能不受到前代作家的影响。

古诗《冉冉孤生竹》

冉冉孤生竹，结根泰山阿。与君为新婚，兔丝附女萝。兔丝生有时，夫妇会有宜。千里远结婚，悠悠隔山陂。思君令人老，轩车来何迟！伤彼蕙兰花，含英扬光辉。过时而不采，将随秋草萎。君亮执高节，贱妾亦何为？

湖南有句老话："姑姑穷来有一嫁，嫂嫂穷来无寒夏。"这说明过去妇女出嫁是很重要的。这首诗写的是在订了婚而没有出嫁的特定环境中，一个女子的矛盾心理。诗的主题旧说是"怨迟婚"。

"孤生竹"乃暗示此女是独女。"妻者，齐也。一与之齐，终身不改。"（司马光《家范》）"兔丝"乃形象化的说法。"兔丝生有时"是单词复义。"思君令人老，轩车来何迟。"揭示了很深的感情。"思君"句惊心动魄，因为看久了而未感到这句话的分量。"缠绵忠厚"的意思是,当自己的感情很激动,对对方有气时,最后又转过来为对方设想。此诗结尾亦然。

傅玄《豫章行苦相篇》

  苦相身为女,卑陋难再陈。男儿当门户,堕地自生神。雄心志四海,万里望风尘。女育无欣爱,不为家所珍。长大逃深室,藏头羞见人。垂泪适他乡,忽如雨绝云。低头和颜色,素齿结朱唇。跪拜无复数,婢妾如严宾。情合同云汉,葵藿仰阳春。心乖甚水火,百恶集其身。玉颜随年变,丈夫多好新。昔为形与影,今为胡与秦。胡秦时相见,一绝逾参辰。

  过去有"盗不过五女之门"语,因为陪嫁很厉害。这首诗描写很朴实,个别句子很新警,但由于没有提供典型的事与人,缺乏个性化,给人印象不深,感动力也较差。

  中国古典诗中有一种宫怨诗,即描写宫廷女的怨恨。古代诗人很大胆,把矛头直指皇帝。因为在男权社会中,皇帝是最为典型的一夫多妻制的代表。《礼记》将多妻多妾视为合法。

白居易《上阳人》

  上阳人,红颜暗老白发新。绿衣监使守宫门,一闭上阳多少春。玄宗末岁初选入,入时十六今六十。同时采择百余人,零落年深残此身。忆昔吞悲别亲族,扶入车中不教哭。皆云入内便承恩,脸似芙蓉胸似玉。未容君王得见面,已被杨妃遥侧目。妒令潜配上阳宫,一生遂向空房宿。宿空房,秋夜长,夜长无寐天不明。耿耿残灯背壁影,萧萧暗雨打窗声。春日迟,日迟独坐天难暮。宫莺百啭愁厌闻,梁燕双栖老休妒。莺归燕去长悄然,春往秋来不记年。唯向深宫望明月,东西四五百回圆。今日宫中年最老,大家遥赐尚书号。小头鞋履窄衣裳,青黛点眉眉细长。外人不见见应笑,天宝末年时世妆。上阳人,苦最多,少亦苦,老亦苦。少苦老苦两如何?君不见,昔时吕向《美人赋》。又不见,今日上阳宫人白发歌。

白居易以离宫中一个女子的遭遇写宫怨,具有典型性。他根据事实,又是根据创造性的想象。史学家陈寅恪《记唐代之李武韦杨婚姻集团》:高力士掌握宫廷大权。

"夜长无寐天不明"前,写了寂寞和空虚,不能得到一个人应该得到的。参见《长恨歌》写唐明皇的空虚,用的是同样的景色。当然唐明皇的空虚同宫女的不一样,它们使用不同的描写。"夕殿萤飞思悄然,孤灯挑尽未成眠。迟迟钟鼓初长夜,耿耿星河欲曙天。"这是写"秋夜长"。也有写"春日迟",如白居易"斜凭绣床愁不动,红绡带缓绿鬟低。辽阳春尽无消息,夜合花前日又西"。夜合花又叫"合欢花",写的是闺怨。闺怨都是反对扩张战争的,扩张战争对普通人家庭生活造成了破坏,而家庭生活是应当受到尊重的。从比较中可以得出这样的结论,生活对作家获得形象是多么重要。

"今日宫中年最老,大家遥赐尚书号。"见出统治者的伪善。

"少亦苦",少时得宠,也不过是高级玩物,《红楼梦》里贾元春说"见不得人的地方"_(第十八回)。

此篇可与《长恨歌》呼应,李、杨有七夕之盟,但杨作了替罪羊。

袁枚针对玄宗:"到底君王负前盟,江山情重美人轻,玉环领略夫妻味,从此人间不再生。"可与《长恨歌》对看。

《母别子》

母别子,子别母,白日无光哭声苦。关西骠骑大将军,去年破虏新策勋。敕赐金钱二百万,洛阳迎得如花人。新人迎来旧人弃,掌上莲花眼中刺。迎新弃旧未足悲,悲在君家留两儿。一始扶行一初坐,坐啼行哭牵人衣。以汝夫妇新嬿婉,使我母子生别离!不如林中乌与鹊,母不失雏雄伴雌。应似园中桃李树,花落随风子在枝。新人新人听我语,洛阳无限红楼女。但愿将军重立功,更有新人胜于汝。

上篇是以旧排新,此篇写喜新厌旧。"以汝夫妇新嬿婉,使我母子生别离。"白居易止于记录旧人之语,认识是模糊的,客观主义的,对于一夫多妻的现存制度的实质没有认识得那么深。他没有认识到新人、旧人在本质上是一样的,"千红一窟(哭),万艳同杯(悲)"(《红楼梦》第五回),薛宝钗、袭人同样也是很悲惨的。曹雪芹的伟大之处,从这一点上可以看出。

第五讲　亲情关系

　　对这个问题三十年来有很多不同看法。家庭起源很早,基本的职能是生育并抚养后代。其次是男耕女织,生产劳动。家庭成员有天然的血缘关系,我们所讲的人性是从不可消灭的家庭关系中产生的,在没有阶级的社会中就已形成。

　　阶级性是人性的发展,阶级性丧失了人性,那就是兽性。文学作品中除掉阶级性以外,还有人类所共同的地方。在涉及阶级利益时打上阶级的烙印,不涉及阶级利益时就不打上阶级的烙印。生活中有许多东西习焉不察,不一定资产阶级认为美的东西,无产阶级就认为不美,例如天安门建筑于古代,现在作为国徽的一个组成部分。

　　文学上的人道主义、人性,这是要区别起来看的。如果对这些东西视而不见,受损失的是我们自己,而不是作家和诗人。

孟郊《游子吟》

　　　　慈母手中线,游子身上衣。临行密密缝,意恐迟迟归。谁言寸草心,报得三春晖。

　　语言有习惯性,用"线"有延长、牵合的意思。前四句只是平铺直叙,后两句突起。前四句是就母亲方面写,后两句从游子方面写,用比,"斩截"(用过去的名词术语讲),感情是浓缩的。

　　古典诗歌中经常有前半首平常,后半精彩的,如薛道衡《人日思归》,范云《别诗》"昔去雪如花,今来花似雪",这是节奏感。

孟郊《闻砧》

杜鹃声不哀,断猿啼不切。月下谁家砧,一声肠一绝。杵声不为客,客闻发自白。杵声不为衣,欲令游子归。

用生丝织成衣,生丝硬,需要捣。唐代妇女捣衣多在傍晚或夜间。杜甫:"寒衣处处有刀尺,白帝城高急暮砧。"(《秋兴八首》其一)

"杵声不为客,客闻发自白。杵声不为衣,欲令游子归。"构思巧妙,语言朴质,用意深刻。谢翱《拟孟郊体》(详207页)正学此处。

杜牧:"南陵水面漫悠悠,风紧云寒(一作轻)欲变秋。正是客心孤迥处,谁家红袖凭江楼。"(《南陵道中》)苏轼:"墙里秋千墙外道。墙外行人,墙里佳人笑。笑渐不闻声渐悄,多情却被无情恼。"(〔蝶恋花〕)姑娘一点不知道。

客观事物同主观感受相结合,迸发着火花,就产生了诗。陈简斋:"忽见好诗生眼底,安排句法已难寻。"(《春日二首》其一)一个真正的诗人,总是善于将转瞬即逝的感受记录下来,对于生活中细微但他认为有兴趣的事情是不会漏掉的。

陆游《送子龙赴吉州掾》

我老汝远行,知汝非得已。驾言当送汝,挥涕不能止。人谁乐离别,坐贫至于此。汝行犯胥涛,次第过彭蠡。波横吞舟鱼,林啸独脚鬼。野饭何店炊?孤棹何岸舣?判司比唐时,犹幸免笞箠。庭参亦何辱,负职乃可耻。汝为吉州吏,但饮吉州水;一钱亦分明,谁能肆谗毁?聚俸嫁阿惜,择士教元礼。我食可自营,勿用念甘旨。衣穿听露肘,履破从见指。出门虽被嘲,归舍却睡美。益公名位重,凛若乔岳峙。汝以通家故,或许望燕几。得见已足荣,切勿有所启。又若杨诚斋,清介世莫比。一闻俗人言,三日归洗耳。汝但问起居,余事勿挂齿。希周有世好,敬叔乃乡里,岂惟能文辞,实亦坚操履,相从勉讲学,事业在积累。仁义本何常,蹈之则君子。汝去三年归,我倘未即死。江中有鲤鱼,频寄书一纸。

以诗的语言写一场家常谈话,平易近人。首两句不从自己讲,而是从对面写起,为对方设想。三、四句从自己讲,五、六句结合两方面讲。接下去设想沿途情况,再写对他的希望。最后希望他早日归来。"汝去三年归,我倘未即死。江中有鲤鱼,频寄书一纸。"感情真挚,几乎使人忘记其技巧。

梅尧臣《戊子三月二十一日殇小女称称》

蓓蕾树上花,莹洁昔婴女。春风不长久,吹落便归土。娇爱命亦然,苍天不知苦。慈母眼中血,未干同两乳。(其二)

这是父亲对一个未成年而死的小女的悼念。最后两句写出了分娩不久就失去孩子的母亲的生理状态和心理状态,非常特定,不可移动。

王安石《示长安君》(全诗详345页)

这是写给妹妹的诗。宋诗用意深刻,是唐诗的发展。

"草草杯盘"两句是写暂聚之乐。"自怜湖海"两句是写旋别之哀。古人讲湖海、江海、江湖均指空间辽阔,不一定指特定地点,"尘沙"在这里倒是特指。

古典诗歌的主语省略要注意。"欲问"是谁问?从不同的角度均可问,主语的省略往往导致诗的歧义或多义。"雁南征"是有限制的,形容通信之艰。

三、四两句尤其值得注意,反映了王安石这个政治家生活上的一面。宋元小说中的《拗相公》把王安石写成不爱清洁、不近情理的人,根源就在他的生活非常简朴,没有歌儿舞女。三、四两句似画中的略加点染,但容量很大,要求读者更多的合作,用自己的生活补充到诗歌中去。比较下面三首诗:

司空曙《云阳馆与韩绅宿别》(全诗详344页)

也是写暂聚之乐,旋别之哀。"乍见翻疑梦,相悲各问年。""寒照雨"写所感,"暗浮烟"写所见,布景更多。最后用一"惜"字贯串过去、将来。

李益《喜见外弟又言别》(全诗详344—345页)

"问姓惊初见,称名忆旧容。"三、四两句与上首的三、四句异曲同工。

这三首诗均用画龙点睛的手法写出了每个人都有所感而一时难以表达出来的感情。各人落笔所想到的都不一样,各自从生活实感中提取,成为不可替代的艺术珍品。

也有写别情很繁富、具体的。

杜甫《赠卫八处士》(全诗详344页)

写得详尽。《文心雕龙》上说"繁而不可删,略而不可益",艺术上难以达到的境界是"恰到好处"。

一上来就用天上的星作比,是"抑",后两句就是"扬",此欲扬先抑。"访旧半为鬼"两句是抑,"焉知二十载"是扬,一直扬,到最后又低沉。我读杜甫的这首诗,可能比你们体会多一些。

诗歌的异文取舍,一是据古本,一是据胜义,古本接近手稿。"夜雨剪春韭",古人说"春初早韭,秋末晚菘"。"儿女罗酒浆"不如"驱儿罗酒浆",因为后者卫八处士也参加进去了。唐朝人吃的酒是酒酿,现在的酒元朝以后才有。

讲这四首诗的目的是要说明繁简交织是必要的。

王安石《送和甫至龙安微雨,因寄吴氏女子》

荒烟凉雨助人悲,泪染衣襟不自知(一作持)。除却春风沙际绿,一如看汝过江时。

一秋一春。"荒烟"句是由景生情。送吴氏是秋,送和甫乃是春天,但下雨,"荒烟凉雨"却是一致的。诗人或悲秋喜春,或伤春悦秋,此处则春秋皆助人悲。人的主观感情可以使客观景物涂上主观色彩。

搞学问,一是不能随声附和,二是不能停滞在原来的境地。

"春风又绿江南岸"没有"除却春风沙际绿"的"绿"好,把春风看成是绿色的,这是前人所未言。

第六讲　爱情问题

文学的发展就是人的价值发现的历史,在妇女问题上尤其是如此。婚姻是门当户对。恩格斯说:那时婚姻不是爱情的产物,爱情是婚姻的附加物。那时的爱情靠培养。现在是先算账,后结婚。

李白《长干行》

　　妾发初覆额,折花门前剧。郎骑竹马来,绕床弄青梅。同居长干里,两小无嫌猜。十四为君妇,羞颜未尝开。低头向暗壁,千唤不一回。十五始展眉,愿同尘与灰。常存抱柱信,岂上望夫台。十六君远行,瞿塘滟滪堆。五月不可触,猿声天上哀。门前迟行迹,一一生绿苔。苔深不能扫,落叶秋风早。八月蝴蝶来,双飞西园草。感此伤妾心,坐愁红颜老。早晚下三巴,预将书报家。相迎不道远,直至长风沙。

"床"是坐具,并非现在的床。"展眉"和"颦眉"是相对的。"岂上望夫台"是对丈夫爱情的坚信,关于望夫石,可以参看王建《望夫石》。

唐朝由南京到成都商业很发达。

"门前迟行迹"两句,"迟"作等待讲。宋吴文英〔风入松〕:"惆怅双鸳不到,幽阶一夜苔生。"

结句乐观:"相迎不道远,直至长风沙。"不像宫怨诗那么低沉,而是表现了一种强烈的愿望。

像这样从小培养起来的感情在过去是较少见的,在下层社会才有。多数旧式夫妇是婚后培养起感情,一旦失去一方,另一方便无限悲怀。悼亡诗是有特定含义的,是追悼正式的配偶。

元稹《遣悲怀》

谢公最小偏怜女,自嫁黔娄百事乖。顾我无衣搜画箧,泥他沽酒拔金钗。野蔬充膳甘长藿,落叶添薪仰古槐。今日俸钱过十万,与君营奠复营斋。

昔日戏言身后意,今朝都到眼前来。衣裳已施行看尽,针线犹存未忍开。尚想旧情怜婢仆,也曾因梦送钱财。诚知此恨人人有,贫贱夫妻百事哀。

闲坐悲君亦自悲,百年都是几多时。邓攸无子寻知命,潘岳悼亡犹费词。同穴窅冥何所望,他生缘会更难期。惟将终夜长开眼,报答平生未展眉。

一开始就写双方门第不等。"自嫁"和"万事乖"概括力很强。用典总是用其中一部分,在此不是指女方的才华和自己的清高,而是取女方门第高贵和自己的清贫。接下去写他们的生活,着重写其妻安贫。"画箧"("画"繁体"畫")一本作"盖箧",写其对丈夫的体贴。结句一笔兜转,表示惋惜和遗憾。欧阳修说:"祭而丰,不如养之薄也。"(《泷冈阡表》)第一首写其妻之"安贫"。

第二首写家庭中由于其妻死后起了什么变化。"百事哀"与"百事乖"照应。

第三首正面写怀念:"闲坐悲君亦自悲,百年曾是几多时。"逻辑顺序是倒过来的,应该一二转换,先作宽己语,然后又一转。尽管想到人生短促,依然悲愁交加,这是一种执著的感情。结句保持了清醒的头脑,而其悲怀也更其难遣。

这三首诗在技巧上并不十分突出,但很有吸引力,是一片痴情。

元稹有《会真记》,"真"是仙人,唐人常把妓女称为"真"。这是元稹根据自己的生活经历写的(陈寅恪、孙望说)。元写了这个小说还发议论,认为一切东西皆有正反两面。莺莺一方面很好,一方面又不好。"又甚美者必有甚恶。"所以人们往往认为张生是个薄倖的人。但到宋以后,不同意元稹的写法,使张、崔大团圆。就这一点上看,元稹是个在生活作风上很不严肃、很薄情的人。但就是他,在几年后写了《遣悲怀》的作品,可见作家的思想很复杂,他的心理是随时随地改变着的。

元遗山《论诗绝句》:"心画心声总失真,文章宁复见为人?高情千古《闲居赋》,争信安仁拜路尘。"(三十首其六)其实也不一定如此。

用当代的世界观与创作方法的公式来要求古典作家,必然会把古典作家及其作品全盘否定掉。使作家创作的最初动力不是世界观,而是古代人民的生活画面。唐朝青年追求的:进士及第,结亲五姓女。

史达祖的《梅溪词》,阮大铖的《咏怀堂集》、《燕子笺》都写得很好,但其人品不高。

《上邪》

上邪!我欲与君相知,长命无绝衰。山无陵,江水为竭,冬雷震震,夏雨雪,天地合,乃敢与君绝。

连用五个比喻。唐代无名氏词:"枕前发尽千般愿,要休且待青山烂。水面上秤锤浮,直待黄河彻底枯。白日参辰见,北斗回南面。休即未能休,且待三更见日头。"连用六个比喻。博喻(广喻)是中国文学作品中的传统,是赋法的一种。

辛弃疾《贺新郎·别茂嘉十二弟》用了很多典故写别情,用博喻赋法铺成。

苏轼《百步洪》用工笔画,与李白《早发白帝城》写意不同。

范成大:"侧足三分垂坏磴,举头一握到孤云。"《判命坡》

李白:"山从人面起,云傍马头生。"《送友人入蜀》

苏东坡写水之险,范、李写山之险,都是从生活经验中得来。

《古诗十九首》

　　迢迢牵牛星,皎皎河汉女。纤纤擢素手,札札弄机杼。终日不成章,泣涕零如雨。河汉清且浅,相去复几许。盈盈一水间,脉脉不得语。(其十)

借神话写爱情,后惟秦观〔鹊踏仙〕可以匹敌。

　　孟冬寒气至,北风何惨栗。愁多知夜长,仰观众星列。三五明月满,四五蟾兔缺。客从远方来,遗我一书札。上言长相思,下言久离别。置书怀袖中,三岁字不灭。一心抱区区,惧君不识察。(其十七)

写了过去、现在、未来,是本诗的特点。三十年代诗人戴望舒有"磨不损的太坚固的时间"《前夜》的诗句。

客从远方来,遗我一端绮。相去万余里,故人心尚尔。文采双鸳鸯,裁为合欢被。著以长相思,缘以结不解。以胶投漆中,谁能别离此?(其十八)

表达了欢乐之情。

柳恽《江南曲》

汀洲采白蘋,日暖(一作落)江南春。洞庭有归客,潇湘逢故人。故人何不返,春花复应晚。不道新知乐,只言行路远。

汉辛延年《羽林郎》:"人生有新故,贵贱不相踰。"韩凭、何氏夫妇的故事,《乌鹊歌》(据说是何氏所作):"南山有乌,北山张罗。乌自高飞,罗当奈何?"(其一)"乌鹊双飞,不乐凤凰。妾是庶人,不乐宋王。"(其二)反映了底层人民对爱情的看法。

鲍照有两方面值得注意,一是寒门出身,反映才秀人微的现象;二是在文学样式方面使七言古诗成熟。很难想象,如果没有鲍照,会有李、杜的七言诗。

鲍照《拟行路难》其三

璇闺玉墀上椒阁,文窗绣户垂罗幕。中有一人字金兰,被服纤罗蕴芳藿。春燕参差(一作差池)风散梅,开帷对景弄春爵。含歌揽涕恒抱愁,人生几时得为乐。宁作野中之双凫,不作(一作愿)云间之别鹤。

写一个下层妇女成为上层妇女后的想法。"椒阁"点明为富贵人家的姬妾。"风散梅"用字较形象,"散"字的用法以前没有。"开帏"照应上"绮幌"。

见燕子来了就引起愁，唐人多用此种写法，触景生情，如王昌龄"闺中少妇不知愁"（《闺怨》）。

萧衍《河中之水歌》

　　河中之水向东流，洛阳女儿名莫愁。莫愁十三能织绮，十四采桑南陌头。十五嫁为卢家妇，十六生儿字阿侯。卢家兰室桂为梁，中有郁金苏合香。头上金钗十二行，足下丝履五文章。珊瑚挂镜烂生光，平头奴子擎履箱。人生富贵何所望，恨不嫁与东家王。

有两个莫愁：一在洛阳，就是此诗所描写的；一在湖北石城，后来移入南京。通过下层妇女在爱情与富贵之间的抉择，歌颂了贫家女子。

歌谣体，酷似《孔雀东南飞》。

晏几道〔浣溪沙〕："日日双眉斗画长，行云飞絮共轻狂，不将心嫁冶游郎。"对妇女的关心，不仅诗里面，而且词里面、戏剧里面、小说里面都有。这首词写富贵人家的歌妓，写歌妓的心理，淋漓尽致。一开始不是写她的反抗，而是写她的屈服；第二句是从别人的眼光看，姑娘想到别人对她的评价；第三句把前面的形象一扫而空，大起大落。比萧衍、鲍照写得调皮一些，会写一些。《子夜》里面的吴少奶奶思念雷参谋。

折扇是宋以后从朝鲜传来的，中国以前是用团扇。

谢朓《玉阶怨》

　　夕殿下珠帘，流萤飞复息。长夜缝罗衣，思君此何极。

一男多女制，最典型的是宫女。"宫怨"，是宫中的怨恨。诗人揭露这种制度的不合理，应当说是很有战斗性的。写内心活动与外部动作配合。"缝罗衣"是外部动作，"思君"是内部心理。缝罗衣仅仅是为了掩盖她的寂寞空虚，没有把思君这一点孤立起来写。传神，像演戏一样演活了。画面不太宽阔，但蕴含了较多的东西。够得上思君的宫女，地位就不低了。

张仲素："袅袅城边柳，青青陌上桑。提笼忘采叶，昨夜梦渔阳。"（《春闺思》）通过外部的动作体现内心的活动，表现征人之妻的思念之情。"渔阳"，现在的北京一带。与谢诗相异处，一在"缝"，一在"忘采叶"，后者没有动作，站着发呆。但从绘画、雕塑的角度来谈，不动也是动，是连续性动作中的某一定点。

刘禹锡："新妆宜面下朱楼，深锁春光一院愁。行到中庭数花朵，蜻蜓飞上玉搔头。"（《和乐天春词》）这首诗在情景上可以说是谢朓《玉阶怨》的补充。在写法上是谢、张诗的补充。"朱楼"点明富贵人家，"行到中庭数花朵"有空白，留待读者去补充。最后一句写发呆，写的东西很少，给你的东西很多，这就叫含蓄。含蓄绝不是平庸。林黛玉《桃花行》："憔悴花遮憔悴人，花飞人倦易黄昏。一声杜宇春归尽，寂寞帘栊空月痕。"（《红楼梦》第七十回）

李白《玉阶怨》显然受到这首诗的启发，因为谢朓是李白最尊敬的诗人。

李益《江南曲》

　　嫁得瞿塘贾,朝朝误妾期。早知潮有信,嫁与弄潮儿。

白居易"商人重利轻别离"(《琵琶行》),这首诗的一个特色是奇特的心理表现。诗人往往用最平常的话起头,用不平常的话结尾。关于文学作品中的"痴"。

张先〔一丛花令〕起得突兀:"伤高怀远几时穷,无物似情浓。""沉思细恨,不如桃杏,犹解嫁东风。"《牡丹亭》:"世间只有情难诉。"(第一出)无理而妙。"虚而非伪,诚而不实。"(钱锺书《管锥编》语)

事物本然之象,人心营构之象,要区分开来。典型化要以人心营构之象,但后者的范围要比典型化大。

张祜《咏(一作赠)内人》

　　禁门宫树月痕过,媚眼惟看宿燕(一作鹭)窠。斜拔玉钗灯影畔,剔开红焰救飞蛾。

雍陶《和孙明府怀旧山》:"五柳先生本在山,偶然为客落人间。秋来春月多归思,自起开笼放白鹇。"构思与上首是一样的,因为同情自己而同情对方。

由事物本然之象到人心营构之象的过渡,通过人主观的想象。

11月25日

关于考试:自由命题,不要长。凡事预则立,不预则废。

要求：1. 不写、尽可能少写错别字；2. 字迹端正；3. 文理通顺；4. 有理有据（生活范围、文献范围）；5. 推陈出新。

薛道衡《昔昔盐》

  垂柳覆金堤，蘼芜叶复齐。水溢芙蓉沼，花飞桃李蹊。采桑秦氏女，织锦窦家妻。关山别荡子，风月守空闺。恒敛千金笑，长垂双玉啼。盘龙随镜隐，彩凤逐帷低。飞魂同夜鹊，倦寝忆晨鸡。暗牖悬蛛网，空梁落燕泥。前年过代北，今岁往辽西。一去无消息，那能惜马蹄。

醒时的想象，梦中的想象，行归怀远之情。

"芙蓉沼"是长芙蓉的池沼。前四句写浓春。"采桑"两句写佳人，美丽的春天也有美丽的人。"恒敛千金笑，长垂双玉啼"，十八笑换成了眼泪。"暗牖悬蛛网，空梁落燕泥"是名句。"前年"以下乃写佳人之内心，这很重要。结句委婉。铺叙，最后以想象作结，寄托自己的愿望。"那能惜马蹄"是希望他回来的委婉的说法。

刘采春《啰唝曲》

  不喜秦淮水，生憎江上船。载儿夫婿去，经岁又经年。

  莫作商人妇，金钗当卜钱。朝朝江口望，错认几人船。

  那年离别日，只道住桐庐。桐庐人不见，今得广州书。

不一定出自她作，然而是她唱的。唐人写商人和农民的矛盾,商人往往很快活。商人妇一方面过着富裕的生活,另一方面要承担寂寞和空虚,同时要承担丈夫不在家的贫困。第三首写意外,就证明她是在想象。

张潮《江南行》

茨菇叶烂别西湾,莲子花开犹未还。妾梦不离江上水(一作水上),人传郎在凤凰山。

以上是清醒时的想象。离别由水,故梦不离水。

张泌《寄人》

别梦依依到谢家,小廊回合曲阑斜。多情只有春庭月,犹为离人照落花。

东方建筑的特点是含蓄,不让你一眼看到底。这首诗前两句写梦,后两句写醒后的情景。"哀而不伤"是中国古代文学批评的一个很重要的概念。一方面抒发,一方面又控制,以达到平衡,又云"乐而不淫"。

岑参《春梦》

洞房昨夜春风起,故人尚隔湘江水。枕上片时春梦中,行尽江南数千里。

若说前首写哀伤,这首写愉快。

《西洲曲》

忆梅下西洲,折梅寄江北。单衫杏子红,双鬓鸦雏色。西洲在何处?两桨桥头渡。日暮伯劳飞,风吹乌白树。树下即门前,门中露翠钿。开门郎不至,出门采红莲。采莲南塘秋,莲花过人头。低头弄莲子,莲子清如水。置莲怀袖中,莲心彻底红。忆郎郎不至,仰首望飞鸿。鸿飞满西洲,望郎上青楼。楼高望不见,尽日栏杆头。栏杆十二曲,垂手明如玉。卷帘天自高,海水摇空绿。海水梦悠悠,君愁我亦愁。南风知我意,吹梦到西洲。

诗中的主人公是男子还是女子有争论,我认为是女子。写一个女子怀念男子的动作和心理,"忆梅"就是忆人,通过季节的变换,写物之感人。为什么"哀而不伤"?因为对哀的对象不绝望。

张若虚《春江花月夜》

春江潮水连海平,海上明月共潮生。滟滟随波千万里,何处春江无月明!江流宛转绕芳甸,月照花林皆似霰;空里流霜不觉飞,汀上白沙看不见。江天一色无纤尘,皎皎空中孤月轮。江畔何人初见月?江月何年初照人?人生代代无穷已,江月年年望(一作只)相似。不知江月待何人,但见长江送流水。白云一片去悠悠,青枫浦上不胜愁。谁家今夜扁舟子?何处相思明月楼?可怜楼上月徘徊,应照离人妆镜台。玉户帘中卷不去,捣衣砧上拂还来。此时相望不相闻,愿逐月华流照君。鸿雁长飞光不度,鱼龙潜跃水成文。昨夜闲潭梦落花,可怜春半不还家。江水流春去欲尽,江潭落月复西斜。斜月沉沉藏海雾,碣石潇湘无限路。不知乘月几人归,落月摇情满江树。

被王闿运评为"孤篇横绝,竟为大家"(《论唐诗诸家源流》)。

闻一多《唐诗杂论·宫体诗的自赎》认为此诗是从齐梁宫体诗中发展而来，但是我觉得这首诗是否从宫体诗出来，可以讨论。抒情和写景结合得很好，之前是《西洲曲》，这首诗实际上是从《西洲曲》、吴声歌曲、西曲发展而来的。《西洲曲》四句一转韵，是许多小曲合成的，来自民间，在写景抒情上是《春江花月夜》的前奏。为什么闻先生会弄错，因为这个题目是宫体诗的题目，但我们需要看实质。

春、江、花、月、夜，五景宛转相生，通过月作为联系，由景到理，由理到情，转接无痕。诗歌会说理，但是他的表达同哲学家的表达不一样。宇宙是永恒的，而人生是短暂的，怎样解决矛盾有各种方式。这首诗提出了问题，但回答问题不是他的责任。

无情的景物，有情的人生；无限的宇宙，有限的人生。

此诗想象极充沛，有广阔的同情心，韵律上节奏轻快，平仄声韵交替，中间很长一段是以平声接平声，对表达缠绵婉转的感情很有好处。哀愁，不是深，而是淡，淡淡的哀愁。

汤显祖《牡丹亭·游园惊梦》是此诗的最佳后续。

第七讲　友谊

社会关系有血缘的和非血缘的。为了表达友谊,古人在诗里有赠答、唱酬,在文中又赠序,另外还有书札。

旧题李陵《与苏武诗》

良时不再至,离别在须臾。屏营衢路侧,执手野踟蹰。仰视浮云驰,奄忽互相逾。风波一失所,各在天一隅。长当从此别,且复立斯须。欲因晨风发,送子以贱躯。(其一)

携手上河梁,游子暮何之？徘徊蹊路侧,恨恨不能辞。行人难久留,各言长相思。安知非日月,弦望自有时。努力崇明德,皓首以为期。(其三)

"旧题"是指作者很值得怀疑。李陵是悲剧世家,其祖李广,功高而不得封赏。"长当从此别,且复立斯须"是压缩的句子,若要详细了解,可看《西厢记》中的"长亭送别"。

结句是伤别之情,可参看李白《闻王昌龄左迁龙标遥有此寄》:起句(杨花落尽子规啼)是伤春之景,次句(闻道龙标过五溪)是伤别之情。

写联章诗既要有衔接又要不重复。

第一首写离别痛苦,第二首写会合的希望。

"长相思",汉人的口语,长毋相忘。"崇明德",古来的传统,君子爱人以德。杜甫《奉送严公入朝十韵》:"公若登台辅,临危莫爱身。"岑参《送张子尉南海》:"此乡多宝玉,慎勿厌清贫。"

刘长卿《送李中丞归汉阳别业》

　　流落征南将,曾驱十万师。罢归无旧业,老去恋明时。独立三边静,轻生一剑知。茫茫江汉上,日暮欲何之?

刘的五言律诗作得很好,被称作"五言长城"。

中国古典诗歌语言和结构上的问题,语言上的平衡与内容上的不平衡,不只是一个字数上的对称。"流落征南将,曾驱十万师。"前二字与后八字平衡,将其过去与现状对比。"罢归无旧业,老去恋明时。"暗写廉洁,明写流落,见其忠诚。"独立三边静,轻生一剑知。"更见流落之不公平。"茫茫江汉上,日暮欲何之?"明知故问。刘长卿对朝廷用人不满意,但是他自己不说,让读者自己体会出来。

杜甫《送韩十四江东省觐》

　　兵戈不见老莱衣,叹息人间万事非。我已无家寻弟妹,君今何处访庭闱?黄牛峡静滩声转,白马江寒树影稀。此别应须各努力,故乡犹恐未同归。

岑仲勉《唐人行第录》一书可查考。高尔基《论写作》:**起点最难**(写文章,开头第一句是最难的,好像音乐里的定调一样,往往要费好长时间才能找到它)。本诗从一个大环境写起。"白马"、"黄牛"两句应当颠倒,为了迁就格律。照搬生活,等于背叛生活。

李商隐《无题》

　　相见时难别亦难,东风无力百花残。春蚕到死丝方尽,蜡炬成灰泪始干。晓镜但愁云鬓改,夜吟应觉月光寒。蓬山此去无多路,青鸟殷勤为探看。

李商隐写了许多无题诗,基本上有三类:一、写不愿公开的政治感情;二、写爱情;三、失题。凡摘首二字为题者,如《锦瑟》,亦无题之类。

五六两句,一句写女,一句写男,两人互相想象对方。

好诗总给人一种希望,而非绝望。

刘长卿《别严士元》

春风倚棹阖闾城,水国春寒阴复晴。细雨湿衣看不见,闲花落地听无声。日斜江上孤帆影,草绿湖南万里情。东道若逢相识问,青袍今已误儒生。

是行者对居者的赠别诗。中间四句,因情敷景。

刘禹锡《酬乐天扬州初逢席上见赠》

巴山楚水凄凉地,二十三年弃置身。怀旧空吟闻笛赋,到乡翻似烂柯人。沉舟侧畔千帆过,病树前头万木春。今日听君歌一曲,暂凭杯酒长精神。

这首诗写于两人第一次见面。"巴山楚水"是客观的,"凄凉地"是主观的。凡用典故不是吓唬你,而是要你对诗的内容理解得更深刻、更宽广。结句"暂凭"有空隙,究竟以后如何未可预卜。

刘禹锡《洛中送韩七中丞之吴兴口号》

昔年意气结群英,几度朝回一字行。海北江南零落尽,两人相见洛阳城。(五首其一)

韩中丞是韩泰,"口号"的号读"豪"。此诗不用典,直用赋体,用典是比。"一字"是横"一"而不是"1"。

李商隐《哭刘蕡》

　　上帝深宫闭九阍,巫咸不下问衔冤。广陵别后春涛隔,湓浦书来秋雨翻。只有安仁能作诔,何曾宋玉解招魂。平生风义兼师友,不敢同君哭寝门。

　　五礼:吉凶军宾嘉。哭师在寝门之内,故曰"不敢同君哭寝门"。

王安石《思王逢原》(三首其二)

　　蓬蒿今日想纷披,冢上秋风又一吹。妙质不为平世得,微言惟有故人知。庐山南堕当书案,湓水东来入酒卮。陈迹可怜随手尽,欲欢无复似当时。

　　王安石当时有孤立感,没有得力助手。王逢原是他的连襟,这首诗主要讲他们的志同道合。着重一"想"字,是并未实到彼地。古代丧礼,朋友之墓,有宿草而不哭。宿草指陈根草,即对朋友的死,用哭来表示是一年。

　　第二联是宋人写法,风气开自杜甫。"指麾能事回天地,训练强兵动鬼神。"(杜甫《赠韦侍御》)不用形象的语言而能构成形象。

　　"一水护田将绿绕,两山排闼送青来。"(《书湖阴先生壁》)将自然景物由静态转为动态。

　　不作愁态,无可奈何之境,万不得已之情。

　　《书文山卷后》第二联(死不从公死,生如无此生)流水对,叙述中见感情。

第八讲　咏史诗

班固《两都赋》："摅怀旧之蓄念，发思古之幽情。"鉴往而知来，用理论思维可以写成史论、史评，但咏史诗的主要目的却不是给古人作评价，而多半是有诗人自己深刻的思想上和感情上的根源。咏史即咏怀，仅仅是通过历史事实去咏怀，在客观事物中渗进强烈的主观感情。

咏史诗的内容，或一人一事，或多人多事，前者比例占得多。

左思《咏史》

郁郁涧底松，离离山上苗。以彼径寸茎，荫此百尺条。世胄蹑高位，英俊沉下僚。地势使之然，由来非一朝。金张藉旧业，七叶珥汉貂。冯公岂不伟，白首不见招。

荆轲饮燕市，酒酣气益震。哀歌和渐离，谓若傍无人。虽无壮士节，与世亦殊伦。高眄邈四海，豪右何足陈。贵者虽自贵，视之若埃尘。贱者虽自贱，重之若千钧。

魏晋时实行九品中正制，中正是官名，管一个乡内的选举。《晋书·刘毅传》："上品无寒门，下品无士族。"左思出身寒门，所以写了八首《咏史》诗。首两句说明寒门与士族的起点不同。冯唐是三代不遇。

壮士是指鲁仲连一类的人。

左思《咏史》主要是表现"穷达"的问题，惟咏荆轲与左思所表达的主题，严格讲起来无甚关系，越出作者精神状态的常轨。作家常常有这种情况，如茅盾小说《虹》中的女主人公。为什么要插入荆轲？简言之，左思处于低位而又渴求博取功名再退隐，如果能像鲁仲连那样固然很好，但在寂寞中是会想到哪怕是去做一个刺客也是好的。写荆轲对豪门的看法，实际上是作者对现实的看法。这种心灵活动是溢出常规的，是寂寥中的奇想。

陶渊明《咏荆轲》

燕丹善养士，志在报强嬴。招集百夫良，岁暮得荆卿。君子死知己，提剑出燕京；素骥鸣广陌，慷慨送我行。雄发指危冠，猛气冲长缨。饮饯易水上，四座列群英。渐离击悲筑，宋意唱高声。萧萧哀风逝，淡淡寒波生。商音更流涕，羽奏壮士惊。心知去不归，且有后世名。登车何时顾，飞盖入秦庭。凌厉越万里，逶迤过千城。图穷事自至，豪主正怔营。惜哉剑术疏，奇功遂不成。其人虽已没，千载有余情。

概括了《史记·刺客列传》。陶渊明是陶侃之后，对荆轲能报仇，有自己的身世之感，寄托了对晋的怀念和对刘宋的不满。他自己虽然不能报仇，但是能够报仇的人，他是很赞扬的。"凌厉越万里，逶迤过千城。"繁与简，常说铺叙多谓之繁，反之则谓之简。在此之前是繁笔，此二句是简笔。《木兰辞》"将军百战死，壮士十年归"亦然。工力悉敌的则详，该省的则尽量省。陶渊明的心灵与荆轲的心灵是相通的。

温庭筠《过陈琳墓》

曾于青史见遗文，今日飘蓬过此坟。词客有灵应识我，霸才无主独怜君。石麟埋没藏春草，铜雀荒凉对暮云。莫怪临风倍惆怅，欲将书剑学从军。

温庭筠有才无行，狂妄自大，一生不得志。"词客"两句很狂，这种气派在辛弃疾词中可见："不恨古人吾不见，恨古人不见吾狂耳。""我见青山多妩媚，料青山见我应如是。"（〔贺新郎〕）末句说投笔从戎，当时文人考进士，考不取就到藩镇去。

王安石《杜甫画像》

吾观少陵诗，为与元气侔。力能排天斡九地，壮颜毅色不可求。浩荡八极中，生物岂不稠。丑妍巨细千万殊，竟莫见以何雕锼。惜哉命之穷，颠倒不见收。青衫老更斥，饿走半九州。瘦妻僵前子仆后，攘攘盗贼森戈矛。吟哦当此时，不废朝廷忧。常愿天子圣，大臣各伊周。宁令吾庐独破受冻死，不忍四海赤子寒飕飗。伤屯悼屈止一身，嗟时之人死（一作我）所羞。所以见公像（一作画），再拜涕泗流。惟公之心古亦少，愿起公死从之游。

苏轼有李白画像诗（《书丹元子所示李太白真》），可加以比较。在宋代诗人中，王最近于杜，苏轼最近于李白。此诗不是题画，而是就此而谈看法。跑题，这是宋人有别于唐人之处。

细部描写最好的，在八代诗里较少，所以有人说真正现实主义的诗歌是从杜甫开始的。"丑妍巨细千万殊，竟莫见以何雕锼。"正是"鸳鸯绣了从教看，不把金针度于人"。（元好问《论诗绝句》）关于杜甫的画像只是略点，对他的诗也是略点。下面主要是讲这个人的生活,以及他如何对待这个生活的。

把"四海赤子"与"寒士"划等号,是根据杜甫许多诗来的。下面放入了自己。

以上咏史诗是把个人当前命运同历史事件紧密联系的,也有不很紧密的。

杜牧《题木兰庙》

弯弓征战作男儿,梦里曾经与画眉。几度思归还把酒,拂云堆上祝明妃。

注意语言的准确性,描写的不可移动性。

《赤壁》

折戟沉沙铁未销,自将磨洗认前朝。东风不与周郎便,铜雀春深锁二乔。

赤壁,最近有种说法是在武昌附近的赤矶。杜牧注过《孙子兵法》,很懂兵法,这是嘲笑周瑜。但《许彦周诗话》责杜牧"措大不识好恶"。《四库提要》有辩驳,此即小见大。阮籍吊广武楚汉战场,慨叹"时无英雄,使竖子成名"(《晋书·阮籍传》)。像这两首诗就很难说与自己的主观感情有什么关系。

对同一个历史人物往往会得出不同的看法。

王昭君这个形象,从晋代石崇歌咏昭君(《王明君辞并序》)一直到当代曹禺的描写(五幕历史剧《王昭君》),不计其数。

王昭君的本来面目,见《后汉书》上的记载,单于愿意和亲,汉宫有个女子王嫱自愿前往,后生一子。老王爷死了,根据当时的民族风俗,她要连同财产一起嫁给其子,后又生二子。昭君曾打报告不愿这样,但未得同意。1. 她是个良家子,不是贵族出身;2.孤单远嫁;3.曾为国家利益而牺牲自己。

后来昭君形象不断丰富。晋以后直到唐,增添了许多新的东西:秭归、昭君村、毛延寿故事、在与小王爷结婚时自杀、坟墓至冬虽经霜打而草不败(青冢,呼和浩特市附近),表示怨恨。她是个怀美而不遇的人,是个正直的人,是饱受屈辱而反抗的人,当然反抗的形式是以特有的女性方式出现的。

杜甫有四组联章律诗,一组在成都时作,三组是晚年之作。《咏怀古迹》用七言律诗构成一组,这是创造,五律组诗以前有过,七律组诗是创造,到晚年还在创造。

> 群山万壑赴荆门,生长明妃尚有村。一去紫台连朔漠,独留青冢向黄昏。画图省识春风面,环珮空归夜月魂。千载琵琶作胡语,分明怨恨曲中论。(其三)

"群山万壑赴荆门"是想象,写得很阔大。第二句"生长明妃尚有村",眼睛注视到昭君村,写得小。"尚有"代表时间的概念,八百多年了,村子还存在,既表示了时间的遥远,也表现了人民对她这个不幸的人的同情。韵文和散文的语法不同,整齐,因而要省略,又要顾及韵律和谐,因此语法结构有颠倒。"一去紫台连朔漠"表示出塞,下句表示了对她不幸结局的同情。"独留"并非无其他坟墓,而是因为坟墓不为其他人所记忆。只有"黄昏"这种凄暗的景色与"青冢"相适应,不能说"独留青冢向朝阳"。第五句是补充第三句,不幸的根源在于汉元帝的昏聩、毛延寿的贪婪及王昭君的正直。第六句是第四句的延伸,"环佩空归夜月魂",死了以后也还会回到祖国。最后"分明怨恨曲中论",是诗人的主观感受。律诗比古诗更细致。写离开祖国的怨恨,围绕这一点而展开画面。写场面总要抓住地方特征。

规模较大的作品往往是叙述、咏叹、议论的结合。

王安石《明妃曲》

明妃初出汉宫时,泪湿春风鬓脚垂。低徊顾影无颜色,尚得君王不自持。归来却怪丹青手,入眼平生几曾有;意态由来画不成,当时枉杀毛延寿。一去心知更不归,可怜着尽汉宫衣;寄声欲问塞南事,只有年年鸿雁飞。家人万里传消息,好在毡城莫相忆;君不见咫尺长门闭阿娇,人生失意无南北。

一个有出息的作家、科学家总是在前人已经取得的基础上,去挖掘正在发展的心灵。唐人诗咏叹成分多,宋人喜欢发议论。有的议论发得很巧妙,通过另一种形式,打开心灵的门户。语言文字在诗人手中就像卖油条师傅手中的面团,怎么捏搓都行。像王安石这一首诗,如果把议论抽掉了,也就把这首诗的灵魂抽掉了。抽象有时比具体更具体。"意态由来画不成",宋玉《登徒子好色赋》"增之一分则太长,减之一分则太短……",李延年"一顾倾人城,再顾倾人国",古希腊为海伦而战十年,等等,都是抽象的,但都很好。诗当然要具体描写,但是太具体也出问题,如果都是柳眉、杏眼、桃腮,那就在她脸上开了一个水果店。

"可怜着尽汉宫衣",表示对祖国的爱。

储光羲诗:"日暮惊沙乱雪飞,傍人相劝易罗衣。强来前殿(一作帐)看歌舞,共待单于夜猎归。"(《王昭君》)罗纨、丝绢都代表汉族文化,毡之类都代表西北民族。透过表面文字,看出她对祖国的眷恋。传统意象,王安石此诗的"春风"代表"面",

来于杜甫;"可怜着尽汉宫衣",来自储光羲。

"寄声欲问塞南事,只有年年鸿雁飞。"白居易诗:"汉使却回凭寄语,黄金何日赎蛾眉?君王若问妾颜色,莫道不如宫里时。"(《王昭君二首》其二)女子如商品。如蔡文姬,唐人舒元舆诗云:"谁是蔡邕琴酒客,魏公怀旧嫁文姬。"(《赠李翱》)

最后用家人的语言衬托王昭君的怀念祖国。

第九讲　描写各种艺术

怎样使艺术重现是表现艺术的诗的职责。诗人不单纯是艺术再现，而是加进了主观色彩，有所寄托，对政治、社会的看法，对美学观点的发挥。

杜甫《观公孙大娘弟子舞剑器行》(全诗详370页)

"剑器"一说是红绸，一说是剑。

古代舞蹈有二：一是健舞，一是软舞。公孙大娘是健舞，故"沮丧"、"天地"是对周围的感觉。

本诗根本不提李十二娘，而是提她的老师，最后落在李十二娘身上，用烘托法是其一；其二是从两个舞蹈家所处的时代看出国家的兴亡。由开元之治到天宝之乱。前一段是对艺术家的赞扬，第二段是思想上的反省。此诗言在此而意在彼，能够为读者提供更多的东西。"诗史"就是通过各种艺术手段，真实地写出各阶层人的真实面貌。恩格斯论巴尔扎克《人间喜剧》，说他提供了比当时所有职业的历史学家、经济学家和统计学家的全部东西还要多。

韩愈《听颖师弹琴》

昵昵儿女语，恩怨相尔汝。划然变轩昂，勇士赴敌场。浮云柳絮无根蒂，天地阔远随飞扬。喧啾百鸟群，忽见孤凤凰。跻攀分寸不可上，失势一落千丈强。嗟余有两耳，未省听丝篁。自闻颖师弹，起坐在一旁。推手遽止之，湿衣泪滂滂。颖乎尔诚能，无以冰炭置我肠！

如何将音乐语言翻为文学语言,如何用文学来创造音乐形象。李凭的箜篌有许多人写了诗,李贺(《李凭箜篌引》)、杨巨源(《听李凭弹箜篌》)都写过,但创造的形象不同。

本诗广泛地使用了"通感"。反映所听到的不仅用听觉,也有用嗅觉,如王昌龄"水殿风来珠翠香",宋祁"红杏枝头春意闹"。在整首诗中"通感"的作用还可以研究。本诗并未写时世。

韩愈是古代诗人中描写能力最强的诗人之一。

王安石《纯甫出释惠崇画要予作诗》

画史纷纷何足数,惠崇晚出吾最许。旱云六月涨林莽,移我翛然堕洲渚。黄芦低摧雪翳土,凫雁静立将侣侣。往时所历今在眼,沙平水淡西江浦。暮气沉舟暗鱼罟,欹眠呕轧如闻橹。颇疑道人三昧力,异域山川能断取。方诸承水调幻药,洒落生绡变寒暑。金坡巨然山数堵,粉墨空多真漫与。大梁崔白亦善画,曾见桃花净初吐。酒酣弄笔起春风,便恐漂零作红雨。流莺探枝婉欲语,蜜蜂掇蕊随翅股。一时二子皆绝艺,裘马穿羸久羁旅。华堂岂惜万黄金,苦道今人不如古。

这首诗主要是厚今薄古,反对厚古薄今的意思。此诗也是有一些寄托的。

苏轼《王维吴道子画》

何处访吴画,普门与开元。开元有东塔,摩诘留手痕。吾观画品中,莫如二子尊。道子实雄放,浩如海波翻。当其下手风雨快,笔所未到气已吞。亭亭双林间,彩晕扶桑暾。中有至人谈寂灭,悟者悲涕迷者手自扪。蛮君鬼伯千万万,相排竞进头如鼋。摩诘本诗老,佩芷袭芳荪。今观此壁画,亦若其诗清且敦。祇园弟子尽鹤骨,心如死灰不复温。门前两丛竹,雪节贯霜根。交柯乱叶动无数,一一皆可寻其源。吴生虽妙绝,犹以画工论。摩诘得之于象外,有如仙翩谢笼樊。吾观二子皆神俊,又于维也敛衽无间言。

"清且敦",这是苏轼在风格学上的特点,是用两个对立的概念摆在一起。

结束语

1. 关于勤奋。如何长期保持下去,变成生活和生命的一个部分,如何使勤奋的效率提高。手要勤。

2. 关于谦虚。始终像一块干燥的海绵吸取知识。

3. 对专业要培养职业性的敏感。

发现人的价值,尊重人。

怎样对待现状?应该对社会有信心。

杜诗讲录

1981年9月1日—12月25日

徐有富　记录

9月1日

这堂课的上课内容可参考《历代诗选》开头部分。该课程初名"历代诗选",也称"古诗选讲",后定名为"古诗今选",开头部分主要讲抒情诗的性质、特点与创作方法,讲杜诗首先也讲了抒情诗的特质。

我们所要肯定的是反映现实的抒情诗篇。

许多作者都把杜甫当作建安精神的体现者。

1. 通倪、清峻。
2. 气韵、风骨。
3. 朴素美、悲壮美。
4. 继承和革新。

东汉时代的社会风气、学术风气,烦琐经学,很讲家法。曹操属古文学派,平易近人,文章恢谐,不浮华。

"气"是当时的文评通用词,重"气"。"气",文风、文气,本指一物。文、情、意、气,一也,只有虚实之分。指风格,风格即人。

"幽燕老将,气韵沉雄。"(敖陶孙《诗评》评曹操《观沧海》)《观沧海》,写"我"有浓厚的感情色彩,句句都是景语,句句都是情语,用山海表现自己。《龟虽寿》颇受庄子的影响,运用两极端对比,忽然抹煞它们之间的差别。自然、天真,"天籁",没有雕琢痕。《蒿里行》:曹操是改造文章的祖师。对四言诗的改造,属"庄重典雅"。曹操的四言诗影响了嵇康、陶渊明,在诗坛上独标一帜,对诗风的变化起了不小作用。

9月4日

上次谈到对立统一规律,文学艺术中也贯穿着这一法则,某些抒情诗只触及某一个方面。怎样理解,举一端而他端自见。

用叙事诗和抒情诗作比较来说明抒情诗的特点。抒情诗在很大程度上带有主观性,但要有具体感受,重点在情,也并不排斥叙事、说理成分。上次谈到其原因,具体观察而加以反映的是某一点,但他对生活的摄取是整个的,在这一点上和小说、戏剧没有两样。一幅画,画面上的东西仅仅是一部分,另一部分内容在空白处。

在摄取生活方面没有什么不同,而在表现方法上不一样。元稹《连昌宫词》,他因写了这首诗而被称为才子。它铺叙了宫廷生活的某些方面,他同样用二十个字概括了这种生活(《行宫》:寥落古行宫,宫花寂寞红。白头宫女在,闲坐说玄宗)。后一首是抒情诗,前一首诗带有较大的叙事成分。

古代诗人并没有抒情诗和叙事诗的差别,写时并没有感到有必要加以区别。一方面有客观的叙事,一方面又主观地透露了诗人对这一事物的感受。抒情诗既主观又具体,既要具体就要细致。抒情诗一般比较强烈,并不需要任何特定的形式。小说的故事、人物、情节,抒情诗没有这样一种固定的、大家承认的完整的形式。因为它抒情,它所涉及的面、所采用的方法相当广泛,通过分类可见表现生活是多方面的,而又无固定的形式。

抒情诗人以自己为中心,把他的感情的光辉,辐射到世界各个方面,就某一作品说,它反映的生活面要窄,但就整个作品来说要宽。

抒情诗是中国古典文学的主流,基本上指汉语古典文学。我国兄弟民族,印度、希腊,最早出现的是叙事作品,而汉族一上来就是抒情诗,而且比较短,对这一事实只有存疑。

抒情诗要点:

1. 抒情诗是诗人以他主观的、具体的,精微细致的感受来反映生活。这种感受往往具有独特性。先天遗传,后天的环境,形成了诗人的个性。个性的外化形成了他的风格的独特性。解放后注意找共性,而忽略了个性。一个诗人"不死"就是因为他有独特性,如果和大家一样,他老早就"死"了。他所描写的景物也具有独特性。

"落日邀双鸟,晴天养片云"(《秦州杂诗二十首》其十六),"养"、"邀",体现了诗人自己的个性,体现了杜甫在成都那一段时间心情比较宁静。"水流心不竞,云在意俱迟。"(《江亭》)他赋予了自然界景物以个性状态。

2. 抒情诗反复出现的形象是诗人自己的形象。虽然诗中未经常提到,但他的形象、哲学思想都是在他的作品中反复出现的。研究抒情诗不能忘记这是诗人整个作品中的一部分,忘记这一点,你的研究可能有缺点。

3. 抒情诗人的感受是主观的、具体的,因主观所以强烈,因具体所以细致。同时要注意它是非常广阔的。既可包括生活中一般性题材,也能包括重大的题材。陆游"小楼一夜听春雨,深巷明朝卖杏花"(《临安春雨初霁》)。鲁迅的话,"倘有取舍,即非全人……"(《且介亭杂文二集·题未定草六》)。

钱锺书《宋诗选注》说,介乎这两者之间,把它们沟通起来的,抑郁难堪。要求看一个作家不能看他的一面,通过他的全部作品看清整个诗人、整个时代。 李怀民《重订中晚唐主客图》,李怀民,山东高密人。中晚唐诗人两派,一派张籍,一派贾岛。胡翔冬先生讲过此书。通过文学批评也能看出一个时代。乾隆时代,沈德潜主张温柔敦厚,有《唐诗别裁》、《杜诗偶评》。有一些选本体现脱离政治局势的倾向,一定现象都是在一定的时空条件下产生的。

4. 只写矛盾的一个方面,不仅为短小形式所必要,还留了一个宽阔余地让你自己去补充。如:"寥落古行宫,宫花寂寞红。"(元稹《行宫》)《明皇杂录》(唐郑处诲著)。举一端而他端自见。

5. 抒情诗不排斥叙事、说理成分。相反,使它成为有机成分。陆游《登赏心亭》(蜀栈秦关岁月道,今年乘兴却东游。全家稳下黄牛峡,半醉来寻白鹭洲。黯黯江云瓜步雨,萧萧木叶石城秋。孤臣老抱忧时意,欲请迁都泪已流),有抒情、叙事、说理,很难截然分开。

6. 汉语古典文学的主流——中国古典抒情诗。

9月8日

谈研究方法

指导思想:辩证唯物主义,历史唯物主义。

一些原则:理论不是教条,而是行动的指南,具体矛盾具体对待。

把这当成万能钥匙,把具体的诗人,具体的诗歌作品都抽象化,这是三十年抒情诗研究未取得多大成就的一个相当重要原因。

具体非常重要。要具体,就要调查研究。这首诗怎么写的,心理状态,气候环境怎样……,你想抽象也不可能。韩愈:"齐梁及陈隋,众作等蝉噪。"(《荐士》)蝉叫声响而短促。解放后中青年老师接受训练同以前不同,我们是从具体开始的,念文字就念《说文解字》。解放后空论多了,往往不太准确。李白的浪漫主义不错,李白与李贺、苏东坡的有什么不同就不容易说清。

首先要把握作家总的东西,生活、时代、发展状况……。断代研究、主题分类研究等各式各样的研究。《文心雕龙·序志》:"各照隅隙,鲜观衢路。"另外一种毛病是走马观花。

第一阶段搜集材料,上升到整理材料阶段。

除调查研究外,还要钻得深些。杜甫爱用双声叠韵。周春有《杜诗双声叠韵谱括略》。杜甫屡次提到《文选》,"文选烂,秀才半"(阮阅《诗话总龟》卷八引《雪浪斋日记》、陆游《老学庵笔记》卷八)。江苏兴化李详有《杜诗证选》。杜诗中可研究的领域很多,音响、色彩、空间感、时间感。现在谈杜诗思想性的较一般,谈艺术性的则陈词滥调。要把古典文学搞上去,要打破许多框框。重要的一点,不要把艺术品当作史料。杜诗当然是史料,"妇女多在汉军中"(《三绝句》其三),杜甫之所以伟大,是他的诗不能为《两唐书》所代替。要把诗当作诗来研究。摆在我们面前的是怎样突破旧的框框。

我们一方面要突破旧的框框,一方面要继承被抛弃了的好的传统。例如有两类:一是面对作品把作品搞懂。吉川幸次郎读杜诗首先注意宋朝人的注。现在我们基本上读清朝人的注,其实清注保留了宋注。黄侃先生谈读经有类似的话,章句之学。第二点:诗歌要欣赏它,有时候要达到沉迷的程度,美学享受。朗诵是一个不可缺少的训练。"高声朗诵,以昌其气;密咏恬吟,以玩其味。"(《曾国藩家书》)诗歌是语言的艺术,既诉之听觉,又诉之视觉。高声朗诵,使节奏更其鲜明;低声吟诵,同诗歌感情交流。"破额山前碧玉流,骚人遥驻木兰舟。春风无限潇湘意,欲采蘋花不自由。"(柳宗元《酬曹侍御过象县见寄》)骈散文也要朗诵。

要研究,适当搞一点创作。不要把形象思维同逻辑思维一刀切开。艺术总是相通的,不要用冷酷的心情对待艺术品,否则你不能分享创作者、诗人创作的快乐。我放了六七年的牛,对牛很有感情,听到牛吃草的节奏,很愉快。

9月11日

"集大成"问题

孟子称赞孔子的话。(《孟子·万章下》:"孔子,圣之时者也。孔子之谓集大成。集大成也者,金声而玉振也。")

宋秦少游根据元稹墓志、宋祁《新唐书》说,杜甫的出现是中国诗歌史上的空前现象,巨大的存在,杜甫总结前代诗人创作经验,而自己又有所发展(详参《杜诗讲义》五《前人总论公之成就》)。找出构成这一现象的条件:

1. 时代特征。
2. 家学。
3. 承受思想遗产。
4. 文学传统和自己的文学主张。
5. 天才与学力。

圣,大而化之是为圣。集大成之"大",是大而化之之"大","成"与"化"分不开。

1. 杜甫所生活的时代的特征。

开元二十九年(741),隆盛转入衰败的转折点,内部矛盾孕育、滋长、激发的时代;天宝之后问题暴露。安史之乱是带有民族斗争性质的地方政权武装叛乱,把中国封建社会也划成了前后期。均田制,安史之乱,土地占有,一方面要兼并,另一方面统治阶级施行不彻底的均田制。安史之乱后,统治阶级放弃实行不彻底的均田制。(读宋诗,从梅尧臣起,反映地主、农民阶级矛盾。)以后实行大地主庄园制、税制、兵制。安史之乱前为彍骑、募兵制。安史之乱后,地方叛乱不是打垮的而是招降的。这就是为什么后来出现五代十国政权。河北实际未统一。

中唐以后,南北经济比重起了很大变化。唐朝不垮与江南不乱有关;黄巢搞乱江南,搞垮了唐朝,外族势力侵入。庄园制代替均田制,城市繁荣起来了,出现了城市贫民阶层。这对文学发展有影响。高门大族把握政权,在安史之乱之后衰落下去。科举制度提拔了一批官僚。李牛斗争:李高门,牛进士词科集团。

大体上划出了中国封建社会历史发展的一张草图。

杜甫写到府兵缺乏战斗力。诗人往往有时代的敏感性。龚自珍、鲁迅,展示一个新时期要到来。屈原—杜甫—龚自珍—鲁迅,意识到社会要发生巨大变化。

2. 诗人的家学。

封建社会知识分子以家庭有某种传统而自豪,刺激他向上。杜恕(东汉末年贤明政治家),杜预(西晋名臣、学者,注解《左传》)。杜甫的美学观点:欣赏壮美的东西,鹰、雕,《进雕赋》提到。杜审言,杜甫说,所有作家提到他的祖父都很尊敬。"吾祖诗冠古"(《赠蜀僧闾丘师兄》),"诗是吾家事"(《宗武生日》)。"有子贤与愚,何其挂怀抱。"(《遣兴五首》其三)杜甫笑陶渊明,其实杜甫也是这样,为后一代不能继承他的家学而难过。他是很认真向他祖父学习的,显然能找出杜甫学习杜审言的痕迹。

(1)句法。

绾雾青条(一作丝)弱,牵风紫蔓长。(祖)(《和韦承庆过义阳公主山池五首》其二)

林花着雨胭脂湿,水荇牵风翠带长。(孙)(《曲江对雨》)

寄语洛城风日道,明年春色倍还人。(祖)(《春日京中有怀》)

传语风光共流转,暂时相赏莫相违。(孙)(《曲江二首》其二)

(2)章法。

《和康五庭芝望月有怀》:"明月高秋迥,愁人独夜看。暂将弓并曲,翻与扇俱团。雾(一作露)濯清辉苦,风飘素影寒。罗衣此一鉴,顿使别离难。"(祖)

《月夜》:"今夜鄜州月,闺中只独看。遥怜小儿女,未解忆长安。香雾云鬟湿,清辉玉臂寒。何时倚虚幌,双照泪痕干。"(孙)

《登襄阳城》:"旅客三秋至,层城四望开。楚山横地出,汉水接天回。冠盖非新里,章华即旧台。习池风景异,归路满尘埃。"(祖)

《登兖州城楼》:"东郡趋庭日,南楼纵目初。浮云连海岱,平野入青徐。孤嶂秦碑在,荒城鲁殿余。从来多古意,临眺独踌躇。"(孙)

章法,指布局、结构安排。

杜甫律诗联章,是整体的布局,也是跟他爷爷学的。杜审言有《和韦承庆过义阳公主山池五首》,杜甫《和将军山林十首》亦步亦趋。五言律诗,在初唐诗人中写得最长的是杜审言,有四十韵《和李大夫嗣真奉使存抚河东》,在杜审言前很少人这样写。杜甫跨过了祖父杜审言。创作、模拟只是阶段上的。没有模仿,就没有起点;没有创作,就没有发展。

在性格上学习杜审言,狂傲。杜审言临死前说的两句话:"吾在,久压公等。今且死,固大慰,但恨不见替人。"(《新唐书·杜审言传》)杜甫有狂妄的一面,注意都是他早年的作品,追求新的意境。

9月14日

今天"集大成"的概念同古人略有不同。杜甫处于古代封建社会分水岭的时代,他们的作品预示到社会将发生巨大的变动。

3. 杜甫同儒家的关系。

任何一位诗人都是思想家。杜诗反映了佛、道某些思想,但根本是儒家。杜甫时代的儒家同战国时代不同,复杂。孔孟之道有两面性,杜既接受落后面,也接受先进面。得不到相应的社会地位,能比较冷静地观察统治阶级的生活。流落、困顿、死亡,接受儒家思想进步面。儒家思想,基本上是入世。从孔孟以来着重解决人的问题。子路问事鬼神,子曰:"未能事人,焉能事鬼?"(《论语·先进》)他谈人生,不谈命运。

《自京赴奉先县咏怀五百字》,最清楚的自白。"儒术诚难起,家声庶已存"(《奉留赠集贤院崔于二学士》);"兵戈犹在眼,儒术岂谋身"(《独酌成诗》)。"法自儒家有"(《偶题》),政治思想完全是根据儒家的教导。

（1）对待人民的态度。

他是非常爱惜人民的，反对过分的剥削。《论语》："节用而爱人，使民以时。"（《学而篇》）"百姓足，君孰与不足。"（《颜渊篇》）《大学》："与其有聚敛之臣，宁有盗臣。"《孟子》："民为贵，社稷次之。"（《尽心下》）"今之所谓良臣，古之所谓民贼也。"（《告子下》）他在《北征》诗中，那么愤慨！《曲江》、《丽人行》，思想启发你去认识生活，不能把他的反映疾苦的诗，仅仅归结于生活在人民之中。杜甫安史之乱后写的诗，他对带有民族性质的叛乱是非常痛恨的（杜甫《留花门》诗）。杜甫的思想比同样负有盛名的文艺家境界要高。与"尊王攘夷"的思想是分不开的。在孔孟书里，提到要求国家统一的思想。孔子做《春秋》，尊王。杜甫爱国诗篇与此有关。

（2）学习态度。

《论语》"学而不厌""学而时习之"（《学而篇》），"多闻，择其善者而从之"（《述而篇》），体现在杜甫的创作里，也体现在他的文艺理论里。

儒家讲穷通，"穷"不能实行主张，"通"能够做到。"穷则独善其身，达则兼济天下。"（《孟子·尽心上》，济，原作善）"正心、修身、齐家、治国、平天下。"（《礼记·大学》）有干干净净的灵魂是很难进入社会的。春秋黄老之学、东汉传入中国的佛学，给知识分子以非常好的出世哲学。对某些原来具有儒家思想的人来说，它是一个避风港、装饰品。一个显著的例子，就是终南捷径。制科，不求闻达科。接受消极东西作为装饰品。真正一生下来只是出世的诗人没有，陶渊明不是。

迂拙，不会做官，被迫退却，而始终不能忘记国家人民，也即是不忘记政治。他在成都也没有忘记整个政治。"万方

多难此登临。"(《登楼》)

4. 他所继承的文学传统和文学主张。

怎样继承一些优良的东西？

最根本的东西还是杜甫自己的作品。

《薑斋诗话》很好，怎么来的？反复研究作品。我们写一部书，不能靠诗话、词话这些东西。

"上薄风骚，下该沈宋……"杜诗"尽得古今之体势，而兼人人之所独专"(元稹《唐故工部员外郎杜君墓系铭并序》)。李苏。"李陵苏武是我师。"(《解闷十二首》其五)杜甫在学习李陵、苏武。他自己提出了一些独特的看法，他有比较清醒的历史主义观点，源流异同高下。

《偶题》前半首是《戏为六绝句》的纲领。首两句(文章千古事，得失寸心知)说明，真正的理解很难。一方面讲自己对古人理解得不够。第二联(作者皆殊列，名声岂浪垂)，对于历史的发展、作家的评价提出一个很重要的原则，要我们欣赏异量之美。苏东坡"短长肥瘦各有态，玉环飞燕谁敢憎"(《孙莘老求墨妙亭诗》)。元好问用韩愈的《山石》同秦少游的绝句《春日》作比较(《论诗绝句三十首》其二十四：有情芍药含春泪，无力蔷薇卧晚枝。拈出退之《山石》句，始知渠是女郎诗)，不能欣赏纤细的风格。文学是百花齐放的园地。舒婷，李金发。我不赞成朦胧诗，我反对讨伐朦胧诗。第三联(骚人嗟不见，汉道盛于斯)，"汉道"主要指赋。四联(前辈飞腾入，余波绮丽为)、五联(后贤兼旧列，历代各清规)，继承，又形成了自己的面貌，讲发展。

9月18日

看杜诗学的经典著作，能找到宋诗宋注更好。清醒的历史主义者。

"法自儒家有"（《偶题》第六联上句），谈文学思想。"多病邺中奇"（第七联下句），赶不上建安时代的文学作品。"永怀江左逸"（第七联上句），给六朝作品一定地位。杜甫不反齐梁，陈子昂反齐梁。元好问评陈子昂，李白是陈子昂的继承者。反是合理的。杜的贡献在于反并能认识到齐梁作品的长处。他看出齐梁作家阴（铿）、何（逊）在律诗、近体诗方面的贡献。杜甫是有主见的，认识到齐梁有不可废处。

再看《戏为六绝句》。郭绍虞《戏为六绝句集解》。

怎样理解赋、诗合谈？唐朝把赋、诗放在同等地位，如《文选》文体三大类：赋、诗、杂文。唐朝人是很重视《文选》的，借这代表性文体，阐述文学上的基本看法。

"庾信文章老更成"（《戏为六绝句》其一），"暮年诗赋动江关"（《咏怀古迹》其一）。《哀江南赋》。"老成"构成文学批评上的一个概念。"清新庾开府"（《春日忆李白》），"老成"指功力，"清新"指风格，两者不矛盾。

《戏为六绝句》中的一个论点，对后人不公正的评价作纠正。"前贤畏后生"是讽刺说法，是"永怀江左逸"（《偶题》第七联上句）的具体化。

第二首："当时体"，代表那一个时代风气。轻薄为文是笑的内容。《旧唐书·文苑传》，裴行俭说王勃这些人虽有文彩，但浮躁、简陋。杨炯诗的人名对很多，说它是"点鬼簿"。卢照邻诗的数字对数字，说他是"算博士"。

第三首："汉魏近风骚"连在一起读，"汉魏风骨"，魏晋不成。"龙文虎脊"形容马。"今人"、"尔曹"是一个意思。

第四首："才力"，今人才力。"数公"指庾信等。"翡翠

兰苕",郭璞《游仙诗》:"翡翠戏兰苕,容色更相鲜。"(十四首其三)

第五、六首:自己的看法,"不薄今人爱古人"。从建安以来,创造清词丽句的作家必为邻(清词丽句必为邻),同时出现。想攀屈宋,就要争取和他并驾齐驱(窃攀屈宋宜齐驾)。潘天寿总结画画:"学我者生,似我者死。"(吴昌硕、齐白石也说过类似的话。)既要学,又不能完全同老师一样。

第六首:"更勿疑",不用怀疑。前人根据他的时代创作的作品是不可重复的。"复先谁",以谁为先。不是哪一家值得学习,而是所有取得成就的作家都是值得学习的。来源于孔子的话(《论语·述而》:多闻,择其善者而从之)。"伪体":虚伪的感情和纯粹模仿的艺术。杜甫在成都的作品,他的想法,灌注在他自己的作品中。

杜甫的天才和学历:

人的资质是有区别的。遗传和学习。杜甫早慧、早熟。《观公孙大娘弟子舞剑器行》,四岁保留的印象很鲜明。七岁诗,九岁字,十四五走进文场。"脱落(一作略)小时辈,结交皆老苍。"(《壮游》)

学力很深,诗歌引用典故,儒家和佛道两家博览,内外学。生活观察细致,创作态度非常严肃。他晚年是写诗最丰富的时候。"不敢废诗篇"(《归》),"为人性僻耽佳句"(《江上值水如海势聊短述》),"新诗改罢自长吟"(《解闷十二首》其七)。宋朝笔记记载了他改诗的例子。"桃花欲共杨花语"(《曲江对酒》),他把它改了(胡仔《渔隐丛话前集》卷八引《漫叟诗话》云:"桃花细逐杨花落,黄鸟时兼白鸟飞。"李商老云:尝见徐师川说一士大夫家,有老杜墨迹,其初云"桃花欲共杨花语",自以淡墨改三字。乃知古人字不厌改也,不然何以有日锻月炼之语),说明他把诗当作他的事业。

朱光潜《谈美书简》谈高声朗诵的好处。(我国有句老话:"熟读唐诗三百首,不会吟诗也会吟。"过去我国学习诗文的人大半都从精选精读一些模范作品入手,用的是"集中全力打歼灭战"的办法,把数量不多的好诗文熟读成诵,反复吟咏,仔细揣摩,不但要懂透每字每句的确切意义,还要推敲出全篇的气势脉络和声音节奏,使它沉浸到自己的心胸和筋肉里,等到自己动笔行文时,于无意中支配着自己的思路和气势。这就要高声朗诵,只浏览默读不行。这是学文言文的长久传统,过去是行之有效的。现在学语体文是否还可以照办呢?从话剧和曲艺演员惯用的训练方法来看,道理还是一样的。)

9月22日,教学楼106

诗歌艺术同其他艺术的区别

莱辛的《拉奥孔》。

朱光潜《谈美书简》当中的两段话:"最常见的艺术门类是诗歌、音乐、舞蹈(三种在起源时是统一体)。""文学的独特地位还有一个浅而易见的原因。语言是人和人的交际工具,日常生活中谈话要靠它,交流思想情感要靠它,著书立说要靠它,新闻报道要靠它,宣传教育都要靠它。语言和劳动是人类生活的两大杠杆。"

1. 语言本身不能直接反映形象。
2. 每个人都可以使用语言。

诗人同其他艺术家在感受生活方面没有差别。读者形象还原,通过语言文字浮现杜甫登泰山时的形象。一方面这是不可能的,《阿Q正传》,不同的导演,不同的演员,演出的形象很不一样。格列格高娃演安娜·卡列尼娜,同其他女演员演不一样。画家对诗意的理解大不一样。

需要读者多一点健康的、合理的想象力。董仲舒《春秋繁露》:"诗无达诂。"(卷五《精华》)西洋:形象大于思想,作者的思想控制不住读者的思想。

形象根本不能还原。读诗本身就是一个再创造。语言同劳动一样是生活的杠杆。每一个符号都有相对固定的、为大家所接受的意义。所以我们才能区别一首诗。懂与不懂,好与不好。

《望岳》(全诗详322页)

想讲三个问题。

第一个问题:所体现的杜甫的美学观点。

细大不捐,兴趣很广泛。后代诗人只有苏东坡比得上他,但苏东坡对人生没有那么严肃。杜甫对雄伟壮丽的事物有一种特殊的爱好。"七龄思即壮,开口咏凤凰。"(《壮游》)《登兖州城楼》也如此。

"神秀"这一概念,共三次。另外两句"吾宗固神秀"(按:李邕《登历下古城员外孙新亭》),"才士得神秀"(杜甫《和江陵宋大少府暮春雨后同诸公及舍弟宴书斋》)。秀,禾苗长得好,优美出众。"秀发"见于《诗经》(《大雅·生民》:实发实秀,实坚实好)。

"神",郭绍虞先生写过专门文章论"神",我只讲杜甫诗中的"神"。孟子《尽心》篇,提出一系列概念,羊大为美。"大而化之之谓圣,圣而不可知之之谓神。"

《易经》的《系辞》:"知几,其神乎","几者,动之微,吉凶之先见者也"。道家讲神有的指天才,有的指功利。用志不分是为神。杜甫关于神的概念:"读书破万卷,下笔如有神"(《奉赠韦左丞丈二十二韵》),"才力老益神"(《寄薛三郎中》),"书贵瘦硬方通神"(《李潮八分小篆歌》),"将军善画盖有神"(《丹青引赠曹将军霸》)。讲用兵,"临危经久战,用疾始如神。"(《观安西兵过赴关中待命二首》其一)同"法自儒家有……"(《偶题》)贯通起来讲。

"神秀",孙绰(兴公)"天台山者,盖山岳之神秀者也"(《游

_{天台山赋}》),杜甫利用了这传统的意象。严沧浪《沧浪诗话》"妙悟"。

常常要注意专门术语。不同的时代有不同的概念。不然,很容易弄错。

10月6日

"神秀"主要是说人和人的活动。"造化钟神秀",讲自然,指山容的境界秀拔而变化。

第二个问题:杜甫写景物的诗,特别是写山的诗,怎样具体矛盾具体对待,主客观统一问题。

杜诗题目用字很精确,非泛下也。同《望岳》相对的是"登岳"。《杜诗言志》说,已上山,应精雕细琢;"望"要涵盖,注意概括性。《望岳》注意到概括性。在齐就看到鲁泰山是青的_(齐鲁青未了)。山南为阳,山北为阴;水北为阳,水南为阴。"阴阳割昏晓",暗用《史记·大宛列传》_(传论:昆仑其高二千五百余里,日月所相避隐为光明也)。五、六句_(荡胸生曾云,决眦入归鸟),山容变化,忽隐忽现。以上对山的概括。七、八句_(会当凌绝顶,一览众山小)写愿望。王嗣奭《杜臆》:"身在岳麓,而神游岳顶。"

《万丈潭》_(全诗详322—323页)

在同谷县_(今甘肃陇南市成县)的东南。相传万丈潭_(在今成县东南七里飞龙峡)有龙。

前四句_(青溪合冥莫,神物有显晦。龙依积水蟠,窟压万丈内)重点形容潭,首尾关合,中间作具体的刻画。杜甫下字很狠,"窟压万丈内",现出了潭深,"压"字与描写环境气氛有关。

五句上(局步凌垠堮),六句下(侧身下烟霭)。"垠堮"写险峻,"烟霭"写云雾缭绕。山危路险。

以后发议论,与起句呼应。"我辈"(发兴自我辈)不指我们,而指同观点之人。魏晋以来,一方面有写实,头尾有想象,当中精雕细刻,以想象中可能发生的事作陪衬。做诗一般都有陪衬,单调不能引起人们兴趣。

《青阳峡》(全诗详322页)

也作细致描写,也有陪衬。陪衬内容有不同,发秦州的诗(青阳峡即青羊峡,在今甘肃西和县东南二十五公里,位秦州之南)。"道弥恶"(南行道弥恶),以为平坦了,但他仍然进一层构思,一波未平,一波又起。"文似看山不喜平"(袁枚《随园诗话》)。你做诗,底下一句什么意思,人家猜不出来。"身轻一鸟过,枪急万人呼。"(杜甫《送蔡希曾都尉还陇右,因寄高三十五书记》)"三尺长胫阁瘦躯"(苏东坡)(《鹤叹》)。创作的意思是我同你不一样。

三句(冈峦相经亘),山之重叠;四句(云水气参错),水之迷离;

五句(林迥硖角来),"来"拟人化。

七八句(溪西五里石,奋怒向我落),猜不到,搬不了家。别的地方没有这样的石头。用夸张和写实互相补充。

九句(仰看日车侧),山之高。十句(俯恐坤轴弱),山之大。

十一、十二句(魑魅啸有风,霜霰浩漠漠)以下:

十三句(昨忆逾陇坂),用另外一种方式作陪衬。读古诗集要互相参照。经过陇坂时,吴岳、华卑、崆峒,都比下去了(高秋视吴岳。东笑莲华卑,北知崆峒薄)。"崧高维岳,峻极于天"(《诗·大雅·崧高》,崧一作嵩),这几句诗补足由华州到秦州这一段时间的空白。"冥漠"(及兹叹冥漠然),高而不可知。在时间上、空间上坐实"道弥恶",

没有想象的成分,又是一种写法。

李白《梦游天姥吟留别》,比较。

《剑门》(全诗详323页)

现实景物,精细描写同对历史的回顾非常巧妙地融合在一起,表现自己对祖国安危的关怀。由同谷往四川路上的诗。"险"立意所在。

东坡:"北客初来试新险,蜀人从此送残山。"(《石鼻城》)

五句(两崖崇墉倚),切剑门。

七、八句(一夫怒临关,百万未可傍),不排除杜甫心中有李白两句诗(《蜀道难》:一夫当关,万夫莫开)的可能性。"怒"、"傍",怒写一夫之神情。

九、十句(珠玉走中原,岷峨气凄怆),杜甫快到四川时,近似想到四川"天下未乱蜀先乱,天下已治蜀未治"(明末清初人欧阳直公《蜀警录》引古语)。

李杜优劣:李白也想到铲却君山(《陪侍郎叔游洞庭醉后》:刬却君山好,平铺湘水流。巴陵无限酒,醉杀洞庭秋),但是为了看风景;杜甫始终不忘国家和人民,想到是否会有人叛乱。

"时代之预感",《后出塞》,安史之乱。冯雪峰回忆鲁迅:鲁迅看问题,总比别人早看出几年。

剑门,由甘肃往南走,雄奇、险要。《杜诗详注》关于这首诗的评语(此言剑门势险,可以守国)。在接受文学上传统的形象。"一夫当关,万夫莫开"(李白)。

《文选》卷五十六晋朝张载《剑阁铭》,李白《蜀道难》,杜甫《剑门》,既有传承,又有区别。张载《剑阁铭》,益州刺史(张敏)看了认为是很重要的作品。

李白:俞平伯《李白〈蜀道难〉的写作年代问题》(《文学季刊》)。羁旅行役,怀古主题可能性很大。

杜甫:对当时局势不可终日的紧迫感,地方军伐叛乱,此起彼落。不是一个模仿者,他们写出来的东西依旧各有特色。

《凤凰台》,十二首发秦州纪行诗当中的一首。这几首诗写法不同,有一点相同:文对题。《凤凰台》不大对题,借题发挥。

《公孙大娘弟子舞剑器行》,健舞、软舞,题目不说李十二娘舞剑器,诗中只有一句讲李十二娘,其余可以说都不与李十二娘有关。

范仲淹《岳阳楼记》,范仲淹很理解滕子京的心情。《岳阳楼记》最后提到政治怀抱,其意不在写岳阳楼。

文要对题。文都是对题,没有变化,那也不行。有规矩到无规矩。唐朝人继承六朝人,很会对对子。到了宋朝人就不甘心,做对子常使你摸不着路子。

黄庭坚:"桃李春风一杯酒,江湖夜雨十年灯。"(《寄黄几复》)杨杰《和穆父待制竹堂》:"内史旧居经几代,此君高节似当时"。一方面对,一方面跳出对。从平衡到不平衡,很呆板、没有变化也不是一件好事。

杜甫不管凤凰台在不在陕西。旧注:"山峻,人不至高顶",爬不上去,将错就错。

七句(安得万丈梯)以下借题发挥,安得"一洗苍生忧",想象虚写。虚构,基于诗人对现实、对祖国的热爱,对人民的关心。要注意杜甫在这些地方的含蓄性。将帅之无能,问题之严重,都包括在里面。含蓄并不等于温柔敦厚,雄强的东西,控制住,成为一种含蓄。

第三个问题:《望岳》所打下的杜甫青年时代创作的印记。

杜甫青年时代的诗作保留下来的很少,差强,比较好。原因有二:1. 看一个作家不能看他的一面,通过他的全部作品看清整个诗人、整个时代。2. 杜甫把不好的诗删掉了。

手不大放得开。李白很像李广;杜甫很像《汉书》上的程不识,谨严、干净。《登兖州城楼》:"浮云连海岱,平野入青徐。"一纵一横,写眼光所及。另外,《房兵曹胡马》:"胡马大宛名。"都有气象非常开阔、非常精彩的句子。但从后来的诗看,显然只是开始。另外,他的诗基本上都有所本。品目与孙绰《游天台山赋》(《文选》卷十一)有关。他根本没有上去泰山。杜甫、李白,对《文选》是必修的,是提高自己。从杜甫二十四五岁时的作品同四十八岁做的纪行诗比,年龄翻一番,成就不止翻一番。发同州、发秦州的诗,艺术上还无人考察过。继承古人,又希望摆脱古人的模式。

1981年10月13日

谈形式创造问题。先讲形式和内容的关系:

1. 形式与内容互相依存。

2. 形式与内容互相影响:内容决定形式,形式形成后反作用于内容。适合的形式能使内容被准确地认识。形式主义是对形式的要求超过对内容的要求。

3. 形式与内容是不能互相转化的。由于不能转化,艺术形式有它的特性:独立性、稳定性、持续性。鲁迅《且介亭杂文·论"旧形式的采用"》,新形式的探求不能与旧形式机械地截然分开。

中国古典诗歌的一些形式问题。

事、理、情、叙、说,都是形式传达的方式。结构、句法、风格等都是形式所要考虑的。而其中样式,也即文体(但文体也指风格,所以一般不用),是区别于其它体裁的主要之点。

宋人用更适宜于表现爱情的词来表现男欢女爱,后豪放派又把词的疆界扩大了。明清:非婚姻制爱情用时令小曲来表现。

样式从何而来?最初来源于民间创作,而其成熟还是在文人手里。很难想象没有温庭筠、韦庄等《花间》词人,而会出现苏、辛;很难想象没有《古诗十九首》的无名诗人、三曹,会出现唐朝那许多大诗人。

中国文学的历史,就是中国历代作家用形式多样的文体进行创作的历史。有些人误以为文学史就是文体变迁史。焦循《易余籥录》"一代有一代之所胜",其内涵主要是指文体。王国维《宋元戏曲史》、胡适的《白话文学史》也遵循了这种理论。这种理论只注意到文体的发展,而不注意这种文体是否能全面反映社会内容。宋元明清的五、七言诗虽不新颖,但就整个反映社会生活,表现人民的愿望来说,超过其它样式。如果仅仅把文学史当成文体变迁史,至少是不全面的。散文研究是薄弱环节,即一例。

当然,文体研究的重要性也是不可忽视的。从三言诗到九言诗,历代都有人尝试过。《安世房中歌》、《郊祀歌》,好多都是三言诗。六言诗,相传汉代就有,如孔融。东方朔做过八言诗。汉魏六朝的四言诗,曹操、嵇康、陶潜做得好,作为文体来说,它衰落了,但没有灭亡,由诗移居到文章:铭、墓志,成为散文的附属品。

历代流传最盛的是五、七言诗。长短句历代都有,但数量都不大。从汉朝始,书面语言、口头语言渐渐分离。书面语言渐渐变成文言,口语的句子越来越长。一音一意一形,容易构成对偶。另一方面又注重声韵。刘勰《文心雕龙》作了很好的总结。

五、七言诗注重对偶、声韵,是同长短句的竞争中发展起来的。

纵:四言、六言,整齐的双音节。

五言、七言,富于变化。

横:双数,律化后,相间相重。

而古乐府、词曲,长短不齐,主要适合乐曲。如果同音乐分离后,就不必要了。就吟诵方面,长短句不好做,而五、七言诗好做。五七言诗是根据汉语特点,跟长短句竞争中保存下来的。而现在就成问题了。首先,文学语言同书面语言再不能分离了,现代生活如此复杂,朗诵最能受到欢迎的,还是中句子(针对长句子、短句子而言),句中押韵的自由体诗。

10月16日

诗人可以加入创造诗体的行列,但要经过群众的考验。

1. 本人非常成功,后来很少有人写。空前绝后。
2. 本人写得相当成功,也有人继续,但成就不算顶高。五言排律的形式。排律一百韵。

中唐元白诗派很赞赏杜甫的创造。白居易写了很多排律,元稹墓志铭做了赞赏,是同李白比较中谈的。李白的律诗少得很。

金元好问《论诗绝句》:"少陵自有连城璧,争奈微之识碔砆。"什么是杜甫的"连城璧"?有人认为是杜甫的思想性。郭绍虞《元好问论诗三十首小笺》引清潘德舆《养一斋诗话》:忠君爱国。当然我们并不否认,但就二元谈的问题不是这样,因为他们争论的是艺术问题。元稹对杜甫的思想性的评价也是很高的,所以可以排除思想性问题。"不著心源傍古人"(元稹《酬孝甫见赠十首》其二),把《兵车行》等作为元白诗派的前驱。

郭绍虞引元好问的文章《杜诗学引》说杜甫集大成。"连城璧"就是"尽得古今之体势,而兼人人所独专"。将"序"改为"引",元好问学东坡,所以也用"引"避家讳(苏轼避祖父苏序讳,作"序"皆用"叙";苏洵凡"序"用"引")。

关于五言排律,生命力的确很强,当然其中没有产生特别杰出的作品,结构以四句为单元,过分排比,过分无变化。

我们是历史主义者么,譬如汉赋,如果根据今天的标准,就很难理解历史上的事实。《大人赋》,汉武帝读后飘飘然有凌云之志;左思《三都赋》引致洛阳纸贵。汉赋是应运而生的。

但要注意两点:1. 杜甫排律比其它体裁要差些,这是文体本身的限制。这种文体到以后出现的好作品毕竟不多。2. 杜甫的尝试就不成功。七言排律,浦起龙把它们收在《读杜心解》。这八首诗里没有什么好的,很差。

启发:作家可以加入创造诗体的行列,但要接受检验。

当代诗坛,林庚写四言体,别人不写;林林俳句,汉俳,

《诗刊》1981年第6期第32页上。有很多市民文学,带有游戏意味的一些诗歌形式,也始终在做。十七言:"昔日一东坡,今日一西坡,这坡与那坡,差多。"(相传明代正德年间,一位郡守仰慕苏东坡,自号西坡,有人作偷声诗即三句半来加以讽刺。)

《饮中八仙歌》(全诗详323页)

诗歌是一个时间艺术。《饮中八仙歌》如八幅画,空间艺术,勾画出八个富有个性的形象,体现富有个性的时代。每句都押韵的七言古诗,如《柏梁台诗》,顾炎武《日知录》有考证。《饮中八仙歌》的创造,光秃秃的八个人,既无头又无尾。"知章骑马似乘船"很像戏剧。

主题:醉人的精神状态。

韵脚。

主题和韵脚扭在一起。

但每个人有相对的独立性。用韵脚很多重复。苏东坡凡有重字要说明,《送江公著》:"二'耳'义不同,故得重用"。浦起龙《读杜心解》:"此格亦从季札观乐、羊欣论书,及诗之《柏梁台》体化出。"

去掉头,把每人勾画一番。将一篇诗分割为八个相对独立的组成部分,而又众流归一地服从于共同的主题。虽然其后这种形式没有得到继续的发展,但终究是值得重视的创造,颇具诗胆。

写作年代。死亡年代可查出来的有四人,苏晋、贺知章、李适之、汝阳王李琎。"左相日兴费万钱,饮如长鲸吸百川,衔杯乐圣称避贤。"天宝五载以后,下限不迟于天宝十三载。安史之乱前太平日子只有两年,杜甫十三载到十五载对长安十年进行反省。十三、十四、十五载的诗是理解杜诗的枢纽。他对形势有一种紧迫感。《后出塞》、《自京赴奉先县咏怀五百字》等诗的预见性,非常清醒的现实主义。而在此以前,他同李白、王维一样,活跃在盛唐的时代。《乐游原歌》、《醉世歌》沉浸在盛唐气象之中。

10月20日

安史之乱前放声歌唱,而乱后,他们却哑了,或者赶不上杜甫。杜甫没有这种情况。

饮中八仙的社会地位和杜甫是怎样描写他们的。

让皇帝(李宪,原名成器)的儿子李琎:《八哀诗》有一篇描写了他:"爱其谨洁极,倍此骨肉亲。"(《赠太子太师汝阳郡王琎》)杜甫另一首诗提到他很会作诗(《赠特进汝阳王二十韵》:挥翰绮绣扬,篇什若有神)。他们都非常了解封建统治阶级内部家庭斗争的残酷性。所以"让"实在是一个聪明的做法。为了让他叔父(玄宗李隆基)放心,他学会了怎样保全自己。

李适之:"避贤初罢相"(李适之《初罢相》)。春天被贬,七月自杀,下了台的高官(天宝六载贬宜春太守,闻韦坚被杀,畏惧自尽)。

李白:看不起他应当看得起的人。

贺知章:善于混日子。唐玄宗赐以鉴湖一曲,他是以开元盛世的点缀而存在的,因此回到家乡很痛快。"离别家乡岁月多,近来人事半消磨。惟有门前镜湖水,春风不改旧时波。"

崔宗之:父亲是齐国公崔日用。

苏晋:死时官做到太子左庶子。

焦遂：隐士。

张旭：书法家。

有才能，然而任何事也做不了，只有喝酒，"穷"快活。杜甫：追溯为什么这些人老在喝酒。

杜甫是怎样描写这些人的？

李泽厚《美的历程》：从建安到中唐诗人缺乏个性。这一点是值得商榷的。

贺知章：南人乘舟，北人骑马，两句一实一虚。

汝阳王：杜甫有两首诗评述过汝阳王（《赠特进汝阳王二十二韵》、《八哀诗·赠太子太师汝阳郡王琎》）。三句一实两虚。严妆（爱其谨洁极）不仅代表美丽，而是代表礼貌，反映了那时浪漫主义风气。

李适之：浪漫，豪饮。矛头指向李林甫。

崔宗之：强调"玉树临风""美少年"。"玉树"见《世说新语》。"临风前"暗示喝醉。"白眼"，阮籍青白眼，尘世无可望者。刻画了崔宗之这样一个少年英俊的贵公子内心的寂寞。

苏晋："往往爱逃禅"，"逃"是离开，佛教戒律不准喝酒。酒与佛教都不是他的本心。

李白："不上船"并非拒绝，而是不能按礼节。唐玄宗对他的优容。

张旭：李颀写他很传神（《赠张旭》：露顶据胡床，长叫三五声。兴来洒素壁，挥笔如流星……左手持蟹螯，右手执丹经。瞪目视霄汉，不知醉与醒）。散发，露顶。

焦遂：酒后吐真言。

每个人都有个性，结合了他们的社会政治地位来写的。

《乾元中寓居同谷县作歌七首》(全诗详324—325页)

从朱熹到沈德潜、刘凤诰(1761—1830,有《杜工部诗话》),都注意到了他形式上的创造。我们主要看《四愁诗》对它的影响。

张衡《四愁诗》通过个人的生活来反映比较重大的政治感情。杜甫亦如此,但在艺术上发展了《四愁诗》。张衡按东、西、南、北来写,屈原《远游》中一段如此。杜甫摆脱了这一点。按方位、月、季来布局是民间文学传统方式。杜甫受鲍明远《行路难》影响比较明显,但很难用言语来说明这一点。

由《四愁诗》发展到"同谷七歌"有哪几点值得注意?

1. 在内容上通过个人的生活来反映比较重大的政治感情。杜甫绝望,又反抗绝望。

2. 抛弃了从《楚辞》到《四愁诗》比较定形的结构方式。七首,第一首总起(《读杜心解》讲得比较好),启发了第二首。第六首是别调,出自想象。最后一首是总结。

3. 底下讲音节。前六句用一个韵,后两句转韵。韵的变化出于有意安排,操纵自己的思绪。张衡的《四愁诗》没有这么多变化,适应他的只转换字面。

10月23日

"丘也幸,苟有过,人必知之。"(《论语·述而》)有人指出我的错误,我是欢迎的。详见于我写的一篇小文章(或指《詹詹录》十九)。

4. 写情与写景在比例上的不同。杜甫着重写他所处的艰难环境。"无才日衰老,驻马望千门。"（《至德二载,甫自京金光门出间道归凤》）对长安的留恋。古人以官为业,杜甫官不大,对艰苦环境易受感染。一、二、三首偏重写环境,七首偏写情。写景与写情各占一半。着重讲第六首,是幻想。

从《易经》起,龙就代表皇帝。"蝮蛇东来水上游"（第六首第四句）,不合自然规律,具有象征意义,比喻叛乱分子。（韩愈《秋怀诗十一首》之第四首中的后八句:"岂不感时节,耳目去所憎。清晓卷书坐,南山见高棱。其下澄湫水,有蛟寒可罾。惜哉不得往,岂谓吾无能。"）利用比兴来突出他在困难环境中未忘记祖国,此政治抒情,其余个人抒情。此首打破了平衡。

第七首,讲自己的怀抱。那时杜甫四十八岁了。这首诗怎样理解,请看《奉赠韦左丞丈二十二韵》、《自京赴奉先县咏怀五百字》。前讲少年怀抱,后主要讲不得志的情况。读大家的诗,读一篇要考虑整个集子前后诗的关系。再如杜甫《北征》:"我行已水滨,我仆犹木末。"而《北征》前不久有一首诗,谈到他已借了一匹马。一篇当一部杜诗读。"富贵应须致身早。"分明是反话,但激愤从哪来,不看前面不了解。

沈德潜:"神明变化,不袭其貌,斯为大家。"我以上讲的不过是为沈德潜的话作注解而已。诗话只写结论,未写过程,是语录体先天性的缺点。我们要把他结论得出的过程找出来。

文天祥缺少变化,专习形象,斯为小家。《六歌》这样的作品不能算是很成功的。布局按家庭成员,写法单调。艺术构思、语言、文思平庸,没有惊心动魄的话,与其生活不相称。不用抒情,而用叙述,没有激动人心的形象和意境。他缺乏才能。文天祥不善于琢磨音节,有五篇一韵到底,声音不能传达思想感情变化。唯第六首用了四个韵,AAAABBCC,DDDD。只讲最后二句"呜呼六歌兮勿复道,出门一笑天地老"。最后两句想得开,符合他的生平,讲的也是反语。"天地老"意象从李贺"天若有情天亦老"（《金铜仙人辞汉歌》）来。文天祥对天地之无情付之一笑,对非常无情的环境蔑视,这是欲扬先抑。注意古典诗人"一笑"这二字的用法。黄庭坚《王充道送水仙花五十支》中的"一笑"二字（坐对真成被花恼,出门一笑大江横）。

关于"同谷七歌"就讲到这里。

《曲江三章章五句》(全诗详324页)

关于写作年代。回顾杜甫到长安的活动,就可以知道仇兆鳌之说为可靠。欣赏诗歌不能脱离考证学。诗是诗人心灵的记录,它是最可靠的材料。反反复复阅读诗,是最笨而又最聪明的办法。

悲秋,自然环境。地点:曲江。进士及第后娱乐自己、炫耀自己的地方,达官贵人也在此选女婿。"曾题名处添前字,送出城人乞旧衣。"(五代王定保《唐摭言》引昔人诗)分析作品要按在纸上,不能动,不能到处摆。"一片花飞减却春"(《曲江二首》其一首句),安史之乱后题的曲江诗就有丰富的思想内容。马列主义还是要学,具体地分析具体情况。

10月26日

形式的来源,五句组成一首,一二三韵,一三用平韵,二用仄韵。绝句与联句相对而形成的。联句,晋以来出现的方法。想联而无人联,或者有人联而联不下去,就出现了断句

（绝句）。齐梁时代到律诗的变化阶段叫新变体。

元、白《长庆集》称绝句为小律诗。以前称古歌谣，有三种押韵形式：

1. AABB。《汉书·东方朔传》射覆辞、烧饼词。"臣以为龙又无角，谓之为蛇又有足……"这是社会上一种流行的诗歌形式。

2. AAAA。曹魏时的《行者歌》。

3. AA○A。这是绝句诗最通行的形式。

而杜甫这种形式前人未写过。是第二式、第三式综合的形式。句句押韵，使节奏越来越急促；加一句不押韵，挺重要。

曲江三章章五句，第一章，悲秋。四、五句（白石素沙亦相荡，哀鸿独叫求其曹）值得注意。白石、素沙都很明洁，常用以比喻人格志向纯洁。鲍照"清如玉壶冰"（《代白头吟》），王昌龄"一片冰心在玉壶"（《芙蓉楼送辛渐》），胡志明"北京亲友如相问，一片冰心在玉壶"；李商隐"水精如意玉连环"（《赠歌妓二首》其一）。温庭筠"水精帘里颇黎枕"（〔菩萨蛮〕），俞平伯："以想象中最明净的境界起笔。"（《读词偶得》）

"哀鸿独叫求其曹"，"取笑同学翁，浩歌弥激烈"。上面是赋体，底下是比兴。

第二章，用元稹论杜绝句（元稹《酬孝甫见赠十首》其二：不著心源傍古人）释"即事非今亦非古"。

第三章，表面上看消极，诗歌中常用的方法，是"正言如反"，是怄气的话。值得玩味的是李广。李广是为国家立下很大功劳而得到最不公正待遇的人物形象。像李广这样的人尚且只能打打老虎，何况于我呢。

这一组诗只想说明文学形式的创作有它的局限,很难自张一军。

下面组诗主要讲两个问题。

1. 介绍组诗的形式和地位。
2. 诗歌正篇、续篇之间的关系。

组诗,现在称之,古代称联章诗。这种形式从《诗经》就开始。但《诗经》分章是音乐反复演奏的结果。直到张衡的《四愁诗》仍是换言不换意。现在所谓组诗、联章诗有两类。一有统一的主题,然后有统一的构思,完成后是统一的整体。用这种标准看,最早的组诗是《楚辞》中的《九辩》。

从五七言诗的发展过程看,先是一个题目一组诗,然后是一个题目若干诗。这又有两种情况。一是别人搜集在一起的,如《古诗十九首》,风格相近。正始时代的阮籍《咏怀诗》,怎样集成不清楚。《咏怀诗》是阮籍所有的诗,严格地说,同《古诗十九首》差不多。八代郭璞《游仙诗》至李白的《古风》不是严格的组诗。

另一个系统,《九辩》,刘桢《赠从弟三首》、《赠五官中郎将》,左思《咏史》,陶渊明《归园田居》,隋杨素《赠薛播州十四首》,是比较有结构的名篇。但这种形式,到杜甫手中有很大的发展:其叙事、写景、抒情均有连章大篇;在体裁上,古诗、律诗、绝句均有,这些作品都是杜甫代表性的作品。

组诗的重要性:在很大程度上,弥补了我国诗歌短小的缺陷。组诗,同一首很长的诗是不一样的。既然是一首一首写的,就有相对的独立性,调动题材,转换角度,处理情绪。

胡应麟在《诗薮》内篇第二卷,把李白、杜甫在诗体革新方面进行了比较。杜甫在组诗方面的发展是空前的。

10月28日

今天要讲前后、正续之间的关系。

这个现象之所以产生,从生活中获得题材写入诗中,继续观察,又有体会,再写成诗篇。如杜甫的前后《出塞》。"前"字原来没有,有了《后出塞》,以后再在《出塞》前加"前"字。关于这个问题,仇兆鳌讲的是正确的。又如范成大的《催租行》与《后催租行》。

而苏轼《续丽人行》与杜甫《丽人行》之间的关系,与上两个例子不一样。此保持若即若离的关系。"续"与"拟"不一样。

吴之振:"皮毛落尽,精神独存。"(《宋诗钞序》)

《前出塞》(全诗详 326—327 页)

关于写作年代。罗庸《前出塞本事说》。根据诗反映的情况,应创作于安史之乱前。

《后出塞》基本上写于755年安禄山要叛变时。有一个争论点:写于杜甫知道还是不知道安史之乱的消息。《读杜心解》卷一之一,有一段话反驳杜甫得知安史叛变消息,认为不会这么从容。我是赞成浦起龙的讲法的。

我要补充一点,"坐"、"遂"、"遽",已然之词。"坐"也可当"旋"、"行",将然之词。张相《诗词曲语词汇释》谈到这个问题。我觉得此诗应将"坐"理解为将然之词。

这一组诗写作时间很可能与《自京赴奉先县咏怀五百字》相差无几,只是人称不同而已。《前出塞》要与《兵车行》

合读,《后出塞》要与《自京赴奉先县咏怀五百字》合读。

写一个被征入伍的青年军人,征途,到军队的情况。立功未受赏,但也不抱怨。可以和王昌龄的《从军行》合读,杜诗更精细。

第一首,主旨:"君已富土境,开边一何多!"逃亡原因是认为不应开边。开边与反侵略的矛盾。章法有首有尾。"戚戚"两字(戚戚去故里)贯串全篇。

第二首,入伍后对军中生活由不习惯到习惯。"不受徒旅欺"说明了这一点。《通典》卷一四九上谈到这一点(诸将士不得倚作主帅及恃己力强,欺傲火人,全无长幼,兼笞挞懦弱,减削粮食、衣资,并军器、火具恣意令擎,劳逸不等)。鲁迅《流氓的变迁》(《三闲集》),流氓骂妇女剪头发(剪发女人他来嘲骂),"鸭屁股"(江淮官话,形容短发贴耳),"二刀毛"(江淮官话,指齐耳短发,又作二短毛)。"骨肉恩岂断,男儿死无时"与第一首"弃绝父母恩,吞声行负戈"相联系。"走马脱辔头,手中挑青丝",辔头,青丝,都指缰绳。

第三首,爱国感情逐步战胜怀乡忧虑。文字要注意两个倒文:"欲轻肠断声,心绪乱已久",应在一、二句前;"水赤刃伤手"应是"刃伤手水赤"。五句时(丈夫誓许国)情绪昂扬,"愤惋复何有",对第一首的否定。"战骨当速朽",从"男儿死无时"(第二首第四句),发现他的针线。

作品分析要具体,不要抽象。王渔洋提倡神韵,是大量分析作品的结果。

第四首,凤凰弓,锁子甲,狼牙棒,天灵盖(宋张知甫《可书》:金人自侵中国,惟以敲棒击人脑而毙。绍兴间有伶人作杂戏云:"若要胜金人,须是我中国一件件相敌乃可。如金人有粘罕,我国有韩少保;金国有柳叶枪,我国有凤皇弓;金国有凿子箭,我国有锁子甲;金国有敲棒,我国有天灵盖。"人皆笑之)。"生死向前去",复词偏义,偏"死",为了使画面动荡。写信(即"附书与六亲"),"不复同苦辛"(即信中内容)。

11月6日

上次讲了前、后《出塞》，杜甫通过两个不同性格的士兵，写开边的后果，两者相补充。底下讲正同续的关系。也存在于单篇诗歌中。下面以范成大的《催租行》和《后催租行》为例。一个诗人愿意把什么写入他的诗中有他的自由。杨万里反映民间疾苦少，并不等于他的政治立场不行。

还可以同李贺的《感讽》诗对照起来看，此是收租前的一幕(县官骑马来，狞色虬紫须。怀中一方板，板上数行书……县官踣餐去，簿吏复登堂……)。范成大这首诗是收租后的一幕。"钞"(输租得钞官更催)，文意是收据，辞典中无此意思。表面上很和气，暗中是针锋相对。

写前、后，更衬托了正面。

范成大这种诗是宋诗中散文化的成功范例。口角这样俏皮，唐诗很少。追溯渊源，汉乐府开口见性格，没有超过《孔雀东南飞》的。这些东西在诗歌中消失，而宋诗有所发展。

散文化一是指形式，二是指实质，长篇。王令《梦蝗》对话口角非常生动。

第一篇有点嘲讽，第二篇显示诗人心情。老农形象，严酷冷峻。政策不落实(《古诗今选》注：在宋代，统治者为了欺骗人民，常常由皇帝下诏，减少或免除人民交纳的租税，但下面照例不执行这诏令，依旧催逼)。推进方式，一步一步写他如何对待这种局面。用自宽自解的口气来安慰自己，事实上充满着血泪。

柳宗元《对贺者》:"嬉笑之怒,甚于裂眦;长歌之哀,过于恸哭。"

上述四篇属于一类。《丽人行》与《续丽人行》属于另外一类。杜甫《丽人行》写于天宝十二载,杨国忠天宝十一载十一月当宰相,此前杨氏姊妹已封为韩国、虢国夫人,是势盛的时候。"愤怒出诗人,忠义出诗胆。"(程千帆《过巩县,展少陵先生墓》)杜甫《进封西岳赋表》:"惟岳授陛下元弼,克生司空。"这使许多诗人注释家很为难。这些学者很懂书本上的道理,而不懂世故人情。杜甫要想当官,当然不愿得罪人。因此看诗要看哪些是门面话,哪些是实质的话。"指麾能事回天地,训练强兵动鬼神。"(《奉寄章十侍御》)在这些地方不能苛责古人,所以不能太书呆子气。

苏轼《续丽人行》叙云:"李仲谋家有周昉画背面欠伸内人极精,戏作此诗。"周昉是唐朝最有名的仕女画家。李白《清平乐》中有沉香亭,此诗是否写杨贵妃,未肯定,也未否定,若即若离。"空断肠"(燕舞莺啼空断肠)容量大,断肠也没有用。不画面部,让你自己去想。说唱艺人写张飞大喝一声,但只张嘴不发声。你浓妆,我薄妆。你正面,我反面。所以苏东坡很调皮。胡翔冬说:写诗像打仗,文心活泼。你写一群,我写一个;你写得意,我写失意。

杜甫很朴实,不大会写妇女。用自己特有的方式来处理传统材料,包括典故的活用和对历史事件的新的解释。杜诗(《丽人行》)分三段:1. 泛写;2. 正写豪华生活;3. 点题。苏轼诗(《续丽人行》)也分三段:1. 泛写宫怨;2……;3. 点出主题。中间这样插入,苏轼想了一个法子,"背面"把三段连串起来。

11月10日

古典诗歌的朗诵

"倍文曰讽,以声节之曰诵。"(郑康成《礼记》注)"以声节之"强调节奏感。孔颖达疏:"诵谓歌乐者,谓口诵歌乐之篇章,不以琴瑟歌也。"节奏感是在语言的范畴,而不在音乐的范畴。朗诵是以有节奏感的语言来念诗。《楚辞》是否全部入乐,值得考虑。《九辩》"自压案而学诵",《惜诵》,白白的朗诵。《九辩》很可能不入乐。朗诵很可能从《楚辞》开始。

《汉书·王褒传》:九江(今安徽寿县,楚最后国都)被公会念《楚辞》。《太平御览》五八九卷引了刘歆《七略》:孝宣帝(汉宣帝刘询,原名病已)请这个老者念《楚辞》的事。

唐朝初年《楚辞》还有特殊的念法。《隋书·经籍志》提到释道骞"能为楚声,音韵清切"。在敦煌卷子里发现释道骞念《楚辞》的卷子。

杜甫很重视朗诵,有七八处提到诵诗:"绩儿诵《文选》"(《水阁朝霁,奉简严云安》)。他的朋友毕曜:"忆君诵诗神凌然。"(《逼仄行赠毕曜》)《夜听许十一(一作损)诵诗爱而有作》有五六句(应手看捶钩,清心听鸣镝。精微穿溟涬,飞动摧霹雳。陶谢不枝梧,风骚共推激。紫燕自超诣,翠驳谁剪剔)形容念诗之声调。杜甫的创作同他的朗诵分不开,因为语言的节奏感表达感情。"新诗改罢自长吟。"不太整齐发展到整齐,与朗诵有密切关系。汉乐府《孤儿行》朗诵起来很疙瘩,没有节奏感,很难流传下来。

中国的抒情诗,除歌词外,本身具有独特节奏的抒情样式。锺嵘的《诗品》反对当时的声律,正因为不入乐,因此要平仄。其《序》对新事物抗拒,而刘彦和专门有两篇讨论此问题。语言的节奏感,音乐的节奏感,当然有区别,但都是表现人的感情起伏。韩愈《答李翊书》:用节奏来控制语言(气,水也;言,浮物也。水大而物之浮者大小毕浮。气之与言犹是也,气盛则言之短长与声之高下者皆宜)。曾国藩:"做诗文要以声调为本。"即用语言的节奏感来表现感情的起伏。

"顺",就是节奏,既是生理的,又是心理的。朗诵就是体会到感情的节奏,用现代生理学、心理学去解释。

11月13日

同题共作的诗

通过这组"登慈恩寺塔"诗的比较说明两个问题:

1. 咏物与咏怀的关系,景同情的关系。
2. 客观环境相同,个人遭遇不同,主观感情会有什么变化。

当时有五人写(杜甫、储光羲、薛据、岑参、高适),高适的一首,写讲义时写掉了。

一、咏物与咏怀,景与情的关系。

文学是社会生活的反映,这就是艺术的起源。艺术起源于劳动,不错,但不全面,譬如自然崇拜与劳动的关系,西班牙山洞里画一个野牛头。过去对艺术起源问题理解过于单纯。精神生活需要艺术发展。客观世界即物,驱使你去反映的是怀,即情。钟嵘《诗品序》用最简单的话(气之动物,物之感人,故摇荡性情,行诸舞咏)谈论了这个问题。情中景,景中情,以情景融合为最高境界。纯写情不沾景物的诗很少,多数情景并具。

中国古典文学中的名词,往往随时代而变化含义,唐朝人的比兴往往是与政治有关的内容,而不是修辞学上的术语。六朝人至唐,咏物实际上就是后来人的写景,景物、风物。《文选》中的赋有"物色"一类:风,秋色,雪,月。李善做了解释:"四时所观之物色而为之赋","风虽无正色,然亦有声",实际上讲景。《文心雕龙》第四十六篇即《物色篇》。这同后来咏某一固定的东西为咏物不同。

张戒《岁寒堂诗话》谈到《登慈恩寺塔》是咏物,直到清朝王夫之《薑斋诗话》才把景、物区分开来。在这方面有许多工作可做。首先要注意他所使用的概念。介绍王夫之咏物就是咏怀,咏景即是咏情的精辟见解:"不能作景语,又何能作情语耶?"你缺不了客观环境,因为你总生活在客观环境里。王夫之认为情景交融,即景达情。王夫之理论没有强调我与物、情同景哪一个更是主要的。用我们现在的观点来看,哪怕是一首纯咏物诗也有所寄托,使作者怀抱、胸襟呈现在读者面前。杜甫《望岳》显示了诗人的胸襟。

说明这样一个问题,想判断底下一组诗的高低。这组诗写于752年。

慈恩寺塔,现在还在,叫大雁塔,楼阁式的建筑。

同题共作最早从建安时代开始。《全后汉文》、丁福保《全汉三国晋南北朝诗》保存了不少。这是文学上一个很重要但还没有引起足够重视的问题。在一起会推动文学创作。有好的一面,也有坏的一面,如宫廷里面的应制诗,但是也有有益的发展。唱和(当然其中也有应制),这东西很考人。和韵,只和意不和韵。杜甫追和亡友高适的诗(《追酬故高蜀州人日见寄》),和意。

同题共作是横向的比较。拟作是纵向的比较,从汉朝起一直到后代更为人所熟悉。胡小石《两汉模仿文学一览表》列拟文、拟诗。

没有纯粹的模仿。《古诗十九首》，单句多；陆机，复笔多。成功的模仿有创新。内在结构，彼此互相影响等问题，我们的文学史研究得比较少。

天宝十一载是个什么样的时代？要朝前看四五年。天宝五载李林甫专政。六载，王忠嗣看出安禄山造反，告发，反而被贬官。七载，赐安禄山小铁券；杨国忠判度支。品同为知，品高为判。八载，哥舒翰攻下石堡城，俘虏四百人，而唐朝死几万人。九载，安禄山封郡王（将帅封郡王从安禄山始）。十载，鲜于仲通打南诏大败，死了六万人。高仙芝讨大食国，三万人都死光了。安禄山讨契丹，六万人剩二十人逃回。

诗人当时生活怎样？杜甫四十一岁，"卖药都市，寄食友朋"（《进三大礼赋表》）。陆游短篇七古《题少陵画像》："长安落叶纷可扫，九陌北风吹马倒。杜公四十不成名，袖里空余三赋草。车声马声喧客枕，三百青铜市楼饮。杯残炙冷正悲辛，仗内斗鸡催赐锦。"

题画的诗起源于唐朝。题画诗并不同画在一起。诗、画、书、雕刻、裱都联系在一起，这是宋以后的事。题画像诗，往往是对人物的评论，往往有独特性。既体现了诗人对画的理解，又体现出诗人对所画的人的理解。"车声马声喧客枕"是《长恨歌》耿耿长夜句（迟迟钟鼓初长夜，耿耿星河欲曙天）的另一种写法。《东城老父传》写斗鸡。

做七言古诗有一个诀窍：收笔陡峭，如勒奔马，戛然而止。

岑参:天宝十一载,闲住长安。陈寅恪《唐代政治史述论稿》提到唐代知识分子一个很重要的动向,考不取进士,或者考取了而政治上前途不光明——赴边疆。

高适:天宝十一载在长安闲住。

储光羲四十六岁,在下邽县任县尉,而此时也住长安。

薛据的诗已经亡佚了。

他们大环境相同,小环境也基本上相同,落拓文人,共登宝塔。有人做过比较,有两套比法。

王士禛(渔洋)对现存四首诗都提到:各有特色,而杜甫成就最高。从写壮丽这个角度,赞赏高适所写的开阔景象。结论:以上三公,"如大将旗鼓相当,皆万人敌",特别批评了章八元《题慈恩寺塔》(视八元诗,真鬼窟中作活计)。《唐诗纪事》有记载说元、白很赞赏这一首诗。王士禛反对元、白说:"论诗如此,真一劫也。"张戒论章八元诗:"此乞儿口中语也。"(《岁寒堂诗话》卷上)古代文学批评,有一针见血的长处,也有不讲过程的短处。

章八元诗:诗人本身缺乏与开阔的大自然相称的胸襟,没有气象。欧阳脩《归田录》(卷二)记载晏殊评诗:"老觉腰金重,慵便枕玉凉"(寇准句)不如"笙歌归院落,灯火下楼台"(白居易《宴散》)善言富贵。章八元丢掉了气象。

仇兆鳌的意见:杜诗看似超出题外,实是一个有怀抱的诗人应有的感情。难道王渔洋看不到杜高出诸家之上吗?因为他是神韵派,坚持了自己的立场。

岑参、储光羲比较消极,注意佛教的教意与寺庙的景物联系在一起,看结尾处自可明白。

高适用世,同他们有点不同,"输效独无因,斯焉可游放"。他没有忘记"输效",为祖国尽一点力,但他主要看到自己的生活。杜甫不仅艺术上比其他人高,而且思想上也比其他人高。

11月20日

前人对登高往下看的好些诗做了一个比较。

《岁寒堂诗话》卷上:"人才各有分限,尺寸不可强。""咏物之工有远近。""远近"不当空间距离讲。远,高远;近,平庸。"用意之工有深浅","人才各有分限":对生活理解的深浅。天才,"天才"不应批。

前边先举章八元这首诗。底下举梅圣俞的一首诗,《闻子美次道师厚登天清寺塔》:"复想下时险,喘汗头目旋。不如且安坐,休用窥云烟。"张戒评曰:"何其语之凡也。"

苏轼《真兴寺阁》,张戒评曰:"意虽有佳处,而语不甚工,盖失之易也。"所谓"工",善于形容,恰到好处,很善于表现。"失之易也",苏东坡任何一种艺术都有这个既是优点、又是缺点的特点。

《介存斋论词杂著》:"东坡每事俱不十分用力,古文、书画皆尔,词亦尔。""东坡天趣独到处,殆成绝诣,而苦不经意,完璧甚少。"我们读东坡的诗词都要注意这个特点。当和古人较量时,会拿出十分的力量。

东坡这一特点是与他的个性分不开的。他是一个非常豁达的人,以嬉笑怒骂待之,"饮酒但饮湿"(《岐亭》其四)。在惠州,正绝北归之望,以譬如惠州不第秀才也可自宽(《与程辅提刑二十四首》其二十一:中心甚安之。未话妙理达观,但譬如元是惠州秀才,累举不第,有何不可)。

韩愈这个人个性很强,所以他的诗文中也显示强的面貌。

刘长卿《登西(一作栖)灵塔》:"化(一作北)塔凌虚空,雄视(一作规)压川泽。亭亭楚云外,千里看不隔……盘梯接元气,半壁栖夜魄……"王介甫《登景德寺塔》:"放身千仞高,北望太行山。邑屋如蚁冢,蔽亏尘雾间。"张戒:"二诗语虽稍工,而不为难到。"

他讲了这么半天,目的是要肯定杜甫的《登慈恩寺塔》。杜甫穷高极远的气魄,非他人可比。境界阔大,超过其余。研究文学的一个重要方法是比较,分析要具体,判断要准确。

《陪郑广文游何将军山林十首》(全诗详330—331页)

现在研究古代文艺理论,大半精力花在古代理论著作中,忽略了另一个方面:古人理论从哪儿来的?一种是"古代的文学理论",一种是"古代文学的理论"。大原则提出来了,具体的艺术原则研究还差得远。古人没有今人的思想工具,one and many,西洋亚里士多德谈到过这个问题。

凡是科学研究都要有一个起点。文献基础,别人已经做到什么程度,哪些方面可以引伸,批驳,移植,重来?经济学中的统计方法可移植到历史、文学研究中来。

人类一方面要求整齐平衡,但是在已达到整齐平衡之美后,又要求相对地打破这个整齐、平衡。《咏美人黑痣》,构成平衡与不平衡之间的平衡。

11月24日

文献基础,理论基础,基本操作规程。

这篇文章（《古典诗歌描写与结构中的一与多》,发表于《古代文学理论研究》第六辑,1982年)在于证明一、多对立的现象是普遍存在的。两个过程,材料少到材料多。材料多要挑选,要割爱。注解用途:1.注明出处。2.把次要材料放在附注里。

底下谈谈描写中的一与多。

普遍性,选择角度。你要证明你的角度是正确的,那么你选材料就要注意广泛性。"三千一身宠,九五百年情。"（先父《咏慈禧太后》)

为什么要背诵,你背来背去,头脑里有许多图画,再一组合,就成为文章。巧者不过拙者之奴(宋徐夤《偶书》:巧者多为拙者资。明刘基《拙逸解》:故谚有之:巧者,拙之奴也)。

11月27日

上面谈到形状和色彩,下面谈一谈声音。

通感,钱锺书先生《旧文四篇》,通篇说得不够,可以用我们自己的阅读来补充。

"落日照大旗,马鸣风萧萧","中天悬明月,令严夜寂寥。"(杜甫)(《后出塞五首》其二)暗示一同多的对比。"千里"同"一层"(王之涣《登鹳雀楼》:欲穷千里目,更上一层楼)仅是数量上的对比。一枝秋叶、多少秋声(张炎〔清平乐〕:只有一枝梧叶,不知多少秋声)之间并无必然联系。构思巧妙,然而不浑厚。如写孤雁,"写不成书,只寄得相思一点"(张炎〔解连环〕),太巧了,就纤巧。

龚自珍才气横溢,不大遵守传统文化的秩序(《己亥杂诗》其二二九:从今誓学六朝书,不肄山阴肄隐居。万古焦山一痕石,飞升有数此权舆)。山阴是王羲之父子,隐居是陶弘景;焦山《瘗鹤铭》,"华阳真逸撰,上皇山樵书"。

底下从空间和时间的角度谈。

苏东坡的《石鼓歌》(全诗详368页)。

《春江花月夜》(全诗详229页),在张若虚看来,对于月亮来说,时间是凝固的。真正好的作品像泉水,永远舀不完。外国理论家认为形象大于思想。中国《春秋繁露》"诗无达诂"。清谭献《复堂词话》:"作者未必然,读者何必不然。"(又,《复堂词录序》:作者之用心未必然,而读者之用心未必不然)他说作品出来以后,解释权就不仅仅属于作者一个人的了,因为诗歌的暗示性,可为读者提供的联想是非常复杂的。但是作者毕竟是作者,读者毕竟是读者,不能找到绝对值,但能找到近似值。你不承认前一方面,你就忽视对作品的体会。你不承认后一方面,你就不能去找一个近乎正确的解释。

《春江花月夜》中的"月"不动,是凝固的,而李白《峨眉山月歌》中的月则代表着具体的空间。

刘禹锡是"绝句中之山海也"(管世铭《读雪山房唐诗抄》七绝凡例)。一往情深,郑燮郑板桥刻了一个旧图章:"二十年前旧板桥"(刘禹锡〔杨柳枝〕)。

管世铭评李益:"李庶子绝句,出手即有羽歌激楚之音,非古之伤心人不能至此。"感情外向。

古代诗评家,话不多,浓缩。

黄仲则黄景仁,人生愁如海,希望太阳神把鞭子抽快一点,赶快了结这一痛苦的生活(《绮怀》十六首末首:茫茫来日愁如海,寄语羲和快著鞭)。构思求新。

(《陪郑广文游何将军山林》)体现杜甫对自然的看法。

生活本身的节奏,艺术所需要的节奏,如白居易的《琵琶行》。长篇小说也如此,在大起大落中穿插小空隙。武松杀嫂前找何九叔、郓哥儿,这些地方可以看出文心。《北征》通篇皆有松弛和紧张。

李白《越中览古》(越王勾践破吴归,义士还乡尽锦衣。宫女如花满春殿,只今惟有鹧鸪飞)。王思任:"会稽乃报仇雪耻之邦,非藏垢纳污之地。"(鲁迅《女吊》等引到)览古一般讲人事无常,警告某些人过分的权势欲。

12月4日

讲山水诗。《昭明文选》分类不是太合理。招隐、行旅有山水诗,游览又是一类。当时昭明考虑分类还是相当细致的。真正山水诗是从游览的角度提出来的。以游览呈露景物和诗人面对景物的心情。游览同招隐、行旅一样,以自然景物为背景,而山水诗是以写山水为主。写山水的诗,诗人同自然是和谐的,游览一般都是赏心悦目。谢灵运以写景起,以理趣结。谢灵运是个哲学家,他懂佛理,也懂老庄。观照,唐朝继承少,宋代继承多,隔代遗传。苏轼山水诗,景物加理趣,不是表面相似,而是内在形似。

古人组诗头尾清楚,当中灵活,看兴会。杜甫这组诗(《陪郑广文游何将军山林十首》)头尾清楚,中间多少并不强求,九首也可以。

第一首,缴足题面,用咏叹性的文字加以说明。郑广文诗、书、画三绝。初次游。"第五",复姓。三、四句(名园依绿水,野竹上青霄),远望何将军山林。(谷口旧相得:)郑子真(汉赵岐《三辅决录》:郑朴,字子真,谷口人也。修道静默,世服其清高),(濠梁同见招:)庄周,惠施(《庄子·秋水》:庄子与惠子游于濠梁之上)。七、八句(平生为幽兴,未惜马蹄遥)开下面。

把题目上该说明的东西都说明了。

山林,王嗣奭说山林同园亭。山林有山有水,辋川别墅同何将军山林一致。有一点,他未从经济史角度看。庄园有两个用处:一是游玩,一是生产基地。最重要的是水碨(wèi),即水磨,把大量的稻子变成米,麦子变成面。

第二首,写初到吃饭的情况。百顷,千章(百顷风潭上,千章夏木清),山林之大。上两句开阔,三、四句(卑枝低结子,接叶暗巢莺)细致。卑枝,接叶,同一个韵。张炎〔高阳台〕:"接叶巢莺,平波卷絮。"

周春(1729-1815),号松霭。《杜诗双声叠韵谱括略》,有《艺海珠尘》本,周又有《十三经音略》。杜诗可以当语言学的材料。皮日休、陆龟蒙爱用双声叠韵,宋词消失,因为宋词可唱。

"鲙"(鲜鲫银丝鲙),把鱼和肉切成细片(生吃)接风。想落天外。杜甫少年游吴越,想起旧游(翻疑柁楼底,晚饭越中行)。王安石《题西太一宫壁》:"柳叶鸣蜩绿暗,荷花落日红酣。三十六陂春水,白头想见江南。"

李正封《牡丹》:"国色朝酣酒,天香夜染衣。"

苏东坡:"此老野狐精也。"(读王安石《题西太一宫壁》,"注目久之"后的评语,见蔡绦《西清诗话》)与王安石政治上死对头,文学上互相尊重。

从隋炀帝修运河起,经济、政治重心由北向南移。"翻疑柁楼底",同一、二句衔接。八句(晚饭越中行)同五、六句(鲜鲫银丝脍,香芹碧涧羹)衔接。

第三首,"一与多"论文(《古典诗歌描写与结构中的一与多》)引用。

"戎王子",草名。

"异花来绝域",王嗣奭改"开"为"来"。仇兆鳌根据王嗣奭改。仇兆鳌改有两个原因,他引用的是王嗣奭的初稿,单行本是后出的,又改回头。可见老前辈研究学问是很严肃的。

杜甫在造句上有倔的一面(谓异、绝意同重复)。古汉语中有这么一个用法。《左传·僖公四年》:"一薰一莸,十年尚犹有臭。"(尚、犹,意同重复)《三国志·魏书·邓哀王传》:"容貌姿美,有殊于众。"裴松之注批评说:"一类之言,而分以为三,亦叙属之一病也。"(容、貌、姿,意同重复)详细文献请看王引之《经义述闻》"缮完葺墙"条。这种语法,可用于名词,也可用于动词。文词不甚修饰。唐不忌重字,宋朝人很忌重字。

这一首同其余的不一样,纯粹咏物。作者何必然,读者何必不然。

12月8日

第四、五、六、七首,直接描写何将军山林。

第四首,《杜诗镜铨》:"碾"即水硙。《旧唐书·李元纮传》:"诸王公权要之家,皆缘渠立碨,以害水田。元纮令吏人一切毁之。"

第五首,一、二句(剩水沧江破,残山碣石开),大山大水的剩下来的小景。清朝朴学忌讳增字解经。沧江破后之剩水,碣石开后之残山。

"绿垂风折笋,红绽雨肥梅。"诗句的构成:1.语法。2.声律。3.突出所表现的意境。而第三点比第一、二点还重要。风折笋而垂绿,雨肥梅而红绽。

1. 鲜鲫银丝脍,香芹碧涧羹。(第二首五六句)

   银丝鲜鲫脍,碧涧香芹羹。

2. 香稻鹦鹉啄余粒,碧梧凤凰栖老枝。(不合律)

鹦鹉啄余香稻粒,凤凰栖老碧梧枝。(合律,但不合诗人所表达意)

3. 香稻啄余(无非)鹦鹉之粒,碧梧栖老(皆属)凤凰之枝。

香稻——啄余鹦鹉粒,碧梧——栖老凤凰枝。

区别在于诗人所要表现的重点。重点所要突出的是撒在地下的稻子,和长得非常高大的梧桐。沈括评论这两句诗:"语反而意宽。"(郭知达《九家集注杜诗》引)让人家回忆更广阔的境地。

晋阮孚以金貂换酒(金鱼换酒来)。

第六首,强调夏天宜于游览。一、二句(风磴吹阴雪,云门吼瀑泉)是因果句,宋人诗话称之为"象外句",见于释惠洪《冷斋夜话》(《石门文字禅》在宋诗中很杰出),举无可(贾岛弟弟)两句诗"听雨寒更尽,开门落叶深","微阳下乔木,远烧入秋山"(见《冷斋夜话》卷六,谓"以落叶比雨声","以微阳比远烧")。

韩愈《郑群赠簟》:"倒身甘寝百疾愈,却愿天日恒炎曦。"律诗、古诗,声律要求不一样。古诗铺陈终始,律诗要求浓缩。讲到民族特色,恐怕要从这些地方去看。

第七首,杜甫写景写到高兴处,富有奇特的想象,但有控制,这是他现实主义的特点。李白放纵,李贺从放纵到阴冷。

第八首,回忆过去作陪衬。不像仇兆鳌所说(《杜诗详注》:因水府而旁记游迹。上四实景,下四虚摹。山林胜游,留连累日,故柳渚昆池,亦皆经过。折荷脱巾,醉时狂态。刺船解水,走马而思泛舟也)。

12月11日

第九首,正面赞美何将军。前几首从侧面写何将军山林,使人们对何将军有了印象。"将军不好武",题中应有之意。下半写景(醒酒微风入,听诗静夜分。绨衣挂萝薜,凉月白纷纷)。

第10首,结。幽怀,个人的心情同自然景物非常融洽。"出门流水住,回首白云多。"贯彻到第一首三、四句(名园依绿水,野竹上青霄)。"住",指视野被拦断。长安十年很潦倒,对前途的不可知,终于在最后不能排遣而表现了出来。而这一点在前面几首是被压抑不表现出来的,前后激射。

《重过何氏五首》(全诗详331—332页)

不详细讲,这是另外一种形态:地点,人物皆相同,只是时间不同,所以前后联系紧密。情景具体而都很不一样。"主雅客来勤"。因为具体达到两个艺术效果,不落空,不犯重复。

苏东坡《中隐堂五首》学杜甫《游何将军山林》五首。

一是继承而又发展,一是继承而不能发展。还有一种是直接从生活中受到启发。左太冲从文献中找不到受谁启发。杜甫熟读《文选》,有可能受到左太冲的启发。

东坡只有继承没有发展,因为东坡早年学杜甫痕迹十分鲜明。《荆州十首》学《秦州杂诗二十首》。

左思《咏史八首》(全诗详332—333页)

左太冲咏史诗有两个特点:1. 杂陈先典,不专一人。2. 自抒怀抱,史为我用。

为什么先秦两汉书很重要?王闿运讲李颀就是《两汉书》读得烂熟,不是为史做鉴定,而是为自己鸣不平。"上品无寒门,下品无世族。"(晋刘毅《请罢中正除九品疏》作"势族")

第一首,是起头,讲自己立功而不受赏的思想。

第二首,金日䃅(mì dī)、张汤;而冯唐,三辈子不遇,非常有能力,而又受委曲的典型。

第三首,段干木。

第四首,不怕重复用典故。

第五首,许由,庄子寓言中的人物。

第六首,荆轲。

第七首,主父偃,朱买臣。

第八首,有的人很得意了,而结果弄得很坏。

每首都有一些论断性的话。有故事,有评论。故事:杂陈先典。评论:自抒怀抱。

荆轲这人的提出,同其他任何人物都不同。为什么荆轲不是壮士(虽无壮士节,与世亦殊伦),因为他不是成功的,而是一勇之武。同其他六、七人比,面对现实,用历史人物所做的比拟。荆轲一首是作者的奇想,不带现实性,不会想作刺客,寂寞中的奇想。作者用了比较隐蔽的形式。

12月15日

苏轼《中隐堂诗》五首(全诗详334页)

第一首,"退居吾久念,长恐此心违",通读苏诗方看出它的分量。

第二首,赞美那花园。任何文学样式有直致之美或曲折之美。"好古嗟生晚",韩愈《石鼓歌》"嗟余好古生苦晚",用一句别人的话,用自己的话来对(偷闲厌久劳)。用别人的意象同自己的意象作对。"天外黑风吹海立,浙东风雨过江来。"(苏轼《有美堂暴雨》）杜甫："九天之云下垂,四海之水皆立。"（杜甫《朝献太清宫赋》）。上句雄伟,下句飘洒。

研究需要概念、理论,要钻探,方法要现代化。

第三首,写花园中的梅花,主要写堂前景致。北方的梅花珍奇,因为气候的关系,梅花开得比较晚。"二月惊梅晚。"四川人,游宦的特点。因为写得具体,所以体会起来也要具体。梅花讲同世俗格格不入的人,用诙谐嘲笑打发日子贯穿一生。东坡《红梅》："怕愁贪睡独开迟,自恐冰容不入时。故作小红桃杏色,尚余孤瘦雪霜姿。"

第四首,写一个石头。用"万里戎王子"那一首（《陪郑广文游何将军山林》第三首）一样纯粹的咏物方式。从唐朝,在庄里树石头,已经开始。后两句（金人解辞汉,汝独不潸然）写改朝易代。

第五首,整个五首诗,就每首看毛病不大,但作为组诗,毛病暴露出来了：1. 模仿很明显。2. 五首意境重复。"安排壮亭榭,收拾费金赀",败笔,不认真,完璧甚少。组诗必须是一个有机体。

12月22日

下举一组诗来说明"一与多"的多样化。

刘禹锡《金陵五题》（全诗详333—334页）

组诗成就,大家注意不多。刘禹锡未到过南京,但却写得非常成功。鲁迅给叶紫的《丰收》作序,凡所见所闻亦算生活。历史的传播皆有真实性,否则写异代、异地就不可能。对生活实践要理解得宽一些。

刘禹锡之所以能写金陵,是因为他阅读了许多书籍记载,元稹的《连昌宫词》也属于这种情况。

结构上讲:

1. 寂寞,由繁华变成的寂寞,写得很淡而意思深远,眼前的宁静和历史的繁华。总貌,写六朝的衰亡。底下四首讲每一方面的一个代表人物。贵族、帝王、高僧、文士,分咏。《江令宅》故意用古绝句,用仄韵。一般选本选到四首,而《台城》不选,因为差。刘禹锡故意把弦放松一点。萧伯纳警句太多,没有起伏。一般地讲,诗选不把组诗当作对象来研究。写组诗,不要雷同,又要相互衔接,要有首尾,要有变化。

《饶固庵宗颐为詹无庵安泰刊行遗集,无庵哲嗣伯慧索题,因书五首》(程先生自己的诗):

西苑初逢偶对床,最怜绮语出刚肠。白头追想新知乐,未厌萧萧夜雨长。

江头岭外垂垂树,总被狂童斫作薪。今日花城花万朵,巡檐无复看花人。

本与海绡为后进,却疑兰甫是前身。岭南词派今谁继,怅望南天一怆神。

固庵风义同琼琚,无庵地下得知无。苍虬苦语久名世,传世遗文胜托孤。

独托遗编理放纷,征诗援简意何勤。海东书问风流极,头玉硗硗有少君。(李贺诗:"头玉硗硗眉刷翠,杜郎生得真男子。"宋广平铁石心肠而能作《梅花赋》。)

第一首,写与詹先生怎样认识、评价、怀念。韦应物:"宁知风雨夜,复此对床眠。"(《示全真元常》)白居易、东坡很喜欢风雨对床的意境。"乐莫乐兮新相知,悲莫悲兮生别离。"(《九歌·少司

命》)

第二首,牵涉詹先生怎样死去。江头:武汉。岭外:广州。性格特点,关系,遭遇。

第三首,成就。陈洵,字述叔,有《海绡词》。陈澧,字兰甫,有《忆江南馆词》,岭南词派开派人。粤东词派。詹的死亡是广东学术界的一大损失。

第四首,饶宗颐保存朋友文字是值得赞扬的事。陈曾寿,字仁先,号苍虬老人,会画松树。

第五首,讲詹伯慧援简征诗。

生活中有事触发了我,言之有物很重要。

王建的《宫词》有一首是比兴,其余是赋体,此作为假设。王建的《宫词》,几部文学史不是误解,至少是理解不全面。揭露了宫中生活的黑暗面。王涯的《宫词》也很好。《宫词》不颂圣不可能。别人光颂圣,而王建揭露了宫廷生活的黑暗。他有不同于其他人所作《宫词》的地方。而后代人没有,这就是它的价值所在。

12月25日

文学史,校雠学,骈文,解放后摸索得多一点。研究诗歌乃至于其他文学,要坚持两点论,反对绝对化。对立统一规律,或者一分为二,或者合二而一。辩证法在特定条件下做了神学的奴仆(盖谓我国古代朴素辩证法的思想,起初是在宗教神学的体系下萌芽发生的)。

1. 形象思维和逻辑思维并重。

文学手段的特殊性。语言是一个符号,是一个概念,概念本身不构成形象。菊花,一百个人看了有一百个样子,让想象去填充。读诗需要形象思维,要细微,先体会到诗的情味、诗情、诗意、诗境,合在一起的风格。风格是诗人个性的外化,倾向性是思想的外化。欣赏诗,知—感—知,交替进行,不容分割。看电影,感—知,首先是喜不喜爱,然后追求何以喜爱,何以不喜爱。郭沫若评杜甫,使自己下不了台。为什么出现出尔反尔的情况,主要是开始无艺术的感受。首先感受古人的作品,然后追求你的感受是怎么一回事,这样就准确一些。一是阶级立场的问题,一是文化水平问题,一是生活经验问题。你对艺术实践是知—感—知—感—知,而不是知—知—知—知。

2. 字句的疏通与全篇的理解并重。

古人很重章句之学,"一年学离经辨志"(《礼记·学记》)(离经是断句,辨志是分章,黄以周讲),《文心雕龙》有《章句篇》。杜甫过昭陵的诗:"幽人拜鼎湖"(《行次昭陵》),鼎湖相传黄帝升仙的地方,官司未打赢可以到昭陵去哭诉。幽人,据《周易》虞翻注:幽人,罪人。

3. 作品本身的研究和历史文献的探索并重,两条腿走路。

毛主席:"春风杨柳万千条。"(《送瘟神》其二)王安石《壬辰寒食》:"客思似杨柳,春风千万条。更倾寒食泪,欲涨冶城潮。"原诗萧瑟,主席倒过来说,气象一新。不注意作品本身,容易有套套,公式主义。凡是用大帽子去套的是科学上的懦夫懒汉。

4. 传统的文艺理论和外来的新的文艺理论并重。

多进少出,不懂不讲。

5. 专精同博通并重。

由选本进而读专集。有异量之美。王闿运崇尚八代诗

(有《八代诗选》二十卷)。

6. 诗中与诗外并重。

陆游《示子遹》:"诗为六艺一,岂用资狡狯(游戏)。汝果欲学诗,工夫在诗外。"

(1)道德文章。把品行摆在前面,器识为先,文章为末。蓄道德,能文章。

(2)生活是根本,技巧是手段。生活不一定是重大题材。懂得他的诗,要懂得他的为人。

由于百花齐放,才能推陈出新。推陈出新,一刀两断是做不到的。李白善于继承,杜甫善于推陈出新。李白空前绝后,杜甫以后诗人无不受杜甫影响。

模仿——跳出来——人走过的路我不走

诗到中唐,现实主义是主流。对李商隐的诗索隐,不必言之凿凿。

唐诗没有直接板起面孔讲道理。宋邵雍《击壤集》才这样。

头巾气。(指知识分子讲道理)

蔬笋气。(指和尚讲道理)

造成百花齐放的社会条件。唐朝基本上没有文字狱,没有文网。乔知之婢女被武承嗣抢去,乔知之写了一首诗,武承嗣见了大气,罗织罪状将他处死。

杜 诗 讲 义

南京大学中文系印
古典文学专业研究生用
授课时间：1981年9月1日至12月25日

程千帆

一、浦起龙《少陵编年诗目谱》(节录)
附：杜诗写作时间地点统计表

玄宗开元间

　　二十四年(736)后　　公年二十五后，下第游齐赵。

开元二十九年(741)至天宝三载(744)　　公年三十至三十三。

　　此四年俱在东都。○公有旧庐在河南偃师县，曰陆浑庄。

天宝四载(745)　　公年三十四。

　　是年再游齐州。

天宝五载(746)至十三载(754)　　公年三十五至四十三。

　　此九年俱在长安。○六载应诏，李林甫下之。八载，间至东都。十载，进《三大礼赋》，命待制集贤苑。十一载，诏试文章，参列选序。十三载，进《封西岳赋》。○长安少陵原，公亦有旧业。

天宝十四载(755)　　公年四十四。

　　是年在长安。秋往奉先、白水，遂置家奉先。寻还京，授河西尉，不拜，改右卫率府胄曹参军。冬，又赴奉先。○是冬，安禄山反。

肃宗至德元载(756，即天宝十五载)　　公年四十五。

是年往来白水、奉先、鄜州,移家寓鄜。六月,长安陷,玄宗幸蜀。七月,肃宗即位灵武。公自鄜出,陷贼中,羁长安。

至德二载(757)　公年四十六。
　　春羁长安贼中。
　　夏脱贼。时帝在凤翔,走谒行在所,拜左拾遗。疏救房琯。八月自凤翔还鄜省家。
　　冬西京既复,帝还京。公自鄜至京,仍任拾遗。○旧谱谓扈上还京,不合。

乾元元年(758)　公年四十七。
　　春夏间在谏省。
　　六月至东出为华州司空参军,以房琯罢故。○是冬,九节度之师围安庆绪于邺。
　　冬晚自华州至东都。

乾元二年(759)　公年四十八。
　　春夏自东都回华州官所。○是时,师溃于邺。
　　秋弃官西客秦州。○此作客之始,为东都旧庐残毁之故,自是长别两京矣。
　　十月赴同谷。
　　冬晚自同谷入蜀,至成都。

上元元年(760)　公年四十九。
　　是年在成都,卜居城西浣花溪,营草堂。冬晚间至新津。

上元二年(761)　公年五十。

是年居草堂,间至新津、青城。○时成都无可依仗,往来谋食。

代宗宝应元年(762)　公年五十一。(四月以前尚系肃宗。)

正二月居草堂。

春晚至夏严武自东川移成都,公依焉,亦居草堂。

秋冬严武还朝,送至绵州。会西川徐知道反,因入梓州。年谱云:东,迎家至梓。○武去,公失所依。梓在成都东,渐有东游之志。

冬晚往射洪、通泉,皆梓属邑。

广德元年(763)　公年五十二。

春夏秋在梓州,间往盐亭、汉州。○是春,仆固怀恩奏留降将,河北擅命始此。

秋冬之交适阆州。○是冬,吐蕃陷京师,帝幸陕州。又陷蜀之松、维、保三州。时高适尹成都。

冬晚自阆还梓。

广德二年(764)　公年五十三。

春首复往阆。○帝已于上年冬还京,阆州僻远,至春始得信。○至是,东游之意已决。

二月至夏首严武复节度西川,公不果东下,还成都。

夏末至冬,严武表公为检校工部员外郎,赐绯鱼袋,入幕参军事。

永泰元年(765) 公年五十四。

春初辞幕归草堂。

春夏间离蜀南下,至戎,至渝,至忠等州。○此行当在严武未卒之前。

秋冬下云安。○时回纥、吐蕃入寇,京师戒严,蜀又有崔旰之乱。

大历元年(766) 公年五十五。

春首在云安。

春以后自云安至夔州。据年谱,秋寓西阁。然其先不言他寓,恐到夔未久即居之。○此行一留云安,再留夔颇久,究其离蜀初意,本欲出峡也。

大历二年(767) 公年五十六。

春初在西阁。

三月至秋迁居赤甲,寻移瀼西。

秋末尽冬,到东屯农庄,寻复来瀼西。

大历三年(768) 公年五十七。

春夏正二月,在夔,三月,出峡至江陵。

秋移居公安。

冬晚之岳州。自是不常所处,舟居为多。

大历四年(769) 公年五十八。

是年自岳之潭州,寻之衡州,又回潭州。○年谱有在衡畏热回潭之文,潭、衡相逮不远,气候未必大殊,是说不允。盖回潭本不欲留,欲北还而不果耳。

大历五年(770) 公年五十九。

春在潭州。

夏潭有臧玠之乱,遂入衡州。欲如郴州依舅氏崔伟,至耒阳,不果。

秋冬之间回湖,欲北还,未遂,竟以旅卒。

附:杜诗写作时间地点统计表

地方	公年	公诗	诗作数目	附注
齐	25－29	10		12:自东都回华州官所诗首数 14:云安诗首数 24:在夔州出峡诗首数
	30－33	7		
	34	7		
赵	35－43	92		
	44	21		
两京	45	12		
	46	50		
	47	51	＝250＋12＝262	
秦中	48	136		
	49	46		
同谷	50	79		
	51	89		
蜀中	52	100		
	53	102		
	54	53	＝605－12＋14＝607	

地方	公年	公诗	诗作数目	附注
夔州	55	203	= 432 − 14 + 24 = 442	
	56	229		
荆州湖南	57	80	= 171 − 24 = 147	
	58	65		
	59	26		
			共计 1458 首	

二、杜诗中所见公境遇

二十四岁,赴京兆贡举不第。

《壮游》:忤下考功第,独辞京尹堂。

其后游齐赵,在东都,在齐州。天宝五年归长安,时公年三十五。胡翔冬先生曰:此十一年间处境差强,诗所谓"放荡齐赵间,裘马颇清狂。快意八九年,西归到咸阳"者也。然诗才二十四首耳。(据浦氏编年诗目谱)往年余训诗为愤,不愤则无诗,此又可为一证。

三十六岁,应诏退下,留长安。

《奉赠韦左丞丈二十二韵》:青冥却垂翅,蹭蹬无纵鳞。

四十岁,进《三大礼赋》。玄宗奇之,命待制集贤院。明年召试文章,送隶有司,参列选序。

《上韦左相二十韵》:才杰俱登用,愚蒙但隐沦。长卿多病久,子夏索居频……为公歌此曲,涕泪在衣巾。

四十四岁,授河西尉,不拜。改右卫率府胄曹参军。十一月,往奉先。

《官定后戏赠》:不作河西尉,凄凉为折腰。老夫怕趋走,率府且逍遥。耽酒须微禄,狂歌托圣朝。故山归兴尽,回首向风飙。

《自京赴奉先县咏怀五百字》:入门闻号咷,幼子饿已卒……所愧为人父,无食致夭折。

四十五岁,闻肃宗即位,自鄜赢服奔行在,遂陷贼中。

《春望》:国破山河在,城春草木深。感时花溅泪,恨别鸟惊心。烽火连三月,家书抵万金。白头搔更短,浑欲不胜簪。

四十六岁,脱贼谒上凤翔,拜左拾遗。八月墨制放还鄜省家。

《述怀》:比闻同罹祸,杀戮到鸡狗。山中漏茅屋,谁复依户牖……自寄一封书,今已十月后。反畏消息来,寸心亦何有。

《北征》:经年至茅屋,妻子衣百结。恸哭松声回,悲泉共幽咽。平生所娇儿,颜色白胜雪。见耶背面啼,垢腻脚不袜。

四十七岁,出为华州司功。

《早秋苦热堆案相仍》:束带发狂欲大叫,簿书何急来相仍。

《至日遣兴奉寄北省旧阁老两院故人二首》:何人却(一作错)忆穷愁日,愁日愁随一线长。(其一)孤城此日肠堪断,愁对寒云雪满山。(其二)

四十八岁,弃官西去,度陇客秦州。十月往同谷,十二月入蜀,至成都。

《秦州杂诗二十首》:满目悲生事,因人作远游。迟回度陇怯,浩荡及关愁。水落鱼龙夜,山空鸟鼠秋。西征问烽火,心折此淹留。(其一)

《乾元中寓居同谷县作歌七首》:中原无书归不得,手脚冻皲皮肉死。(其一)黄独无苗山雪盛,短衣数挽不掩胫。此时与子空归来,男呻女吟四壁静。(其二)我生何为在穷谷,中夜起坐万感集。(其五)

《酬高使君相赠》:古寺僧牢落,空房客寓居。故人供禄米,邻舍与园蔬。

四十九岁,卜居浣花溪。

《王十五司马弟出郭相访兼遗营草堂资》:客里何迁次,江边正寂寥。肯来寻一老,愁破是今朝。忧我营茅栋,携钱过野桥。他乡唯表弟,还往莫辞劳。

五十岁,居草堂,间至新津、青城。

《因崔五侍御寄高彭州一绝》:百年已过半,秋至转饥寒。为问彭州牧,何时救急难?

《茅屋为秋风所破歌》:俄顷风定云墨色,秋天漠漠向昏黑。布衾多年冷似铁,娇儿恶卧踏里裂。床床(一作头)屋漏无干处,雨脚如麻未断绝。自经丧乱少睡眠,长夜沾湿何由彻。

五十一岁,严武还朝,西川兵马使徐知道反,因入梓州,往射洪东泉。

《客夜》:客睡何曾著,秋天不肯明……计拙无衣食,途穷仗友生。老妻书数纸,应悉未归情。

《奉赠射洪李四丈》:南京乱初定,所向色枯槁。游子无根株,茅斋付秋草。东征下月峡,挂席穷海岛。万里须十金,妻孥未相保。苍茫风尘际,蹭蹬骐骥老。

《通泉驿南去通泉县十五里山水作》:伤时愧孔父,去国同王粲。我生苦飘零,所历有嗟叹。

五十二岁,在梓州,间往汉州、阆州,冬晚复回梓州。

《官池春雁二首》:自古稻粱多不足,至今鸂鶒乱为群。且休怅望看春水,更恐归飞隔暮云。(其一)青春欲尽急还乡,紫塞宁论尚有霜。翅在云天终不远,力微矰缴绝须防。(其二)(二诗旧解作自比)

《严氏溪放歌行》:况我飘转无定所,终日慽慽忍羁旅……东游西还力实倦,从此将身更何许。

《发阆中》:女病妻忧归意急(一作速),秋花锦石谁复(一作能)数。别家三月一得书(一作书来),避地何时免愁苦。

五十三岁,归成都草堂,严武表节度参谋检校工部员外郎,赐绯鱼袋。

《遣闷奉呈严公二十韵》:老妻忧坐痹,幼女问头风。平地专欹倒,分曹失异同……束缚酬知己,蹉跎效小忠。

五十四岁,辞幕,离蜀,秋至云安居之。

《莫相疑行》:晚将末契托年少,当面输心背面笑。寄谢悠悠世上儿,不争好恶莫相疑。

《去蜀》:五载客蜀郡,一年居梓州。如何关塞阻,转作潇湘游。世事已黄发,残生随白鸥。安危大臣在,何必泪长流。

《云安九日郑十八携酒陪诸公》:寒花开已尽,菊蕊独盈枝。旧摘人频异,轻香酒暂随……万国皆戎马,酣歌泪欲垂。

五十五岁,之夔州,秋寓西阁。

《白帝城最高楼》:杖藜叹世者谁子?泣血迸空回白头。

五十六岁,迁居赤甲、瀼西、东屯,复归瀼西。

《入宅三首》:宋玉归州宅,云通白帝城。吾人淹老病,旅食岂才名。峡口风常急,江流气不平。只应与儿子,飘转任浮生。(其三)

《暮春题瀼西新赁草屋五首》:欲陈济世策,已老尚书郎。不息豺狼斗,空惭鸳鹭行。时危人事急,风逆羽毛伤。落日悲江汉,中宵泪满床。(其五)

《东屯月夜》:日转东方白,风来北斗昏。天寒不成寐(一作寝),无梦寄归魂。

五十七岁,出峡,至江陵,秋移居公安,冬晚之岳州。

《水宿遣兴奉呈群公》:暮年漂泊恨,今夕乱离啼……我行何到此?物理直难齐。

《移居公安山馆》:南国昼多雾,北风天正寒。路危行木杪,身远宿云端。山鬼吹灯灭,厨人语夜阑。鸡鸣问前馆,世乱敢求安。

《登岳阳楼》:亲朋无一字,老病有孤舟。戎马关山北,凭轩涕泗流。

五十八岁,自岳州至潭州,寻至衡州,又回潭州。

《上水遣怀》:穷迫挫囊怀,常如中风走……羸骸将何适,履险颜益厚。

《衡州送李大夫七丈勉赴广州》:日月笼中鸟,乾坤水上萍。王孙丈人行,垂老见飘零。

五十九岁,避臧玠乱再入衡州,欲如郴州依舅氏崔伟,因至耒阳,泊方田驿,秋舟下荆楚,竟以旅卒。

《聂耒阳以仆阻水书致酒肉疗饥荒江诗得代怀兴尽本韵至县呈聂令》:知我碍湍涛,半旬获浩溔……孤舟增郁郁,僻路殊悄悄。

《风疾舟中伏枕书怀三十六韵奉呈湖南亲友》:十暑岷山葛,三霜楚户砧……葛洪尸定解,许靖力难任。家事丹砂诀,无成涕作霖。

三、杜诗中所见公性情

妻子

《月夜》:今夜鄜州月,闺中只独看。遥怜小儿女,未解忆长安。香雾云鬟湿,清辉玉臂寒。何时倚虚幌,双照泪痕干。

《得家书》:熊儿幸无恙,骥子最怜渠。

《北征》:瘦妻面复光,痴女头自栉。学母无不为,晓妆随手抹……生还对童稚,似欲望饥渴。问事竞挽须,谁能即嗔喝。

弟妹

《乾元中寓居同谷县作歌七首》:有弟有弟在远方,三人各瘦何人强!生别展转不相见,胡尘暗天道路长。东飞鸳鹅后鹙鶬,安得送我置汝旁。呜呼!三歌兮歌三发,汝归何处收兄骨!(其三)有妹有妹在钟离,良人早殁诸孤痴。长淮浪高蛟龙怒,十年不见来何时。扁舟欲往箭满眼,杳杳南国多旌旗。呜呼!四歌兮歌四奏,林猿为我啼清昼。(其四)

宗族

《示从孙济》:淘米少汲水,汲多井水浑。刈葵莫放手,放手伤葵根……勿受外嫌猜,同姓古所敦。

亲戚

《寄狄明府博济》:梁公曾孙我姨弟……胡为飘泊岷汉间,干谒王侯颇历抵。况乃山高水有波,秋风萧萧露泥泥。虎之饥,下巉岩;蛟之横,出清泚。早归来,黄土污衣服易敝。

朋友

《别房太尉墓》:他乡复行役,驻马别孤坟。近泪无干土,低空有断云。对棋陪谢傅,把剑觅徐君。唯见林花落,莺啼送客闻。

童仆

《信行远修水筒》：浮瓜供老病，裂饼尝所爱。于斯答恭谨，足以殊殿最。

《课伐木》：尔曹轻执热，为我忍烦促……报之以微寒，共给酒一斛。

生物

《观打鱼歌》：鲂鱼肥美知第一，既饱欢娱亦萧瑟。君不见朝来割素鬐，咫尺波涛永相失。

《催宗文树鸡栅》：我宽蝼蚁遭，彼免狐貉厄。

《缚鸡行》：小奴缚鸡向市卖，鸡被缚急相喧争。家中厌鸡食虫蚁，不知鸡卖还遭烹。虫鸡于人何厚薄，吾叱奴人解其缚。鸡虫得失无了时，注目寒江倚山阁。

四、杜诗中所见公文学主张

《戏为六绝句》

庾信文章老更成，凌云健笔意纵横。今人嗤点流传赋，不觉前贤畏后生。

王杨卢骆当时体，轻薄为文哂未休。尔曹身与名俱灭，不废江河万古流。

纵使卢王操翰墨，劣于汉魏近风骚。龙文虎脊皆君驭，历块过都见尔曹。

才力应难夸数公，凡今谁是出群雄？或看翡翠兰苕上，未掣鲸鱼碧海中。

不薄今人爱古人,清词丽句必为邻。窃攀屈宋宜方驾,恐与齐梁作后尘。

未及前贤更勿疑,递相祖述复先谁。别裁伪体亲风雅,转益多师是汝师。

《偶题》

文章千古事,得失寸心知。作者皆殊列,名声岂浪垂。骚人嗟不见,汉道盛于斯。前辈飞腾入,余波绮丽为。后贤兼旧例,历代各清规。法自儒家有,心从弱岁疲。永怀江左逸,多谢(一作病)邺中奇。騄骥皆良马,骐驎带好儿。车轮徒已斫,堂构肯(一作借)仍亏。漫作潜夫论,虚传幼妇碑。缘情慰漂荡,抱疾屡迁移。经济惭长策,飞栖假一枝。尘沙傍蜂虿,江峡绕蛟螭。萧瑟唐虞远,联翩楚汉危。圣朝兼盗贼,异俗更喧卑。郁郁星辰剑,苍苍云雨池。两都开幕府,万宇插军麾。南海残铜柱,东风避月支。音书恨乌鹊,号怒怪熊罴。稼穑分诗兴,柴荆学土宜。故山迷白阁,秋水忆皇陂。不敢要佳句,愁来赋别离。

《江上值水如海势聊短述》

为人性僻耽佳句,语不惊人死不休。老去诗篇浑漫与,春来花鸟莫深愁。新添水槛供垂钓,故著浮槎替入舟。焉得思如陶谢手,令渠述作与同游。

五、前人总论公之成就

元稹《杜君墓系铭》并叙

予读诗至杜子美而知小大之有所总萃焉。始尧舜时,君臣以赓歌相和,是后诗人继作,历夏、殷、周千余年,仲尼缉拾选练,取其干预教化之尤者三百篇,其余无闻焉。骚人作而怨愤之态繁,然犹去风雅日近,尚相比拟。秦汉已还,采诗之官既废,天下妖谣民讴、歌颂讽赋、曲度嬉戏之词亦随时间作。至汉武帝赋《柏梁》诗,而七言之体兴。苏子卿、李少卿之徒,尤工为五言。虽句读文律各异,雅郑之音亦杂,而词意简远,指事言情,自非有为而为,则文不妄作。建安之后,天下文士,遭罹兵战。曹氏父子鞍马间为文,往往横槊赋诗。其遒壮抑扬、冤哀悲离之作,尤极于古。晋世风概稍存。宋、齐之间,教失根本,士以简慢歊习舒徐相尚,文章以风容色泽放旷精清为高。盖吟写性灵、流连光景之文也。意义格力固无取焉。陵迟至于梁、陈,淫艳刻饰、佻巧小碎之词剧,又宋齐之所不取也。唐兴,官学大振。历世之文,能者互出。而又沈、宋之流,研练精切,稳顺声势,谓之为律诗。由是而后,文变之体极焉。然而莫不好古者遗近,务华者去实;效齐、梁则不逮于魏、晋,工乐府则力屈于五言;律切则骨格不存,闲暇则纤秾莫备。至于子美,盖所谓上薄风雅,下该沈、宋,言夺苏、李,气吞曹、刘,掩颜、谢之孤高,杂徐、庾之流丽,尽得古今之体势,而兼今人之所独专矣。使仲尼〔考〕锻其旨要,尚不知贵,其多乎哉!苟以为能所不能,无可无不可,则诗人以来,未有如子美者。时山东人李白亦以奇文取称,时人谓之"李杜"。予观其壮浪纵恣,摆去拘束,模写物象,及乐府歌诗,诚亦差肩于子美矣。至若铺陈终始,排比声韵,大或千言,次犹数百,词气豪迈而风调清深,属对律切而脱弃凡近,则李尚不能历其藩翰,况堂奥乎!

《新唐书》传赞

唐兴,诗人承陈、隋风流,浮靡相矜。至宋之问、沈佺期等,研揣声音,浮切不差,而号律诗,竞相沿袭。逮开元间,稍裁以雅正。然恃华者质反,好丽者壮违,人得一概,皆自名所长。至甫,浑涵汪茫,千汇万状,兼古今而有之。他人不足,甫乃厌余。残膏剩馥,沾丐后人多矣。故元稹谓:"诗人已来,未有如子美者。"甫又善陈时事,律切精深,至千言不少衰,世号"诗史"。昌黎韩愈于文章慎许可,至于歌诗,独推曰:"李杜文章在,光焰万丈长。"诚可信云。

秦观进论

杜子美之诗,实集众家之长,适当其时而已。昔李陵、苏武之诗,长于高妙;曹植、刘桢之诗,长于豪迈;陶潜、阮籍之诗,长于冲澹;谢灵运、鲍照之诗,长于峻洁;徐陵、庾信之诗,长于藻丽。于是子美穷高妙之格,极豪迈(一作逸)之气,包冲澹之趣,兼峻洁之姿,备藻丽之态,而诸家之作所不及焉。然不集诸子之长,子美亦不能独至于斯也。岂非适当其时故耶?孟子曰:"伯夷,圣之清者也;伊尹,圣之任者也;柳下惠,圣之和者也;孔子,圣之时者也。孔子之谓集大成。"呜呼,子美其集诗之大成者欤!

元稹《酬孝甫见赠》

杜甫天材颇绝伦,每寻诗卷似情亲。怜渠直道当时语,不著心源傍古人。(其二)

王安石《杜甫画像》(全诗详237页)

陆游《读杜诗》

千载诗亡不复删,少陵谈笑即追还。常憎晚辈言诗史,清庙生民伯仲间。

元好问《论诗三十首》

排比铺张特一途,藩篱如此亦区区。少陵自有连城璧,争奈微之识碔砆。(其十)

赵翼《论诗五首》

满眼生机转化钧,天工人巧日争新。预支五百年新意,到了千年又觉陈。(其一)

李杜诗篇万口传,至今已觉不新鲜。江山代有才人出,各领风骚数百年。(其二)

杜诗会通

编者按:

一、每组以杜诗为首,下列与之相关的诗(有的组中也有杜诗),凡杜诗均不署作者。

二、各组的诗,可见借鉴、继承与突破的关系,故称"会通"。可参阅讲录中相关部分的分析。

望　岳

岱宗夫如何?齐鲁青未了。造化钟神秀,阴阳割昏晓。荡胸生曾云,决眦入归鸟。会当凌绝顶,一览众山小。

青阳峡

塞外苦厌山,南行道弥恶。冈峦相经亘,云水气参错。林迥硖角来,天窄壁面削。溪西五里石,奋怒向我落。仰看日车侧,俯恐坤轴弱。魑魅啸有风,霜霰浩漠漠。昨忆逾陇坂,高秋视吴岳。东笑莲华卑,北知崆峒薄。超然侔壮观,已谓殷寥廓。突兀犹趁人,及兹叹冥漠。

凤凰台

亭亭凤凰台,北对西康州。西伯今寂寞,凤声亦悠悠。山峻路绝踪,石林气高浮。安得万丈梯,为君上上头。恐有无母雏,饥寒日啾啾。我能剖心血,饮啄慰孤愁。心以当竹实,炯然无外求。血以当醴泉,岂徒比清流。所重王者瑞,敢辞微命休。坐看彩翮长,举意八极周。自天衔瑞图,飞下十二楼。图以奉至尊,凤以垂鸿猷。再光中兴业,一洗苍生忧。深衷正为此,群盗何淹留?

万丈潭

青溪合冥寞,神物有显晦。龙依积水蟠,窟压万丈内。

踢步凌垠堮,侧身下烟霭。前临洪涛宽,却立苍石大。山危一径尽,崖绝两壁对。削成根虚无,倒影垂澹澉。黑知湾澴底,清见光炯碎。孤云到来深,飞鸟不在外。高萝成帷幄,寒木累旌旆。远川曲通流,嵌窦潜泄濑。造幽无人境,发兴自我辈。告归遗恨多,将老斯游最。闭藏修鳞蛰,出入巨石碍。何当炎天过,快意风雨会。

剑门

惟天有设险,剑门天下壮。连山抱西南,石角皆北向。两崖崇墉倚,刻画城郭状。一夫怒临关,百万未可傍。川岳储精英,天府兴宝藏。珠玉走中原,岷峨气凄怆。三皇五帝前,鸡犬各相放。后王尚柔远,职贡道已丧。至今英雄人,高视见霸王。并吞与割据,极力不相让。吾将罪真宰,意欲铲叠嶂。恐此复偶然,临风默惆怅。

∞ ∞ ∞   ∞ ∞ ∞   ∞ ∞ ∞

饮中八仙歌

知章骑马似乘船,眼花落井水底眠。汝阳三斗始朝天,道逢麴车口流涎,恨不移封向酒泉。左相日兴费万钱,饮如长鲸吸百川,衔杯乐圣称避贤。宗之潇洒美少年,举觞白眼望青天,皎如玉树临风前。苏晋长斋绣佛前,醉中往往爱逃禅。李白一斗诗百篇,长安市上酒家眠;天子呼来不上船,自称臣是酒中仙。张旭三杯草圣传,脱帽露顶王公前,挥毫落纸如云烟。焦遂五斗方卓然,高谈雄辩惊四筵。

曲江三章章五句

曲江萧条秋气高,菱荷枯折随风涛,游子空嗟垂二毛。白石素沙亦相荡,哀鸿独叫求其曹。

即事非今亦非古,长歌激越捎林莽,比屋豪华固难数。吾人甘作心似灰,弟侄何伤泪如雨。

自断此生休问天,杜曲幸有桑麻田,故将移住南山边。短衣匹马随李广,看射猛虎终残年。

乾元中寓居同谷县作歌七首

有客有客字子美,白头乱发垂过耳。岁拾橡栗随狙公,天寒日暮山谷里。中原无书归不得,手脚冻皴皮肉死。呜呼!一歌兮歌已哀,悲风为我从天来。

长镵长镵白木柄,我生托子以为命。黄精无苗山雪盛,短衣数挽不掩胫。此时与子空归来,男呻女吟四壁静。呜呼!二歌兮歌始放,闾里为我色惆怅。

有弟有弟在远方,三人各瘦何人强!生别展转不相见,胡尘暗天道路长。东飞鸳鹅后鹙鸧,安得送我置汝旁。呜呼!三歌兮歌三发,汝归何处收兄骨!

有妹有妹在钟离,良人早殁诸孤痴。长淮浪高蛟龙怒,十年不见来何时。扁舟欲往箭满眼,杳杳南国多旌旗。呜呼!四歌兮歌四奏,林猿为我啼清昼。

四山多风溪水急,寒雨飒飒枯树湿。黄蒿古城云不开,白狐跳梁黄狐立。我生何为在穷谷,中夜起坐万感集。呜呼!五歌兮歌正长,魂招不来归故乡。

南有龙兮在山湫,古木巃嵸枝相樛。木叶黄落龙正蛰,蝮蛇东来水上游。我行怪此安敢出,拔剑欲斩且复休。呜呼！六歌兮歌思迟,溪壑为我回春姿。

男儿生不成名身已老,三年饥走荒山道。长安卿相多少年,富贵应须致身早。山中儒生旧相识,但话宿昔伤怀抱。呜呼！七歌兮悄终曲,仰视皇天白日速。

张衡：四愁诗

我所思兮在太山,欲往从之梁父艰。侧身东望涕霑翰。美人赠我金错刀,何以报之英琼瑶。路远莫致倚逍遥,何为怀忧心烦劳。

我所思兮在桂林,欲往从之湘水深。侧身南望涕沾襟。美人赠我金琅玕,何以报之双玉盘。路远莫致倚惆怅,何为怀忧心烦伤。

我所思兮在汉阳,欲往从之陇阪长。侧身西望涕沾裳。美人赠我貂襜褕,何以报之明月珠。路远莫致倚踟蹰,何为怀忧心烦纡。

我所思兮在雁门,欲往从之雪纷纷。侧身北望涕沾巾。美人赠我锦绣段,何以报之青玉案。路远莫致倚增叹,何为怀忧心烦惋。

文天祥：六歌

有妻有妻出糟糠,自少结发不下堂。乱离中道逢虎狼,凤飞翩翩失其凰。将雏一二去何方,岂料国破家亦亡。不忍舍君罗襦裳,天长地久终茫茫,牛女夜夜遥相望。呜呼一歌兮歌正长,悲风北来起徬徨！

有妹有妹家流离,良人去后携诸儿。北风吹沙塞草萋,穷猿惨淡将安归？去年哭母南海湄,三男一女同歔欷,惟汝不在割我肌。汝家零落母不知,母知岂有瞑目时！呜呼再歌兮歌孔悲,鹡鸰在原我何为？

有女有女婉清扬,大者学帖临锺王,小者读字声琅琅。朔风吹衣白日黄,一双素璧委道旁。雁儿啄啄秋无粱,随母北首谁人将？呜呼三歌兮歌愈伤,非为儿女泪淋浪！

有子有子风骨殊,释氏抱送徐卿雏。四月八日摩尼珠,榴花犀钱络绣襦。兰汤百沸香似酥,欻随飞藿飘泥涂。汝兄十三骑鲸鱼,汝今三岁知在无？呜呼四歌兮歌以吁,灯前老影明月孤。

有妾有妾今何如,大者手将玉蟾蜍,次者亲抱汗血驹,晨妆靓服临西湖。英英雁荡飘璃琚,风花乱坠鸟鸣呼。金镜沉瀣浮污渠,天摧地裂龙虎徂,美人尘土何代无？呜呼五歌兮歌郁纡,为尔迎风立斯须。

我生我生何不辰？孤根不识桃李春,天寒日短空愁人。北风随我铁马尘,初怜骨肉钟奇祸,如今骨肉更怜我。汝在空能婴我怀,我死谁当收我骸？人生百年何丑好,黄粱得丧俱草草。呜呼六歌兮勿复道,出门一笑天地老。

∞∞∞　∞∞∞　∞∞∞

前出塞

戚戚去故里,悠悠赴交河。公家有程期,亡命婴祸罗。君已富土境,开边一何多！弃绝父母恩,吞声行负戈。

出门日已远,不受徒旅欺。骨肉恩岂断,男儿死无时。走马脱辔头,手中挑青丝。捷下万仞冈,俯身试搴旗。

磨刀鸣咽水,水赤刃伤手。欲轻肠断声,心绪乱已久。

丈夫誓许国,愤惋复何有？功名图麒麟,战骨当速朽。

送徒既有长,远戍亦有身。生死向前去,不劳吏怒嗔。路逢相识人,附书与六亲。哀哉两决绝,不复同苦辛。

迢迢万里余,领我赴三军。军中异苦乐,主将宁尽闻。隔河见胡骑,倏忽数百群。我始为奴仆,几时树功勋！

挽弓当挽强,用箭当用长。射人先射马,擒贼先擒王。杀人亦有限,列国自有疆。苟能制侵陵,岂在多杀伤？

驱马天雨雪,军行入高山。径危抱寒石,指落曾冰间。已去汉月远,何时筑城还？浮云暮南征,可望不可攀。

单于寇我垒,百里风尘昏。雄剑四五动,彼军为我奔。掳其名王归,系颈授辕门。潜身备行列,一胜何足论。

从军十年余,能无分寸功。众人贵苟得,欲语羞雷同。中原有斗争,况在狄与戎？丈夫四方志,安可辞固穷。

后出塞

男儿生世间,及壮当封侯。战伐有功业,焉能守旧丘？召募赴蓟门,军动不可留。千金装马鞍,百金装刀头。闾里送我行,亲戚拥道周。斑白居上列,酒酣进庶羞。少年别有赠,含笑看吴钩。

朝进东门营,暮上河阳桥。落日照大旗,马鸣风萧萧。平沙列万幕,部伍各见招。中天悬明月,令严夜寂寥。悲笳数声动,壮士惨不骄。借问大将谁？恐是霍嫖姚。

古人重守边,今人重高勋。岂知英雄主,出师亘长云。六合已一家,四夷且孤军。遂使貔虎士,奋身勇所闻。拔剑击大荒,日收胡马群。誓开玄冥北,持以奉吾君。

献凯日继踵,两蕃静无虞。渔阳豪侠地,击鼓吹笙竽。

云帆转辽海,粳稻来东吴。越罗与楚练,照耀舆台躯。主将位益崇,气骄凌上都。边人不敢议,议者死路衢。

我本良家子,出师亦多门。将骄益愁思,身贵不足论。跃马二十年,恐孤明主恩。坐见幽州骑,长驱河洛昏。中夜间道归,故里但空村。恶名幸脱免,穷老无儿孙。

范成大：催租行

输租得钞官更催,踉跄里正敲门来。手持文书杂嗔喜："我亦来营醉归耳!"床头悭囊大如拳,扑破正有三百钱;不堪与君成一醉,聊复偿君草鞋费。

范成大：后催租行

老父田荒秋雨里,旧时高岸今江水;佣耕犹自抱长饥,的知无力输租米。自从乡官新上来,黄纸放尽白纸催。卖衣得钱都纳却,病骨虽寒聊免缚。去年衣尽到家口,大女临歧两分首;今年次女已行媒,亦复驱将换升斗。室中更有第三女,明年不怕催租苦!

丽人行

三月三日天气新,长安水边多丽人。态浓意远淑且真,肌理细腻骨肉匀。绣罗衣裳照暮春,蹙金孔雀银麒麟。头上何所有？翠为㔠叶垂鬓唇;背后何所见？珠压腰衱稳称身。就中云幕椒房亲,赐名大国虢与秦。紫驼之峰出翠釜,水精之盘行素鳞,犀箸厌饫久未下,鸾刀缕切空纷纶。黄门飞鞚不动尘,御厨络绎送八珍。箫鼓哀吟感鬼神,宾从杂遝实要津。后来鞍马何逡巡！当轩下马入锦茵。杨花雪落覆白蘋,青鸟飞去衔红巾。炙手可热势绝伦,慎莫近前丞相嗔。

苏轼:续丽人行

深宫无人春日长,沉香亭北百花香。美人睡起薄梳洗,燕舞莺啼空断肠。画工欲画无穷意,背立东风初破睡;若教回首却嫣然,阳城下蔡俱风靡。杜陵饥客眼长寒,蹇驴破帽随金鞍。隔花临水时一见,只许腰肢背后看。心醉归来茅屋底,方信人间有西子。君不见,孟光举案与眉齐,何曾背面伤春啼!

∞∞∞　∞∞∞　∞∞∞

同诸公登慈恩寺塔

高标跨苍穹,烈风无时休。自非旷士怀,登兹翻百忧。方知象教力,足可追冥搜。仰穿龙蛇窟,始出枝撑幽。七星在北户,河汉声西流。羲和鞭白日,少昊行清秋。秦山忽破碎,泾渭不可求。俯视但一气,焉能辨皇州。回首叫虞舜,苍梧云正愁。惜哉瑶池饮,日晏昆仑丘。黄鹄去不息,哀鸣何所投?君看随阳雁,各有稻粱谋。

岑参:与高适、薛据登慈恩寺浮图

塔势如涌出,孤高耸天宫。登临出世界,磴道盘虚空。突兀压神州,峥嵘如鬼工。四角碍白日,七层摩苍穹。下窥指高鸟,俯听闻惊风。连山若波涛,奔凑似朝东。青槐夹驰道,宫馆何玲珑!秋色从西来,苍然满关中。五陵北原上,万古青濛濛。净理了可悟,胜因夙所宗。誓将挂冠去,觉道资无穷。

储光羲：同诸公登慈恩寺塔

金祠起真宇，直上青云垂。地静我亦闲，登之秋清时。苍芜宜春苑，片碧昆明池。谁道天汉高，逍遥方在兹。虚形宾太极，携手行翠微。雷雨傍杳冥，鬼神中蹊跹。灵变在倏忽，莫能穷天涯。冠上阊阖开，履下鸿雁飞。宫室低逦迤，群山小参差。俯仰宇宙空，庶随了义归。崱屴非大厦，久居亦以危。

章八元：题慈恩寺塔

十层突兀在虚空，四十门开面面风。却怪鸟飞平地上，自惊人语半天中。回梯暗踏如穿洞，绝顶初攀似出笼。落日凤城佳气合，满城春树雨濛濛。

苏轼：真兴寺阁

山川与城郭，漠漠同一形。市人与鸦鹊，浩浩同一声。此阁几何高？何人之所营？侧身送落日，引手攀飞星。当年王中令，斫木南山赪。写真留阁下，铁面眼有棱。身强八九尺，与阁两峥嵘。古人虽暴恣，作事今世惊。登者尚呀喘，作者何以胜。曷不观此阁，其人勇且英。

∞∞∞　∞∞∞　∞∞∞

陪郑广文游何将军山林十首

不识南塘路，今知第五桥。名园依绿水，野竹上青霄。

谷口旧相得,濠梁同见招。平生为幽兴,未惜马蹄遥。

百顷风潭上,千章夏木清。卑枝低结子,接叶暗巢莺。鲜鲫银丝鲙,香芹碧涧羹。翻疑舵楼底,晚饭越中行。

万里戎王子,何年别月支。异花来绝域,滋蔓匝清池。汉使徒空到,神农竟不知。露翻兼雨打,开拆日离披。

旁舍连高竹,疏篱带晚花。碾涡深没马,藤蔓曲藏蛇。词赋工何益,山林迹未赊。尽捻书籍卖,来问尔东家。

剩水沧江破,残山碣石开。绿垂风折笋,红绽雨肥梅。银甲弹筝用,金鱼换酒来。兴移无洒扫,随意坐莓苔。

风磴吹阴雪,云门吼瀑泉。酒醒思卧簟,衣冷欲装绵。野老来看客,河鱼不取钱。只疑淳朴处,自有一山川。

棘树寒云色,茵蔯春藕香。脆添生菜美,阴益食单凉。野鹤清晨出,山精白日藏。石林蟠水府,百里独苍苍。

忆过杨柳渚,走马定昆池。醉把青荷叶,狂遗白接䍦。刺船思郢客,解水乞吴儿。坐对秦山晚,江湖兴颇随。

床上书连屋,阶前树拂云。将军不好武,稚子总能文。醒酒微风入,听诗静夜分。絺衣挂萝薜,凉月白纷纷。

幽意忽不惬,归期无奈何。出门流水住,回首白云多。自笑灯前舞,谁怜醉后歌。只应与朋好,风雨亦来过。

重过何氏五首

问讯东桥竹,将军有报书。倒衣还命驾,高枕乃吾庐。花妥莺捎蝶,溪喧獭趁鱼。重来休沐地,真作野人居。

山雨樽仍在,沙沉榻未移。犬迎曾宿客,鸦护落巢儿。云薄翠微寺,天清皇子陂。向来幽兴极,步屧过东篱。

落日平台上,春风啜茗时。石栏斜点笔,桐叶坐题诗。

翡翠鸣衣桁,蜻蜓立钓丝。自今幽兴熟,来往亦无期。

颇怪朝参懒,应耽野趣长。雨抛金锁甲,苔卧绿沉枪。手自移蒲柳,家才足稻粱。看君用幽意,白日到羲皇。

到此应尝宿,相留可判年。蹉跎暮容色,怅望好林泉。何日霑微禄,归山买薄田。斯游恐不遂,把酒意茫然。

左思：咏史八首

弱冠弄柔翰,卓荦观群书。著论准《过秦》,作赋拟《子虚》。边城苦鸣镝,羽檄飞京都。虽非甲胄士,畴昔览穰苴。长啸激清风,志若无东吴。铅刀贵一割,梦想骋良图。左眄澄江湘,右盼定羌胡。功成不受爵,长揖归田庐。

郁郁涧底松,离离山上苗。以彼径寸茎,荫此百尺条。世胄蹑高位,英俊沉下僚。地势使之然,由来非一朝。金张藉旧业,七叶珥汉貂。冯公岂不伟,白首不见招。

吾希段干木,偃息藩魏君。吾慕鲁仲连,谈笑却秦军。当世贵不羁,遭难能解纷。功成不受赏,高节卓不群。临组不肯绁,对珪不肯分。连玺耀前庭,比之犹浮云。

济济京城内,赫赫王侯居。冠盖荫四术,朱轮竟长衢。朝集金张馆,暮宿许史庐。南邻击钟磬,北里吹笙竽。寂寂杨子宅,门无卿相舆。寥寥空宇中,所讲在玄虚。言论准宣尼,辞赋拟相如。悠悠百世后,英名擅八区。

皓天舒白日,灵景耀神州。列宅紫宫里,飞宇若云浮。峨峨高门内,蔼蔼皆王侯。自非攀龙客,何为欻来游。被褐出阊阖,高步追许由。振衣千仞冈,濯足万里流。

荆轲饮燕市,酒酣气益震。哀歌和渐离,谓若傍无人。虽无壮士节,与世亦殊伦。高眄邈四海,豪右何足陈。贵者虽自贵,视之若埃尘。贱者虽自贱,重之若千钧。

主父宦不达,骨肉还相薄。买臣困樵采,伉俪不安宅。陈平无产业,归来翳负郭。长卿还成都,壁立何寥廓。四贤岂不伟,遗烈光篇籍。当其未遇时,忧在填沟壑。英雄有屯邅,由来自古昔。何世无奇才,遗之在草泽。

习习笼中鸟,举翮触四隅。落落穷巷士,抱影守空庐。出门无通路,枳棘塞中涂。计策弃不收,块若枯池鱼。外望无寸禄,内顾无斗储。亲戚还相蔑,朋友日夜疏。苏秦北游说,李斯西上书。俯仰生荣华,咄嗟复雕枯。饮河期满腹,贵足不愿余。巢林栖一枝,可为达士模。

刘禹锡:金陵五题

余少为江南客,而未游秣陵,尝有遗恨。后为历阳守,跂而望之。适有客以《金陵五题》相示,迫尔生思,欻然有得。他日友人白乐天掉头苦吟,叹赏良久,且曰:"《石头诗》云'潮打空城寂寞回',吾知后之诗人,不复措词矣。"余四咏虽不及此,亦不孤乐天之言耳。

石头城
山围故国周遭在,潮打空城寂寞回。淮水东边旧时月,夜深还过女墙来。

乌衣巷
朱雀桥边野草花,乌衣巷口夕阳斜。旧时王谢堂前燕,飞入寻常百姓家。

台　城
台城六代竞豪华,结绮临春事最奢。万户千门成野草,只缘一曲后庭花。

生公讲堂

生公说法鬼神听,身后空堂夜不扃。高坐寂寥尘漠漠,一方明月可中庭。

江令宅

南朝词臣北朝客,归来唯见秦淮碧。池台竹树三亩余,至今人道江家宅。

苏轼:中隐堂诗

岐山宰王君绅,其祖故蜀人也。避乱来长安,而遂家焉。其居第园圃有名,长安城中号中隐堂者是也。予之长安,王君以书戒其子弟邀予游,且乞诗甚勤,因为作此五篇。

去蜀初逃难,游秦遂不归。园荒乔木老,堂在昔人非。凿石清泉激,开门野鹤飞。退居吾久念,长恐此心违。

径转如修蟒,坡垂似伏鳌。树从何代有?人与此堂高。好古嗟生晚,偷闲厌久劳。王孙早归隐,尘土污君袍。

二月惊梅晚,幽香此地无。依依慰远客,皎皎似吴姝。不恨故园隔,空嗟芳岁徂。春深桃杏乱,笑汝益羁孤。

翠石如鹦鹉,何年别海堧?贡随南使远,载压渭舟偏。已伴乔松老,那知故国迁。金人解辞汉,汝独不潸然。

都城更几姓,到处有残碑。古隧埋蝌蚪,崩崖露伏龟。安排壮亭榭,收拾费金赀。岣嵝何须到,韩公浪自悲。

∞ ∞ ∞   ∞ ∞ ∞   ∞ ∞ ∞

渼陂行

岑参兄弟皆好奇,携我远来游渼陂。天地黤惨忽异色,波涛万顷堆琉璃。琉璃汗漫泛舟入,事殊兴极忧思集。鼍作鲸吞不复知,恶风白浪何嗟及。主人锦帆相为开,舟子喜甚无氛埃。凫鹥散乱棹讴发,丝管啁啾空翠来。沉竿续缦深莫测,菱叶荷花静如拭。宛在中流渤澥清,下归无极终南黑。半陂以南纯浸山,动影裊窕冲融间。船舷暝戛云际寺,水面月出蓝田关。此时骊龙亦吐珠,冯夷击鼓群龙趋。湘妃汉女出歌舞,金支翠旗光有无。咫尺但愁雷雨至,苍茫不晓神灵意。少壮几时奈老何,向来哀乐何其多!

王安石:葛蕴作巫山高爱其飘逸因作两篇(其二)

巫山高,偃薄江水之滔滔。水于天下实至险,山亦起伏为波涛。其巅冥冥不可见,崖岸斗绝悲猿猱。赤枫青栎生满谷,山鬼白日樵人遭。窈窕阳台彼神女,朝朝暮暮能云雨。以云为衣月为褚,乘光服暗无留阻。昆仑曾城道可取,方丈蓬莱多伴侣。块独守此嗟何求,况乃低徊梦中语。

王安石:杏花

石梁度空旷,茅屋临清炯。俯窥娇饶杏,未觉身胜影。嫣如景阳妃,含笑堕宫井。怊怅有微波,残妆坏难整。

苏轼:游金山寺

我家江水初发源,宦游直送江入海。闻道潮头一丈高,天寒尚有沙痕在。中泠南畔石盘陀,古来出没随涛波。试登绝顶望乡国,江南江北青山多。羁愁畏晚寻归楫,山僧苦留看落日。微风万顷靴文细,断霞半空鱼尾赤。是时江月初生魄,二更月落天深黑。江心似有炬火明,飞焰照山栖鸟惊。怅然归卧心莫识,非鬼非人竟何物?江山如此不归山,江神见怪惊我顽。我谢江神岂得已,有田不归如江水!

苏轼:泛颍

我性喜临水,得颍意甚奇。到官十日来,九日河之湄。吏民笑相语,使君老而痴。使君实不痴,流水有令姿。绕郡十余里,不驶亦不迟。上流直而清,下流曲而漪。画船俯明镜,笑问汝为谁?忽然生鳞甲,乱我须与眉,散为百东坡,顷刻复在兹。此岂水薄相,与我相娱嬉,声色与臭味,颠倒眩小儿,等是儿戏物,水中少磷缁。赵陈两欧阳,同参天人师,观妙各有得,共赋泛颍诗。

陈与义:夏日集葆真池上以绿阴生昼静赋诗得静字

清池不受暑,幽讨起予病。长安车辙边,有此荷万柄。是身惟可懒,共寄无尽兴。鱼游水底凉,鸟宿林间静。谈余日亭午,树影一时正。清风不负客,意重百金赠。聊将两鬓蓬,起照千丈镜。微波喜摇人,小立待其定。梁王今何许,柳色几衰盛。人生行乐耳,诗律已其剩。邂逅一樽酒,它年五君咏。重期踏月来,夜半啸烟艇。

∞∞∞　∞∞∞　∞∞∞

醉时歌

诸公衮衮登台省,广文先生官独冷。甲第纷纷厌粱肉,广文先生饭不足。先生有道出羲皇,先生有才过屈宋。德尊一代常坎轲,名垂万古知何用!杜陵野客人更嗤,被褐短窄鬓如丝。日籴太仓五升米,时赴郑老同襟期。得钱即相觅,沽酒不复疑。忘形到尔汝,痛饮真吾师。清夜沉沉动春酌,灯前细雨檐花落。但觉高歌有鬼神,焉知饿死填沟壑!相如逸才亲涤器,子云识字终投阁。先生早赋归去来,石田茅屋荒苍苔。儒术于我何有哉,孔丘盗跖俱尘埃!不须闻此意惨怆,生前相遇且衔杯。

戏简郑广文虔兼呈苏司业源明

广文到官舍,系马堂阶下。醉则骑马归,颇遭官长骂。才名四十年,坐客寒无毡。赖有苏司业,时时乞酒钱。

送郑十八虔贬台州司户伤其临老陷贼之故阙为面别情见于诗

郑公樗散鬓成丝,酒后常称老画师。万里伤心严谴日,百年垂死中兴时。苍惶已就长途往,邂逅无端出饯迟。便与先生应永诀,九重泉路尽交期。

有怀台州郑十八司户

天台隔三江,风浪无晨暮。郑公纵得归,老病不识路。昔如水上鸥,今为罝中兔。性命由他人,悲辛但狂顾。山鬼独一脚,蝮蛇长如树。呼号傍孤城,岁月谁与度?从来御魑魅,多为才名误。夫子嵇阮流,更被时俗恶。海隅微小吏,眼暗发垂素。黄帽映青袍,非供折腰具。平生一杯酒,见我故人遇。相望无所成,乾坤莽回互。

哭台州郑司户苏少监

故旧谁怜我,平生郑与苏。存亡不重见,丧乱独前途。豪俊何人在,文章扫地无。羁游万里阔,凶问一年俱。白日中原上,清秋大海隅。夜台当北斗,泉路觉东吴。得罪台州去,时危弃硕儒。移官蓬阁后,谷贵没潜夫。流恸嗟何及,衔冤有是夫。道消诗发兴,心息酒为徒。许与才虽薄,追随迹未拘。班扬名甚盛,嵇阮逸相须。会取君臣合,宁铨品命殊。贤良不必展,廊庙偶然趋。胜决风尘际,功安造化炉。从容拘旧学,惨澹闷阴符。摆落嫌疑久,哀伤志力输。俗依绵谷异,客对雪山孤。童稚思诸子,交朋列友于。情乖清酒送,望绝抚坟呼。疟病餐巴水,疮痍老蜀都。飘零迷哭处,天地日榛芜。

赠李白

二年客东都,所历厌机巧。野人对腥膻,蔬食常不饱。岂无青精饭,使我颜色好。苦乏大药资,山林迹如扫。李侯金闺彦,脱身事幽讨。亦有梁宋游,方期拾瑶草。

赠李白

秋来相顾尚飘蓬,未就丹砂愧葛洪。痛饮狂歌空度日,飞扬跋扈为谁雄?

春日忆李白

白也诗无敌,飘然思不群。清新庾开府,俊逸鲍参军。渭北春天树,江东日暮云。何时一樽酒,重与细论文。

寄李十二白二十韵

昔年有狂客,号尔谪仙人。笔落惊风雨,诗成泣鬼神。声名从此大,汩没一朝伸。文彩承殊渥,流传必绝伦。龙舟移棹晚,兽锦夺袍新。白日来深殿,青云满后尘。乞归优诏许,遇我宿心亲。未负幽栖志,兼全宠辱身。剧谈怜野逸,嗜酒见天真。醉舞梁园夜,行歌泗水春。才高心不展,道屈善无邻。处士祢衡俊,诸生原宪贫。稻粱求未足,薏苡谤何频。五岭炎蒸地,三危放逐臣。几年遭鵩鸟,独泣向麒麟。苏武元还汉,黄公岂事秦。楚筵辞醴日,梁狱上书辰。已用当时法,谁将此义陈。老吟秋月下,病起暮江滨。莫怪恩波隔,乘槎与问津。

天末怀李白

凉风起天末,君子意如何。鸿雁几时到,江湖秋水多。文章憎命达,魑魅喜人过。应共冤魂语,投诗赠汨罗。

梦李白二首

死别已吞声,生别常恻恻。江南瘴疠地,逐客无消息。故人入我梦,明我长相忆。恐非平生魂,路远不可测。魂来枫林青,魂返关塞黑。今君在罗网,何以有羽翼?落月满屋梁,犹疑照颜色。水深波浪阔,无使蛟龙得!

浮云终日行,游子久不至。三夜频梦君,情亲见君意。

告归常局促,苦道来不易。江湖多风波,舟楫恐失坠。出门搔白首,若负平生志。冠盖满京华,斯人独憔悴。孰云网恢恢,将老身反累。千秋万岁名,寂寞身后事!

∞∞∞　∞∞∞　∞∞∞

忆昔二首之二

忆昔开元全盛日,小邑犹藏万家室。稻米流脂粟米白,公私仓廪俱丰实。九州道路无豺虎,远行不劳吉日出。齐纨鲁缟车班班,男耕女桑不相失。宫中圣人奏云门,天下朋友皆胶漆。百余年间未灾变,叔孙礼乐萧何律。岂闻一绢直万钱,有田种谷今流血!洛阳宫殿烧焚尽,宗庙新除狐兔穴,伤心不忍问耆旧,复恐初从乱离说。小臣鲁钝无所能,朝廷记识蒙禄秩。周宣中兴望我皇,洒泪江汉身衰疾。

哀江头

少陵野老吞声哭,春日潜行曲江曲。江头宫殿锁千门,细柳新蒲为谁绿。忆昔霓旌下南苑,苑中万物生颜色。昭阳殿里第一人,同辇随君侍君侧。辇前才人带弓箭,白马嚼啮黄金勒。翻身向天仰射云,一笑正坠双飞翼。明眸皓齿今何在,血污游魂归不得。清渭东流剑阁深,去住彼此无消息。人生有情泪沾臆,江草江花岂终极。黄昏胡骑尘满城,欲往城南忘南北。

解闷十二首之九、十二

先帝贵妃今寂寞,荔枝还复入长安。炎方每续朱樱献,玉座应悲白露团。

　　侧生野岸及江蒲,不熟丹宫满玉壶。云壑布衣鲐背死,劳人害马翠眉须。

杜牧:过勤政楼
　　千秋佳节名空在,承露丝囊世已无。唯有紫苔偏称意,年年因雨上金铺。

杜牧:过华清宫绝句三首
　　长安回望绣成堆,山顶千门次第开。一骑红尘妃子笑,无人知是荔枝来。
　　新丰绿树起黄埃,数骑渔阳探使回。霓裳一曲千峰上,舞破中原始下来。
　　万国笙歌醉太平,倚天楼殿月分明。云中乱拍禄山舞,风过重峦下笑声。

崔橹:华清宫三首
　　草遮回磴绝鸣銮,云树深深碧殿寒。明月自来还自去,更无人倚玉栏干。
　　障掩金鸡蓄祸机,翠华西拂蜀云飞。珠帘一闭朝元阁,不见人归见燕归。
　　门横金锁悄无人,落日秋声渭水滨。红叶下山寒寂寂,湿云如梦雨如尘。

黄庭坚:和陈君仪读太真外传五首
　　朝廷无事君臣乐,花柳多情殿阁春。不觉胡雏心暗动,绮罗翻作坠楼人。

扶风乔木夏阴合,斜谷铃声秋夜深。人到愁来无处会,不关情处总伤心。

梁州一曲当时事,记得曾拈玉笛吹。端正楼空春昼永,小桃犹学淡燕支。

高丽条脱琱红玉,逻迤琵琶捻绿丝。蛛网屋煤昏故物,此生唯有梦来时。

上皇曾御昭仪传,镜里观形只眼前。养得禄儿倾四海,千秋更有一伶玄。

∞∞∞　∞∞∞　∞∞∞

玉华宫

溪回松风长,苍鼠窜古瓦。不知何王殿,遗构绝壁下。阴房鬼火青,坏道哀湍泻。万籁真笙竽,秋色正萧洒。美人为黄土,况乃粉黛假！当时侍金舆,故物独石马。忧来藉草坐,浩歌泪盈把。冉冉征途间,谁是长年者！

梅尧臣：拟杜甫玉华宫

松深溪色古,中有鼯鼠鸣,废殿不知年,但与苍崖平。鬼火出空屋,未继华烛明,暗泉发虚窦,似作哀弦鸣。黄金不变土,玉质空令名,当时从舆辇,石马埋棘荆。独来感旧物,煎怀如沸羹,区区人世间,谁免此亏盈。

张耒：离黄州

扁舟发孤城,挥手谢送者。山回地势卷,天豁江面泻。

中流望赤壁,石脚插水下。昏昏烟雾岭,历历渔樵舍。居夷实三载,邻里通假借。别之岂无情,老泪为一洒。篙工起鸣鼓,轻橹健于马。聊为过江宿,寂寂樊山夜。

∞∞∞　∞∞∞　∞∞∞

羌村三首

峥嵘赤云西,日脚下平地。柴门鸟雀噪,归客千里至。妻孥怪我在,惊定还拭泪。世乱遭飘荡,生还偶然遂。邻人满墙头,感叹亦歔欷。夜阑更秉烛,相对如梦寐!

晚岁迫偷生,还家少欢趣。娇儿不离膝,畏我复却去。忆昔好追凉,故绕池边树。萧萧北风劲,抚事煎百虑。赖知禾黍收,已觉糟床注。如今足斟酌,且用慰迟暮。

群鸡正乱叫,客至鸡斗争。驱鸡上树木,始闻叩柴荆。父老四五人,问我久远行。手中各有携,倾榼浊复清。苦辞酒味薄,黍地无人耕。兵革既未息,儿童尽东征。请为父老歌,艰难愧深情。歌罢仰天叹,四座涕纵横。

陶渊明:癸卯岁始春怀古田舍二首_{之二}

先师有遗训,忧道不忧贫。瞻望邈难逮,转欲患长勤。秉耒欢时务,解颜劝农人。平畴交远风,良苗亦怀新。虽未量岁功,即事多所欣。耕种有时息,行者无问津。日入相与归,壶浆劳近邻。长吟掩柴门,聊为陇亩民。

陶渊明:还旧居

畴昔家上京,六载去还归。今日始复来,恻怆多所悲。

阡陌不移旧,邑屋或时非。履历周故居,邻老罕复遗。步步寻往迹,有处特依依。流幻百年中,寒暑日相推。常恐大化尽,气力不及衰。拨置且莫念,一觞聊可挥。

陶渊明:饮酒二十首之九

清晨闻叩门,倒裳往自开。问子为谁与?田父有好怀。壶浆远见候,疑我与时乖。繿缕茅檐下,未足为高栖。一世皆尚同,愿君汩其泥。深感父老言,禀气寡所谐。纡辔诚可学,违己讵非迷!且共欢此饮,吾驾不可回。

∞∞∞　∞∞∞　∞∞∞

赠卫八处士

人生不相见,动如参与商。今夕复何夕,共此灯烛光。少壮能几时,鬓发各已苍。访旧半为鬼,惊呼热中肠。焉知二十载,重上君子堂。昔别君未婚,男女忽成行。怡然敬父执,问我来何方。问答乃未(一作未及)已,驱儿罗酒浆。夜雨剪春韭,新炊间黄粱。主称会面难,一举累十觞。十觞亦不辞,感子故意长。明日隔山岳,世事两茫茫。

司空曙:云阳馆与韩绅宿别

故人江海别,几度隔山川。乍见翻疑梦,相悲各问年。孤灯寒照雨,湿竹暗浮烟。更有明朝恨,离杯惜共传。

李益:喜见外弟又言别

十年离乱后,长大一相逢。问姓惊初见,称名忆旧容。

别来沧海事,语罢暮天钟。明日巴陵道,秋山又几重。

王安石:示长安君

少年离别意非轻,老去相逢亦怆情。草草杯盘供笑语,昏昏灯火话平生。自怜湖海三年隔,又作尘沙万里行。欲问后期何日是,寄书应见雁南征。

∞∞∞　∞∞∞　∞∞∞

夏日叹

夏日出东北,陵天经中街。朱光彻厚地,郁蒸何由开!上苍久无雷,无乃号令乖!雨降不濡物,良田起黄埃。飞鸟苦热死,池鱼涸其泥。万人尚流冗,举目惟蒿莱。至今大河北,尽作虎与豺。浩荡想幽蓟,王师安在哉!对食不能餐,我心殊未谐。眇然贞观初,难与数子偕。

诗经·桧风·匪风

匪风发兮,匪车偈兮。顾瞻周道,中心怛兮。
匪风飘兮,匪车嘌兮。顾瞻周道,中心吊兮。
谁能亨鱼?溉之釜鬵。谁将西归?怀之好音。

诗经·曹风·下泉

冽彼下泉,浸彼苞稂。忾我寤叹,念彼周京。
冽彼下泉,浸彼苞萧。忾我寤叹,念彼京周。
芃芃黍苗,阴雨膏之。四国有王,郇伯劳之。

∞∞∞　∞∞∞　∞∞∞

夏夜叹

永日不可暮,炎蒸毒中肠。安得万里风,飘飘吹我裳。昊天出华月,茂林延疏光。仲夏苦夜短,开轩纳微凉。虚明见纤毫,羽虫亦飞扬。物情无巨细,自适固其常。念彼荷戈士,穷年守边疆。何由一洗濯,执热互相望。竟夕击刁斗,喧声连万方。青紫虽被体,不如早还乡。北城悲笳发,鹳鹤号且翔。况复烦促倦,激烈思时康。

诗经·小雅·何草不黄

何草不黄,何日不行。何人不将,经营四方。
何草不玄,何人不矜。哀我征夫,独为匪民。
匪兕匪虎,率彼旷野。哀我征夫,朝夕不暇。
有芃者狐,率彼幽草。有栈之车,行彼周道。

∞∞∞　∞∞∞　∞∞∞

秦州杂诗二十首（录十）

满目悲生事,因人作远游。迟回度陇怯,浩荡及关愁。水落鱼龙夜,山空鸟鼠秋。西征问烽火,心折此淹留。

秦州城北寺,胜迹隗嚣宫。苔藓山门古,丹青野殿空。月明垂叶露,云逐度溪风。清渭无情极,愁时独向东。

莽莽万重山,孤城石谷间。无风云出塞,不夜月临关。属国归何晚,楼兰斩未还。烟尘一长望,衰飒正摧颜。

萧萧古塞冷,漠漠秋云低。黄鹄翅垂雨,苍鹰饥啄泥。

蓟门谁自北,汉将独征西。不意书生耳,临衰厌鼓鼙。

山头南郭寺,水号北流泉。老树空庭得,清渠一邑传。秋花危石底,晚景卧钟边。俛仰悲身世,溪风为飒然。

传道东柯谷,深藏数十家。对门藤盖瓦,映竹水穿沙。瘦地翻宜粟,阳坡可种瓜。船人近相报,但恐失桃花。

东柯好崖谷,不与众峰群。落日邀双鸟,晴天卷片云。野人矜险绝,水竹会平分。采药吾将老,儿童未遣闻。

边秋阴易夕,不复辨晨光。檐雨乱淋幔,山云低度墙。鸬鹚窥浅井,蚯蚓上深堂。车马何萧索,门前百草长。

地僻秋将尽,山高客未归。塞云多断续,边日少光辉。警急烽常报,传闻檄屡飞。西戎外甥国,何得迕天威。

唐尧真自圣,野老复何知。晒药能无妇,应门亦有儿。藏书闻禹穴,读记忆仇池。为报鸳行旧,鹪鹩在一枝。

寓　目

一县葡萄熟,秋山苜蓿多。关云常带雨,塞水不成河。羌女轻烽燧,胡儿掣骆驼。自伤迟暮眼,丧乱饱经过。

捣　衣

亦知戍不返,秋至拭清砧。已近苦寒月,况经长别心。宁辞捣衣倦,一寄塞垣深。用尽闺中力,君听空外音。

蕃　剑

致此自僻远,又非珠玉装。如何有奇怪,每夜吐光芒。虎气必腾上,龙身宁久藏。风尘苦未息,持汝奉明王。

即　事

闻道花门破,和亲事却非。人怜汉公主,生得渡河归。秋思抛云髻,腰支剩宝衣。群凶犹索战,回首意多违。

∞∞∞　　∞∞∞　　∞∞∞

西枝村寻置草堂地夜宿赞公土室二首

出郭眄细岑,披榛得微路。溪行一流水,曲折方屡渡。赞公汤休徒,好静心迹素。昨枉霞上作,盛论岩中趣。怡然共携手,恣意同远步。扪萝涩先登,陟巘眩反顾。要求阳冈暖,苦涉阴岭冱。惆怅老大藤,沉吟屈蟠树。卜居意未展,杖策回且暮。层巅余落日,草蔓已多露。

天寒鸟已归,月出山更静。土室延白光,松门耿疏影。跻攀倦日短,语乐寄夜永。明燃林中薪,暗汲石底井。大师京国旧,德业天机秉。从来支许游,兴趣江湖迥。数奇谪关塞,道广存箕颍。何知戎马间,复接尘事屏。幽寻岂一路,远色有诸岭。晨光稍朦胧,更越西南顶。

谢灵运:登石门最高顶

晨策寻绝壁,夕息在山栖。疏峰抗高馆,对岭临回溪。长林罗户穴,积石拥阶基。连岩觉路塞,密竹使径迷。来人忘新术,去子惑故蹊。活活夕流驶,噭噭夜猿啼。沉冥岂别理,守道自不携。心契九秋干,目玩三春荑。居常以待终,处顺故安排。惜无同怀客,共登青云梯。

谢灵运：石门新营所住四面高山回溪石濑茂林修竹

跻险筑幽居，披云卧石门。苔滑谁能步，葛弱岂可扪。袅袅秋风过，萋萋春草繁。美人游不还，佳期何由敦。芳尘凝瑶席，清醑满金樽。洞庭空波澜，桂枝徒攀翻。结念属霄汉，孤景莫与谖。俯濯石下潭，仰看条上猿。早闻夕飙急，晚见朝日暾。崖倾光难留，林深响易奔。感往虑有复，理来情无存。庶持乘日车，得以慰营魂。匪为众人说，冀与智者论。

谢灵运：石门岩上宿

朝搴苑中兰，畏彼霜下歇。暝还云际宿，弄此石上月。鸟鸣识夜栖，木落知风发。异音同致听，殊响俱清越。妙物莫为赏，芳醑谁与伐。美人竟不来，阳阿徒晞发。

∞∞∞　∞∞∞　∞∞∞

太平寺泉眼

招提凭高冈，疏散连草莽。出泉枯柳根，汲引岁月古。石间见海眼，天畔萦水府。广深丈尺间，宴息敢轻侮。青白二小蛇，幽姿可时觏。如丝气或上，烂熳为云雨。山头到山下，凿井不尽土。取供十方僧，香美胜牛乳。北风起寒文，弱藻舒翠缕。明涵客衣净，细荡林影趣。何当宅下流，余润通药圃。三春湿黄精，一食生毛羽。

苏轼：起伏龙行

徐州城东二十里有石潭，父老云与泗水通，增损清浊相应不差,时有河鱼出焉。元丰元年春旱,或云置虎头潭中,可以致雷雨。用其说作《起伏龙行》。

何年白竹千钧弩,射杀南山雪毛虎。至今颅骨带霜牙,尚作四海毛虫祖。东方久旱千里赤,三月行人口生土。碧潭近在古城东,神物所蟠谁敢侮。上敲苍石拥岩窦,下应清河通水府。眼光作电走金蛇,鼻息为云擢烟缕。当年负图传帝命,左右羲轩诏神禹。尔来怀宝但贪眠,满腹雷霆暗不吐。赤龙白虎战明日,倒卷黄河作飞雨。嗟吾岂乐斗两雄,有事径须烦一怒。

苏轼:白水山佛迹岩

何人守蓬莱,夜半失左股。浮山若鹏蹲,忽展垂天羽。根株互连络,崖峤争吞吐。神工自炉鞴,融液相缀补。至今余隙罅,流出千斛乳。方其欲合时,天匠麾月斧。帝觞分余沥,山骨醉后土。峰峦尚开阖,涧谷犹呼舞。海风吹未凝,古佛来布武。当时汪罔氏,投足不盖拇。青莲虽不见,千古落花雨。双溪汇九折,万马腾一鼓。奔雷溅玉雪,潭洞开水府。潜鳞有饥蛟,掉尾取渴虎。我来方醉后,濯足聊戏侮。回风卷飞雹,掠面过强弩。山灵莫恶剧,微命安足赌。此山吾欲老,慎勿厌求取。溪流变春酒,与我相宾主。当连青竹竿,下灌黄精圃。

陶渊明:饮酒二十首之五

结庐在人境,而无车马喧。问君何能尔?心远地自偏。采菊东篱下,悠然见南山。山气日夕佳,飞鸟相与还。此还有真意,欲辨已忘言。

谢灵运：游赤石进帆海

首夏犹清和，芳草亦未歇。水宿淹晨暮，阴霞屡兴没。周览倦瀛壖，况乃陵穷发。川后时安流，天吴静不发。扬帆采石华，挂席拾海月。溟涨无端倪，虚舟有超越。仲连轻齐组，子牟眷魏阙。矜名道不足，适己物可忽。请附任公言，终然谢天伐。

∞∞∞　∞∞∞　∞∞∞

遣兴五首

蛰龙三冬卧，老鹤万里心。昔时贤俊人，未遇犹视今。嵇康不得死，孔明有知音。又如垄坻松，用舍在所寻。大哉霜雪幹，岁久为枯林。

昔者庞德公，未曾入州府。襄阳耆旧间，处士节独苦。岂无济时策，终竟畏罗罟。林茂鸟有归，水深鱼知聚。举家隐鹿门，刘表焉得取？

陶潜避俗翁，未必能达道。观其著诗集，颇亦恨枯槁。达生岂是足？默识盖不早。有子贤与愚，何其挂怀抱。

贺公雅吴语，在位常清狂。上疏乞骸骨，黄冠归故乡。爽气不可致，斯人今则亡。山阴一茅宇，江海日清凉。

吾怜孟浩然，裋褐即长夜。赋诗何必多，往往凌鲍谢。清江空旧鱼，春雨余甘蔗。每望东南云，令人几悲咤。

颜延之：五君咏

阮步兵

阮公虽沦迹，识密鉴亦洞。沉醉似埋照，寓辞类托讽。长啸若怀人，越礼自惊众。物故不可论，途穷能无恸！

嵇中散

中散不偶世，本自餐霞人。形解验默仙，吐论知凝神。立俗迕流议，寻山洽隐沦。鸾翮有时铩，龙性谁能驯。

刘参军

刘灵善闭关，怀情灭闻见。鼓钟不足欢，荣色岂能眩。韬精日沉饮，谁知非荒宴。颂酒虽短章，深衷自此见。

阮始平

仲容青云器，实禀生民秀。达音何用深，识微在金奏。郭奕已心醉，山公非虚觏。屡荐不入官，一麾乃出守。

向常侍

向秀甘淡薄，深心托豪素。探道好渊玄，观书鄙章句。交吕既鸿轩，攀嵇亦凤举。流连河里游，恻怆山阳赋。

∞∞∞　∞∞∞　∞∞∞

佳　人

绝代有佳人，幽居在空谷。自云良家子，零落依草木。关中昔丧败，兄弟遭杀戮。官高何足论，不得收骨肉。世情恶衰歇，万事随转烛。夫婿轻薄儿，新人美如玉。合昏尚知时，鸳鸯不独宿。但见新人笑，那闻旧人哭。在山泉水清，出山泉水浊。侍婢卖珠回，牵萝补茅屋。摘花不插鬓，采柏动盈掬。天寒翠袖薄,日暮倚修竹。

诗经·卫风·氓

氓之蚩蚩,抱布贸丝。匪来贸丝,来即我谋。送子涉淇,至于顿丘。匪我愆期,子无良媒。将子无怒,秋以为期。

乘彼垝垣,以望复关。不见复关,泣涕涟涟。既见复关,载笑载言。尔卜尔筮,体无咎言。以尔车来,以我贿迁。

桑之未落,其叶沃若。于嗟鸠兮,无食桑葚。于嗟女兮,无与士耽。士之耽兮,犹可说也。女之耽兮,不可说也。

桑之落矣,其黄而陨。自我徂尔,三岁食贫。淇水汤汤,渐车帷裳。女也不爽,士贰其行。士也罔极,二三其德。

三岁为妇,靡室劳矣。夙兴夜寐,靡有朝矣。言既遂矣,至于暴矣。兄弟不知,咥其笑矣。静言思之,躬自悼矣。

及尔偕老,老使我怨。淇则有岸,隰则有泮。总角之宴,言笑晏晏。信誓旦旦,不思其反。反是不思,亦已焉哉。

古诗十九首 之五

西北有高楼,上与浮云齐。交疏结绮窗,阿阁三重阶。上有弦歌声,音响一何悲!谁能为此曲,无乃杞梁妻?清商随风发,中曲正徘徊。一弹再三叹,慷慨有余哀。不惜歌者苦。但伤知音稀。愿为双鸿鹄,奋翅起高飞。

曹植:蒲生行浮萍篇

浮萍寄清水,随风东西流。结发辞严亲,来为君子仇。恪勤在朝夕,无端获罪尤。在昔蒙恩惠,和乐如瑟琴。何意今摧颓,旷若商与参!茱萸自有芳,不若桂与兰。新人虽可爱，无若故所欢。行云有返期，君恩傥中还。慊慊仰天叹，愁心将何诉？日月不恒处，人生忽若寓。悲风来人怀，泪下如垂露。发箧造裳衣，裁缝纨与素。

鲍照：拟行路难十八首之二、三

洛阳名工铸为金博山，千斫复万镂，上刻秦女携手仙。承君清夜之欢娱，列置帷里明烛前。外发龙鳞之丹彩，内含麝芬之紫烟。如今君心一朝异，对此长叹终百年。

璇闺玉墀上椒阁，文窗绣户垂罗幕。中有一人字金兰，被服纤罗采芳藿。春燕差池（一作参差）风散梅，开帷对景弄春爵。含歌揽涕恒抱愁，人生几时得为乐！宁作野中之双凫，不愿（一作作）云间之别鹤。

王安石：君难托

槿花朝开暮还坠，妾身与花宁独异。忆昔相逢俱少年，两情未许谁最先。感君绸缪逐君去，成君家计良辛苦。人事反复那能知，谗言入耳须臾离。嫁时罗衣羞更著，如今始悟君难托。君难托，妾亦不忘旧时约。

∞∞∞　∞∞∞　∞∞∞

戏题王宰画山水图歌

十日画一水，五日画一石。能事不受相促迫，王宰始肯留真迹。壮哉昆仑方壶图，挂君高堂之素壁。巴陵洞庭日本东，赤岸水与银河通，中有云气随飞龙。舟人渔子入浦溆，山木尽亚洪涛风。尤工远势古莫比，咫尺应须论万里。焉得并州快剪刀,剪取吴松半江水。

奉先刘少府新画山水障歌

　　堂上不合生枫树,怪底江山起烟雾。闻君扫却赤县图,乘兴遣画沧洲趣。画师亦无数,好手不可遇。对此融心神,知君重毫素。岂但祁岳与郑虔,笔迹远过杨契丹。得非玄圃裂,无乃潇湘翻。悄然坐我天姥下,耳边已似闻清猿。反思前夜风雨急,乃是蒲城鬼神入。元气淋漓障犹湿,真宰上诉天应泣。野亭春还杂花远,渔翁暝踏孤舟立。沧浪水深青溟阔,攲岸侧岛秋毫末。不见湘妃鼓瑟时,至今斑竹临江活。刘侯天机精,爱画入骨髓。自有两儿郎,挥洒亦莫比。大儿聪明到,能添老树巅崖里。小儿心孔开,貌得山僧及童子。若耶溪,云门寺。吾独胡为在泥滓,青鞋布袜从此始。

木皮岭

　　首路栗亭西,尚想凤凰村。季冬携童稚,辛苦赴蜀门。南登木皮岭,艰险不易论。汗流被我体,祁寒为之暄。远岫争辅佐,千岩自崩奔。始知五岳外,别有他山尊。仰干塞大明,俯入裂厚坤。再闻虎豹斗,屡跼风水昏。高有废阁道,摧折如断辕。下有冬青林,石上走长根。西崖特秀发,焕若灵芝繁。润聚金碧气,清无沙土痕。忆观昆仑图,目击悬圃存。对此欲何适,默伤垂老魂。

黄庭坚:题郭熙山水扇

　　郭熙虽老眼犹明,便面江山取意成。一段风烟且千里,解如明月逐人行。

黄庭坚：题惠崇画扇

惠崇笔下开江面，万里晴波向落晖。梅影横斜人不见，鸳鸯相对浴红衣。

黄庭坚：题郑防画夹五首之一

惠崇烟雨归雁，坐我潇湘洞庭。欲唤扁舟归去，故人言是丹青。

黄庭坚：次韵子瞻题郭熙画山

黄州逐客未赐环，江南江北饱看山。玉堂卧对郭熙画，发兴已在青林间。郭熙官画但荒远，短纸曲折开秋晚。江村烟外雨脚明，归雁行边余叠巘。坐思黄柑洞庭霜，恨身不如雁随阳。

熙今头白有眼力，尚能弄笔映窗光。画取江南好风日，慰此将老镜中发。但熙肯画宽作程，十日五日一水石。

∞∞∞　∞∞∞　∞∞∞

琴　台

茂陵多病后，尚爱卓文君。酒肆人间世，琴台日暮云。野花留宝靥，蔓草见罗裙。归凤求凰意，寥寥不复闻。

李贺：咏怀二首之一

长卿怀茂陵，绿草垂石井。弹琴看文君，春风吹鬓影。梁王与武帝，弃之如断梗。惟留一简书，金泥泰山顶。

∞∞∞　∞∞∞　∞∞∞

送韩十四江东省觐

兵戈不见老莱衣,叹息人间万事非。我已无家寻弟妹,君今何处访庭闱。黄牛峡静滩声转,白马江寒树影稀。此别应须各努力,故乡犹恐未同归。

李商隐:杜工部蜀中离席

人生何处不离群,世路干戈惜暂分。雪岭未归天外使,松州犹驻殿前军。座中醉客延醒客,江上晴云杂雨云。美酒成都堪送老,当垆仍是卓文君。

李商隐:送崔珏往西川

年少因何有旅愁,欲为东下更西游。一条雪浪吼巫峡,千里火云烧益州。卜肆至今多寂寞,酒垆从古擅风流。浣花笺纸桃花色,好好题诗咏玉钩。

∞∞∞　∞∞∞　∞∞∞

火

楚山经月火,大旱则斯举。旧俗烧蛟龙,惊惶致雷雨。爆嵌魑魅泣,崩冻岚阴旿。罗落沸百泓,根源皆太古。青林一灰烬,云气无处所。入夜殊赫然,新秋照牛女。风吹巨焰作,河棹腾烟柱。势欲焚昆仑,光弥焮洲渚。腥至焦长蛇,吼争缠猛虎。神物已高飞,不见石与土。尔宁要谤讟,凭此近荧侮。薄关长吏忧,甚昧至精主。远迁谁扑灭,将恐及环堵。流汗卧江亭,更深气如缕。

韩愈:陆浑山火和皇甫湜用其韵

皇甫补官古贲浑,时当玄冬泽乾源。山狂谷很相吐吞,风怒不休何轩轩。摆磨出火以自燔。有声夜中惊莫原,天跳地踔颠乾坤。赫赫上照穷崖垠,截然高周烧四垣。神焦鬼烂无逃门,三光弛隳不复暾。虎熊麋猪逮猴猿,水龙鼍龟鱼与鼋,鸦鸱雕鹰雉鹄鹍,燖炰煨爊孰飞奔。祝融告休酌卑尊,错陈齐玫辟华园。芙蓉披猖塞鲜繁,千钟万鼓咽耳喧。攒杂啾嘤沸篪壎,彤幢绛旃紫䕸襎。炎官热属朱冠䙡,髹其肉皮通胝臀。颓胸垤腹车掀辕,缇颜靺股豹两鞬。霞车虹靷日毂辀,丹蕤縓盖緋翻帗。红帷赤幕罗脤膰。䒴池波风肉陵屯,谽呀巨壑颇黎盆。豆登五山瀛四樽,熙熙醹醑笑语言。雷公擘山海水翻,齿牙嚼啮舌腭反。电光磹䃅赪目䁖,頊冥收威避玄根。斥弃舆马背厥孙,缩身潜喘拳肩跟。君臣相怜加爱恩,命黑螭侦焚其元。天阙悠悠不可援,梦通上帝血面论。侧身欲进叱于閽,帝赐九河涮涕痕。又诏巫阳反其魂,徐命之前问何冤。火行于冬古所存,我如禁之绝其飧。女丁妇壬传世婚,一朝结雠奈后昆。时行当反慎藏蹲,视桃著花可小骞。月及申酉利复怨,助汝五龙从九鲲。溺厥邑囚之昆仑。皇甫作诗止睡昏,辞夸出真遂上焚。要余和增怪又烦,虽欲悔舌不可扪。

欧阳脩：雪

时在颍州作。玉、月、梨、梅、练、絮、白、舞、鹅、鹤、银等事，皆请勿用。

新阳力微初破萼，客阴用壮犹相薄。朝寒棱棱风莫犯，暮雪繨繨止还作。驱驰风云初惨淡，炫晃山川渐开廓。光芒可爱初日照，润泽终为和气烁。美人高堂晨起惊，幽士虚窗静闻落。酒垆成径集瓶罂，猎骑寻踪得狐貉。龙蛇扫处断复续，貔虎团成呀且攫。共贪终岁饱麰麦，岂恤空林饥鸟雀。沙堳朝贺迷象笏，桑野行歌没芒屩。乃知一雪万人喜，顾我不饮胡为乐。坐看天地绝氛埃，使我胸襟如洗沦。脱遗前言笑尘杂，搜索万象窥冥漠。颍虽陋邦文士众，巨笔人人把矛槊。自非我为发其端，冻口何由开一噱！

苏轼：聚星堂雪

元祐六年十一月一日，祷雨张龙公得小雪，与客会饮聚星堂。忽忆欧阳文忠公作守时，雪中约客赋诗，禁体物语，于艰难中特出奇丽。而来四十余年，莫有继者。仆以老门生继公后，虽不足追配先生，而宾客之美，殆不减当时，公之二子又适在郡，故辄举前令，各赋一篇。

窗前暗响鸣枯叶，龙公试手行初雪。映空先集疑有无，作态斜飞正愁绝。众宾起舞风竹乱，老守先醉霜松折。恨无翠袖点横斜，只有微灯照明灭。归来尚喜更鼓永，晨起不待铃索掣。未嫌长夜作衣棱，却怕初阳生眼缬。欲浮大白追余赏，幸有回飚惊落屑。模糊桧顶独多时，历乱瓦沟裁一瞥。汝南先贤有故事，醉翁诗话谁续说。当时号令君听取，白战不许持寸铁。

苏轼：江上值雪，效欧阳体，限不以盐、玉、鹤、鹭、絮、蝶、飞、舞之类为比，仍不使皓、白、洁、素等字次子由韵

　　缩颈夜眠如冻龟，雪来惟有客先知。江边晓起浩无际，树杪风多寒更吹。青山有似少年子，一夕变尽沧浪髭。方知阳气在流水，沙上盈尺江无澌。随风颠倒纷不择，下满坑谷高陵危。江空野阔落不见，入户但觉轻丝丝。沾裳细看巧刻镂，岂有一一天工为？霍然一麾遍九野，吁此权柄谁执持？世间苦乐知有几，今我幸免沾肤肌。山夫只见压樵担，岂知带酒飘歌儿。天王临轩喜有麦，宰相献寿嘉及时。冻吟书生笔欲折，夜织贫女寒无帏。高人著履踏冷冽，飘拂巾帽真仙姿。野僧斫路出门去，寒液满鼻清淋漓。洒袍入袖湿靴底，亦有执板趋阶墀。舟中行客何所爱？愿得猎骑当风披。草中咻咻有寒兔，孤隼下击千夫驰。敲冰煮鹿最可乐，我虽不饮强倒卮。楚人自古好弋猎，谁能往者我欲随。纷纭旋转从满面，马上操笔为赋之。

∞∞∞　　∞∞∞　　∞∞∞

秋兴八首

　　玉露凋伤枫树林，巫山巫峡气萧森。江间波浪兼天涌，塞上风云接地阴。丛菊两开他日泪，孤舟一系故园心。寒衣处处催刀尺，白帝城高急暮砧。

　　夔府孤城落日斜，每依北斗望京华。听猿实下三声泪，奉使虚随八月槎。画省香炉违伏枕，山楼粉堞隐悲笳。请看石上藤萝月,已映洲前芦荻花。

千家山郭静朝晖,日日江楼坐翠微。信宿渔人还泛泛,清秋燕子故飞飞。匡衡抗疏功名薄,刘向传经心事违。同学少年多不贱,五陵衣马自轻肥。

闻道长安似弈棋,百年世事不胜悲。王侯第宅皆新主,文武衣冠异昔时。直北关山金鼓振,征西车马羽书驰。鱼龙寂寞秋江冷,故国平居有所思。

蓬莱宫阙对南山,承露金茎霄汉间。西望瑶池降王母,东来紫气满函关。云移雉尾开宫扇,日绕龙鳞识圣颜。一卧沧江惊岁晚,几回青琐点朝班。

瞿塘峡口曲江头,万里风烟接素秋。花萼夹城通御气,芙蓉小苑入边愁。珠帘绣柱围黄鹄,锦缆牙樯起白鸥。回首可怜歌舞地,秦中自古帝王州。

昆明池水汉时功,武帝旌旗在眼中。织女机丝虚夜月,石鲸鳞甲动秋风。波漂菰米沉云黑,露冷莲房坠粉红。关塞极天惟鸟道,江湖满地一渔翁。

昆吾御宿自逶迤,紫阁峰阴入渼陂。香稻啄余鹦鹉粒,碧梧栖老凤凰枝。佳人拾翠春相问,仙侣同舟晚更移。彩笔昔曾干气象,白头吟望苦低垂。

洞　房

洞房环佩冷,玉殿起秋风。秦地应新月,龙池满旧宫。系舟今夜远,清漏往时同。万里黄山北,园陵白露中。

宿　昔

宿昔青门里,蓬莱仗数移。花娇迎杂树,龙喜出平池。

落日留王母,微风倚少儿。宫中行乐秘,少有外人知。

能　画
　　能画毛延寿,投壶郭舍人。每蒙天一笑,复似物皆春。政化平如水,皇明断若神。时时用抵戏,亦未杂风尘。

斗　鸡
　　斗鸡初赐锦,舞马既登床。帘下宫人出,楼前御曲长。仙游终一闷,女乐久无香。寂寞骊山道,清秋草木黄。

历　历
　　历历开元事,分明在眼前。无端盗贼起,忽已岁时迁。巫峡西江外,秦城北斗边。为郎从白首,卧病数秋天。

洛　阳
　　洛阳昔陷没,胡马犯潼关。天子初愁思,都人惨别颜。清笳去宫阙,翠盖出关山。故老仍流涕,龙髯幸再攀。

骊　山
　　骊山绝望幸,花萼罢登临。地下无朝烛,人间有赐金。鼎湖龙去远,银海雁飞深。万岁蓬莱日,长悬旧羽林。

提　封
　　提封汉天下,万国尚同心。借问悬军守,何如俭德临。时征俊乂入,莫虑犬羊侵。愿戒兵犹火,恩加四海深。

李商隐:马嵬二首之一

海外徒闻更九州,他生未卜此生休。空闻虎旅鸣宵柝,无复鸡人报晓筹。此日六军同驻马,当时七夕笑牵牛。如何四纪为天子,不及卢家有莫愁。

李商隐:富平少侯

七国三边未到忧,十三身袭富平侯。不收金弹抛林外,却惜银床在井头。彩树转灯珠错落,绣檀回枕玉雕锼。当关不报侵晨客,新得佳人字莫愁。

李商隐:重有感

玉帐牙旗得上游,安危须共主君忧。窦融表已来关右,陶侃军宜次石头。岂有蛟龙愁失水,更无鹰隼与高秋。昼号夜哭兼幽显,早晚星关雪涕收。

李商隐:安定城楼

迢递高城百尺楼,绿杨枝外尽汀洲。贾生年少虚垂涕,王粲春来更远游。永忆江湖归白发,欲回天地入扁舟。不知腐鼠成滋味,猜意鹓雏竟未休。

李商隐:曲江

望断平时翠辇过,空闻子夜鬼悲歌。金舆不返倾城色,玉殿犹分下苑波。死忆华亭闻唳鹤,老忧王室泣铜驼。天荒地变心虽折,若比阳春意未多。

咏怀古迹五首

支离东北风尘际,漂泊西南天地间。三峡楼台淹日月,五溪衣服共云山。羯胡事主终无赖,词客哀时且未还。庾信平生最萧瑟,暮年诗赋动江关。

摇落深知宋玉悲,风流儒雅亦吾师。怅望千秋一洒泪,萧条异代不同时。江山故宅空文藻,云雨荒台岂梦思!最是楚宫俱泯灭,舟人指点到今疑。

群山万壑赴荆门,生长明妃尚有村。一去紫台连朔漠,独留青冢向黄昏。画图省识春风面,环佩空归月夜魂。千载琵琶作胡语,分明怨恨曲中论。

蜀主窥吴幸三峡,崩年亦在永安宫。翠华想像空山里,玉殿虚无野寺中。古庙杉松巢水鹤,岁时伏腊走村翁。武侯祠屋常邻近,一体君臣祭祀同。

诸葛大名垂宇宙,宗臣遗像肃清高。三分割据纡筹策,万古云霄一羽毛。伯仲之间见伊吕,指挥若定失萧曹。运移汉祚难恢复,志决身歼军务劳。

诸将五首

汉朝陵墓对南山,胡房千秋尚入关。昨日玉鱼蒙葬地,早时金碗出人间。见愁汗马西戎逼,曾闪朱旗北斗殿。多少材官守泾渭,将军且莫破愁颜。

韩公本意筑三城,拟绝天骄拔汉旌。岂谓尽烦回纥马,翻然远救朔方兵。胡来不觉潼关隘,龙起犹闻晋水清。独使至尊忧社稷,诸君何以答升平。

洛阳宫殿化为烽,休道秦关百二重。沧海未全归禹贡,蓟门何处尽尧封。朝廷衮职虽多预,天下军储不自供。稍喜临边王相国,肯销金甲事春农。

回首扶桑铜柱标,冥冥氛祲未全销。越裳翡翠无消息,南海明珠久寂寥。殊锡曾为大司马,总戎皆插侍中貂。炎风朔雪天王地,只在忠良翊圣朝。

锦江春色逐人来,巫峡清秋万壑哀。正忆往时严仆射,共迎中使望乡台。主恩前后三持节,军令分明数举杯。西蜀地形天下险,安危须仗出群材。

李商隐:潭州

潭州官舍暮楼空,今古无端入望中。湘泪浅深滋竹色,楚歌重叠怨兰丛。陶公战舰空滩雨,贾傅承尘破庙风。目断故园人不至,松醪一醉与谁同。

李商隐:南朝

玄武湖中玉漏催,鸡鸣埭口绣襦回。谁言琼树朝朝见,不及金莲步步来。敌国军营漂木柹,前朝神庙锁烟煤。满宫学士皆颜色,江令当年只费才。

李商隐:隋宫

紫泉宫殿锁烟霞,欲取芜城作帝家。玉玺不缘归日角,锦帆应是到天涯。于今腐草无萤火,终古垂杨有暮鸦。地下若逢陈后主,岂宜重问后庭花。

李商隐：筹笔驿

鱼鸟犹疑畏简书，风云常为护储胥。徒令上将挥神笔，终见降王走传车。管乐有才真不忝，关张无命欲何如。他年锦里经祠庙，梁父吟成恨有余。

李商隐：井络

井络天彭一掌中，漫夸天设剑为峰。阵图东聚燕江口，边柝西悬雪岭松。堪叹故君成杜宇，可能先主是真龙。将来为报奸雄辈，莫向金牛访旧踪。

∞∞∞　∞∞∞　∞∞∞

李潮八分小篆歌

苍颉鸟迹既茫昧，字体变化如浮云。陈仓石鼓又已讹，大小二篆生八分。秦有李斯汉蔡邕，中间作者绝不闻。峄山之碑野火焚，枣木传刻肥失真。苦县光和尚骨立，书贵瘦硬方通神。惜哉李蔡不复得，吾甥李潮下笔亲。尚书韩择木，骑曹蔡有邻。开元已来数八分，潮也奄有二子成三人。况潮小篆逼秦相，快剑长戟森相向。八分一字直百金，蛟龙盘拏肉屈强。吴郡张颠夸草书，草书非古空雄壮。岂如吾甥不流宕，丞相中郎丈人行。巴东逢李潮，逾月求我歌。我今衰老才力薄，潮乎潮乎奈汝何！

韦应物：石鼓歌

周宣大猎兮岐之阳，刻石表功兮炜煌煌。石如鼓形数止十,风雨缺讹苔藓涩。今人濡纸脱其文,既击既扫白黑分。忽开满卷不可识,惊潜动蛰走云云。喘逶迤,相纠错,乃是宣王之臣史籀作。一书遗此天地间,精意长存世冥寞。秦家祖龙还刻石,碣石之罘李斯迹。世人好古犹共传,持来比此殊悬隔。

韩愈：石鼓歌

张生手持石鼓文,劝我试作石鼓歌。少陵无人谪仙死,才薄将奈石鼓何。周纲陵迟四海沸,宣王愤起挥天戈。大开明堂受朝贺,诸侯剑佩鸣相磨。搜于岐阳骋雄俊,万里禽兽皆遮罗。镌功勒成告万世,凿石作鼓隳嵯峨。从臣才艺咸第一,拣选撰刻留山阿。雨淋日炙野火燎,鬼物守护烦㧑呵。公从何处得纸本,毫发尽备无差讹。辞严义密读难晓,字体不类隶与科。年深岂免有缺画,快剑斫断生蛟鼍。鸾翔凤翥众仙下,珊瑚碧树交枝柯。金绳铁索锁钮壮,古鼎跃水龙腾梭。陋儒编诗不收入,二雅褊迫无委蛇。孔子西行不到秦,掎摭星宿遗羲娥。嗟余好古生苦晚,对此涕泪双滂沱。忆昔初蒙博士征,其年始改称元和。故人从军在右辅,为我量度掘臼科。濯冠沐浴告祭酒,如此至宝存岂多。毡包席裹可立致,十鼓只载数骆驼。荐诸太庙比郜鼎,光价岂止百倍过。圣恩若许留太学,诸生讲解得切磋。观经鸿都尚填咽,坐见举国来奔波。剜苔剔藓露节角,安置妥贴平不颇。大厦深檐与盖覆,经历久远期无佗。中朝大官老于事,讵肯感激徒媕娿。牧童敲火牛砺角,谁复着手为摩挲。日销月铄就埋没,六年西顾空吟哦。羲之俗书趁姿媚,数纸尚可博白鹅。继周八代争战罢,无人收拾理则那。方今太平日无事,柄任儒术崇丘轲。安能以此上论列,愿借辩口如悬河。石鼓之歌止于此,呜呼吾意其蹉跎。

苏轼:凤翔八观·石鼓歌

冬十二月岁辛丑,我初从政见鲁叟。旧闻石鼓今见之,文字郁律蛟蛇走。细观初以指画肚,欲读嗟如箝在口。韩公好古生已迟,我今况又百年后。强寻偏旁推点画,时得一二遗八九。我车既攻马亦同,其鱼维鱮贯之柳。古器纵横犹识鼎,众星错落仅名斗。模糊半已隐瘢胝,诘曲犹能辨跟肘。娟娟缺月隐云雾,濯濯嘉禾秀稂莠。漂流百战偶然存,独立千载谁与友?上追轩颉相唯诺,下揖冰斯同鷇鷇。忆昔周宣歌鸿雁,当时籀史变蝌蚪。厌乱人方思圣贤,中兴天为生耇耆。东征徐虏阚虓虎,北伏犬戎随指嗾。象胥杂沓贡狼鹿,方召联翩赐圭卣。遂因鼓鼙思将帅,岂为考击烦朦瞍。何人作颂比嵩高,万古斯文齐岣嵝。勋劳至大不矜伐,文、武未远犹忠厚。欲寻年岁无甲乙,岂有名字记谁某。自从周衰更七国,竟使秦人有九有。扫除诗书诵法律,投弃俎豆陈鞭杻。当年何人佐祖龙?上蔡公子牵黄狗。登山刻石颂功烈,后者无继前无偶。皆云皇帝巡四国,烹灭强暴救黔首。六经既已委灰尘,此鼓亦当遭击掊。传闻九鼎沦泗上,欲使万夫沉水取。暴君纵欲穷人力,神物义不污秦垢。是时石鼓何处避,无乃天工令鬼守。兴亡百变物自闲,富贵一朝名不朽。细思物理坐叹息,人生安得如汝寿!

欧阳修:菱溪大石

新霜夜落秋水浅,有石露出寒溪垠。苔昏土蚀禽鸟啄,出没溪水秋复春。溪边老翁生长见,疑我来视何殷勤。爱之远徙向幽谷,曳以三犊载两轮。行穿城中罨市看,但惊可怪谁复珍。荒烟野草埋没久,洗以石窦清冷泉。朱栏绿竹相掩映,选致佳处当南轩。南轩旁列千万峰,曾未有此奇嶙峋。乃知异物世所少,万金争买传几人。山河百战变陵谷,何为落彼荒溪濆。山经地志不可究,遂令异说争纷纭。皆云女娲初锻炼,融结一气凝精纯。仰视苍苍补其缺,染此绀碧莹且温。或疑古者燧人氏,钻以出火为炮燔。苟非神圣亲手迹,不尔孔窍谁雕剜?又云汉使把汉节,西北万里穷昆仑。行经于阗得宝玉,流入中国随河源。沙磨水激自穿穴,所以镌凿无瑕痕。嗟予有口莫能辩,叹息但以两手扪。卢仝韩愈不在世,弹压百怪无雄文。争奇斗异各取胜,遂至荒诞无根原。天高地厚靡不有,丑好万状奚足论。惟当扫雪席其侧,日与嘉客陈清樽。

∞∞∞　∞∞∞　∞∞∞

缚鸡行

小奴缚鸡向市卖,鸡被缚急相喧争。家中厌鸡食虫蚁,不知鸡卖还遭烹。虫鸡于人何厚薄,吾叱奴人解其缚。鸡虫得失无了时,注目寒江倚山阁。

黄庭坚:王充道送水仙花五十枝欣然会心为之作咏

凌波仙子生尘袜,水上轻盈步微月。是谁招此断肠魂,种作寒花寄愁绝。含香体素欲倾城,山矾是弟梅是兄。坐对真成被花恼,出门一笑大江横。

李德远：东西船行

东船得风帆席高，千里瞬息轻鸿毛。西船见笑苦迟钝，汗流撑折百张篙。明日风翻波浪异，西笑东船却如此。东西相笑无已时，我但行藏任天理。

∞∞∞　∞∞∞　∞∞∞

观公孙大娘弟子舞剑器行

大历二年十月十九日，夔府别驾元持宅，见临颍李十二娘舞剑器，壮其蔚跂。问其所师，曰："余公孙大娘弟子也。"开元三载，余尚童稚，记于郾城，观公孙氏舞剑器浑脱，浏漓顿挫，独出冠时。自高头宜春、梨园二伎坊内人，洎外供奉，晓是舞者，圣文神武皇帝初，公孙一人而已。玉貌锦衣，况余白首，今兹弟子，亦匪盛颜。既辨其由来，知波澜莫二。抚事慷慨，聊为《剑器行》。昔者吴人张旭，善草书书帖，数尝于邺县见公孙大娘舞西河剑器，自此草书长进。豪荡感激，即公孙可知矣。

昔有佳人公孙氏，一舞剑器动四方。观者如山色沮丧，天地为之久低昂。㸌如羿射九日落，矫如群帝骖龙翔。来如雷霆收震怒，罢如江海凝清光。绛唇珠袖两寂寞，晚有弟子传芬芳。临颍美人在白帝，妙舞此曲神扬扬。与余问答既有以，感时抚事增惋伤。先帝侍女八千人，公孙剑器初第一。五十年间似反掌，风尘澒洞昏王室。梨园弟子散如烟，女乐余姿映寒日。金粟堆前木已拱，瞿唐石城草萧瑟。玳筵急管曲复终，乐极哀来月东出。老夫不知其所往，足茧荒山转愁疾。

丹青引赠曹将军霸

将军魏武之子孙，于今为庶为清门。英雄割据虽已矣，文采风流今尚存。学书初学卫夫人，但恨无过王右军。丹青不知老将至，富贵于我如浮云。开元之中常引见，承恩数上南薰殿。凌烟功臣少颜色，将军下笔开生面。良相头上进贤冠，猛将腰间大羽箭。褒公鄂公毛发动，英姿飒爽来酣战。先帝天马玉花骢，画工如山貌不同。是日牵来赤墀下，回立阊阖生长风。诏谓将军拂绢素，意匠惨澹经营中。须臾九重真龙出，一洗万古凡马空。玉花却在御榻上，榻上庭前屹相向。至尊含笑催赐金，圉人太仆皆惆怅。弟子韩幹早入室，亦能画马穷殊相。幹惟画肉不画骨，忍使骅骝气凋丧。将军画善盖有神，偶逢佳士亦写真。即今飘泊干戈际，屡貌寻常行路人。途穷反遭俗眼白，世上未有如公贫。但看古来盛名下，终日坎壈缠其身。

题李尊师松树障子歌

老夫清晨梳白头，玄都道士来相访。握发呼儿延入户，手提新画青松障。障子松林静杳冥，凭轩忽若无丹青。阴崖却承霜雪幹，偃盖反走虬龙形。老夫平生好奇古，对此兴与精灵聚。已知仙客意相亲，更觉良工心独苦。松下丈人巾屦同，偶坐似是南山翁。怅望聊歌紫芝曲，时危惨澹来悲风。

古柏行

孔明庙前有老柏，柯如青铜根如石。霜皮溜雨四十围，黛色参天二千尺。君臣已与时际会,树木犹为人爱惜。云来气接巫峡长,月出寒通雪山白。忆昨路绕锦亭东,先主武侯同閟宫。崔嵬枝干郊原古,窈窕丹青户牖空。落落盘踞虽得地,冥冥孤高多烈风。扶持自是神明力,正直元因造化工。大厦如倾要梁栋,万牛回首丘山重。不露文章世已惊,未辞剪伐谁能送。苦心岂免容蝼蚁,香叶终经宿鸾凤。志士幽人莫怨嗟,古来材大难为用。

∞∞∞　∞∞∞　∞∞∞

客　从
客从南溟来,遗我泉客珠。珠中有隐字,欲辨不成书。缄之箧笥久,以俟公家须。开视化为血,哀今征敛无。

王安石:秃山
吏役沧海上,瞻山一停舟。怪此秃谁使,乡人语其由。一狙山上鸣,一狙从之游。相匹乃生子,子众孙还稠。山中草木盛,根实始易求,攀挽上极高,屈指亦穷幽。众狙各丰肥,山乃尽侵牟。攘争取一饱,岂暇议藏收。大狙尚自苦,小狙亦已愁。稍稍受咋啮,一毛不得留。狙虽巧过人,不善操耰耰。所嗜在果谷,得之常似偷。嗟此海山中,四顾无所投。生生未云已,岁晚将安谋!

附录

杜甫研究教学大纲

导　言

抒情诗的特质。抒情诗和叙事诗的结合。抒情诗是祖国古典诗歌的主流。

五七言诗是祖国古典抒情诗中流行得最悠久和最广泛、作品最丰富的样式。

杜甫,最杰出的五七言诗作者和最杰出的古典作家之一。

将作家和作品安放在他们和它们产生的时间、空间和条件中去考察,是历史主义的基本方法。把握作家的生平和思想,探索他们创作发展的道路,有机地理解互相联系着的内容(题材、主题、思想)、形式(语言、韵律、样式、结构、风格)和创作方法(现实主义和浪漫主义)。

只注重作家的艺术技巧是错误的,离开了具体的艺术手段而孤立地谈思想内容也是错误的。科学分析并不排斥艺术感受,相反地,它们是互相依赖着的。

必须认真钻研作品,同时还要尊重和善于利用前人的劳动成果。古代和现代学者对于杜诗学的贡献:年谱、传记、书目、引得、笺注(编年、分体、分类)、选本、专题、综论。杜诗学的新方向。

诗人的时代

开元到大历,唐帝国由盛而衰的转折点,这一时代在中国封建社会中的典型意义。农民阶级和地主阶级矛盾的激化,均田制的彻底破坏和庄园制的建立,统治阶级上层关陇集团和山东高门大族的矛盾。中小地主的政治、经济要求,和他们通过进士科举制度而上升的情况。中小地主在上升时期的进步性及其局限性。民族矛盾的开展。安史之乱和藩镇割据的形成。

天才诗人杜甫通过自己的生活感受,深刻而广阔地反映了自己的时代;杜甫所写作品,在其后不同时代中,愈来愈获得更多的推崇和理解。

古典诗歌的伟大传统,在唐代诗人创作中所起的作用。

陈子昂对于建安风骨的提倡;齐梁到初唐诗人在诗歌形式方面的贡献;盛唐诗歌"千岩竞秀,万壑争流"的形势,对于杜甫创作的影响。

诗人的生活

"奉儒守官,未坠素业"的家世:杜预和杜审言。儒家思想的积极成分和家庭文学传统对诗人所起的作用。

早年的轶事,吴越齐赵之游。早期的游历对于诗人的启发,和李白的会和。长安十年,当时的政治情况和杜甫的政治活动。安禄山之乱的爆发,诗人成了一个清醒的现实主义者。

陷贼、任职和去职。饥饿和流亡。陇右的边警和祖国的山川。在和人民、祖国共命运的条件下,诗人的创作达到了峰顶。

成都定居。蜀中的兵乱。安史之乱的结束。藩镇割据的局面和外患的深入。"三年奔走空皮骨"幕府生活,出川。主题的广阔和技巧的精进,成为本期诗作的特点。

夔州二年,东下漂流的生涯。病和死。夔州时代创作的丰收和这些作品的特色。

关于诗人作品分期的标准:历史事件、诗人生活和创作特色。第一期:约七三六到七五五,约二十年;第二期:七五六到七五九,约四年;第三期:七六〇到七六五,约五年;第四期:七六六到七七〇,约五年。

第一期作品

早期写作之多和流传之少,散佚与删弃。七四六年(三十五岁)以前的少数作品。

《望岳》,一个宝贵的起点。对祖国山川的歌颂,对于雄浑、奇伟、豪壮的事物的歌颂,是杜甫美学思想的重要组成部分。瞻望中所透露出来的理想。

《房兵曹胡马》,马的形态、才能和品质。由马到主人,诗人对于自己的抱负的寄托。

七四六(三十五岁)到七五五(四十四岁)的作品的基本主题:浪漫生活的延长,生活的贫困化,祖国危机的预见。开始以诗的武器打击了统治者,终于明确地走向了人民。

《饮中八仙歌》,浪漫主义者的群像,个性和共性中所显示的时代特征。结构的参差和统一。

《陪郑广文游何将军山林十首》、《重过何氏五首》，组诗的结构，特写对于生活中蕴藏着的矛盾的微妙的反映。

《奉赠韦左丞丈二十二韵》，私人生活的实录，腐朽的皇朝对于有才德的人物的扼杀，政治气节的透露。

《曲江三章》，样式上的创造。先驱者的寂寞，被压迫者的愤慨，"即事非今亦非古"的意义。

《同诸公登慈恩寺塔》，对祖国危机的深刻感受，和岑参等人同作的比较，和《望岳》的比较。

《兵车行》，开始"直道当时语"，接触了人民生活中的重大问题，天宝时代"开边"在政治上的反动性，普通人民对于"开边"的反映，均田、府兵制度的破坏和农村的破产。

《前出塞》，一个普通军士的英勇形象，对于统治者利用普通人民爱国热情来满足其反人民活动的深刻揭露，对于统治者刻薄寡恩的揭露。

《丽人行》，对杨国忠及其姊妹们的公开攻击，"直书其事，而义自见"。附说《奉同郭给事汤东灵湫作》。

《后出塞》，爱国的小军官的形象。在揭露统治者利用人民的爱国热情这一点上，和《前出塞》互相补充。唐玄宗的昏聩和安禄山的阴谋。从深刻地理解生活而获得的预见性。

《自京赴奉先县咏怀五百字》，长安十年生活的基本总结，思想根源，政治抱负，政治风节。面对荒淫生活的极度愤慨，旅途的艰苦和家庭悲剧，永远和人民在一起。

第二期作品

动乱的生活，丰富了诗人的创作。民族矛盾和阶级矛盾的同时体现。诗人的困惑和解决。

《春望》，陷贼时期，家国之感的集中体现。

《悲陈陶》、《悲青坂》，史实悲愤中的愿望，诗人对当时军事形势的看法。附论《塞芦子》。

《月夜》，杜甫的情诗，对于家庭骨肉的深刻眷念。

《哀江头》，对唐玄宗和杨贵妃的同情。《丽人行》和《哀江头》，对于《长恨歌》以至《长生殿》一系列作品的启示。

《自京窜至凤翔喜达行在所》，回到国家怀抱的激情。对比的写法，组诗的结构。

《述怀》，前诗的补充和延长。

《北征》，典型化了的国家兴亡之感。省家的愉悦和辞朝的惆怅，由途中的景物所引起的感受，气氛的调节，返家以后悲喜交集的生活场景，细节描写所透露的社会事变，儿童的形象，在借兵回纥问题上的政治远见（附论《留花门》），对祖国兴复的强烈信心，对马嵬事变的正确判断，从人民与国家利益的一致看出光复旧业的可能。本诗的起与结，它的题材的广阔性和内在联系。

《羌村》和《北征》的关系，对于家人乱后重逢的情景的惊人刻画。诗篇中普通人民的善良形象。和《喜达行在所》的比较。

《行次昭陵》，唐太宗的赞歌。对从这一杰出的开国皇帝的热烈歌颂，反映出诗人对祖国兴复的渴望。

《送郑十八虔贬台州司户》，杜甫对陷贼诸人郑虔、王维、赞宁等人的看法。诗中所透露的郑虔的悒郁深刻的交谊。附论《有怀台州郑十八司户》。

《春宿左省》，诗人对于祖国、国家的忠心耿耿。反对对于这样一些诗作反历史主义的理解。

《曲江》、《曲江对酒》、《九日蓝田崔氏庄》,从"此道昔归顺"一篇,理解这样一些诗篇中所蕴藏的诗人内心的矛盾。将这些诗篇中的暗示,结成一个整体,就构成了一幅在当时腐朽政治之下,优秀人物被迫无为的画面。

《义鹘行》,对于见义勇为的歌颂,诗人基于正义的复仇思想。

《洗兵行》,对于祖国迅速平定叛乱、恢复太平的强烈愿望。诗篇的历史背景,关于玄、肃父子的矛盾问题,诗人的忧虑:借兵与滥恩。气象开阔、步伐整齐的韵律和思想情感的一致性。

《三吏》、《三别》,迅速胜利的愿望落空后,诗人内心矛盾的发展。《新安吏》中被征入伍的"中男"形象,诗人对入伍者的深刻同情和安慰。《潼关吏》,对于防关将领的警告。《石壕吏》,对唐帝国政府的严厉谴责,它的戏剧性。《三吏》中,诗人自己的形象。《新婚别》,写出了祖国普通妇女的崇高形象。《垂老别》中老人被征入伍的惨状和诗人所赋与他的感受。《无家别》中,人民在战乱中家破人亡的悲剧。《垂老别》和《无家别》,与汉乐府《十五从军征》。从对这些普通人民的善良、忠诚性格的描绘中,更深刻地反映了侵略者和统治者对人民的践踏。组诗以六幅连续的图画,集中地体现了诗人以爱祖国、爱生活、在祖国大地上的普通人民为其基本内容的爱国主义诗人,对侵略势力和祖国政权、统治者和人民之间的错综矛盾的正确解决。

《佳人》,祖国善良的妇女在苦难中的形象。托喻还是写实?

《梦李白》,短期的会合与长期的睽违,李白所给予杜甫的影响:"何时一尊酒,重与细论文?"杜甫对李白参加李璘起兵事件的看法。两诗以浪漫主义的手法,着重地描写了梦中与梦后的情景,体现了两诗人的深刻交谊。

《楚辞》的影响。附论《天末怀李白》。

《秦州杂诗》,杂诗的体制。杂诗中的个人生活,杂诗中极其敏锐的时代预感。附论《寓目》、《即事》、《捣衣》、《蕃剑》。

《两当县吴十侍御江上宅》,从诗人对自己的痛悔中,看诗人的政治风节。

《发秦州》、《发同谷县》,在《水经注》和谢灵运等诗人的创作启发之下,祖国雄杰山川的如实描摩。行役的艰苦,在自己的苦难中看见的普通人民的苦难生活。纪行诗中的爱国主义。

《同谷七歌》,创造性的韵律、风格与内容的关系。文天祥的《六歌》。

第三期作品

在长时期艰险困苦之后,得到了暂时的安定。对于和平生活与大自然的歌颂,和现实斗争距离较远,但对它依旧关心。向诗坛发言了。

《堂成》、《狂夫》、《江村》、《野老》诸篇中的复杂的情感。对现实生活的满足和不满足,出处之间的矛盾。安定生活中对中原斗争的遥远的系念。

《恨别》、《送韩十四江东省亲》,与国家命运联系着的家庭命运。信心与苦闷。"情景交融"。

《茅屋为秋风所破歌》,成都生活的真实记录之一伟大的人道主义精神。王安石:《杜甫画像》。

《琴台》,另一首出色的情诗。诗人对这个历史上著名风流故事的感受。

《戏为六绝句》,精彩的诗学批评。历史的关照。齐梁与四杰的区别。美学思想:别裁伪体的标准,转益多师的意义。附论《江上值水如海势聊短述》、《偶题》。它们的影响。

《戏题王宰画山水图歌》,对于艺术创作的艰苦性的体会,对于仙境的向往中所蕴藏着的诗人心理状态。作为典型化的方法之一的"逼真"与"如画"的描写。

例句摘录:

1.《奉先刘少府新画山水障歌》:堂上不合生枫树,怪底江山起烟雾。

2.《画鹘行》:高堂见生鹘,飒爽动秋骨。

3.《奉观严郑公厅事岷山沱江画图十韵》:沱水流中座,岷山到此堂。(以上起句)

4.《画鹰》:何当击凡鸟,毛血洒平芜。

5.《姜楚公画角鹰歌》:梁间燕雀休惊怕,亦未抟空上九天。

6.《通泉县署壁后薛少保画鹤》:冥冥任所往,脱略谁能驯。

7.《杨监又出画鹰十二扇》:为君除狡兔,会是翻鞲上。(以上结句)

8.《观李固请司马弟山水图》三首(之三):高浪垂翻屋,崩崖欲压床。野桥分子细,沙岸绕微茫。红浸珊瑚短,青悬

薜荔长。浮查并坐得,仙老暂相将。(以上全首)

——以上以画为真(逼真)

9.《木皮岭》:西崖特秀发,焕若灵芝繁。润聚金碧气,清无沙土痕。忆观昆仑图,目击玄圃存。对此欲何适,默伤垂老魂。

——以上以真为画(如画)

《闻官军收河南河北》,再度流亡中所听到的令人狂喜的消息,诗人非常难得的开朗心情。

《有感五首》,对安史乱中及乱后所产生的新局势的估计,对于藩镇的谴责和朝廷的期待。"盗贼本王臣"。

《西山三首》,种族斗争的新局势,证实了《秦州杂诗》中的预感。对于和平的渴望。

《草堂》,流亡生活的回忆录与蜀中兵乱的写真。

《春日江村五首》,再回成都以后生活的写照。

第四期作品

《诸将五首》,联章的七言律诗,是诗人晚年在形式上的创造。组诗通过地域的划分,把握了当时的天下大势,对于时局的追溯和展望。

《咏怀古迹五首》,对于古代著名人物的歌咏当中所显示时代与个人感受。对于庾信、宋玉的同情,体现了诗人自己的命运。王昭君:以在男性中心社会中的女性身份,而担承了异族侵略所加于祖国的深重灾难的人物,不愿意为了个人地位而丧失正直品德的人物。对于刘备和诸葛亮的反覆歌颂,是诗人对唐帝国中兴的渴望的曲折表现(参《蜀相》、《谒先主庙》、《古柏行》)。

《洞房》以下八篇,这是一组诗,比较全面地反映从开天盛世到安史之乱的变迁。诗人一面批判了当时统治者的荒淫,但又以忧郁凄婉的调子怀念着以前的盛世。它和《秋兴》都代表着诗人晚年风格的一个新方面。

《观公孙大娘弟子舞剑器行》,对于祖国古典舞蹈艺术的惊人刻画。诗中的"寄托"。

例句摘录:

1.《天育骠图歌》:如今岂无騕褭与骅骝,时无王良伯乐死即休。

2.《韦讽录事宅观曹将军画马图歌》:忆昔巡幸新丰宫,翠华拂天来向东。腾骧磊落三万匹,皆与此图筋骨同。自从献宝朝河宗,无复射蛟江水中。君不见,金粟堆前松柏里,龙媒去尽鸟呼风。

3.《丹青引》:涂穷反遭俗眼白,世上未有如公贫。但看古来盛名下,终日坎壈缠其身。

4.《题李尊师松树障子歌》:松下丈人巾屦同,偶坐似是商山翁。怅望聊歌紫芝曲,时危惨澹来悲风。

5.《古柏行》:志士幽人莫怨嗟,古来材大难为用。

《客从》,深刻的寓言诗,杜诗中一个还没有充分发展的方面。《岁晏行》、《蚕谷行》等题材的另一表现手法。

《江南逢李龟年》,无穷的感慨和极其精炼的语言。情在词外。《长生殿》的《弹词》。

小　结

　　三十多年的创作,给人类留下了伟大的艺术遗产。永不脱离人民的生活和重大的社会政治斗争,是诗人获得伟大成就的最主要的原因。"心从弱岁疲"与"他乡阅迟暮,不敢废诗篇","不薄今人爱古人"与"转益多师是汝师",在创作道路上不断地前进:风格的统一性与多样化。用自己的血肉哺养了后代的忠臣、志士、作家、诗人。

　　我们对杜甫研究得还非常之不够,需要继续努力。

《南京大学中文系本科学生作品选集1978—1998》
《南京大学中文系本科学生论文选集1978—1988》序
(代跋)

程千帆

中文系的本科生,在四年的期限中,要学会哪些东西?这个问题可以有多种回答。在我看来,无非是读书和写作两个方面。会读书,就能不断吸收知识,丰富自我。会写作,就能把自己所感触和所思考的表达出来,与周围的同学朋友、进而与整个社会交流。一入一出,总的目的是要完善人格,贡献知识,服务社会。写作又可分为文学创作和论文写作。按照惯例,中文系的学生修满学分,写一篇合格的毕业论文(虽然这也并不是一件容易的事),就可以拿到学位了。但我认为,如果一个学生仅止于此,那是不够的。一个中文系学生总应该有些文学创作的经验才好,不拘是哪一种文体,也不拘是用现代汉语抑或文言。搞研究写论文需要抽象思维,搞创作则需要形象思维,两种思维不同,但并不是水火不容,而是相得益彰。况且,文学研究并不全是理性的活动,也需要情思,需要全身心的投入。一个文学研究者,倘若全然没有创作经验,他在理解具体作品、体会作家心态、乃至领悟创作理论时,恐怕总难免要隔一层。这个隔,就是由于知与行的不能统一。我常常对我的学生、对青年朋友讲这个道理。

六十多年前,当我还是一个大学生时,我的老师黄季刚先生、汪辟疆先生、胡翔冬先生、胡小石先生,既是知识渊博的学者,又是擅长吟事的诗人。既能研究,又兼通创作,可以说是南京大学中文系老一辈学者遗留下来的优良传统之一。当我读到《南京大学中文系本科学生作品选集1978—1998》和《南京大学中文系本科学生论文选集1978—1988》这两本集子时,我欣慰地发现,这个传统今天还在延续。一本文学创作,一本研究论文,两书合计已超过一百万字,真可谓洋洋大观。这是新时期二十年中南京大学中文系大学生的勤奋和努力的结果。由于篇幅的限制,还有一些佳作未能入选,有些作品只选载了其中的一部分。文学创作中,包括小说、散文、诗歌,还有剧本,长短不同,无不散发着青春的激情,跳跃着鲜活的灵思。论文习作则涉及古今中外的文学、语言学、文艺学诸方面。或者视角独特,表现了年轻人特有的敏锐感觉;或者敢于挑战名家成说,显露出初生牛犊的学术自信;或者有些稚嫩,但却严谨踏实,入门甚正。这些作品或论文中有相当一部分已正式发表,或公开出版。时过境迁,这些作者有的现在已经当上教授,有的成了知名作家,有的则走上了文学以外的工作岗位,有的还正在就学,人生道路各不相同,但重读当年的文字,应当都会记起母校,记起老师,记起同学,记起往昔的时光。

1978年,我又回到阔别数十年的母校来任教,这两本集子中的一些作者曾经听过我的课,有的还继续跟我读研究生。退休以后,我时常在校园里漫步,与这些朝气蓬勃的洋溢着青春活力的年轻学生也经常有些接触。可以说,我是亲眼看着这些年轻人成长起来的。岁月如梭,转眼二十一年过去了,我也变成了一个八十多岁的老人。而这两本书的作者,却正年轻,在他们前面,还有漫长的道路,还有无限的风光。目送他们前行,我满心欢喜。

戊寅岁杪序于南京大学

(原载《南京大学中文系本科学生作品选集 1978—1998》《南京大学中文系本科学生论文选集 1978—1988》卷首,南京大学出版社 1999 年版)

我们需要什么样的文学教育？（编后记）

张伯伟

一、引　言

不记得从什么时候开始，出版社颇为热衷将执教于上庠的教授先生们的课堂讲演经录音整理出版，偶然有机会翻阅，我总是暗自庆幸自己因为名气不大而未获邀请。诱惑是个妖娆妩媚的魔鬼，万一把持不住而入其彀中，若在哪天凑巧看到诺贝尔文学奖得主、南非作家库切（J. M. Coetzee）表彰学院派批评家值得学习的一点，是"未经压缩、修改，含有俏皮话、离题话的演讲稿，不要拿去出版"的话，恐怕真难免"神州士夫羞欲死"之叹。库切说这些话，是针对约瑟夫·布罗茨基（Joseph Brodsky）的《论悲哀和理性》（*On Grief and Reason*）一书，建议他"从学院派那里学点什么"，因为有些演讲稿"要是每篇删去十页左右的话，也许会更好"[1]。然而在我六十岁的那天，想起孔子说的"六十而耳顺"，尤其是焦循的阐释："所谓善与人同，乐取于人以为善也。顺者，不违

---

[1]《约瑟夫·布罗茨基的随笔》，载库切《异乡人的国度》（*Stranger Shores*），汪洪章译，浙江文艺出版社2017年版，第176页。

也。"而通常则"学者自是其学,闻他人之言多违于耳"[1],由此联想到库切的微讽,也就觉得不能一概而论了。总有些讲演录的水准很不一般,还真有"缪斯授予的灵感"(借用库切语),比如纳博科夫(Vladimir Nabokov)的《文学讲稿》《〈堂吉诃德〉讲稿》《俄罗斯文学讲稿》等,有什么理由让这样的稿子存在"关锁的园"(a garden inclosed,借用《旧约·雅歌》之喻)里呢?这也就是为什么在时隔四十年之后,我要将当年听先师程千帆先生授课时的笔记加以整理、公之于众的原因。固然,这是一份"亲承音旨"的记录,可以提供无此因缘的及门弟子和众多年轻学人"讽咮遗言"的凭藉[2];这也是一份不见于《程千帆全集》的资料,可以满足热衷拾遗补阙的文献收藏者的"中心好之";但更为重要的是,这可以让我借此回答一个很久以来盘旋胸中而在当下又不无严肃的问题:我们需要什么样的文学教育?

二、以诗论诗:在文学框架中谈文学

1978年8月,千帆师移砚南京大学,已经是六十五岁的老人。一年多前,他在武汉大学奉命"自愿退休",且以"上午

---

[1] 程树德《论语集释》卷三《为政上》引,中华书局1990版,第76页。

[2] 同门蒋寅曾这样感叹:"我1985年初考进南京大学,受业于程千帆先生,到1988年3月毕业,三年间饫闻绪论,饱受教益。听张伯伟说,先生上大课最精彩,可惜到我入学的时候,先生精力不如从前,已不再上大课,而且也不为我们专门讲课了。"《学术的年轮·立雪私记》,中国文联出版社2000年版,第212页。

动员,下午填表,晚上批准"[1]的高效率、快节奏完成。再往前追溯,则是沙洋放牛、武大中文系资料室管理员以及农场劳动生涯,所以在1979年上半年给中文系七六级学生(最后一届工农兵学员)上课时,他感叹自己已经"二十二年没有上课了,我喜欢上课"[2]。对于一个喜欢上课的教授来说,被无情地剥夺上课权利达二十二年之久,这是多么严重的精神折磨[3]。所以,当1978年5月南京大学中文系副主任叶子铭亲赴武汉,询问千帆师到南大任教有什么条件时,他几乎是喊出了这四个字:"我要工作!"而一旦重获授课机会,他就以饱满的热情甚至是激情投入课堂教学,先后讲了四门"大课":1979年2月至1980年1月,给七六级学生讲授"历代诗选";1979年秋季给七九级硕士生讲授"校雠学";1980年9月至1981年1月,给七七级本科生讲授"古代诗选";1981年9月到12月,给七九级硕士生讲授"杜诗研究"。此后就再没有正式的课堂教学。上述课程中,"校雠学"不属于文学课程,而且当时的讲义业经扩充修订,以四卷本《校雠广义》正式出版。惟有这三门文学课程的笔记未经整理,其授课风采也只能在众人的想象中依稀仿佛。

---

[1] 参见徐有富《程千帆沈祖棻年谱长编》,南京大学出版社2013年版,第262页。

[2] 本文引用程千帆先生语,若未注明出处者,皆见于《程千帆古诗讲录》,此书将由人民文学出版社出版。

[3] 程千帆先生曾说:"我从小最大的野心就是当个教授。我当了教授,有机会做一个教授应该做的事情,当中忽然把它们掠夺了,不让做,这是处理知识分子、虐待知识分子最恶毒的一个方法,我不知道是哪个智囊团给想出来的,非常刻薄。对我来说,这可能是最厉害的惩罚。"张伯伟编《桑榆忆往》,北京大学出版社2015年版,第42页。

即便今天我们能够将当日的笔记整理成文，而先师讲授时给听者以感动激励的精神气味，已如"空中之音，相中之色，欲有寻绎，不可得矣"[1]。回念前尘，只能兴起无可奈何的怅惋。

三十年前，我编纂《程千帆诗论选集》并撰写编后记，强调千帆师的文学研究理念是"以作品为中心"[2]；两年前我撰文阐发先师"文献学与文艺学"相结合的研究方法，也仍然强调这两者的结合"所指向的起点是作品，终点是作品，重点也还是作品"[3]。这种文学研究的理念与其文学教育的实践是一以贯之的。上述三门课程，"历代诗选"以时间为序，讲解汉魏晋宋齐梁陈隋唐宋诗歌；"古代诗选"则以专题为单元，范围也还是八代唐宋诗歌；"杜诗研究"属于专家诗，是以问题为中心展开。虽然三门课程各有重心，但都是围绕具体的诗歌作品。传统的文学研究范围，包括文学理论、文学批评、文学史，但核心是文学作品。没有作品，就没有文学的理论和历史；不深入理解作品，文学的历史和理论就只能停留在表象的描绘和空泛的议论。这是千帆师的一向主张，不仅体现在研究工作中，也贯彻在教学实践上。如同苏轼所说的"有为而作"，"言必中当世之过"[4]，千帆师的文学教学，也

---

[1] 借用张舜民（芸叟）评王安石诗语，载赵与旹《宾退录》卷二，上海古籍出版社1983年版，第21页。

[2] 参见张伯伟《程千帆诗论选集》"编后记"，山西人民出版社1990年版，第280—297页。

[3] 参见张伯伟《"有所法而后能，有所变而后大"——程千帆先生诗学研究的学术史意义》，载《文学遗产》2018年第4期。

[4] 苏轼《凫绎先生文集叙》，郎晔选注《经进东坡文集事略》卷五十六，中华书局香港分局1979年版，第911页。

是针对当下弊端的纠偏之举。他在"古代诗选"课的第一堂就开宗明义：

> 解放后较少或忽略了对作品本身的研究，偏重于史和论。

在"杜诗研究"课上，他也指出：

> 把具体的诗人、具体的诗歌作品都抽象化，这是三十年抒情诗研究未取得多大成就的一个相当重要的原因。

他还说：

> 解放后中青年老师接受训练同以前不同，我们是从具体开始的，念文字就念《说文解字》。解放后空论多了，往往不太准确。

其课程以讲解作品为重心的针对性不言而喻。由此而引导出对听者的要求，那就是多阅读、多背诵作品。在恢复教学生涯的第一堂课上，他就"丑话讲在前面"：

> 学生毕业好比姑娘出嫁，学校要多陪些东西。我提一个要求，要多读、多背，三年后不背熟三百首，就不能毕业。

如果把文学教育比作一个美人，那么，千帆师心目中的标准不是如当今时代的"秋山瘦嶙峋"，而是如春秋时代的"硕人其颀"，或如盛唐时代的"骨细肌丰"。要达成饱满的文学教育，不能只有"史和论"的骨干条框。他的文学教育理念，首先就是要让学生通过"多读、多背"的途径熟悉历代作品，从而逐步在文学上成长为"俣俣"的"美人"（《诗经·邶风·简兮》毛《传》："俣俣，容貌大也。"）。

熟悉作品是第一步，进而则要能理解"文心"。所谓"文心",就是刘勰所说的"为文之用心"[1],读者贵在"得其用心"。陆机不无得意的自炫即在"余每观才士之所作,窃有以得其用心"[2]。这是一种需要训练的技能,最直接的方法就是"创作",陆机曾这样夫子自道:"每自属文,尤见其情。"[3]千帆师在其早年写的一篇文章中也指出:

> 能者必知,知者不必能。今但以不能之知而言词章,故于紧要处全无理会。虽大放厥词,亦复何益。[4]

只是到了晚年,他把"能"(创作经验)的范围扩大到各种艺术才能[5],已不限于创作古典诗词一途。

要是用千帆师自己的话来说,其文学教育的基本方法就是"以诗论诗"。在讲授"历代诗选"第一学期的最后一堂课时,他这样说:

> 这学期讲诗的方法基本上是以诗论诗,最好是本人的诗证本人的诗。

所谓"以诗论诗",不同于古人的"论诗诗",不是用诗的形式来论诗,而是用同一诗人的不同作品或不同诗人的相关作品

---

[1] 刘勰《文心雕龙·序志》,周勋初《文心雕龙解析》下册,凤凰出版社2015年版,第800页。

[2] 陆机《文赋》,萧统《文选》卷十七,《六臣注文选》上册,中华书局1987年版,第309页。

[3] 同上注。

[4] 程会昌《论今日大学中文系教学之蔽》,载《国文月刊》第十六期,1942年10月。

[5] 1986年1月,千帆师在《答人问治诗》中说:"我们不妨把艺术创作的范围放得宽点,例如会弹琴跳舞的人对诗歌的节奏比起不会的人来就要敏感一些。艺术和艺术总是相通的,其中有许多共同的东西。"收入陶芸编《治学小言》,齐鲁书社1986年版,第123—124页。

来参读、互证。它要求破除外在形式上的差异,以洞鉴古今中外艺术家的"文心"。

"以诗论诗"的方法,其最基本也是最重要的意义在于面对文学作品时,不论处理什么问题,不论采用何种视角,都始终把文学当作文学来阅读放在第一位。文学之所以值得阅读、值得研究,首先就因为它是文学,而不是其它任何政治的、历史的、宗教的、思想的衍生物或复制品。所以,阅读者和研究者面对文学,也就要学会说属于文学的话,用哈罗德·布鲁姆(Harold Bloom)的表述,就是"批评实践,按照其原义,就是对诗性思维进行诗性的思考"[1]。而现代的文学教育,往往将文学作品看作现实的复制,以"说什么"为衡量标准。尤其在上世纪五十年代以后,将"思想性第一"变成"思想性唯一",而又将所谓的"思想性"简单地当成随手张贴的标签,导致对作品思想的理解极为狭隘肤浅,不仅研究不了思想,更不懂也不能作艺术分析。千帆师在"杜诗研究"课上指出:

> 现在谈杜诗思想性的一般,谈艺术性的则陈词滥调,要把古典文学搞上去,要打破许多框框。重要的一点,不要把艺术品当作史料……杜甫之所以伟大,是他的诗不能为《两唐书》所代替。要把诗当作诗来研究。

在学术圈阅世既久,常常见到令人啼笑皆非的"常识的遗忘"。"把诗当作诗来研究"就是一个被遗忘太久了的"常识",很有一些人满足于"把艺术品当作史料",意欲在学术品

---

[1] 哈罗德·布鲁姆《影响的剖析:文学作为生活方式》(*The Anatomy of Influence: Literature as a Way of Life*),金雯译,译林出版社2016年版,第16页。

味上将狼吞虎餐的饕餮者取代细嚼慢咽的美食家。而要做到"以诗论诗",首先需要培养起来的就是对文学的"美感"能力,那是"感"与"知"的结合,而不是仅凭无"感"之"知"。他说:

> 对艺术实践是知—感—知—感—知,而不是知—知—知—知—知。

学人的精神状态与诗人虽有不同,但在文学的阅读中,对作品的感受,即"披文以入情"[1],不仅是欣赏的起点,也是研究的起点。千帆师曾自述其研究经验:"我往往是在被那些作品和作品所构成的某种现象所感动的时候,才处心积虑地要将它弄个明白,结果就成了一篇文章。"[2]对那些于文学"无感"的"文学"研究,他也有过一个形象的比喻和稍显辛辣的讽刺,即"狗对食物有感,对牡丹花无感"。阅读古典当然不能脱离考证,考证中较难处理的问题,往往是文学中的描写与事理不合或与史实相左。千帆师指出:

> 文学中常有"好而不通"和"通而不好"的例子。

"通而不好"姑且不论,"好而不通"的问题,则在宋代欧阳修已指摘其弊,所谓"诗人贪求好句,而理有不通,亦语病也"[3]。人们通常的处理方式,亦往往如欧公所为,集矢于诗人之"语病"。千帆师在课堂上曾举例:

> 把"黄河"与"孤城"写在一个画面里,在生活中是不存在的,因此有人说乃"黄沙直上",但有人不同意。

这讨论的是王之涣《凉州词》中"黄河远上白云间,一片

---

[1] 刘勰《文心雕龙·知音》,《文心雕龙解析》下册,第780页。
[2] 程千帆《答人问治诗》,《治学小言》,第122—123页。
[3] 欧阳修《六一诗话》,何文焕辑《历代诗话》上册,中华书局1981年版,第269页。

孤城万仞山"之句,无论是赞成抑或反对,观点虽然相悖,方法同出一辙,"都企图通过沿革地理的考证来解决诗中地理上的矛盾现象"[1]。由于这种方法是将艺术品当作史料,故其考证的结论虽貌似有理,能够解决"通"的问题,却无法说明其在事理上的"通"或"不通"与诗歌中的"好"或"不好"有什么关系,最终也损害了对诗性思维的理解。如果说,在文学的教育和研究中不能脱离考据学,那么,我们真正需要的是"文学考据学",即深通文心之妙的考据学,不是冬烘先生或学究气十足的考据学。后者虽貌似能考据,却常常"考其所不必考"且又"据其所不能据"[2],以史料堆垛起来的最终是隔膜文心的高墙。这类情形,在古人中也很常见。千帆师说:

> 杜甫《进封西岳赋表》:"维岳,授陛下元弼,克生司空。"这使许多注释家很为难。这些学者很懂书本上的道理,而不懂世故人情。杜甫要想当官,当然不愿得罪人。因此看诗要看哪些是门面话,哪些是实质的话……不能太书呆子气。

杜甫进表中的这几句话,是改造《诗经·大雅·崧高》称颂周大臣尹吉甫(或曰甫侯)、申伯等人的句子恭维杨国忠的,注释家的"为难"表现在,或如张溍云:"谓郭子仪,公倾慕正人如此。"[3]将其赞美的对象转移到郭子仪,故无损杜甫人品;

---

[1] 关于这个问题,参见程千帆《论唐人边塞诗中地名的方位、距离及其类似问题》,《程千帆诗论选集》,第95—119页。

[2] 千帆师语,见陶芸编《闲堂书简》(增订本),上海古籍出版社2013年版,第721页。

[3] 张溍《读书堂杜工部文集注解》卷一,杨伦《杜诗镜铨》附,上海古籍出版社1980年版,第1066页。

或如朱鹤龄云："时国忠大恶未著，故公及之。"[1]以为杜甫虽赞美杨国忠，但事出有因；或如王士禛直斥："杜所谓'元弼'、'司空'，谓国忠也……甫独引《大雅》甫、申之词以谀之，可谓无耻。"[2]将"门面语"混同于"真心话"。这些注释评论都涉及与此文相关之时、事、人的考证，但由于缺乏对"世故人情"的理解（尽管像王士禛还不失为一个优秀诗人），从某种意义上说，也是缺乏对文学修辞手段的理解，成不了"文学考据学"，也未能做到"把诗当作诗来研究"。

"以诗论诗"的"诗"是广义的，可以作为文学的代名词。这是将古今中外的文学作品甚至艺术作品放在同一个平台上，以具有普遍意义的文学眼光加以衡量、评价。先师的授课就是这样，他打破了种种时代的、民族的、国别的封闭圈，从而拥有了歌德所说的"世界文学"[3]的眼光。正如在科学上"没有什么叫作德国科学或者法国科学"[4]一样，在文学研究上，也无须画地为牢刻意强调是"中国文学"或"唐诗"。这也就是韦勒克（René Wellek）很欣赏的话："只有文学教授，正如有哲学教授和历史教授，却不会有英国哲学史教授"[5]。在二十世纪四十年代，拥有这种观念并发出声音的人并不很稀见。闻一多在《调整大学文学院中国文学外国语

---

[1] 张潛《读书堂杜工部文集注解》卷一引，同上注。
[2] 王士禛《池北偶谈》卷十九，中华书局1982年版，第456页。
[3] 语见《歌德谈话录》1827年1月31日，朱光潜译，人民文学出版社1978年版，第113页。
[4] 居斯塔夫·朗松（Gustave Lanson）《文学史方法》，收入《朗松文论选》，徐继曾译，百花文艺出版社2009年版，第33页。
[5] 韦勒克《比较文学的危机》，收入《批评的概念》（*Concepts of Criticism*），张今言译，中国美术学院出版社1999年版，第275页。

文学二系机构刍议》中提议合并二系,另分语言学系和文学系,朱自清亦有类似意见。浦江清也承其意而指出:"历史、哲学是依照学科分系的,中西合并研究,文学却分两系,中西对立。"建议在中外文系之外新设文学系[1]。钱锺书则说:"中国诗并没有特特别别'中国'的地方。中国诗只是诗,它该是诗,比它是'中国的'更重要。"[2]所以"在某一点上,锺嵘和弗洛伊德可以对话,而有时候韩愈和司马迁也会说不到一处去"[3]。打破这一自我封闭的心态很重要,这是改变中国文学研究或国际上的汉学研究偏于一隅的状况的第一步,进而才有可能使中国文学成为人类一般文化修养的构造成分[4]。钱锺书在其《谈艺录》《管锥编》中对此作出了大量的研究实践,德国学者莫芝宜佳(Monika Motsch)经过研究后说:"《管锥编》第一次把中国文学作为文学来考察。"[5]指的

---

[1] 浦江清《论大学文学院的文学系》,收入《浦江清文史杂文集》,清华大学出版社1993年版,第239—245页。

[2] 钱锺书《谈中国诗》,《钱锺书集·人生边上的边上》,生活·读书·新知三联书店2002年版,第167页。

[3] 钱锺书《诗可以怨》,收入《七缀集》,上海古籍出版社1985年版,第106页。

[4] 如果说,出版于1994年的哈罗德·布鲁姆(Harold Bloom)的《西方正典》(The Western Canon)多少还有点"DWEMs"——已故(Dead)白人(White)欧洲的(European)男性(Male)们的意味的话,进入二十一世纪以后,这样的状况已在发生改变。比如2016年出版的劳拉·米勒(Laura Miller)主编的《文学的仙境》(Literary Wonderlands)一书,就包括了阿拉伯文学《一千零一夜》、中国文学《西游记》和十三位女作家(包括两名黑人作家)的作品。这样的改变在程度上当然是远远不足的,所以更需要中国文学研究者的继续努力。

[5] 莫芝宜佳《〈管锥编〉与杜甫新解》,马树德译,河北教育出版社1997年版,第85页。

就是钱锺书把中国文学放在普遍的"文学"框架中来研究。她还把这一手法概括为"逐点接触法",其效果是:"单个例证的独特魅力因此没有丢失。""中国与西方母题相互间有了关联,但又保持着彼此间的差别。"[1]不同民族、不同语言、不同文化的"诗"在文学的框架中发现了"同",又在各自的文学中保持了"异"[2]。从精神的体现来说,千帆师的文学教育也正是如此,与钱锺书的文学研究可以相互映照。

千帆师的这三门课,内容都是古典诗歌,主要是抒情诗。所以在每门课伊始,必先讨论"什么是抒情诗"以及"抒情诗的特征"等问题。置于文学的整体框架中来看,中国文学的主要特征就是抒情诗的发达,这个意见在先师的研究论著中罕见阐述,或许在他看来这只是一个不证自明的"文学常识",而就文学教育来说,其宗旨之一就应该是对"文学常识"作充分的说明。他说:

> 古典抒情诗是中国古典文学中最精华的部分,在世界上是独一无二的,无论是数量或质量。鲁迅说司马迁《史记》是"无韵之《离骚》",可以看出抒情诗在鲁迅心目中的地位。戏曲中如《西厢记》、《牡丹亭》中的著名段落均采用抒情诗的语言来写。小说、散文中最动人的成分是抒情诗的成分。

> 抒情诗是中国古典诗歌的主流。

以今日的"后见之明"来看,在国际汉学界(主要是美国汉学)兴起的论题之一——"中国文学的抒情传统",与千帆师

---

[1] 莫芝宜佳《〈管锥编〉与杜甫新解》,第115、120页。
[2] 参见张伯伟《"去耕种自己的园地"——关于回归文学本位和批评传统的思考》中的相关论述,载《文艺研究》2020年第1期。

对中国文学的主流"抒情诗"的强调几乎是同步的。而其着眼点都是放在"世界文学"的框架中,以比较的眼光得出的结论。在汉学界最早提出中国文学的抒情传统的是陈世骧,他在1971年美国亚洲研究学会的致辞中,就以"中国的抒情传统"为题,后来又经过高友工的推波助澜,在中外学术界产生了较为广泛的影响[1]。这个命题的提出,在学术上是有重要意义的。就文学的构成方式而言,不外叙事、抒情、议论,藉以传达人生经验的本质和意义。在具体的文学现象中,上述三者相互渗透,很难割裂,中外文学作品皆然。千帆师在讲授时也多次指出:"抒情诗不排斥叙事和说理的成分,它常常将叙事和议论作为其组成部分之一。"但是在不同的文学传统中,以何者为核心从而成为一个主流,却是各不相同的。通过比较揭示其各自的重心所在,方便理解不同文学传统的特色,就是一项有意义的学术工作。中国文学以抒情诗为主流,并形成了一个创作和批评的抒情传统,就是这样被提出的。这绝不意味着由此可以引导出中国文学传统中缺少叙

---

[1] 参见陈世骧《中国的抒情传统》,收入《陈世骧文存》,台湾志文出版社1972年版。高友工"Chinese Lyric Aesthetics"(《中国抒情美学》,1991年),中译文收入乐黛云、陈珏编选《北美中国古典文学研究名家十年文选》,江苏人民出版社1996年版。此前高氏在《文学研究的美学问题:美感经验的定义与结构》(中译文载台湾《中外文学》第七卷第12期,1979年5月)一文中,对中国文学的抒情传统也已有所论述。此后,有不少专著对这一问题加以阐发,特出者如张淑香《抒情传统的省思与探索》,台湾大安出版社1992年版。萧驰《抒情传统与中国思想》,上海古籍出版社2003年版。一直到2004年11月,台湾大学中国文学系的郑毓瑜教授主持"中国文学的抒情传统研习营",我也曾参与其事并作演讲,后来成稿为《中国文学批评的抒情性传统》,载《文学评论》2009年第1期。

事,或者西方文学传统中没有抒情的幼稚结论。以西方文学传统而言,抒情固然是其应有之义,抒情诗(lyric)也有其悠久的传统。在古希腊文学中就有著名的抒情诗人品达(Pindar)、萨福(Sappho)、阿尔凯厄斯(Alkaios),其作品可以在弦乐器里拉(lyra)的伴奏下以吟唱的方式表演。然而在古希腊的主流观念中,"诗"的殿堂里只有戏剧和史诗(与叙事诗关系较紧密)的位置。亚里斯多德《诗学》虽然开章明义说其书要讨论的是"关于诗的艺术本身"[1],但其所谓"诗"不是西方十九世纪以来的"诗"的观念,他说"兼用数种,或单用一种,这种艺术至今没有名称"[2],这一"没有名称"的"艺术"正是抒情诗。如果以中国传统作对比,"诗"最早就是《诗经》的专称,其最初的定义就是一种以抒情为主,并且伴随着音乐、舞蹈的表演形式:"情动于中而形于言,言之不足故嗟叹之,嗟叹之不足故永歌之,永歌之不足,不知手之舞之、足之蹈之也。"[3]而类似的以弦乐伴奏的抒情诗,在古希腊却被流放在诗国之外。正如卫姆塞特(William K. Wimsatt)和布鲁克斯(Cleanth Brooks)所说:"《诗学》中没有抒情诗的理论体系。""亚里斯多德的诗学是戏剧的诗学,尤其是悲剧的诗学。"[4]抒情诗在西方文学体系中获得体面的、进而为崇高的地位,是在十八、十九世纪浪漫派文学兴起之后,人们熟

---

[1] 亚里斯多德《诗学》,罗念生译,人民文学出版社1962年版,第3页。
[2] 同上注,第4页。
[3] 《毛诗序》,陈奂《诗毛氏传疏》卷一,凤凰出版社2018年版,第2页。
[4] William K. Wimsatt & Cleanth Brooks, "*Literary Criticism: A Short History*", University of Chicago Press, 1957, pp. 35-36.

知的英国渥兹渥斯(William Wordsworth)在1800年的名言"一切好诗都是强烈情感的自然流露"[1],可以被当作浪漫派文学观的宣言。他又说:"在这些诗中,是情感给予动作和情节以重要性,而不是动作和情节给予情感以重要性。"[2]把欧洲文学传统中叙事和抒情的重心作了扭转乾坤式的颠倒,并且在此后"为数代人定义了诗歌及其用途"[3]。抒情诗成为戏剧和叙事文学以外的第三种文学体裁,正式被引入诗学和美学,而"十八世纪末十九世纪初的美学哲学最终为这种三分法赋予了形而上的庄严"[4]。在二十世纪三十年代美国"新批评"派的眼中,抒情诗成为其心目中首要关注的对象,这几乎成为他们的一个局限。所以,相对于西方文学悠久的戏剧和史诗的叙事传统,将中国文学的抒情传统特别拈出是有意义的。学术史的变迁往往犹如钟摆,总会出现"翻案"或"反转",但是,如果仅仅局限在中国文学传统之内,另外提出一个"叙事传统",无论其目的是要抵消"抒情传统",抑或与之相辅相成,就算不能刻薄地当它是"伪"命题,充其量也只能宽容地视作一个"萎"命题。

千帆师的三门课堂讲授,其内容以抒情诗为主,这是"中国古典诗歌的主流"。作为一个中国文化的热爱者、诠

---

[1] 渥兹渥斯《〈抒情歌谣集〉序言》,曹葆华译,载刘若端编《十九世纪英国诗人论诗》,人民文学出版社1984年版,第6页。

[2] 同上注,第7页。

[3] 希利斯·米勒(J. Hillis Miller)《文学死了吗》(*On Literature*),秦立彦译,广西师范大学出版社2007年版,第11页。

[4] 贝内迪克特·耶辛(Benedikt JeBing)、拉尔夫·克南(Ralph Köhnen)《文学学导论》(*Einführung in die Neuere deutsche Literaturwissenschaft*),王建、徐畅译,北京大学出版社2016年版,第17页。

释者、传承者,在面对世界文化的时候,当然不会也不应妄自菲薄,需要谨防的反倒是文学上的"民族主义"。二十世纪随着民族国家的兴起,出现了民族文学的概念,尤其是透过大学的制度化设置,有了中文系、英文系、法文系、日文系等分科以及相应的语言文学研究。民族主义"代表了一种过度膨胀的、令人遗憾的利己主义的保守倾向"[1],在本民族文学的教学和研究中也比较容易滋生。中国文学有其不可取代也不可企及的优长,但也必然有其不足。指出其不足,同时指出历代诗人为弥补其不足所作的努力和达到的成就,是一个严肃的文化诠释者必须面对的任务。千帆师多次指出:

> 组诗,现在称之,古代称联章诗……组诗的重要性在很大程度上弥补了我国诗歌短小的缺陷。组诗同一首很长的诗是不一样的。既然是一首一首写的,就有相对的独立性,调动题材,转换角度,处理情绪。

> 这种形式之所以重要,是以联章补偿诗歌短小的缺陷。

"中国人虽有长城却只有短诗"[2],短诗固然可收言已尽而意无穷之效,但篇幅短小,也会限制诗人对较为广阔的社会

---

[1] 汉斯-乌尔里希·维勒(Hans-Ulrich Wehler)《民族主义:历史、形式、后果》(*Nationalismus*),赵宏译,中国法制出版社2013年版,第3页。

[2] 此借用钱锺书的说法——"The Chinese have a Long Wall, but short poems."见 Qian Zhongshu,"Chinese Literature",原载 *Chinese Year Book*(《中国年鉴》)1945,收入 *A Collection of Qian Zhongshu's English Essays*(《钱锺书英文文集》),外语教学与研究出版社2005年版,第285页。

场景和较为复杂的内心感受的表达力,于是人们就探索利用联章的方式加以弥缝。古人"诗有一人之集止一题者"[1],如应璩《百一诗》、阮籍《咏怀》之类,不是严格意义上的"联章诗"。千帆师所注意的联章诗,是"有统一的主题,然后有统一的构思,完成后是统一的整体"之类,始于《楚辞》中的《九辨》,而在杜甫手上达到纯熟,特别是七律组诗。例如《秋兴八首》"每篇诗是一个整体,同时八篇诗合起来又是一个更大的整体",所以"不研究它们的结构是不行的"[2]。关于《秋兴八首》存在的整体结构,钱谦益曾自诩发明:"此诗旧笺影略,未悉其篇章次第,钩锁开阖……章虽有八,重重钩摄,有无量楼阁门在,今人都理会不到。"[3]陈廷敬亦云:"杜此八首……以章法论,章各有法,合则首尾如一章,兵家常山阵庶几似之。"[4]杨伦更扩大言之:"杜集凡连章诗,必通各首为章法,最属整齐完密。"[5]实际上,在元代的诗法类著作中,就有托名杨载序的《诗法源流》(即指杜律诗法之源流),诡言出自杜甫门人吴成、邹遂、王恭之嫡传[6],其《秋兴八首》下引王氏语云:"《秋兴》一题,分作前三章与后五章,以

---

[1] 汪师韩《诗学纂闻·诗集》,丁福保编《清诗话》上册,上海古籍出版社1978年版,第442页。
[2] 程千帆《古代诗歌研究绪论》,载程千帆、沈祖棻《古典诗歌论丛》,上海文艺联合出版社1954年版,第18页。
[3] 钱谦益《钱注杜诗》卷十五,上海古籍出版社1979年版,第504页。
[4] 陈廷敬《杜律诗话》卷下,杜松柏《清诗话访佚初编》第十册,台湾新文丰出版公司1987年版。
[5] 杨伦《杜诗镜铨·凡例》,第13页。
[6] 参见张伯伟《元代诗学伪书考》,载《文学遗产》1997年第3期。

夔州、长安自是二事,此其纲目也。八章之分,则又各[1]命一题以起兴。"[2]这已经从整体结构着眼分析(尽管非常初步),只是此类"俗书"不入绛云楼主法眼,故未能及之。从文学批评史的角度看,杜甫联章诗的整体结构至晚在十三世纪晚期(托名杨载的序写于至治二年即1322年,自云少年时得此书于杜甫九世孙杜举)已被人揭示,钱谦益之笺注杜诗也在康熙六年(1667)刊刻行世,但对于联章诗结构的忽视,直到二十世纪五十年代(《古代诗歌研究绪论》写于1954年)还普遍存在,到七十年代末千帆师重登讲坛,其状况也没有发生任何改变。虽然这只是一个很小的例子,却再一次表明,文学研究之不振,与文学教育之弊有莫大关系。而令人难以释怀的是,文学教育之弊不仅在时间上由来已久,在空间上也是世界性的。

三、左右逢源:语文学与文学理论

　　文学教育的核心是作品,但在现代的知识体系和学术体系中,要讲授好作品,研究好作品,并不是仅仅依赖熟读作品或有创作才能就可以完成的。在现代学术也就是西方学术传入中国以前,中国人已经有了两千年以上的文学批评传统,留下了丰富的学术遗产。但面对这些遗产,我们可以领

---

　　[1] "又各"二字原作"有名",兹依张健《元代诗法校考·诗解》改,其所据者为日本五山版《诗法源流》,北京大学出版社2001年版,第52页。

　　[2] 明刻本《诗法源流》,《古今诗话续编》本,台湾广文书局1973年据"国立中央图书馆"珍藏善本影印,第60页。

略其"宗庙之美、百官之富",却无法坐享其成。因为在表现形态上,它们大多为零散片段;在思维特色上,它们经常如灵光忽现。所以,当百年前西洋学术全方位地弥漫东亚之时,中国学者一方面对古典遗产感到无法取用,只能"抛却自家无尽藏",另一方面对西洋工具又觉得精妙无比,不免"沿门托钵效贫儿",最后除了文献考据尚有招架之功以外,固有的学术遗产几乎全沦为"材料",理论框架、学术方法以及提问方式,占据主流的都是"西方式"的或曰"外来"的[1]。对现代学术史作纯学术回顾,有全盘西化的胡适一派,有固守传统的守旧之士,其势力尽管极不相称,但在陈寅恪看来,终归"田巴鲁仲两无成",这意味着:

> 旧派之闭目塞听、陶然自醉,固然难有作为;新派之高自标置、鲁莽夸诞,时或流于"画鬼"。[2]

而陈寅恪自己所追求和实践的,则属于不同乎二者的"教外别传",既重视"学"又追求"术",既以中国文化为本位,又不断开拓创新,其"治学以世界为范围,重在知彼"[3],努力与国际学术作对话和竞赛。在二十世纪的古代文学研究者中,千帆师最具方法的自觉并为之不懈努力,这几乎可以作为他与其他学者相区别的重要标志。学术的发展进步,如果说大都遵循从"照着讲"到"接着讲"的步骤的话,那么,在学术上

---

[1] 参见张伯伟《中国古代文学研究的理论和方法问题》,载《文学遗产》2016年第3期。

[2] 张伯伟《现代学术史中的"教外别传"——陈寅恪"以文证史"法新探》,载《文学评论》2017年第3期。

[3] 陈寅恪《吾国学术之现状及清华之职责》,《金明馆丛稿二编》,上海古籍出版社1980年版,第318页。

对千帆师影响最大的前辈学者是陈寅恪,而他对陈氏学术的方法、宗旨、趣味以及文字表达的理解远胜一般,但他做到了既"有所法"又"有所变",完成了从"史学研究法"到"诗学研究法"的转换[1]。其学术研究与文学教育,在理念上也是一脉贯通的。

在"古代诗选"的第一堂课上,千帆师提出了这样的要求:

> 学习这门课的知识准备:一、文学史;二、文学理论;三、古代汉语,特别是诗律学。

作品是个别的、具体的,有一定的"文学史"知识,就可以对作家所处的时代、作品的文体面貌拥有大致印象,而通过讲解作品,又可以使既有的文学史知识得到深化。尽管上述三者都是作为"知识准备"提出的,但"文学理论"和"古代汉语",同时也是解析作品的重要工具。这两个工具,在中西学术史上各有其传统,而在文学教育的实践中,也各有其成败。面对当下的困境,我们也许应该对历史做些回顾。

古代汉语的内容,通常来说包含文字、音韵、训诂。运用这些知识来进行文本的构造和解析,用中国传统的术语来讲,是"章句之学";用西方传统的术语来讲,就是"philology",可译为"语文学"(也有译作语学、历史语言学、文献学等)。千帆师说:"古人很重章句之学,一年学离经辨志(离经是断句,辨志是分章,黄以周讲)。"中国传统的章句之学,在西汉就很成熟也很普遍,《汉书·艺文志》里就已经著录了很

---

[1] 参见张伯伟《"有所法而后能,有所变而后大"——程千帆先生诗学研究的学术史意义》,载《文学遗产》2018年第4期。

多,除了章句以外,也有用故(诂)、训、传、注来表示,后代笼统地概括为"章句之学"。在文学的学习和研究中,章句之学的重要性早就得到认识和实践,除了汉人对《诗经》《楚辞》的注释外,在文学理论著作中最明显的例证就是《文心雕龙·章句篇》。此后,唐代关于《文选》的校勘注释形成了"《文选》学",宋代则有大量对此前文集的注释,更有宋诗宋注,从而造就了文学研究中的校注传统。这就是以最大可能再现作者的"原本",并对其字词句章作尽可能准确的理解。传统的文学教学,以文本为主。作为一种语言文字的艺术,必然是"因字而生句,积句而为章,积章而成篇"的,故研读文学,贵在"振本而末从,知一而万事毕"[1]。就字、句、章、篇而言,字是"本"是"一",其余则为"末"为"万"。但决定章句的还有一更为根本者,这就是"情"。刘勰一再说"设情"、"宅情"、"控引情理",即说明章句都是为之安设、受其控引的,"情"才是文学的根本。太老师黄季刚先生最精小学,故其《文心雕龙札记》一书,也以对《章句篇》的阐发最为详赡。其核心观念是:

> 凡为文辞,未有不辨章句而能工者也;凡览篇籍,未有不通章句而能识其义者也;故一切文辞学术,皆以章句为始基。[2]

至于诗律学,是伴随着近体诗的萌芽、成型、定型而形成的,属于"章句之学"中的一个特殊部分。章句之学原为阐明文本,便利初习,但去古愈远,每况愈下,也就导致章句愈繁。

---

[1] 刘勰《文心雕龙·章句》,《文心雕龙解析》,第557页。
[2] 黄侃《文心雕龙札记》,华东师范大学出版社1996年版,第159页。

黄季刚先生又说:"降至后世,义疏之作,布在人间,考证之篇,充盈箧笥,又孰非章句之幻形哉?"[1]所以清代考据学又号称"汉学",就表示它是以章句为本的。段玉裁将戴震"义理者,文章、考覈之源也。熟乎义理,而后能考覈、能文章"的话转换为"义理、文章,未有不由考覈而得者"[2],最能体现考据家的学术趣味。

西方的"语文学"一词"philology",就词源来说,出自希腊语"philologia",其中"philos"代表热爱,"logos"代表言词,所以就字面上说,这个词是"言辞(文本)之爱"的意思,与哲学——"philosophos"所代表的"智慧之爱"相对。西方的语文学,成型于亚历山大时期(公元前三世纪)的前十年,目的是保存和解释古典文学。泽诺多托斯(Zenodotos)完成了荷马史诗和赫西俄德(Hesiodus)诗歌的文本考订,并创立了考订的原则,目的在于恢复原始文本的面貌。在后来的演变中,语文学家的任务增添了评注、阐释,而阐释的原则是从作者本身出发解释作者。到古罗马时代,鉴赏力的高尚化被认为是一种美德,语文学也得到进一步发展,崇尚博学广闻,并注重文法研究。中世纪八百年是语文学的衰退期,而文艺复兴以来的近代古典语文学,根据内容和方法上的不同侧重而在不同地区形成不同阶段,先后以意大利、法国—荷兰、英国为中心。从十八世纪开始,德国跃居领先地位,语文学各学科的方法都得到完善,从以文本考据为中心转移到以认识事物为目的的观察方式,并且影响

---

[1] 黄侃《文心雕龙札记》,第166页。
[2] 段玉裁《戴东原集序》,《戴震文集》卷首,中华书局1980年版,第1页。

了历史研究。尼布尔(Barthold Georg Niebuhr)运用原始资料鉴定法,开创了以批评性的语文学方法研究历史的先河(陈寅恪也曾受其影响)。历史主义—实证主义也在十九世纪下半叶到二十世纪早期的德国古代文化研究领域中达到鼎盛,他们坚信,只要有充足的原始资料,历史事实是可以获得全面认识和掌握的。实证主义获得了广泛认可,也使得其自我反思的能力日益下降,由此引来尼采的强烈抨击[1]。但不管怎样,十九世纪的语文学已是欧洲人文学术研究的主流,德国俨然是语文学研究的中心,其势力范围扩张到欧美。而相应的损失则是,"十九世纪晚期,德国完全丧失了文艺理论和批评方面的领导地位"[2],另一个"弱国"就是美国。陈寅恪、傅斯年都留学德国,赵元任虽然在美国求学,但对"语文学"也深感兴趣,甚至最想做一个"语文学家"(philologist)。中研院史语所从某种意义上说,就是德国的语文学、新兴的英法语言学、传统的中国考据学和音韵学共同塑造的[3]。历史语言研究所的英文是"The Institute of History and philology",不难看出语文学

---

[1] 参见维森博格(Weisenberg)《西方古典语文学简史》,收入刘小枫编《西方古典文献学发凡》,丰卫平译,华夏出版社2014年版,第1—35页。

[2] 雷纳·韦勒克(René Wellek)《近代文学批评史》(*A History of Modern Criticism*)第二卷"总结"语,杨自伍译,上海译文出版社2009年版,第438页。

[3] 张谷铭《语文学还是语言学?跨越洲际的反应》,载贾晋华等编《新语文学与早期中国研究》,上海人民出版社2018年版,第41页。又可参见张谷铭《Philology与史语所:陈寅恪、傅斯年与中国的"东方学"》,载台湾中研院《历史语言研究所集刊》第八十七本,第二分,2016年6月。

在其中的重要意义。以德国语文学的背景看中国学术传统,最能赢得其垂青的就是清代的考据学。赵元任说:

> Philology 所注重的是推求某一字在流传的文献当中,某某章句究竟应该怎么怎么讲。所以某种文献,有某种的 Philology,他的性质是近乎咱们所谓考据、训诂之学。[1]

傅斯年在《与顾颉刚论古史书》中说:"三百年中所谓汉学之一路,实在含括两种学问:一是语文学,二是史学,文籍考订学。"[2]这里所说的"汉学",指的是乾嘉考据学。他把史学解释为"文籍考订学",与在此后不久写的《历史语言研究所工作之旨趣》中说"近代的历史学只是史料学"[3]的意见是一致的。而当他将研究的目光从史学转到文学的时候,也就以同样的逻辑展开其论述。现在保存下来的1927—1928年间傅斯年在中山大学讲授"中国古代文学史"的讲义,就主张文学史即史学,强调用考证即语文学的方法从事文学史研究。他说:

> 因为文学史是史……要求只是一般史学的要求,方法只是一般史料的方法。考定一书的时代,一书的作者,一个事件之实在,一种议论的根据,虽是文学史中的问题,也正是通史中的事业。[4]

> 希望诸君能发乎考证,止乎欣感,以语学(大陆上谓

---

[1] 赵元任《语言问题》,商务印书馆1980年版,第2页。
[2] 《傅斯年全集》第四册,台湾联经出版公司1980年版,第455页。
[3] 同上注,第253页。
[4] 《中国古代文学史讲义》,《傅斯年全集》第一册,第12页。

之"Philologie")始,以"波涛动荡"(Sturm und Drang)终。[1]

在傅斯年讲义的"拟目"中,更有一则醒目的标题——"论文艺批评之无意"。这代表了也导致了此后许多大学中文系的文学教育现象,就是以"文献学"或"考据学"取代"文艺学"。而在千帆师看来,这就是文学教育之"弊"。他指出:

> 以现状而言,则多数大学中文系之教学,类皆偏重考据。此自近代学风使然。而其结果,不能无蔽。
>
> 愚此所谓蔽者,析而言之,盖有二端:不知研究与教学之非一事,目的各有所偏,而持研究之方法以事教学,一也。不知考据与词章之非一途,性质各有所重,而持考据之方法以治词章,二也。详此二蔽之所由兴,则实皆缘近代学风之一于考据。案满清学术,一由于明学之反动,二由于建夷之钳制,考据遂独擅胜场……及西洋学术输入,新文化运动勃兴。全盘西化之论,格于政治社会之阻碍,未克实行;考据之学乃反得于所谓科学方法一名词下,延续其生命。二十年来,仍承胜朝之余烈,风靡一世者,职是之由。[2]

此文作于1942年,我在此很想再引录一段钱锺书在1978年

---

[1]《中国古代文学史讲义》,《傅斯年全集》第一册,第20页。按:这里所说的"大陆",指的是欧洲大陆。法国的情形也类似,据安托万·孔帕尼翁(Antoine Compagnon)说:"文学史出现于十九世纪,当时更为通行的叫法是语文学或语文研究。"《理论的幽灵:文学与常识》(Le démon de la théorie : Littérature et sens commun),吴泓渺、汪捷宇译,南京大学出版社2017年版,第13页。

[2] 程会昌《论今日大学中文系教学之蔽》,载《国文月刊》第十六期,1942年10月。

讲的话,来作前后对照:

> 在解放前的中国,清代"朴学"的尚未削减的权威,配合了新从欧美进口的这种实证主义的声势,本地传统和外来风气一见如故,相得益彰,使文学研究和考据几乎成为同义名词,使考据和"科学方法"几乎成为同义名词。[1]

从"章句之学"、"语文学"到考据学、实证主义,再加上二者的结合,文学教育的主体就变成了"作者之生平,作品之真伪,字句之校笺,时代之背景"[2]等等,再加上一些版本校勘、辑佚钩沉、本事索隐,就以为文学教育之能事已毕,这都是"持研究之方法以事教学"。研究与教学的关系,既有区别又有联系。将研究成果融入教学实践,能够提升教学质量,也是大学教育的特征所在。但若混同二者,就可能损害教育职责。千帆师以为一所大学的"中文系尤有发扬民族文化之重任,故其动态与风气,关系国运者至深",因此,不能造成最终"致力及成就者,类皆襞积细微,支离破碎"[3]的后果。这使我想起十九世纪末、二十世纪初的美国大学,其来源有二:一是仿效德国的研究型传统,一是沿用英国的人文教养传统,后者想通过文学教育灌输民族文化的中心思想和价值观念,而前者强调以批判性的、客观的态度去追求真理(在当时就是以实证性知识为代表),其中也明显存在着悖论,但美国

---

[1] 钱锺书《古典文学研究在现代中国》,载《钱锺书集·人生边上的边上》,生活·读书·新知三联书店2002年版,第179页。

[2] 程会昌《论今日大学中文系教学之蔽》,载《国文月刊》第十六期,1942年10月。

[3] 同上注。

大学的教授坚信他们可以在研究和教学实践中调和这两项充满矛盾的任务。米勒曾这样描绘：

> 一名英语教授既可以对某个作家的生平细节进行最琐碎的实证性研究，又可以对那些单调乏味的书目整理和编辑工作乐此不疲，与此同时，他还能给本科生上课，弘扬弥尔顿、约翰逊、勃朗宁、艾略特等人著作中所包含的伦理美德。[1]

就这一点而言，研究与教学的重心是可以也是能够区别的。傅斯年等人将语文学与考据学相等同，只是沿用了十九世纪德国语文学的概念，但正如维森博格指出的："某个地区和某个流派占据主导地位，并不意味着同一时候和其他地方没有其他方式的语文学研究。"[2]所以傅氏论调是对西方语文学的窄化和简化。至于将文学史研究归结为文学史料学研究，同时彻底废除文艺批评的意义，只能视为学术上的颠顶之举。在吸收西学之初，出现这样的问题是可以理解和谅解的，但在百年之后，人们若仍然自觉不自觉地以这种观念武装头脑，就不仅是顽固不化，更是愚不可及。上世纪九十年代开始，学风再变，用李泽厚的概括，就是"九十年代大陆学术时尚之一是思想家淡出，学问家凸显"[3]。大学的文学教

---

[1] 希利斯·米勒《因特网星系中的黑洞：美国文学研究的新动向——兼纪念威廉·李汀思》，《萌在他乡：米勒中国演讲集》，国荣译，南京大学出版社2016年版，第36页。

[2] 维森博格《西方古典语文学简史》，《西方古典文献学发凡》，第15页。

[3] 语载香港《二十一世纪》1994年6月号（总第23期）"三边互动"栏目。

育在很大程度上又回到了二十世纪五十年代之前的风尚,至少在我的观察所及,这种倾向是比较明显的。如果说有发展,也只是版本扩大到域外,资料深入到私藏,藉中外数据库之便利,更有所谓"e—考据"之美名。尽管千帆师厌恶文学教育和研究中的实证主义,但他并不一概反对考据。他强调"古代汉语"即传统的章句学在作品研习中的作用并付诸实践,就可以看出他对"语文学"这一工具的重视,这从以下论文的标题中即可看出:《陶诗"结庐在人境"篇异文释》(1944年4月)、《陶诗"少无适俗韵"的"韵"字说》(1945年12月)、《李颀〈听董大弹胡笳声兼语弄寄房给事〉诗题校释》(1963年5月)、《杜甫〈诸将〉诗"曾闪朱旗北斗殷"解》(1976年5月)、《李白〈丁都护歌〉中的"芒砀"解》(1977年6月),其前后跨越达三十多年[1]。但章句是工具而非目的,要将"字句的疏通与全篇的理解并重",最终还是归结到对作品的理解和欣赏。千帆师反复说"欣赏诗歌不能脱离考证学",强调"文献学与文艺学"的结合。我二十多年来倡导域外汉籍研究,希望将阅读文献和研究视野的范围扩大到汉文化圈,在这一过程中,首先从事的也是目录学和文献的整理解题工作。但文学教育应该以作品为核心,着重对作家作品的阐发、分析、评论,并进而达到人文精神的重建。

这就要谈到第二个工具"文学理论",它同样在中西学术史上各有传统,落实在文学教育中也各有得失。千帆师强调的文学理论虽然兼涉中外,但在实际运用中主要偏于古代文论。他在"杜诗研究"最后一课曾强调研究方法的六个"并

---

[1] 诸文皆收入程千帆《古诗考索》,上海古籍出版社1984年版。

重"，其中之一就是"传统的文艺理论和外来的新的文艺理论并重"，同时又要"多进少出，不懂不讲"。当时的中国学术界，与外国的学术交流还未能频繁展开，对外国文学理论的翻译介绍还很不系统，为了防止生搬硬套、削足适履的"滥用"，所以谨慎地提出要"少出"、"不讲"，但这丝毫不存在对国外文学理论的抵触或排斥。传统的文学教育中实施的文论教育，集中在文学写作，最早且最为典型的是唐代的诗格，后来演变为明清诗法。还有一种类型就是选本，如《文选》之在唐宋时代，《唐诗品汇》之在明清时代，直到《古文辞类纂》都是这一类代表作。但在传统的知识体系中，今人说的"文学批评"在古代目录学上的名称是"诗文评"，与"词曲"肩摩踵接，列于集部之末，不为人所重。现代大学里的文学教育，其"新品种"当属文学史，其中也涵括了部分古代文论的内容。由中国人撰写的最早的文学史，当属1904年草创并刊行的京师大学堂林传甲《中国文学史》，其第十三篇中就专列"昭明《文选》创总集之体"、"刘勰《文心雕龙》创论文之体"、"锺嵘《诗品》创诗话之文体"及"徐陵《玉台新咏》创诗选之体"[1]等。虽极为简略，亦有意义。稍后东吴大学黄人编纂《中国文学史》，曾回顾中国传统"所以考文学之源流、种类、正变、沿革者，惟有文学家列传（如《文苑传》，而稍讲考据、性理者，尚入别传），及目录（如《艺文志》类）、选本（如以时地、流派选合者）、批评（如《文心雕龙》《诗品》、诗话之类）而已"[2]，他的书则要综合上述诸体，自具机杼，所以被后人评

---

[1] 参见林传甲《中国文学史》，陈平原辑《早期北大文学史讲义三种》，北京大学出版社2005年版，第190—193页。
[2] 黄人《中国文学史》，苏州大学出版社2015年版，第3页。

为真正"始具文学史之规模"[1]。然而就其中的文论部分来说,也不过点缀其间。直到上世纪四十年代中后期,才在学术界的一般观念中,"似乎都承认了诗文评即文学批评的独立的平等的地位"[2]。其文论教学大抵有三类:一是中国文学批评史,如郭绍虞《中国文学批评史》有商务印书馆"大学丛书"本,朱东润《中国文学批评史大纲》也是他原在武汉大学使用的教材;二是专书讲疏,主要集中在《文心雕龙》,著名者如黄季刚《文心雕龙札记》、刘永济《文心雕龙校释》;三是文论选,代表者如许文雨《文论讲疏》,也是"自十八年(1929)讲学北大创始"[3]。批评史在当时属于肇启山林的工作,朱自清评论郭绍虞之著,虽说表彰了其"材料与方法"[4],但重心还是在材料方面,以此勾勒出中国文学批评的基本线索和面貌,意欲"兼揽编年、纪事本末、纪传三体之长,创立一种'综合体'"[5],但有些基本判断还存在问题,也难免"见林不见树"。专书和文论选以具体作品为核心,可以避免"离事言理"之弊,且各有深入之见,但总体来说还是以"语文学"的方法为主,重在疏释文本大意,不免"见树不见

---

[1] 浦江清《郑振铎〈中国文学史〉》,收入《浦江清文史杂文集》,第130页。

[2] 朱自清《诗言志辨序》,收入《朱自清古典文学论文集》,上海古籍出版社1981年版,第188页。

[3] 许文雨《文论讲疏·例略》,正中书局1937年版。

[4] 朱自清《评郭绍虞〈中国文学批评史〉上卷》,收入《朱自清古典文学论文集》,第540页。

[5] 朱自清《诗文评的发展》(其内容为评论罗根泽《中国文学批评史》、朱东润《中国文学批评史大纲》),《朱自清古典文学论文集》,第545—546页。

林"。对于文学理论在文学教育和研究中的重要性,千帆师不仅深具认识,而且身体力行。他的做法不同于上述三类,1941年到1943年之间,他任教武汉大学和金陵大学,专门讲授古代文论课,并编为《文学发凡》二卷,由金陵大学文学院印行。本书从大量古代文论材料中精选十篇加以笺注,文末附有按语,作总体论述。我在二十年前对此书的学术定位是:"这是一部较早的对文学理论本土化的尝试之作和成功之作。"[1]上卷为概说,分文学之界义、文学与时代、文学与地域、文学与道德、文学与性情;下卷为制作,分制作与体式、内容与外形、模拟与创造、修辞示例、文病示例。既不按照时代顺序,也不选择体系性过强者(如《文心雕龙》),而是完全按照作者对文学理论的理解和认识,选择能够代表中国人文学观念的十篇论文,阐发其理论内涵[2]。窥其微意,实有建立系统、颉颃西洋的色彩。可惜后来正式出版时,一易名为《文论要诠》,再易名为《文论十笺》,并且在内容上多有删削,尽管个别条目的注释更为准确,但上述色彩则愈来愈淡化。总体而言,中国学者,特别是古代文学研究者,对文学理论的兴趣是较为淡薄的,尤其是与实证性的研究相比。即便是中国文学批评史的研究,"也无可讳言,偏重资料的搜讨,而把理论的分析和批判放在次要地位"[3],

---

[1] 张伯伟《程千帆文集》书评,载《中国学术》第4辑,商务印书馆2000年版,第272页。

[2] 千帆师在晚年说:"日本学者把这本书当成文学概论的教材来用。……十篇文章,有注解,有按语,还成个体系。当时我下了个决心,也和刘(永济)先生商量过,没有选《文心雕龙》。现在想来,这是对的,因为《文心雕龙》太完整。"《桑榆忆往》,第65—66页。

[3] 钱锺书《古典文学研究在现代中国》,载《钱锺书集·人生边上的边上》,第180—181页。

这怎么也算不上是苛评。在这样的学术背景下来看千帆师的《文学发凡》，其文学理论教育也同样以"文论作品"为中心，坚持"从具体开始"；其次，在材料的选择上取精用闳，以构建中国文学理论体系为指归，既见"树"又见"林"；第三，在文论的使用上，坚持与文学作品相结合的基本原则。这虽然在《文学发凡》中没有过多的实践，但在这本《程千帆古诗讲录》中却有具体的展现。它不仅体现了文学理论作为工具之"用"，置于中西学术格局来看的话，在"理论之后"的时代该如何面对理论，也可以带来有益的启示。如果我们没有可能"宿命般地回到前理论时代的单纯"[1]，那么理论到底还有什么用？

这里，我姑且以"比兴"为例略作阐发。"比兴"原本于《诗经》学上的概念，与"赋"联系在一起成为"三义"或"三用"。由于隶属于经学，其含义也往往带着较强的政治性。但从西晋开始，就有人突破经学体制，注重文学修辞特色的意义。到了梁朝的钟嵘，更明确地以五言诗为依据作出新释。这不仅对后来的文学中人有影响，研治经学的学者，如唐代的陆德明、宋代的朱熹，也对其新说有所吸收[2]。字面上仍是一贯的"比兴"，但概念的内涵和外延却变动不居。在中国的批评传统中，理论批评(theoretical criticism)往往是透过实际批评(practical criticism)展现出来的，因此，它与文学作品有着密切关系。理论产生于对作品的理解和认识，当理解得到深化、认识有所升华，也会突破原有的理论，并反过来

---

[1] Terry Eagleton, *After Theory*, Penguin Books Ltd, 2003, P. 1.
[2] 参见张伯伟《锺嵘诗品研究》第六章《"兴"义发微》，南京大学出版社1993年版，第96—112页。

影响创作。所以,当一个概念在新的批评文本中,其含义无法用既定的意思限定时,我们既不能生搬硬套原先的定义,哪怕它戴着权威的面具,也不能削"作品之足"以适"理论之履",因为理论只是帮助我们理解作品的工具。千帆师指出:

> 中国古典文学中的名词,往往随时代而变化含义,唐朝人的"比兴"往往是与政治有关的内容,而不是修辞学上的术语。
>
> 杜甫论元结的两首诗曰"不意复见比兴体制",元诗是用赋体作的,但杜甫说他是"比兴体制"。可见唐人对"比兴"有独特的看法,是指有很高思想内容的文学作品。陈子昂与杜甫是一致的。

杜甫的话见于其《同元使君舂陵行序》,称赞元结之作为"比兴体制",但从作法来看,《舂陵行》是以赋体为之的,所以此处的"比兴"就"不是修辞学上的术语",而是对于统治者横征暴敛的控诉,具有《诗经·国风》的"美刺"意义(元结《舂陵行》的末句是"何人采国风,吾欲献此辞",就是以继承《诗经》的精神自命的)。这个概念部分吸取了汉儒说诗的成分,又带有唐代的特色。正如陈子昂批评齐梁诗歌缺乏"兴寄",当然也不是说那些作品未曾采用修辞手段上的"比兴",而是说缺乏撼动人心的内涵。这个问题,千帆师在课堂上曾反复提及,往往特别强调"赋"法,强调"以文为诗"的功能,强调议论也是塑造文学形象的不可或缺的手段之一。其背景是,1977年12月31日《人民日报》第一版刊登了毛泽东给陈毅谈诗的一封信,特别强调"比兴"的重要性,批评宋人不懂形象思维,"一反唐人规律",其病根在韩愈的"以文为诗"。这引起当时学术界的大讨论,几乎一边倒地贬斥宋诗,推崇"比兴"(作为修辞手段),批判"以文为诗"。千帆师对这种"依草附木"的学风极为鄙视,他告诫学生:"搞学问,一是不能随声附和,二是不能停滞在原来的境地。"这就不只是学术观点,更是学术品格了。

千帆师对文学理论的强调,总是不脱离作品。三十年前,我曾经概括为"以作品来印证理论"和"从作品中抽象理论"[1]。他很推崇刘永济的《文心雕龙校释》一书,尤其欣赏其附录《文心雕龙征引文录》三卷,上下二卷为文录,即作品选;卷末为"参考文目录",即文论选,也是着眼于其书将文学理论与文学作品的结合。而从他推崇的其它著作中,我们还可以窥见另外两种研究文学理论的学术取向:一是朱自清《诗言志辨》,以中国文学批评史上的重要概念为纲,仔细梳理其含义的变迁,接近于某种"概念史"或"专题史"的工作。朱自清在大学开设"中国文学批评研究"课,其方法也是如此[2]。千帆师赠朱自清诗有"解颐人爱说诗匡"、"肯把金针度与无"[3]之句,可略见其向往之情。一是朱光潜《诗论》,这是以比较文学的方法构拟中国诗学的系统,该书也曾用作北京大学、清华大学和武汉大学的授课讲义[4]。其书《抗战

---

[1] 参见《程千帆诗论选集·编后记》中的相关讨论,第285—289页。

[2] 参见刘晶雯整理《朱自清中国文学批评研究讲义》,天津古籍出版社2004年版。

[3] 程千帆《赠佩弦先生四绝》,见《闲堂诗存》,《程千帆全集》第十四卷,河北教育出版社2001年版,第19页。按:《诗存》卷首又录《朱佩弦先生书》(甲申,1944年)。在《朱自清日记》中,从1944年5月30日到1948年4月11日,都有他们来往的记录。

[4] 参见商金林校订《诗论讲义》,北京大学出版社2018年版。

版序》中说:"当前有两大问题须特别研究,一是固有的传统究竟有几分可以沿袭,一是外来的影响究竟有几分可以接收。"[1]他自己对这本书最为满意,晚年说该书"试图用西方诗论来解释中国古典诗歌,用中国诗论来印证西方诗论;对中国诗的音律、为什么后来走上律诗的道路,也作了探索分析"[2]。还提及学界友人(包括千帆师)此前曾劝他再版《诗论》[3]。1984年10月,我以《以意逆志论》作为硕士论文提交答辩,千帆师担任论文评阅委员和答辩委员会主席,其评语从学术史角度着眼,认为此文是对《诗言志辨》的"继承与发展。继承,指的是它严格遵循了朱先生所曾经采用并因此取得成功的历史主义方法。发展,指的是它进入了朱文所未涉及的比较文学理论范畴"。可见继续朱自清、朱光潜的探索方向或加以结合,的确是符合他的学术追求的。

上世纪七十年代末、八十年代初,钱锺书对中国文学研究界有这样一个描述:

> 中国的西洋文学研究者都还多少研究一些一般性的文学理论和艺术原理,研究中国文学的人几乎是什么理论都不管的。[4]

"掌握资料"的博学者,往往不熟悉马克思主义的方法;

---

[1] 朱光潜《诗论》,《朱光潜美学文集》第二卷,上海文艺出版社1982年版,第4页。
[2] 朱光潜《诗论·后记》,武汉大学出版社2008年版,第266页。
[3] 朱光潜《朱光潜美学文学论文选集·编后记》中提到:"北京师大中文系钟敬文同志和南京大学中文系程千帆同志都劝我将《诗论》再版。"湖南人民出版社1980年版,第476页。
[4] 钱锺书《古典文学研究在现代中国》,载《钱锺书集·人生边上的边上》,第180页。

而"进行分析"的文艺理论家往往对资料不够熟悉。[1]这个描述与美国学者对中国文学研究界的印象是吻合的,尽管态度不同。比如理查德·特迪曼(Richard Terdiman)说:"中国学术界在文学史上盛产实证性的研究。"[2]宇文所安(Stephen Owen)直陈"中国古代文学研究者欠缺理论意识"[3]。而在包弼德(Peter K. Bol)看来,"大陆出版的最有价值的书是古籍整理,而不是研究著作"[4]。研究成果与教育内容有很大关系,如果文学教育的重心在"掌握资料",就不可能结出真正的研究硕果;反之,"进行分析"的理论家如果脱离作品,也就会导致没有文学的文学理论批评(这在今天已经相当普遍)。

二十世纪是西方尤其是美国文学理论大发展的时代,这常常是与大学的文学教育密切相关的。从十九世纪到二十世纪初,美国的"学院派批评"热衷的是传记、目录学和版本学研究,"属于古籍研究和语文学性质"[5],人们回顾这段时期美国的文学教学和研究活动时发现,当时"普遍存在着一种强烈的反理论的偏见"[6],这一倾向在各大学和学院占据主导地位。这种以"语文学"为基础的研究钟情于对史实和

---

[1] 钱锺书《粉碎"四人帮"以后中国的文学情况》,同上注,第194页。
[2] 理查德·特迪曼《编者的话》,《萌在他乡:米勒中国演讲集》,第2页。
[3] 卞东波《宋代诗话与诗学文献研究·后记》引述,中华书局2013年版,第440页。
[4] 《21世纪的知识分子信念——包弼德访谈录》,王希等《开拓者:著名历史学家访谈录》,北京大学出版社2015年版,第254页。
[5] 雷纳·韦勒克《近代文学批评史》第六卷,杨自伍译,上海译文出版社2009年版,第113页。
[6] 希利斯·米勒《理论在美国文学研究和发展中的作用》,《萌在他乡:米勒中国演讲集》,第11页。

语言现象的挖掘和考证,是实证主义的研究。如同欧洲大陆的德国,美国大学也视文学教育和研究为"史学"而非"美学"性质,是一种"不考虑价值(value-free)的研究观",而"对事实的整合与储存恰恰是大学教授潜在拥有的最高价值,是他们存在的理由(raison d'être)"[1]。反对的力量来自于受到英国美学运动的影响的人,主张"印象主义"式的"鉴赏",他们"灌输给弟子的乃是钟情于文学的那份热爱,却没有批评的标准和学术的锐气","强调的是玩味,而反对解释和判断"[2],只是其声音相对来说还较微弱。这与同时代的中国大学里的文学教育和研究其实也很相像,正统的、严肃的教研工作是考据,玩索词章者则难免空疏之讥。被今人盛称的闻一多《唐诗杂论》中有几篇文章,固然可归于印象主义式的鉴赏,但毕竟寥寥(其中还有《少陵先生年谱会笺》《岑嘉州系年考证》等考据性质的文字),为他赢得学术地位的还得依赖《神话与诗》《古典新义》等"考"与"证"的论著。造成翻天覆地变化的,是"新批评派"(New Criticism)的出现,它为美国大学以及学术界重新定义了文学研究。尽管名列"新批评派"的人物各有不同的主张,很难将他们强行地挤到一张床上,但还是有几个共同点:一是将关注重心从诗人转移到诗本身,是以作品为中心的观点(ergocentric view);二是强调对文本进行"细读"(close reading)。从摧毁的角度看,他们都剑指"实证主义和历史决定论的批评方法"[3]。还有就是他

---

[1] 希利斯·米勒《理论在美国文学研究和发展中的作用》,《萌在他乡:米勒中国演讲集》,第15—16页。
[2] 雷纳·韦勒克《近代文学批评史》第六卷,第115页。
[3] 同上注,第489页。

们的身份,多半是大学教师,取得成功的决定因素也因此是一本教科书,即克林斯·布鲁克斯(Cleanth Brooks)和罗伯特·潘·沃伦(Robert Penn Warren)合著的《理解诗歌》(*Understanding Poetry*),它在美国二十世纪四十年代大学文学教育中除故革新、大获成功。它"侵占了语文学学术研究的堡垒,成为新批评派的教学武器",其不同于法国"文本分析论"(*explication de texte*)之处,据韦勒克看来,"在于提出了批评标准,走向诗篇优劣的区别"[1]。用"理论"指导"实际批评",从此在大学的文学教育中展开。而从五十年代开始,他们更积极引进欧洲大陆的文学理论,首先是存在主义和现象学,之后是六十年代的结构主义、拉康的心理分析、新马克思主义批评以及"解构主义"。1966年,约翰·霍普金斯大学(Johns Hopkins University)主办了一场"批判语言与人文科学"国际研讨会,第一次把雅克·拉康(Jacques Lacan)和雅克·德里达(Jacques Derrida)带进美国,也成为美国二十世纪五十年代以后"文学理论史十件大事"[2]之一,它标志着"美国文学研究开始逐渐被这些引进的理论所控制"[3]。米勒认为:"理论的胜利已经完全改变了文学研究的现状",因为"这些理论大都基于文学之外,却又公然要求我们去效忠"。大学里的文学理论课,"专门研究理

---

[1] 雷纳·韦勒克《近代文学批评史》第六卷,第272页。

[2] 参见彼得·巴里(Peter Barry)《理论入门:文学与文化理论导论》(*Beginning Theory: An Introduction to Literary and Cultural Theory*)第十四章"文学理论史十件大事",杨建国译,南京大学出版社2014年版,第261—283页。

[3] 希利斯·米勒《理论在美国文学研究和发展中的作用》,《萌在他乡:米勒中国演讲集》,第22页。

论文本,而不是把理论当作研究文学文本的辅助手段"[1]。到了1986年,作为"文学理论史十件大事"中的又一件,就是米勒在美国现代语言协会年会上的主席演讲,他宣告了文学研究中的语言研究向历史研究的转向,并且成为一个新的充满活力的研究领域,即"文化批评"或曰"文化研究"。文学文本与历史文本的关系也变得异常复杂,"它们既是通常意义上的'文学'文本,从某种意义上说,也是超出'文学之外'的历史文献"[2],文学又重新转向了"外部研究"(the extrinsic approach to the study of literature,借用韦勒克、沃伦《文学理论》语)——历史化或政治化。尽管理论命题不断翻新,但总体趋势就是远离文学作品本身。这一现象在今日中国大学的文学理论教学研究中也比比皆是,从业者的脑子里充斥着各种名词、术语、概念,无意也无法通过对具体的文学文本的研究,证明他们的理论是有成效的。美国马克思主义评论家弗雷德里克·詹姆逊(Fredric Jameson)曾对二十多年来欧美文学理论在中国传播影响的变迁有个描述:"对我们美国人来说,这些理论本来是欧洲的舶来品,但是,对于中国人来说,这些'理论'就是美国人的。"而随着文化交流的频繁,"我们再也没必要扮演传教士了"[3]。谈论文学的书越来越多,而文学自身反而越来越无足轻

---

[1] 希利斯·米勒《理论在美国文学研究和发展中的作用》,《萌在他乡:米勒中国演讲集》,第23、25页。

[2] 同上注,第27页。按:在彼得·巴里看来,米勒的问题是"忽略了历史和历史主义的区别",见《理论入门:文学与文化理论导论》,第271—274页。

[3] 弗雷德里克·詹姆逊《英文版序》,《萌在他乡:米勒中国演讲集》,第1—2页。

重,这也是一种"全球化"。甚至有一种观点认为:"理论的兴起导致了文学的覆亡。"就算温和一点的看法,也指出"文学理论教导我们:文学批评并不倾向于处理文学作品本身,并且这在实践中也是不可能做到的"[1]。于是保罗·德·曼(Paul de Man)在1982年发表了一篇题为《回归语文学》("The Return to Philology")的文章,讨论如何处理文学的教学研究与文学理论的关系,就是针对二十世纪文学理论的发展,导致文学教育研究中的人文和历史的丧失,所以要从文学理论转向语文学。故自九十年代中叶开始,美国又兴起了一种"新语文学"的"时尚"。沈卫荣教授曾援引德国马堡大学语文学家Jürgen Hanneder在2013年对美国"新语文学"的批评,认为"它最多不过是美国学术界的下一个方法,或者更可能是下一个时尚",他们"用一个又一个的'转向'来跨越迄今为止学术研究所达到的边界,所以,他们的学术边界可以通过不断地转向而被扩大","这样的学术转向其实与时尚界的时尚一样,多半是连续不断地在新旧之间轮转"[2]。这与我在私下里用SPAN,即超(Super)、后(Post)、反(Anti)和新(New)来概括晚近的美国学术也有点相似,所以很同意用"时尚"来描述这一学术现象。大约百年前,"新批评派"将其理论矛头直指实证主义,从某种意义上说,也就是直指"语

---

[1] 芮塔·菲尔斯基(Rita Felski)《文学之用》(*Uses of Literature*),刘洋译,南京大学出版社2019年版,第4—5页。

[2] 参见沈卫荣《文学研究的理论转向与语文学的回归——评Paul de Man的〈回归语文学〉》,又《语文学、东方主义和"未来语与文学"》,收入《回归语文学》,上海古籍出版社2019年版,第35—124页。案:这一研究"时尚"在中文世界也有反映,见贾晋华等编《新语文学与早期中国研究》。

文学"。百年之后,所谓"新语文学"又卷土重来,意欲告别理论。文学研究中的语文学和文学理论,究竟该是彼此默契的孪生姐妹,还是不共戴天的生死仇人?或者它们天然就该是一对冤家夫妻,注定要在相互纠缠(纠剔又缠绵)中共度一生,失去了任何一方,文学研究的家庭就会破裂。问题也许只在于,它们的相处需要一定的技巧。

四、返本开新:寻求更好的文学教育

在今天的中国,我们还能够提关于文学教育的问题,应该有一种幸福感。以米勒2002年的观察,全世界文学系的年轻教员,正在大批离开文学研究,转向理论、文化研究、后殖民研究、媒体研究(电影、电视等)、大众文化研究、女性研究、黑人研究等,"他们在写作和教学中常常把文学边缘化或者忽视文学"[1]。到了2010年代,这样的情况愈演愈烈,美国大学的英语系中,"纯文学的课程非常少",在新近出版的"文学与文化研究"的书目中,"竟然没有一本是真正与文学有关的"[2]。再看图书馆和出版业,由于互联网上研究资料的越来越多,许多大学图书馆(学术型图书馆)正在过时,购买力下降导致"许多学术型出版社干脆就不再出版人文类图书",比如美国加州大学出版社2002年已经"完全停止了文学研究类图书的出版"[3]。随

---

[1] 希利斯·米勒《文学死了吗》(*On Literature*),秦立彦译,广西师范大学出版社2007年版,第18页。
[2] 希利斯·米勒《冰冷的苍穹与悲凉的心境》,《萌在他乡:米勒中国演讲集》,第288页。
[3] 理查德·特迪曼《编者的话》,《萌在他乡:米勒中国演讲集》,第3页。

着互联网和智能手机的发达和普及,视听文化快速取代书籍文化,电子书籍的销售量,据亚马逊网 2010 年 7 月 19 日宣布,他们销售的可以在 iPad 和 Kindle 上阅读的书第一次超过了纸质版图书。即便大学里还有文学课,在哈罗德·布鲁姆看来,也已堕落到"用欣赏维多利亚时代女人内裤取代欣赏查尔斯·狄更斯和罗伯特·布朗宁",并且"实际上只是常规"[1]。东亚的情况不妨看看日本,以素有"汉学重镇"美誉的京都大学为例,我在 2017 年 2 月访问的时候,看到中文科公布的当年录取的两名博士生名单,一个来自南京大学,另一个来自台湾大学。据说,国文学科(即日本文学系)某年招收的研究生中,竟然没有一个日本人,大都来自中国的日语系。再反观中国,今天的网络文学高度发达并大受追捧,据中国社科院文学研究所网站 2020 年 2 月 18 日发布的《2019 年度网络文学发展报告》,网络文学创作者已达 1755 万人,网络文学用户量更高达 4.55 亿,并且还在快速增长中。但是,大学里的"文学经典"课程仍在开设,社会上中外文学名著的销售也有不错的业绩。米勒曾五味杂陈地预计,在不久的将来,中国大学英语系学习欧美文学的学生,"会比美国本土的学生知道得更多"[2],他"甚至觉得严肃的英美文学研究已经迁移或者被'转包'到中国了"[3]。虽然我没有这样的乐观,但还

---

[1] 哈罗德·布鲁姆《如何读,为什么读》(*How to Read and Why*),黄灿然译,译林出版社 2011 年版,第 8 页。
[2] 希利斯·米勒《冰冷的苍穹与悲凉的心境》,《萌在他乡:米勒中国演讲集》,第 288 页。
[3] 希利斯·米勒《前言》,王逢振、周敏主编《J.希利斯·米勒文集》,中国社会科学出版社 2016 年版,第 9 页。

是坚信在今天重提"需要什么样的文学教育"既有必要也有可能,只是回答的重心有所不同。

在十九世纪中叶,受席勒《审美书简》的影响,德国的许多哲学家、理论家,包括施莱格尔兄弟、谢林和黑格尔,都提出文化教育应该以文学为中心,文学也由此而取代了哲学的地位。接着是在英国,经过马修·阿诺德(Matthew Arnold)的提倡,他在1869的《文化与无政府》中形容文学世界的"甜美与光芒"(sweetness and light),是"世界上最好的被思考且被说出的"(the best that has been thought and said in the world),其内容就是自荷马以来的欧洲文学经典。文学不仅能够开拓读者的心智,而且能够赋予伦理教育。当初的美国大学也遵循了这一模式,但在今日美国,以上的观念早就被视为过时且被人遗忘,他们更不相信文学能够担当这样的任务。文学教育在今天,其唯一的作用也许只是有助于更透彻地理解修辞,也因此而更善于"辨别网上帖子的真伪"[1]。幸好中国盛产"顺民",上述观念在大学里并没有受到严重的挑战,文学经典的地位岿然不动。以中国文学来说,从《诗经》《楚辞》、李杜诗、韩柳文、苏辛词到鲁迅,他们的作品就像"镜与灯"一样,要么反映了世间万象,要么照亮了人生前途。因此,回答"需要什么样的文学教育",重心就在寻求"更好"的文学教育,它是技术层面的,也是价值层面的,而且还须"应病施药"。

---

〔1〕 参见希利斯·米勒《冰冷的苍穹与悲凉的心境》中的相关论述,《萌在他乡:米勒中国演讲集》,第290—291页。

在当代美国学者中,希利斯·米勒是一个"非常善于通过解读文学文本来阐释理论的批评家"[1],令我佩服(如果他还能考证,就更令我钦敬)。他曾经比较过中美文学研究的异同,虽然其抽样调查难免片面,但并不因此影响其敏锐观察的真实性。他在文中列出的六点不同,至少有三点都涉及中国学者对于具体作品的轻视,无论是对风格、文体、修辞特征的分析,还是简单的引文甚至作品的名称,他们更倾向于一种高度概括性的描述,或者是对作品意义的抽象的阐发;而在美国学者的论文里,"风格技巧"对于意义的生成具有至关重要的作用是不言自明的,所以他们更注重大量的实例,也少不了修辞分析[2]。米勒本人即是如此,他反复强调"读真正的文学作品是我最喜欢做的事情,我相信理论是用来辅助文学作品之解读的"[3],"文学的教学和研究,可以被看做是好的阅读训练"[4],并且呼吁大家"要仔细研读原文,即使在当前全球化的语境下,细读在大学里也依然是必须的,不可或缺的"[5]。如果说,文学研究是文学教育的结果,那么,我们在研究中对具体作品的轻视不也正反映了文学教育中作品的大量"缺席"?所以,今天文学教育的一个最基本的要求,就是具体作品,必须以作品为中心。文学史不能缺少

---

[1] 王逢振《后记》,《J.希利斯·米勒文集》,第607页。

[2] 参见希利斯·米勒《中美文学研究之比较》,《萌在他乡:米勒中国演讲集》,第242—256页。

[3] 希利斯·米勒《引言》,《萌在他乡:米勒中国演讲集》,第8页。

[4] 希利斯·米勒《理论在美国文学研究和发展中的作用》,《萌在他乡:米勒中国演讲集》,第30页。

[5] 希利斯·米勒《全球化对文学研究的影响》,《萌在他乡:米勒中国演讲集》,第72页。

作品，文学理论也不能脱离作品。这就是千帆师在文学研究和文学教育中反覆强调的重中之重，尽管似乎是老生常谈。

越来越多的学者拥有了一种明智，就是再也不徒劳地为文学批评提供特定的解困之法，也不去费力搜求能够解释所有困惑的终极答案。同时，他们也意识到，最好的解释往往需要综合考虑多方面的因素。不妨引述一段威尔弗瑞德·古尔林（Wilfred L. Guerin）等人的《文学批评方法手册》："由于文学是人之为人的语言艺术的表达，并具有这一概念所蕴含的丰富、深刻及复杂，因此，文学批评必然是达到那种经验的许多途径的综合……也因此我们需要很多种方法。"[1]但是结合中国文学批评的实际，我们最需要补上的一课是"细读"。看看梁启超《中国韵文里头所表现的情感》，他说李商隐的《锦瑟》《碧城》等诗"讲的什么事，我理会不着；拆开一句一句的叫我解释，我连文义也解不出来。但我觉得他美，读起来令我精神上得一种新鲜的愉快"[2]，就这被历来古代诗学研究者视为名篇的代表作，我们除了淹没在其文章情感的泛滥中，得不到任何能超出非学术读者已知之事。虽然作为一种教育和批评方法的"细读"概念，是由新批评提倡并推广开来，但这一概念及其蕴含的精神并没有随新批评的退场而烟消云散，而是作为一块英语文学研究的基石继续发挥重

---

[1] Wilfred L. Guerin, Earle labor, Lee Morgan, Jeanne C. Reesman, John R. Willingham, *A Handbook of Critical Approaches to Literature*, 4th edition, Foreign Language Teaching and Research Press & Oxford University Press, 2004, P. 304.

[2] 梁启超《中国韵文里头所表现的情感》，《饮冰室合集·文集》卷三十七，中华书局1989年版，第120页。

要作用。彼得·巴里说:

> 所谓"英语语言文学研究"(English studies)就是建立在细读(close reading)概念之上的。虽然在二十世纪七八十年代,细读概念常常遭到非难,但毫无疑问,如果真抛弃了这一概念,那这一学科也将不再有任何东西能引起人们的兴趣。[1]

中国学术界对于新批评的引进,其实并不太晚。二十世纪三四十年代英国"实际批评"(practical criticism,在美国则叫作"新批评")的巨擘瑞恰慈(I. A. Richards)、燕卜荪(William Empson)都曾在清华、西南联大任教,他们的主张当然也影响了卞之琳、钱锺书、杨周翰、袁可嘉等人,其相关论著也有了中译。七八十年代的海峡两岸,新批评也曾风行一时,但其成果较为有限,所以赵毅衡在时隔二十多年后要将其旧著改头换面"重访"新批评[2]。有人将新批评在中国的受挫归因于异质文明的冲突[3],但中国传统文论是否必然引导出对新批评的排斥,或者仅仅是因为我们误解了自身的传统,更未能作有效的阐发所致?新批评虽然是一个松散的学术派别,但至少有两个共同点,用克林斯·布鲁克斯在1979年的概括,就是"除了重视作品本身更甚于重视作家意图和读者反应以外……要说有,那也许就是'细读法'(close reading)了"[4]。

---

[1] 彼得·巴里《理论入门:文学与文化理论导论》,第5页。
[2] 参见赵毅衡《重访新批评》,百花文艺出版社2009年版。
[3] 参见代迅《西方文论在中国的命运》第四章第二节,中华书局2008年版,第159—178页。
[4] 克林斯·布鲁克斯《新批评》,赵毅衡编《"新批评"文集》,中国社会科学出版社1988年版,第549页。

我们就不妨考察一下中国传统的"细读"文献,究竟是缺乏还是丰富,以及在批评中的实践如何。

以古代文论来说,较早也较为系统地对诗歌的作法加以规定,后来也成为诗歌读法的文献,就是唐人诗格,涉及声律、对偶、句法、结构、语义等方面,成为一种"规范诗学",它具有材料的丰富性、论述的细密性以及思维的圆通性等特征[1]。在唐代这些内容属于创作论,而到了宋代,其中的一部分就演变成批评论。尽管诗格在当时非常流行,其空间从西北敦煌到东瀛日本,数量也很惊人,但因为其性质或以训初学,或有便科举(也许算得上古代的文学教育),属于"俗书",向来为人轻视。资料散佚,真伪混杂,直到上世纪九十年代才得到系统整理[2]。散见的文献中也有"细读"的资料,南宋文人罗大经在《鹤林玉露》中的"一联八意"条,就是对杜甫"万里悲秋常作客,百年多病独登台"的分析:"盖万里,地之远也;秋,时之惨凄也;作客,羁旅也;常作客,久旅也。百年,齿暮也;多病,衰疾也;台,高迥处也;独登台,无亲朋也。十四字之间含八意,而对偶又精确。"[3]宋元之际方回编纂《瀛奎律髓》,作为一部诗歌选本(同时也是一部文学读本)极具包容性,涵括了摘句、诗格、诗话、评点等批评样式。方回曾说:"予谓诗家有大判断,有小结裹。"[4]所谓"大

---

[1] 参见张伯伟《论唐代的规范诗学》,载《中国社会科学》2006年第4期。

[2] 参见张伯伟《全唐五代诗格校考》,陕西人民教育出版社1996年版。

[3] 罗大经《鹤林玉露》乙编卷五,中华书局1983年版,第215页。

[4] 《瀛奎律髓》卷十,《瀛奎律髓汇评》,上海古籍出版社1986年版,第340页。

判断"是"载道"、"言志"等"炎炎"大言，而"小结裹"则是注重细部批评的"詹詹"小言。在人们的正统观念中，"小结裹"是微不足道的[1]。而自宋代开始的大量评点，多数都用于"文学教育"，并不为人所重。吕祖谦《古文关键》卷首列"看古文法"，是为了"示学者以门径"[2]，"观其标抹评释，亦偶以是教学者"[3]。中国文学批评史上"细读"的代表人物非金圣叹莫属，其批评实践以"评点"为主，一个重要目的也是为了教导子弟如何读书："子弟读得此本《西厢记》后，必能自放异样手眼，另去读出别部奇书。"[4]但在很长一段时间内，他是一个充满了争议的人物。这一切，使得"细读"的批评遗产未能得到现代学者的挖掘、理解和传承。但在今天看来，中国传统文论的优点之一，就在于蕴含了大小相济、远近结合的潜在要素。离开大判断的小结裹是碎片化的，缺乏小结裹的大判断是空泛化的。我们既需要 close reading（近玩），又需要 distant reading（远观），两者兼而有之，是否可称为"CD 阅读法"呢？

但如果将文本阅读当作一个整体，或者以孔门"德行、言语、政事、文学"的概念理解"文学"的范围，那么，经学史上的

---

[1] 黄宗羲《答张尔公论茅鹿门批评八家书》云："其圈点句抹多不得要领……缘鹿门但学文章，于经史之功甚疏，故只小小结裹，其批评又何足道乎？"（《南雷文定》初集卷三）

[2] 《四库全书总目》卷一八七，中华书局 1965 年影印本，第 1698页。

[3] 张云章《古文关键序》，吕祖谦《古文关键》卷首附，中华书局 1985 年版。

[4] 金圣叹《贯华堂第六才子书西厢记》卷二《读第六才子书西厢记法》，《金圣叹全集》第二册，凤凰出版社 2008 年版，第 856 页。

"细读"不仅有更为悠久的历史和深厚的传统,而且拥有崇高的地位。如果说,传统文学批评中的"细读",其最大的分析单元还不超过一联(两句),那么,经学、佛经注疏系统中的"细读"就不止于针对字词句章,还往往是笼罩全篇的。自"仲尼没而微言绝,七十子丧而大义乖"[1],后代就需要通过对儒家经典的讲说阐明其微言大义。汉人讲经之法有三,即"条例、章句、传诂"[2],其中传诂以解释经典字义为主,章句以解释文义为主,条例则归纳经文凡例,据以理解经义,这些都是当时的经学教育方式。章句主要是博士对弟子的口说,以后才写定。但也因为是口说,务求详密,遂愈衍愈繁。所谓"一经说至百余万言"[3],但其重心还在字句,故有"说五字之文,至二三万言"[4]的现象,其细密繁琐的程度,可想而知。至佛经疏钞之学传入中国,于是在儒家经典解释中也流行起义疏之学[5]。其中将"细读"从字句扩展到篇章,则是佛经义疏中"科判"(又称科分、科文、科段、科章、科节等)的方法。其基本特点是将全篇经典的结构划分为三,即序分、正宗分、流通分。中土科判之学始于道安,虽然与印度经师彼此相绝,但"科判彼经,以为三分"的方法却惊人的一致,后

---

[1] 班固《汉书》卷三十《艺文志》,中华书局1962年版,第1701页。
[2] 《后汉书·郑兴传》,中华书局1965年版,第1217页。
[3] 《汉书·儒林传赞》,第3620页。
[4] 《汉书·艺文志》,第1723页。
[5] 参见戴君仁《经疏的衍成》,收入《梅园论学续集》,戴静山先生遗著编辑委员会编《戴静山先生全集》本,1980年版,第1131—1155页。牟润孙《论儒释两家之讲经与义疏》,见《注史斋丛稿》,中华书局1987年版,第303—355页。张恒寿《六朝儒经注疏中之佛学影响》,见《中国社会与思想文化》,人民出版社1989年版,第389—410页。

人也因此而发出"东夏西天,处虽悬旷,圣心潜契,妙旨冥符"[1]的赞叹。科判之学初起之时较为简略,但到刘宋以后,便日趋琐细,梁代法云法师"三重开科段"[2],第一重是一分为三,第二重三分为六,第三重六分为二十四。虽极为繁琐,却异常流行,至唐代湛然法师还感叹"自梁、陈以来,解释《法华》,唯以光宅(案:指光宅寺法云)独擅其美"[3]。佛经科判又影响到儒家经典义疏,其步骤也大致同于佛经,即"解本文者,先总科判,后随文释经"[4]。继而再影响到文学研究,既有诗格类著作中强调作文的"科判",又有《选》学著作中解读文本的"科判",二者都与当时的文学教育相关[5]。谁能说中国人不懂细读、不善细读或不喜细读呢?世间不乏"自有仙才自不知"的才人,而一旦认清了"自家宝藏",需要我们做的或许仅仅是接续并发扬这一优良传统,只是正如艾略特(T. S. Eliot)所说,传统"不是继承得到的,你如要得到它,你必须用很大的劳力"[6]。

---

[1] 唐良贲《仁王护国般若波罗蜜多经疏》卷上一,《大藏经》第三十三册,台湾中华佛教文化馆1955—1957年版,第435页。

[2] 梁法云《法华经义记》卷一,《大藏经》第三十三册,第574页。

[3] 唐天台湛然《法华文句记》卷一上,《大藏经》第三十四册,第153页。

[4] 唐良贲《仁王护国般若波罗蜜多经疏》卷上一,《大藏经》第三十三册,第435页。

[5] 参见张伯伟《佛经科判与初唐文学理论》,原载《文学遗产》2004年第1期,收入《禅与诗学》(增订版),人民文学出版社2008年版,第3—22页。

[6] 艾略特《传统与个人才能》,收入其《传统与个人才能》(*Tradition and the Individual Talent*),卞之琳、李赋宁等译,上海译文出版社2012年版,第2页。

千帆师的教学和研究已经对此作了初步践履,放在中西两大文学批评传统中,更能彰显其意义。他把作品放在教学和研究的中心位置,强调反覆诵读。他的读诗解诗工作,早在上世纪四十年代初就获得朱自清"剖析入微,心细如发"[1]之赞。在讲解和阐释的过程中,他注重艺术分析,包括对偶、韵律、结构、句法等,尤其是结构,这也是新批评派十分重视的内容。克林斯·布鲁克斯最知名的代表著作《精致的瓮》(The Well Wrought Urn),其副标题就是"诗歌结构研究"(Studies in the Structure of Poetry)。凡此种种,都契合了"细读"的精神。我想轻轻地问一声:既然有了前贤的"道夫先路",我们还要再犹豫"改乎此度"吗?

正如上文所说,文学理论和语文学,是文学教育和研究者手中的一对鸳鸯剑,缺一不可。但无论是当事人还是后来的评判者,往往将两者形容为势不两立、无法共存。在一百年前的美国大学文学院里,新批评派想要登上讲台,就要把当时已成为"规范"和"正统"的历史研究法和语文研究法,也就是运用考据、训诂和文学家传记资料来研究文学作品的方法赶下台去。他们把"正统的"方法称作"研究",而把自己的"新"主张称作"批评"。在新批评对"犹如未读的阅读"方法大获全胜之后,克林斯·布鲁克斯1946年写了一篇《新批评与传统学术研究》("传统学术研究"的原文是"Scholarship",其实也可以意译为"语文学研究"),态度是相当从容的。他说:"新批评在原则上是一种与正统研究最少冲突的

---

[1] 朱自清《答程千帆见赠,即次其韵》自注,《朱自清古典文学论文集·犹贤博弈斋诗钞》,第765页。

批评。""批评和正统研究在原则上并非格格不入，而是相辅相成，我觉得，它们完全能够在一种神灵附体的怪物——完美的批评家身上理想地融为一体。"[1]韦勒克在评价布鲁克斯的时候，认为他的工作"目标是理解，'解释'"，并且与时髦的"解释学"目标相同[2]。而当百年后"新语文学"卷土重来的时候，竟然真的走向了"理解"，这是否乐观地昭示着"研究的羔羊"和"批评的狮子"真的要"和平共处"（借用布鲁克斯语）了呢？

2008年10月，奥地利维也纳大学的Ernst Steinkellner教授应邀在北京藏学研讨会开幕式上作主题演讲《我们能从语文学学些什么？有关方法论的几点意见》，强调语文学的宗旨是正确"理解"文本的本来意义，在今天更是一种世界观，是指导我们如何理解他人、处理与他人关系的一种人生哲学[3]。2015年，哈佛大学出版社出版了由波洛克（Sheldon Pollock）、艾尔曼（Benjamin A. Elman）、张谷铭（Ku-ming Kevin Chang）主编的《世界语文学》（World Philology），将"新语文学"重新定义为"使文本被理解的学科"，强调它与人文学、社会学各学科融会贯通的综合研究[4]。二者都强调了"新语文学"的方法论意义，作为学术研究的又一个"时尚"，

---

[1] 克林斯·布鲁克斯《新批评与传统学术研究》，《"新批评"文集》，第473页。

[2] 参见雷纳·韦勒克《近代文学批评史》第六卷，第272—273页。

[3] 参见沈卫荣《回归语文学》"前言：我们能从语文学学些什么？"，第1—33页。

[4] 参见贾晋华等《新语文学与早期中国研究》"导论：新语文学对于早期中国研究的方法论意义"，第1—14页。

其在中国的传播,足以使人诧为"此曲只应天上有",但反观中国传统的"章句之学",哪怕只是从赵岐的《孟子章句》到朱熹的《四书章句集释》,他们在文本理解方面的探索、开拓以及反省,不得不让人有"春在枝头已十分"的感叹。我可以很负责任地说,这不是民族主义式的"古已有之"的烂熟腔调。

章句之学在汉代就已经很发达,而对文本的解读也早就不仅限于儒家经典,已扩展到《楚辞》和汉赋。文本之所以需要解读,是因为其中蕴含的意义,无论是圣人的"微言大义",还是作者的"言外之意"。解读固然要以可靠文本、字句训诂为基础,但一旦上升到"解释",就需要突破文字的拘限,迫近其背后的精神活动和人格主体。而要使这种"迫近"具有客观依据,而不是随心所欲的自说自话,就要"知人论世",对于文本产生的历史文化语境,尤其是这一语境中的"人"予以极大关注。所以,对文本的解读,也就是读者和作者之间在精神上的对话,即孟子所说的"以意逆志"[1],千帆师曾将它通俗化为"以意(读者的思想活动)逆(迎接)志(诗人的思想活动)"。"以意逆志"提出的思想基础,是体现人文学最为纯粹的"人性论",所以赵岐的注释是:"人情不远,以己意逆诗人之志,是为得其实矣。"[2]就是击中了人同此心、心同此理的人性论的本质。但在文本解读的实践中,面对同一文本,不同的读者会有不很相同甚至很不相同的解读,其中的一个重要原因,就是读者和作者在精神层面上的落差,儒家经典

---

[1] 赵岐注、孙奭疏《孟子注疏·万章章句上》,《十三经注疏》下册,中华书局1980年影印本,第2735页。

[2] 同上注。

就是这样。解读既然本质上是"精神上的对话",也只有在近乎平等的层面上,"对话"才可能是真正的对话。惟有如此,我们才能理解阮裕"非但能言人不可得,正索解人亦不可得"[1]的失落,才能认同刘勰"音实难知,知实难逢,逢其知音,千载其一乎"[2]的感叹,也才能体会黑格尔"只有精神才能认识精神"[3]的深刻含义。董仲舒曾记载"所闻《诗》无达诂,《易》无达占,《春秋》无达辞"[4],这在汉代的其它文献中也能得到互证。《诗纬·汎历枢》云:"《诗》无达诂,《易》无达言,《春秋》无达辞。"[5]刘向《说苑·奉使》引《传》曰:"《诗》无通故,《易》无通言,《春秋》无通义。"[6]从时人频繁地辗转征引中,就可以看出这几句话的流行程度。精神的差距固然会导致误解,知识不足、态度偏颇、方法失当等等,都可能产生歧义,而宋儒就对此做出了反省。朱熹《语孟集义序》指出:

> 自秦汉以来,儒者类皆不足以与闻斯道之传。其溺于卑近者,既得其言而不得其意;其骛于高远者,则又支离踳驳,或乃并其言而失之,学者益以病焉。宋兴百年,河洛之间有二程先生者出,然后斯道之传有继……非徒可以得其言,而又可以得其意;非徒可以得其意,而又可

---

[1] 《世说新语·文学》,余嘉锡《世说新语笺疏》,中华书局1983年版,第216页。
[2] 《文心雕龙·知音》,《文心雕龙解析》,第771页。
[3] 黑格尔《小逻辑》,贺麟译,商务印书馆1980年版,第66页。
[4] 《春秋繁露·精华篇》,苏舆《春秋繁露义证》卷三,中华书局1992年版,第95页。
[5] 赵在翰辑《七纬》卷十五,中华书局2012年版,第250页。
[6] 向宗鲁《说苑校证》卷十二,中华书局1987年版,第293页。

以并其所以进于此者而得之。其所以兴起斯文、开悟后学,可谓至矣。[1]

文本的解读,不仅要能"得其言",还要"得其意",更要由此而追溯其精神境界和时代风会,即"所以进于此者"。于是,文本解读也就通向了人文主义传统,并且肯定它、传承它,即"兴起斯文、开悟后学"。总之,这是由"道问学"走向"尊德性"。陆九渊则指出了另一条途径,即把"尊德性"视为第一义,以此决定"道问学"的方向和层次。在文本解读方面,他有一段很著名的话,但长久以来深受误解:

> 或问:"先生何不著书?"对曰:"六经注我,我注六经。韩退之是倒做,盖欲因学文而学道。"[2]

在文本阅读中,陆九渊把读者自身人格境界的提升放到第一位,惟有精神上达到圣人之域,圣人的言论如同自我胸中流出("六经注我"),才有资格转而诠释圣人之言("我注六经")。他又说:"学苟知本,六经皆我注脚。"[3]也是同意反覆。章学诚对陆九渊的思想深有会心,故强调"圣人之知圣人"、"贤人之知贤人",并因此而大发感慨曰:"夫不具

---

[1]《朱熹集》卷七十五,四川教育出版社1996年版,第3944页。案:朱熹在《中庸集解序》中也有类似意见:"秦汉以来,圣学不传,儒者惟知章句训诂之为事,而不知复求圣人之意,以明夫性命道德之归。至于近世,先知先觉之士始发明之,则学者既有以知夫前日之为陋矣。然或乃徒诵其言以为高,而又初不知深求其意,甚者遂至于脱略章句,陵籍训诂,坐谈空妙,展转相迷,而其为患反有甚于前日之为陋者。"(《朱熹集》卷七十五,第3956—3957页)可参看。

[2] 陆九渊《语录》上,《陆九渊集》卷三十四,中华书局1980年版,第399页。

[3] 同上注,第395页。

司马迁之志而欲知屈原之志,不具夫子之忧而欲知文王之忧,则几乎罔矣。"[1]用一句不太严格的类比,就是克罗齐(Benedetto Croce)所说的"要判断但丁,我们就须把自己提升到但丁的水平"[2]。所以在陆九渊看来,以"道问学"为先就是"倒做"。我们确实无法想象,一个人格卑微琐屑的无赖能够对高尚纯粹的精神有真正的理解,但若一个自新的浪子,能够"抚壮而弃秽","觉今是而昨非",由"言"而"意","以明夫性命道德之归",又有什么不可能进入圣人之域呢?孟子主"性善",荀子主"性恶",但由"恶"转"善"的途径就是"学"。《荀子》首列《劝学篇》,曾设问"学恶乎始,恶乎终",则答曰"始乎为士,终乎为圣人"[3]。这与孟子是殊途同归的,所以司马迁将二人同传。在与作者的对话中,读者一方面学会理解他人,一方面也学会注视并反省自身的局限,由此而获得精神境界的提升。在文本阅读上,汉儒、宋儒都出于孟子,其精髓就在"以意逆志"[4]。由于人格的成长和知识的增进一样,都是无限的,所以文本的解读,无论是空间上的"东海西海南海北海",或是时间上的"千百世之上、千百世之下",也都不可能一劳永逸地终结。1989年6月,我以《中国古代文学批评

---

[1]《文史通义·知难》,《章学诚遗书》本,文物出版社1985年版,第35页。

[2] 克罗齐《美学原理》,朱光潜译,外国文学出版社1987年版,第132页。

[3] 王先谦《荀子集解》卷一,中华书局1988年版,第11页。

[4] 这是一个非常复杂的问题,本文只能扼要略说,详细论证可参见张伯伟《中国古代文学批评方法研究》内篇第一章"以意逆志论",中华书局2002年版,第3—103页。

方法论》获得博士学位,在讨论"以意逆志"在今后的发展时,提出了两项原则,即人文主义和熔铸中西[1]。所以,当我读到萨义德(Edward W. Said)在晚年的最后写的《回到语文学》中说的"对一部文学作品的细读,实际上将逐渐把文本放置在它的时代,作为各种关系构成的整个网络的一部分……对于人文主义者来说,阅读活动首先在于把自己放在作者的位置"[2],这不就是"以意逆志"的题中应有之意吗?我不敢自诩有什么洞察力和预见力,可还是禁不住想让这些文字穿越三十年的时光隧道,与年轻的自己抱个满怀。

也正因为这样,即使在我写下这些文字的当下,新冠病毒(Covid-19)正肆虐着我的祖国大地(每当病魔向人类袭来,我总会愧疚自身的无力),但我从电视媒体上看到众多无畏的勇士在奋起抗击的时候,就会想到,由五千年文化所滋养、所孕育的平凡的中国人,以他们人性中固有的仁爱、正义、恭敬、智慧,必定能激发无穷的力量。而我期待中的文学教育,它能使阅读活动越来越专注,越来越广泛,越来越有接受力和抵抗力,用萨义德的话来说,就能"给人文主义提供足以相当于其基本价值的训练"[3]。有了这样的基本价值,哪怕一弯新月突变成夜晚的伤口,湖面上也会涌出一万双秋水般的眼睛。

己亥腊月二十七日至庚子正月十二日间陆续写成

---

[1] 参见张伯伟《中国古代文学批评方法三论》,载《文献》"博士学位论文提要"栏,1990年第1期。
[2] 萨义德《回到语文学》,收入《人文主义与民主批评》(*Humanism and Democratic Criticism*),朱生坚译,上海三联书店2013年版,第72页。
[3] 同上注,第70页。